Jessica Golawski

Take Your Wings And Learn To Fly

Hinweis

In *Take Your Wings And Learn To Fly* werden potenziell triggernde Themen wie häusliche Gewalt sensibel behandelt.

Jessica Golawski

TAKE YOUR WINGS

and learn to fly

Dieser Artikel ist auch als E-Book und Hörbuch erschienen.

Take Your Wings And Learn To Fly

Druck und Verarbeitung:
FINIDR, s.r.o.
Lípová 1965
737 01 Český Těšín
Czech republic

Lektorat: Vanessa Lipinski
Korrektorat: Madeleine Seifert
Umschlaggestaltung: Julia Gröchel mit Zeichnungen von Diana Gus und unter Verwendung von Motiven von 123rf
Satz: VAJONA Verlag, Oelsnitz

VAJONA Verlag
Carl-Wilhelm-Koch-Str. 3
08606 Oelsnitz

ISBN: 978-3987181849

FÜR CHRISSY
MACH'S SCHÖN
WIR VERMISSEN *Dich*

PROLOG

Kinga

Mit zitternden Fingern öffne ich die Beifahrertür meines alten Opels. Der blaue Lack splittert an einigen Stellen bereits ab, dennoch ist er ein loyaler Wagen. Es gibt nicht viele Menschen, die mich um dieses Fahrzeug beneiden würden, aber materielle Dinge sind mir noch nie besonders wichtig gewesen. Die Tür öffnet sich mit einem quietschenden Ton und ich halte augenblicklich in der Bewegung inne. Mit flachem Atem und verschwitzen Handinnenflächen lausche ich in die Dunkelheit hinein. Das Blut rauscht in meinen Ohren, doch ich höre nur das Summen einer alten Straßenlaterne. Erleichtert seufze ich auf und lege beruhigend eine Hand auf mein wild klopfendes Herz. Unter dem Beifahrersitz befindet sich eine kleine braune Papiertüte. Ich nehme sie an mich, schließe meinen Wagen ab und verlasse ihn.

Mit pochendem Herzen schaue ich durch die Scheibe und sehe auf meinen Sohn hinab, welcher bislang noch nicht wach geworden ist. Im gleichen Moment weiß ich, dass ich ihn unter gar keinen Umständen verlieren darf.

Mit schnellen Schritten überquere ich den Parkplatz. Die Straße wird lediglich von einem sternenklaren, tintenschwarzen Nachthimmel erleuchtet. Ich eile zu dem kleinen, schmutzigen Toilettenhäuschen hinüber. Der Gestank von Urin liegt in der Luft. Die letzten Stunden meiner Flucht ziehen wie ein Film durch meinen Kopf. Mein Herz hämmert unausweichlich los und ich weiß nicht, wie ich es beruhigen kann. Nur eine Tatsache bleibt: Ich musste gehen und ihn verlassen, denn eine Trennung hätte *er* niemals akzeptiert. Ich nehme einen kleinen Ziegelstein und positioniere ihn direkt vor der Tür. Vermutlich wird dieser Stein niemanden aufhalten können, der sich Zutritt zu diesem Häuschen verschaffen möchte, doch immerhin gewinne ich in diesem Fall einige wertvolle Sekunden.

Als ich nach der Papiertüte greifen möchte, bemerke ich, dass meine Finger unkontrolliert zittern. Die Nervosität steigt mir mittlerweile zu Kopf, denn die letzten Wochen und Monate waren mehr als kräftezehrend für mich. Schnell drehe ich den Wasserhahn auf. Zu meiner Überraschung fließt klares Wasser daraus. Ich halte meine Hände unter das kühle Nass und spritze es mir anschließend ins Gesicht. Diesen Vorgang wiederhole ich ein weiteres Mal.

Schwerfällig stütze ich meine Hände an dem Waschbecken ab. Ich atme tief durch, hebe meinen Kopf und schaue meinem eigenen Spiegelbild entgegen. Das Funkeln in meinen Augen ist bereits vor langer Zeit verschwunden, stattdessen starren mich zwei vollkommen leere, blau-graue Augen an. Mein champagnerfarbenes Haar spiegelt das Chaos in meinem Leben wider. Wirre Strähnen hängen aus meinem Knoten und unterstreichen die Anstrengungen der letzten Stunden. Missbilligend presse ich meine vollen Lippen zu einem schmalen Strich zusammen.

Es ist alles meine Schuld. Ich hätte es niemals so weit kommen lassen dürfen.

Das Zittern in meinen Fingern lässt allmählich nach und ich greife erneut nach der Papiertüte. Nacheinander hole ich die Gegenstände heraus und lege sie vor mir auf dem Waschbeckenrand. Mit meiner rechten Hand greife ich nach dem Zopfgummi in meinen Haaren. In einer einzigen fließenden Bewegung ziehe ich ihn heraus und löse damit den Knoten. Meine Haare ergießen sich wie eine Flutwelle über meinen Rücken. Trotz dem wärmenden Gefühl macht sich eine Gänsehaut auf meinem gesamten Körper breit.

Es gab eine Zeit in meinem Leben, da waren meine Haare das Wichtigste für mich. Doch irgendwann habe ich sie nicht mehr als schön, geschweige denn praktisch empfunden. Mit der Zeit wurden diese Haare zu meinem größten Schwachpunkt. Sie sind ungeeignet. Vor allem dann, wenn jemand darin seine Hand vergraben kann und damit die Macht bekommt, einen durch die Gegend zu schleifen.

Ich schlucke den Kloß in meinem Hals herunter und unterdrücke blinzelnd die heißen Tränen, welche bereits in meinen Augenwinkeln brennen. Stattdessen greife ich zu der Schere, die ich auf dem Waschbeckenrand abgelegt habe. Das kalte Metall fühlt sich tonnenschwer in meiner Hand an. Meine linke Faust umschließt meinen Haarschopf. Bevor mein Kopf einen weiteren Gedanken formen kann, setze ich die Schere an. In einer einzigen raschen Bewegung schneide ich sie knapp über der Schulter ab.

Kraftlos lasse ich die Schere zu Boden fallen und schaue schwer atmend meinem entsetzten Spiegelbild entgegen. Jeder einzelne meiner Herzschläge ist mir nur allzu deutlich bewusst und ein Schnauben dringt aus mir hervor. Ich bin vollkommen erschöpft und atemlos. Mit einem Mal fühle ich mich, als wäre ich soeben einen ganzen Marathon gelaufen. Neben der Anstrengung und Angst macht sich ein weiteres Gefühl in meiner Brust breit.

Hoffnung auf Freiheit.

Unabhängigkeit.

Mit meinem neu gewonnenen Mut greife ich erneut zu den Utensilien auf dem Waschbecken. Die Dame auf der Verpackung lächelt mir freudig entgegen. Es fühlt sich an, als würde sie mich ermutigen wollen, den nächsten Schritt zu wagen. Mir ist klar, dass das absoluter Schwachsinn ist.

Entschlossen reiße ich die Schachtel auf, nehme das Haarfärbemittel in die Hand, folge der Anweisung und schüttle zunächst die Flasche.

Nachdem das Färbemittel sich ausreichend vermischt hat, öffne ich die Tube, ziehe die Plastikhandschuhe an und verteile die Tönung auf meinem Haaransatz. Meine Naturhaarfarbe hat immer für besonders viel Aufmerksamkeit gesorgt. Sich nun davon zu lösen, fühlt sich wie ein Befreiungsschlag für mich an.

Die Tube ist aufgebraucht und während alles einwirkt, erinnere ich mich an das Münztelefon auf dem Parkplatz.

Ich sollte dringend telefonieren.

Die Furcht davor, dass *er* mein Handy orten könnte, war einfach zu groß. Sicherheitshalber habe ich es gar nicht erst auf die Reise mitgenommen. Kürzer als vorgeschrieben, spüle ich meine Haare unter dem Wasserhahn ab. Eine bräunliche Suppe färbt das Waschbecken ein und hinterlässt Spuren. In Windeseile habe ich die gesamte Farbe von meinem Kopf abgewaschen.

Nachdenklich betrachte ich mein neues Ich. Es wirkt vollkommen anders an mir, dennoch hebt sich ein Mundwinkel und damit fühlt sich alles wie der erste Befreiungsschlag an.

Schnell stopfe ich die übrig gebliebenen Utensilien zurück in die Papiertüte. Anschließend verlasse ich das Toilettenhäuschen mit meinen nassen Haaren und entsorge die Tüte in einem Müllcontainer. Mit wenigen Schritten hechte ich zu dem Münztelefon hinüber, werfe einige Geldstücke hinein und wähle anschließend die vertraute Nummer.

Es knackt in der Leitung und ich höre das Freizeichen. Bereits nach dem dritten Klingeln wird abgenommen.

»Hallo?« Eine Frauenstimme.

Bevor ich es zurückhalten kann, entfährt mir ein Schluchzer. Schnell presse ich meine Hand auf den Mund.

»Wer ist da?«

»Natalia, ich bin es«, bringe ich erstickt hervor.

»Kinga?«, fragt meine Schwester alarmiert. »Ist alles in Ordnung bei dir?«

Eine berechtigte Frage, wenn man bedenkt, dass ich meine Schwester garantiert nicht grundlos mitten in der Nacht aus dem Bett klingle.

Ich schüttle den Kopf, obwohl sie diese Geste nicht sehen kann. »Ja … ich meine … ich weiß nicht …«

»Tief durchatmen«, erinnert Natalia mich.

Meine ältere Schwester war schon immer besonders fürsorglich. Nachdem unsere Eltern bei einem Autounfall gestorben sind, hat sie zu Hause schnell ihre Rolle als mein Vormund übernommen. Uns beide hat dieser Verlust schwer getroffen, doch Natalia hat stets einen kühlen Kopf bewahrt und die Familie zusammengehalten. Wir hatten jahrelang keinen Kontakt zueinander, weil *er* es sich nicht gewünscht hat. Und ich war dumm genug, mich ihm aus Angst vor den drohenden Konsequenzen zu fügen. In den letzten Monaten habe ich allerdings häufiger mit meiner Schwester telefoniert. Und ich bin froh: Für Natalia spielt es keine Rolle, dass wir ewig keinen Kontakt hatten.

Ich brauche sie und sie ist für mich da.

Wenn ich ehrlich sein soll, dann hat sich an dieser Tatsache bis heute nichts geändert. Denn ich weiß wieder einmal nicht weiter und hoffe auf ihren Ratschlag.

»Ich bin gegangen«, murmle ich heiser.

Für ein paar Sekunden ist es ungewöhnlich still in der Leitung. Ich blinzle verwirrt. Gerade öffne ich meinen Mund, um nachzufragen, ob sie noch am Telefon ist. Allerdings kommt Natalia mir zuvor und löst sich schneller als erwartet aus ihrer Stille.

»Du bist wirklich gegangen?«

»Ich bin wirklich gegangen«, bestätige ich.

Meine Schwester stößt einen tiefen Seufzer aus. »Gott sei Dank.«

Ich bin gerade zu keiner Antwort fähig und mir wird klar, dass die vergangenen Jahre nicht nur an meinen Kräften gezehrt haben. Die Menschen, die mich lieben, haben mindestens genauso sehr gelitten wie ich auch.

»Wo bist du?«, fragt Natalia.

»Auf einem Parkplatz. Irgendwo in der Nähe von Radom«, sage ich und blicke mich um. Ganz so, als ob mir die Umgebung bekannt vorkommen müsste.

»Komm zu uns«, sagt Natalia augenblicklich.

»Wie bitte?«, frage ich.

»Komm zu uns. Wohne bei uns.«

»Nein, Natalia. Das ist zu viel und vermutlich auch zu gefährlich. Für euch«, erkläre ich.

»Weiß er denn, wo wir mittlerweile leben?«, fragt sie.

Meine Schwester hat ihre Stimme zu einem verschwörerischen Flüstern gesenkt, als ob sie Angst hätte, dass uns jemand belauschen könnte.

Ich beiße mir auf die Unterlippe. »Nein, er weiß nicht, wo du lebst. Er ist felsenfest davon überzeugt, dass wir beide keinen Kontakt mehr haben. Deshalb hat er von eurem Umzug nach Zakopane überhaupt nichts mitbekommen.«

»Das ist gut. Ich sage nicht, dass das eine dauerhafte Lösung ist. Aber irgendwo musst du unterkommen und unsere Tür steht euch immer offen. Du hast Marcin doch dabei?«, vergewissert sich Natalia.

»Pst. Darüber müssen wir in Ruhe sprechen, wenn wir ungestört sind. Aber du sollst ihn bitte nicht mehr so nennen. Ab jetzt heiße ich Kinga und mein Sohn heißt Jakub«, vermittle ich eindringlich.

Ich blicke über meine Schulter zurück zu meinem alten Opel, welcher weiterhin unter der spärlich beleuchteten Laterne steht. Gemeinsam mit dem wichtigsten Menschen in meinem Leben. Meinem Sohn.

»Ohne ihn wäre ich niemals gegangen«, erkläre ich atemlos.

»Ich bereite das Gästezimmer vor und warte auf euch. Trotz der Umstände«, erklärt meine Schwester.

Ich ziehe einen scharfen Atemzug ein. »Natalia?«

»Ja?«

»Danke!«

»Wir sehen uns morgen Früh, Kinga. Fahr vorsichtig!«

Nachdem ich das Telefonat mit meiner Schwester beendet habe, laufe ich mit wenigen Schritten zu meinem Opel, schließe die Wagentür auf und lasse mich seufzend in den abgewetzten Sitz fallen. Ich werfe einen Blick über meine rechte Schulter auf meinen achtjährigen Sohn, der friedlich schläft. Mit zarten Fingerspitzen streiche ich ihm eine helle Locke aus der Stirn. Ich nehme seine Brille von der Nase, während seine Brust sich gleichmäßig hebt und senkt.

Ein Mensch weiß niemals, wie stark er eigentlich ist. Bis ihm nichts anderes übrig bleibt, als stark zu sein.

Ich drehe den Schlüssel im Schloss herum und der Motor erwacht brummend zum Leben. Mit meiner rechten Hand lege ich den Gang ein und schlage das erste Kapitel meines neuen Lebens auf.

KAPITEL 1

Kinga

Manchmal betrachte ich meine Welt wie ein weißes Blatt Papier. Meine Eltern waren die ersten, die bunte Striche auf meinem Lebensblatt hinterlassen hatten. Im Laufe der Jahre sind immer mehr Menschen in mein Leben getreten und haben eigene Farben hinzugefügt. Doch nicht jeder Mensch, der uns im Leben begegnet, ist dafür bestimmt, für immer darin zu bleiben. Freundschaften zerbrechen und Familien streiten sich. In diesem Fall zücke ich meinen Radiergummi und entferne die bunte Farblinie des jeweiligen Menschen. Doch es ist wie so vieles im Leben nicht endgültig.

Wir können die Farblinie eines Menschen wegradieren. Wir können einen Menschen aus unserem Leben verbannen. Ein hauchzarter Strich wird für immer auf dem weißen Blatt Papier des Lebens erhalten bleiben. Genauso wie jeder Mensch, der uns begegnet, für immer eine unsichtbare Spur auf unserer Seele hinterlässt.

Manchmal im Leben begegnen wir Menschen, die es nicht gut mit uns meinen. Sie drängen sich auf unser Blatt, sie breiten sich aus und nehmen allen anderen Farben den Raum. In meinem speziellen Fall hat dieser Mensch mein Papier gewaltsam an sich gerissen. Er hat es zerknittert und zerknüllt. Er hat darauf gespuckt und es als wertlos betrachtet. Lange Zeit habe ich ihm stumm dabei zugesehen, während meine lautlosen Tränen unaufhörlich meine Wangen benetzt haben.

Ich fürchtete mich vor dem Tag, an dem er mein Blatt Papier in Stücke reißt. Ich habe meinen gesamten Mut Zusammengenommen und es zurück in meinen Besitz gebracht.

Er mag es beschädigt haben, doch zerstört hat er mich nicht. Das habe ich verhindert, indem ich das Papier vor mir ausgebreitet und glattgestrichen habe. Dabei weiß jeder Mensch, dass ein zerknülltes Blatt niemals seine ursprüngliche Form annehmen kann. Genauso kann die Seele eines Menschen nicht unbeschadet alle Vorkommnisse vergessen. Wir können lediglich aus den Dingen lernen, die uns zustoßen. Wir können lernen, damit zu leben. Denn in unseren schwächsten Momenten merken wir Menschen, wie viel Stärke tatsächlich in uns schlummert.

* * *

Sieben Stunden und vier Minuten später parke ich den Wagen vor dem Haus meiner Schwester. Sie wohnt in einem modernen Einfamilienhaus. Es hat eine weiße Fassade mit Flachdach und vielen bodentiefen Fenstern. Von vorn betrachtet wirkt es hell, modern und elegant. Ein Balkon zeigt nach vorn zur Straße. Ich seufze, als mein Blick über den saftig grünen Rasen schweift. Es muss ein Traum sein, in dieser Gegend zu leben.

Ich ersticke beinahe an dem riesigen Kloß in meinem Hals. Unsere Wohnung in Warschau hat ähnliche Elemente. Der Gedanke lässt Bitterkeit in mir aufsteigen, während die Sonne bereits am Horizont hervorbricht und die Bergspitzen wachküsst. Die Fahrt von Warschau nach Zakopane war unkompliziert. Jakub hat die gesamte Fahrt über auf der Rückbank geschlafen und ich bin die Strecke komplett durchgefahren. Zumindest bis auf den kurzen Moment meiner Typveränderung.

Vermutlich, weil ich einfach nur wegwollte.

Die Angst davor, dass *er* uns irgendwo auflauern könnte, war einfach zu groß.

Seltsamerweise überkommt mich beim Anblick des Hauses meiner Schwester ein Gefühl von Geborgenheit. Das ist eigenartig, denn bisher bin ich noch nie hier gewesen.

Mein Hals verknotet sich erneut und ich bekomme nur schwer Luft. Es fühlt sich an, als hätte sich ein Elefant auf meinen Brustkorb gesetzt. Schnell presse ich mir eine Hand auf den Mund, bevor mein Schluchzer geräuschvoll entkommen kann.

»Mama?«, fragt eine verschlafene Stimme.

Ich schließe die Augen.

Diese Stimme ist der Grund, weshalb ich in den vergangenen Jahren niemals mein Lächeln verloren habe. Wenn ich am Boden lag und mir sicher war, den nächsten Moment nicht mehr zu erleben, hat mich diese Stimme zurück ins Leben geholt.

Mein kleiner starker Fels.

Schnell wische ich mit meinem Handrücken über meine Augenwinkel. Ich atme tief durch und versuche mich an einem überzeugenden Lächeln. Erst als ich meine Mimik unter Kontrolle habe, schaue ich über meine rechte Schulter nach hinten.

»Hey, mein Schatz. Hast du gut geschlafen?«

»Ja, aber mein Nacken tut mir etwas weh«, murmelt Jakub und dreht seinen Kopf ein kleines bisschen.

Ich nicke. »Das ist verständlich. Wir sind jetzt angekommen und du lernst deine Tante kennen. Ist das okay?«

»Ich denke schon, ja.«

»Dann lass uns bei Natalia an der Tür klingeln. Nach einer guten Tasse Tee sieht die Welt schon wieder ganz anders aus.«

»Mhm«, murmelt Jakub leise.

Mein Blick fällt auf seine Hände. Nervös knetet er seine Finger im Schoß. Ich schnalle den Sicherheitsgurt ab und drehe meinen Oberkörper komplett nach hinten.

»Ist alles in Ordnung bei dir?« Ich fühle mich bedrückt, als ich die Frage stelle. Denn was soll bitte okay sein?

»Ich … ich bin verwirrt«, gibt Jakub leise zu. »Ich verstehe das alles nicht.«

Er hebt seinen Blick und die karamellfarbenen Augen seines Vaters treffen mich. Für einen kurzen Moment raubt mir dieser Anblick den Atem. Auch wenn ich schon längst geglaubt hatte, mich daran gewöhnt zu haben. Ich schlucke meine Gefühle herunter und zwinge mich zu einem lockeren Lächeln.

»Du verhältst dich seit ein paar Tagen einfach seltsam. Dann verlassen wir unser Zuhause und verabschieden uns nicht von Papa. Und dann heiße ich anders. Du nennst mich Jakub. Dabei ist das mein Zweitname und du hast mich vorher nie *nur* so genannt.«

»Mein Schatz, ich hoffe sehr, dass ich dir schon bald alles erklären kann. Aber dein Vater, er –«

»Du warst nicht glücklich. Er hat dir wehgetan«, erklärt Jakub.

Ich habe versucht, ihn aus allen Situationen herauszuhalten und meine Verletzungen zu verbergen. Nun wird mir jedoch bewusst, dass er viel mehr mitbekommen hat, als ich dachte.

Die Schläge.

Das Geschrei.

Die Wutausbrüche.

Und mein kleiner Sohn musste all diese grausamen Momente miterleben.

»Jakub, ich –«

Tränen steigen in meine Augen. Ich habe immer gedacht, dass ich meine Gefühle gut unter Kontrolle halten kann. Doch ich habe mich geirrt. Marcin – nein, Jakub – ist ein aufmerksamer und liebevoller kleiner Junge. Ein simpler Blick in mein Gesicht reicht aus und er weiß direkt, wie ich mich fühle.

»Du sagst, dass wir Tante Natalia besuchen. Dabei kenne ich sie überhaupt nicht. Sollte ich das nicht?«

Ich nicke langsam. »Du solltest Tante Natalia kennen. Die Wahrheit ist jedoch, dass auch ich sie bereits seit vielen Jahren nicht mehr gesehen habe. Dein Vater hat mir oft vorgeschrieben, was ich tun soll und was nicht. Unter anderem wollte er nicht, dass ich meine Schwester besuche. Das hat mich oft traurig gemacht. Jakub, wir beide konnten einfach nicht länger in Warschau bleiben. Es war dort nicht sicher für uns. Deswegen mussten wir zusammen gehen.«

Ich weiß nicht, ob Jakub den Sinn hinter meinen Worten verstanden hat. Doch mein Sohn scheint für den Moment mit meiner Antwort zufrieden zu sein.

Jakub und ich steigen aus dem Auto aus. Mit nichts außer zwei Reisetaschen. Wir nähern uns der Haustür. Meine Finger zittern nervös. Mein Zeigefinger schwebt über dem metallischen kleinen Knopf. Ich nehme mir einen Moment Zeit, um meine Augen zu schließen. Dabei atme ich tief durch die Nase ein und stoße die Luft durch den geöffneten Mund wieder aus. Meine Wimpern flattern und ich öffne entschlossen meine Augen. Als mein Zeigefinger den Druckknopf berührt, fühlt es sich an, als würden Blitze durch meinen gesamten Körper schießen. Dennoch übe ich etwas Druck auf die Klingel aus und ziehe meinen Zeigefinger abwartend zurück. Nur wenige Sekunden später höre ich Schritte näher an die Tür herankommen. Die Haustür geht nach innen auf und ich finde mich in einer direkten und festen Umarmung wieder.

»Du bist da! Du bist wirklich gekommen!«, flüstert Natalia erleichtert. Ich kann ihr Gesicht nicht sehen, doch das Lächeln ist zweifellos aus ihrer Stimme herauszuhören.

Verblüfft erwidere ich ihre Umarmung, wenn auch etwas unbeholfen, und schaue an ihr herunter. Sie trägt ein gelbes, geblümtes Sommerkleid und ist barfuß.

Ich schließe meine Augen und genieße diesen innigen Moment. Der blumige Duft ihres zarten Parfüms steigt mir in die Nase. Unwillkürlich denke ich daran, wie es sich anfühlt, wenn man im Sommer mit nackten Füßen über eine Blumenwiese rennt.

Ein freudiges Zucken regt sich in meinem Magen. Wenn ich mir bis vor Kurzem noch nicht sicher war, ob ich die richtige Entscheidung getroffen habe, dann hat die freudige Begrüßung meiner Schwester es geschafft, alle Zweifel über Bord zu werfen.

Natalia unterbricht diesen Moment, indem sie mich ein Stück

von sich wegschiebt. Auf Armeslänge umfasst sie meine Schultern. Ihre braunen Augen suchen etwas in meinem Gesicht. Ich weiß nicht genau was, aber sobald sie meine Haare erblickt, scheint ihre Suche beendet zu sein. Für eine winzige Sekunde weitet sich ihr Blick, doch nur einen Wimpernschlag später hat sich meine Schwester wieder gefangen. Sanft hebt Natalia ihre rechte Hand und streicht durch eine kurze Strähne.

Jede ihrer Bewegungen ist mir nur allzu deutlich bewusst. Ich mustere sie, als könnte ich irgendeine wichtige Geste von ihr verpassen. Wir haben so lange ohne einander auskommen müssen, dass ich Angst habe, noch mehr Zeit zwischen uns kommen zu lassen.

Auf Außenstehende wirken wir nicht wie Schwestern. Während Natalia optisch unserer Mutter ähnelt, komme ich nach unserem Vater. Sie hat dunkelbraune Augen und schokoladenfarbenes Haar. Ihre langen Strähnen bedecken ihren gesamten Rücken. Wenn sie lächelt, erscheint auf ihrer linken Wange ein zauberhaftes Grübchen. Auch ihr Hautton ist etwas dunkler. Im Gegenzug habe ich die blau-grauen Augen von unserem Vater geerbt. Meine gesamte Statur ist kleiner und schmächtiger als die von meiner Schwester. Natalia lächelt mich sanft an und drückt kurz meinen Arm.

»Ich finde, die neue Frisur steht dir ausgesprochen gut. Wer weiß …« Natalia zuckt lässig mit den Schultern. »Vielleicht schneide ich mir die Haare demnächst auch so kurz.«

Ein ehrliches Lächeln breitet sich auf meinem Gesicht aus.

»Vielleicht kannst du mir einen guten Friseur in der Nähe empfehlen. Ich habe sie selbst geschnitten. Ich denke, das sieht man.« Ich schüttle meine kurzen Haare.

»So schlimm ist es gar nicht!«, beteuert Natalia sofort.

»Ach ja?«, frage ich herausfordernd.

Ich drehe mich im Kreis und gewähre Natalia einen Blick auf meine gesamten Haare, die hinten vermutlich besonders schief fallen.

Sie lacht auf. »In Ordnung. Ich nehme alles zurück. Wir werden jemanden finden, der das wieder richten kann.«

Ihre Worte sind an mich gerichtet, doch ihre Augen schauen an mir vorbei. Durch meine Drehung habe ich die Sicht auf die Person hinter mir freigegeben. Die gesamte Situation muss furchtbar und verwirrend für ihn sein. Jakub hat von einem Tag auf den anderen sein gesamtes Leben hinter sich lassen müssen. Sein Zuhause, seine Spielsachen, seine Freunde, seinen Vater …

Wenn er so weit ist, weitere Fragen zu stellen, dann muss ich so weit sein, ihm diese beantworten zu können.

Natalia geht einen Schritt an mir vorbei. Sie beugt sich etwas nach unten, damit sie mit Jakub auf einer Höhe sprechen kann.

»Hey! Ich bin deine Tante Natalia.« Sie lächelt liebevoll.

Jakub hingegen mustert Natalia mit einem skeptischen Blick. Er hebt seine rechte Augenbraue nach oben. »Wenn du meine Tante bist … warum kenne ich dich dann nicht?«

Ungläubig starre ich meinen Sohn an. Natalia entkommt ein trauriges Schmunzeln. Auch an meinen Lippen zupft ein vorsichtiges Lächeln.

»Das ist eine berechtigte Frage, Jakub. Leider wohnen wir beide weit voneinander entfernt und hatten keine Gelegenheit, uns persönlich zu sehen. Aber ich hoffe, dass wir das in den nächsten Tagen ändern werden.«

Jakub schweigt für mehrere Sekunden. Er scheint Natalias Antwort gedanklich abzuwägen. Schließlich kommt er zu einem Ergebnis und streckt seine rechte Hand nach vorn aus.

»Es freut mich, dich endlich kennenzulernen.«

Diese Geste treibt mir die Tränen in meine Augen. So lange habe ich darauf gewartet, dass die beiden wichtigsten Menschen meines Lebens sich begegnen können. Diesen Moment speichere ich fest in meinem Kopf ab. Ich archiviere dieses Bild und genieße die Szene. Ein warmes Gefühl breitet sich in meinem Magen aus.

»Es wird Zeit, dass ihr beiden hereinkommt. Ich habe einen Kuchen gebacken und Limonade gemacht.«

»Limonade?«, frage ich ungläubig.

Natalia nickt bekräftigend. »Noniglimonade.«

»Honiglimonade?«, echoe ich.

»Honiglimonade«, wiederholt Natalia.

Ein leichtes Schimmern ist nun auch in ihrem Blick zu erkennen. Honiglimonade war die Spezialität unserer Mutter. Sie hat sie mit frischer Minze, einer Scheibe Zitrone und Eiswürfeln serviert. Besonders im Sommer haben wir ihre Limonade literweise getrunken. Die Wunden sind niemals verschwunden, allerdings sind die Spuren unserer Eltern mittlerweile verblasst. Wenn ich heute an sie zurückdenke, dann muss ich nicht mehr weinen. Stattdessen denke ich an all die schönen Erlebnisse, die wir gemeinsam hatten. Ich denke an heiße Sommertage und eisgekühlte Getränke.

Jakub zupft an meinem Ärmel und reißt mich aus meinen Erinnerungen.

»Ich möchte auch gern Limonade trinken.«

Mein Blick geht zurück zu meiner Schwester. Diese hat meinen Sohn bereits sanft in das Haus gezogen und führt ihn in den Flur. Nach ihnen betrete ich ebenfalls das Haus und schließe die Tür.

Der Eingangsbereich ist mehr als großzügig geschnitten. Der Boden besteht aus grauen Marmorfliesen. Diese bilden einen schönen Kontrast zu den weiß gestrichenen Wänden. Links von mir befindet sich ein großer Hochglanzschrank, in welchem wahrscheinlich die Jacken verstaut werden. Daneben steht eine schwarze Sitzbank und zwei silberne Kissen sorgen für eine gemütliche Atmosphäre.

Ich begegne dem Haus meiner Schwester mit gemischten Gefühlen, denn einerseits wirkt alles sehr elegant und ich fühle mich deplatziert. Doch andererseits trägt dieser Flur die Handschrift meiner eigenen Schwester und vermittelt mir ein behütetes Gefühl. Ich streife meine weißen Sneakers ab und lege sie in das dafür vorgesehene Fach. Natalia trägt Jakubs Schuhe in der Hand und stellt sie neben meine in dem Regal ab.

Mein Blick wird träge, als ich den Kopf senke und ihren Bewegungen folge. Meine Schwester richtet sich auf und klatscht begeistert in die Hände. Dieser Knall lässt mich zusammenfahren und erschreckt mich mehr, als ich zugeben möchte.

»Ich bin beruhigt, dass ihr hier seid«, sagt sie. »Darf ich euch etwas zu essen anbieten?«

Jakub nickt begeistert. Wie zur Bestätigung beginnt sein Magen zu knurren. Verschämt schlägt er seine Hände vor dem Bauch zusammen.

»Solche Geräusche werden wir in diesem Haus sofort zum Verstummen bringen. Kinga? Was ist mit dir?«, fragt Natalia.

Ich öffne meinen Lippen für eine Antwort, doch stattdessen entkommt mir ein langgezogenes Gähnen. Schnell presse ich mir die Hand auf den Mund. »O nein! Das tut mir furchtbar leid.«

Natalia schüttelt vehement den Kopf. »Dir muss überhaupt nichts leidtun. Leg dich ins Bett und schlaf ein wenig. Ich werde in der Zwischenzeit das Frühstück für Jakub zubereiten.«

Sie hat keinerlei Ahnung davon, was ihre Worte in meinem Kopf anstellen. Ich bin es nicht gewohnt, dass sich jemand anderes um meinen Sohn kümmert. Für meinen Ex-Mann war Jakub immer nur ein Klotz am Bein. Die beiden haben niemals etwas zu zweit unternommen, weil unser Kind für ihn reine Zeitverschwendung war. Was schwer vorzustellen ist, ist Tatsache.

Heiße Tränen der Wut steigen in meine Augen. Ich bin wütend auf den Menschen, an den ich die letzten Jahre meines Lebens verloren habe. Gleichzeitig ist mir bewusst, dass er mir Jakub geschenkt hat und ich über ihn nicht glücklicher sein könnte. Mein Sohn weiß nicht, was es bedeutet, eine richtige Familie zu haben. Weil mein Ex-Mann ganz genau wusste, wie er den Kontakt zu meiner Familie unterbinden musste. Meine Hände ballen sich zu Fäusten.

Natalia legt mir sanft eine Hand auf die Schulter und sieht mich an, als wüsste sie, was in mir vorgeht. Trotz all der verlorenen Jahren zwischen uns. »Ist schon gut. Es ist vorbei.« Ihre

Worte sind nur für meine Ohren bestimmt.

»Komm, ich führe dich ins Gästezimmer. In ein paar Stunden sieht die Welt schon wieder ganz anders aus.«

Ich möchte so viele Dinge sagen. Es schweben unendlich viele unausgesprochene Sätze in meinem Kopf herum. Meine Schwester hat es verdient, mit meinen Worten und meiner Liebe überschüttet zu werden. Doch meine stetige Nervosität hindert mich am Sprechen. Dankbar falle ich Natalia in die Arme. Ich drücke sie fest an meinen Körper und hoffe darauf, dass diese Geste die vielen Worte in meinem Kopf ersetzen kann.

KAPITEL 2

Kinga

Ein Blitz zuckt über den wolkenverhangenen Nachthimmel. Für einen Moment erleuchtet dieses Naturspektakel unser Wohnzimmer. Ich sehe, dass sein Gesicht zu einer widerlichen Fratze verzerrt ist. Mit blutunterlaufenen Augen steht er über mir. Die Kontrolle über seine Sinne und über seinen Körper hat er bereits vor fünf Bieren verloren. Ich sitze auf dem Boden und kralle meine Finger fest in den flauschigen Teppichboden. Wenn ich jetzt entkommen kann, dann verschont er mich heute Abend womöglich. Langsam rutsche ich von ihm weg. Meinen Blick halte ich fest auf ihn gerichtet, damit mir auch nicht die kleinste Gefühlsregung entgeht.

Aber danach suche ich vergeblich. Wenn er so betrunken ist, dann ist es, als hätte ich einen vollkommen anderen Menschen vor mir. Er handelt aus seinem animalischen Instinkt heraus. Vorsichtig ziehe ich mein linkes Bein nach. Sofort bereue ich diese Bewegung, als ein allumfassender Schmerz Besitz von meinem Körper ergreift. Zischend ziehe ich die Luft ein. Gleichzeitig wird mir mein fataler Fehler bewusst. Ich reiße meine Augen auf und presse mir schnell eine Hand auf den Mund. Doch es ist zu spät. Wütende Augen funkeln mich zornig an.

»Was ist los mit dir, du Schlampe? Hast du ein Problem?«

Mit polternden Schritten kommt er schnell auf mich zu. Verbittert schließe ich meine Augen. Ich war so nah dran. So nah …

Mit wild klopfendem Herzen richte ich mich kerzengerade in meinem Bett auf. Meine rechte Hand fliegt an meinen Brustkorb. Mein Herz schlägt viel zu schnell.

Langsam hasse ich dieses Gefühl.

Instinktiv schlage ich mit der linken Hand nach oben. Doch … da ist nichts. Nach wenigen Sekunden wird mir bewusst, dass meine Hand kein Ziel getroffen hat. Ich halte in meiner Bewegung inne und zwinge mich, einen Blick ins Zimmer zu werfen. Meinen genauen Aufenthaltsort kann ich nicht sofort lokalisieren. Panik baut sich in meinem Inneren auf. Bis meine Augen die kleine Kommode auf der linken Seite erblicken. Dabei ist es nicht die Kommode, die es schafft, meinen Puls zu beruhigen. Es ist die weiße Vase mit den rosafarbenen Rosen darauf. Die Lieblingsblumen meiner Schwester Natalia.

Ich bin nicht mehr dort.

Ich bin nicht länger die Gefangene in meinem persönlichen Albtraum. Ich bin in Sicherheit. Seufzend lasse ich mich zurück in die Kissen sinken. Ein verzücktes Stöhnen kommt über meine Lippen.

Gott … diese Kissen fühlen sich so weich an.

Ich habe das Gefühl, als würde ich auf einer Wolke liegen. Ob das wohl möglich ist? Auf einer Wolke zu liegen? Vermutlich eher nicht.

Doch in diesem Moment kann ich mir gut vorstellen, wie es sein könnte.

Ich kann mich nicht daran erinnern, vorher bereits über die Beschaffenheit von Wolken nachgedacht zu haben. Nicht dass das wirklich eine Rolle spielen würde. Aber es tut mir gut, über solche Nichtigkeiten nachzudenken. Die Außenwelt komplett auszublenden und meine Probleme für einen kurzen Augenblick auszusperren. Mein Pulsschlag beruhigt sich allmählich wieder.

Flatternd öffne ich meine Lider, damit ich mich in Ruhe im Gästezimmer umschauen kann. Die Wände sind allesamt mit einer fliederfarbenen Tapete tapeziert. Diese wirkt einladend und freundlich. Die Möbel in dem Zimmer sind weiß, genauso wie die Bettdecke und die Kissenbezüge. Links und rechts neben dem großen Doppelbett steht jeweils eine kleine Kommode. Die Fenster werden von weißen Gardinen umrahmt.

Ich nehme mir einen weiteren Moment Zeit, um sämtliche Körperteile ausgiebig zu strecken. Um Jakub muss ich mir keine Gedanken machen. Das weiß ich. Bei Natalia befindet er sich in den besten Händen. Dennoch interessiert es mich, wie die beiden miteinander klargekommen sind.

Ich schwinge meine Beine über die Bettkante und gehe in den Flur. Verwirrt runzle ich die Stirn. Der Eingangsbereich bildet einen harten Kontrast zum Gästezimmer. Während hier alles clean und beinahe schon steril wirkt, macht das Gästezimmer einen viel fröhlicheren Eindruck. Ich gehe die Treppenstufen nach unten und rieche einen köstlichen Duft. Nur Sekunden später höre ich Gelächter.

Mein Herz setzt einen Schlag aus.

Jakub.

Jakub lacht.

Und damit meine ich nicht, dass er über einen schlechten Scherz von mir kichert. Nein, Jakub lacht laut und aus tiefstem Herzen. In Warschau hatte er nicht wirklich viele Gelegenheiten, um so ausgelassen Lachen zu können. Mein Herz vollführt einen kleinen Salto und in mir keimt wieder ein kleines Gefühl von Hoffnung auf. Ich folge den Gerüchen und dem Gelächter und finde mich in der Küche von Natalia wieder.

Der Küchenboden wird von Fliesen in Marmoroptik bedeckt. An der Decke befinden sich viele Lichtspots und sorgen für ein helles Ambiente.

Das, was ich sehe, überrascht mich. Natalia und Jakub stehen an der riesigen Kücheninsel. Aus dem Radio dröhnt *Kubańczyk* mit seinem Song *nie mogę przestać*. Es ist ein schneller Song und ich sehe, wie Natalia ihre Hüften im Takt der Musik bewegt. Der leichte Stoff ihres Kleides flattert durch die Luft. Natalia rührt in einer Pfanne herum, während sie ihren Körper wiegt. Sie singt lauthals mit. Dann ergreift sie ihren Holzlöffel, beugt sich zu Jakub herüber und singt ihn an.

Und was macht mein schüchterner kleiner Junge? Er singt einfach mit, stelle ich verblüfft fest. Jakub klatscht und hat nebenbei noch Zeit, das Gemüse abzuwaschen.

Mein Sohn bemerkt mich als Erster. »Hey, Mama! Tante Natalia und ich kochen das Mittagessen«, sagt er strahlend.

Ich war bis vor wenigen Sekunden der festen Meinung, dass er sein Leuchten komplett verloren hat. Doch die letzten Jahre haben ihn nicht gebrochen. Das kann ich ganz deutlich sehen. Ein Gefühl von Erleichterung ergreift mich.

Jakub hat sich bereits wieder dem Gemüse vor seiner Nase zugewandt. Dafür mustert meine Schwester mich und scheint auf eine Erwiderung zu warten.

»Ja, das sehe ich«, sage ich deshalb. »Was kocht ihr denn Leckeres? Das duftet gut.« Begeistert beuge ich mich über die brutzelnde Pfanne und schließe genüsslich meine Augen.

»Wir machen eine Gemüse-Reis-Pfanne«, gibt Jakub aufgeregt zurück.

Während ich meinen Sohn weiter dabei beobachte, fällt die Haustür krachend ins Schloss und lässt mich zusammenzucken.

»Wir sind wieder da!«, ruft eine männliche Stimme.

»In der Küche«, gibt Natalia zurück.

Es dauert nur einen kurzen Moment, bis ein hochgewachsener Mann mit breiten Schultern im Türrahmen erscheint. Er hat dunkelblondes Haar und ist glattrasiert. Seine Augen sind eisblau und erinnern mich an die eines Huskys. Er trägt einen maßgeschneiderten hellgrauen Anzug, durch den sein athletischer Körper zur Geltung kommt. Als sein Blick auf mich fällt, werden die Husky-Augen weicher und neben ihnen bilden sich kleine Fältchen.

»Kinga!« Überraschenderweise kommt er mit schnellen Schritten auf mich zu und schließt mich in eine feste Umarmung. »Es ist so schön, dich zu sehen.«

»Danke, Kamil. Du hast dich praktisch gar nicht verändert«, sage ich an meinen Schwager gewandt.

Und es stimmt. Kamils Gesichtszüge sind etwas reifer geworden. Das Haar an den Schläfen ist leicht ergraut. Doch im Grunde hat er sich nicht verändert.

»Tja.« Er zuckt belustigt mit den Schultern. »Du weißt doch, wie es so schön heißt. Männer sind wie Käse.«

»Sie stinken?«, fragt Natalia lachend und rührt das Gemüse in der Pfanne.

Kamil wirft ihr einen bitterbösen Blick zu. »Nein, Männer und Käse sind besser, sobald sie gereift sind.«

»Du meinst wohl, dass der Käse als einziges reift«, gibt Natalia feixend zurück.

Kamil gestikuliert in der Luft herum und versucht vergeblich, seine eigene Aussage ins rechte Licht zu rücken. Um ehrlich zu sein, bekomme ich von seinen genauen Worten nicht mehr wirklich viel mit. Ich stehe einfach dämlich grinsend in der Küche der beiden und freue mich, dass ich an diesem harmlosen Schlagabtausch teilnehmen darf. Diese Menschen sind für mich der Inbegriff eines perfekten Liebespaares. Sie haben sich bereits als Teenager kennengelernt und sind früh miteinander ausgegangen. Nach der Schule hat Kamil angefangen, als Immobilienmakler zu arbeiten, Natalia als Chefköchin in einem Restaurant. Sie sind den klassischen Weg gegangen, haben geheiratet, ein Haus gebaut und ihre Liebe wurde von einer wundervollen Tochter gekrönt.

Weiter komme ich nicht, denn das besagte Mädchen erscheint im Türrahmen. Meine Nichte ist nur wenige Monate älter als Jakub. Dennoch habe ich sie nur auf Bildern gesehen. Das Glück, sie persönlich kennenzulernen, ist mir bisher leider verwehrt geblieben. Umso erstaunter bin ich nun, zu sehen, dass sie ein exaktes Ebenbild ihres Vaters ist. Sie hat lange dunkelblonde Locken, welche sanft ihr Gesicht umrahmen. Ihre blauen Augen stehen enger beieinander und leuchten in kindlicher Vorfreude.

Scheinbar wusste sie von unserer Ankunft.

Ich werfe einen schnellen Blick zu Jakub, bin unschlüssig, wie er auf die beiden neuen Personen reagieren wird. Doch zu meiner Erleichterung lächelt er lediglich freundlich und scheint der gesamten Situation offenherzig gegenüberzustehen. Ich bin mir sicher, dass Natalia ihm von ihrem Ehemann Kamil und ihrer Tochter Anna erzählt hat. Ansonsten würde Jakub niemals so seelenruhig stehen bleiben und die gesamte Szene auf sich wirken lassen. Rasch läuft Anna in ihrem rosafarbenen Kleid auf Jakub zu und streckt ihm ihre Hand entgegen. Sein Lächeln verrutscht für eine Sekunde und macht der Unsicherheit Platz. Doch er überspielt diese Situation und fängt sich schnell wieder.

»Hi, ich heiße Anna und bin deine Cousine. Wir werden sicher die besten Freunde werden.«

»Hi«, gibt Jakub schüchtern lächelnd zurück. Er ergreift Annas Hand und umschließt ihre Finger vorsichtig. »Ich heiße Jakub.«

Natalia rechts von mir entkommt ein entzücktes Seufzen. Sie presst sich ihre linke Hand auf die Brust. Auch Kamils Gesichtsausdruck wird eine Spur sanfter. Mir wird klar, dass wir für den Moment angekommen sind. Ich bin zurück. Zurück bei meiner Familie. Und ich hoffe, ich kann ein wenig hierbleiben.

KAPITEL 3

Kinga

Kraftlos lasse ich meine Reisetasche zu Boden sinken. Meine Glieder fühlen sich schwer an und erst jetzt wird mir bewusst, wie sehr mich die gesamte Situation mitgenommen hat. In Warschau hatte ich nicht besonders viel Zeit, um über alles nachzudenken. Nun kommt es mir so vor, als würden die letzten Momente in meinem alten Leben wie in einem Film vor meinem inneren Auge ablaufen. Ich habe mir zwei Reisetaschen geschnappt und hastig einige Kleidungsstücke von Jakub und mir hineingeworfen. Anschließend habe ich meinen Sohn mitten in der Nacht geweckt. Wir haben uns ins Auto gesetzt und sind blindlings losgefahren. Hastig schüttle ich den Kopf. Mein Blick landet dabei auf dem Gepäckstück zu meinen Füßen. Darin befinden sich zwei Hosen von mir, fünf Oberteile und etwas Unterwäsche. Das ist mein gesamtes Leben. Verpackt in einer kleinen Tasche.

Das Adrenalin der vergangenen Stunden lässt allmählich nach und ich setze mich auf die Bettkante. Mein Kopf fühlt sich mit einem Mal an, als würde ihn jemand mit einem Presslufthammer bearbeiten. Ich drücke mir die Handballen gegen meine Augen und versuche, meine Emotionen herunterzuschlucken. Stattdessen lasse ich für einen kurzen Moment die Dankbarkeit in den Vordergrund treten. Darauf setze ich momentan meinen Fokus. Wir haben großes Glück, dass wir bei meiner Schwester und ihrer Familie unterkommen können. Zumindest vorerst. Sie hat ihr Gästezimmer für mich hergerichtet und Jakub ist im Zimmer nebenan untergebracht. Ein schwaches Räuspern an der Tür lässt mich augenblicklich zusammenfahren. Ich hebe meinen Kopf und sehe meinen Sohn im Türrahmen stehen.

»Entschuldigung.« Zögerlich betritt er das Zimmer. »Ich wollte dich nicht erschrecken.«

»Schon in Ordnung. Ist alles gut bei dir, mein Schatz?«

Jakub zuckt mit den Schultern. »Geht so?«

»Was heißt das?«, frage ich und klopfe sanft auf die Bettdecke neben mir. Eine Bitte an ihn, sich zu setzen.

Dankbar klettert er auf das Bett. »Ich vermisse mein T-Shirt.«

Perplex blinzle ich. Mit so einer Aussage habe ich nicht gerechnet.

»Welches T-Shirt genau meinst du?«

»Das rote. Mit *Spiderman* und den blauen Ärmeln. Ich trage es gerne.«

Oh.

»Es tut mir leid, mein Schatz. Dein Oberteil liegt im Wäschekorb, deshalb habe ich nicht daran gedacht, es mitzunehmen.«

»Aber du nimmst mein Lieblingsoberteil immer mit, wenn wir in den Urlaub fahren«, erwidert Jakub trotzig.

Schuldbewusst beiße ich mir auf die Unterlippe. Mein Sohn hat mit seiner Annahme vollkommen recht. Ich verlange ihm momentan viel ab und habe mir bisher noch nicht die Zeit dafür genommen, seine Gefühle zu hinterfragen. Das schlechte Gewissen überkommt mich, als hätte jemand einen Eimer kaltes Wasser über mir ausgeschüttet.

»Ich kann verstehen, dass du enttäuscht bist. Und ich möchte mich bei dir entschuldigen. Aber du musst verstehen, dass wir nicht einfach nur Urlaub bei Tante Natalia machen.«

»Mama?«

»Ja?«

»Was passiert jetzt?«

»Wie meinst du das?«

»Wohnen wir jetzt für immer bei Tante Natalia? Oder müssen wir irgendwann wieder zurück nach Hause?«

»Ich weiß es nicht«, gebe ich ehrlich zu.

»Du weißt es nicht?«

»Nein.« Ich schüttle den Kopf. »Es fällt mir schwer, die nächsten Tage und Wochen zu planen.«

»Bisher hast du aber immer alles geplant, Mama.«

Ein sanftes Schmunzeln tritt auf mein Gesicht und ich ziehe meinen Sohn in meine Arme. »Auch eine Mama oder ein Papa können nicht immer eine Antwort auf alle Fragen haben. Eltern sind manchmal auch ratlos und brauchen Zeit, um gewisse Dinge zu überdenken.«

Jakub schweigt und ich bin mir nicht sicher, ob er meine Worte versteht. Doch zumindest spüre ich, wie sein Körper sich in meinen Armen entspannt.

»Kann ich dich noch etwas fragen, Mama?«

»Immer.«

»Hast du meine *Spiderman*-Actionfigur eingepackt?«

Kichernd betrachte ich ihn. »Ja. Unter deinen Socken liegt deine Figur.«

»Gut, denn die ist wichtig.«

»Natürlich ist sie das. Jakub? Wenn du möchtest, dann kannst du nachts auch gern bei mir im Bett schlafen. Deine Tante hat uns zwei getrennte Zimmer gegeben, aber wir können uns meins teilen. Das wäre wie eine geheime Pyjamaparty.«

»Hm, danke, aber ich möchte lieber allein schlafen.«

»Bist du dir sicher?«

»Ja, du störst mich sonst«, antwortet er ehrlich.

Ich blase meine Wangen auf und versuche, damit die angespannte Situation zu entschärfen. »Ich störe dich? Denkst du nicht viel eher, dass es andersrum ist?«

»Nein«, entschieden schüttelt er den Kopf und ich drücke ihm einen Kuss auf die Stirn.

»Ich mag es bei Tante Natalia!«, verkündet Jakub plötzlich.

»Ehrlich?«

»Ja, alle hier sind nett und ich glaube, du bist auch zufrieden.«

»Wie kommst du darauf?«

»Solange wir hier bei Tante Natalia sind, kann Papa dir nicht mehr wehtun. Ich vermisse mein Zuhause, aber …« Er bricht ab und ein Schluchzen entkommt seiner Kehle.

»Alles ist gut, Schatz«, beruhigend streichle ich meinem Sohn über seinen Kopf.

»Du bist nicht so oft die Treppe heruntergefallen. Du hast dir auch nicht aus Versehen heißes Wasser über den Oberschenkel gegossen. Und ich glaube auch nicht, dass du gegen Schränke und Türen gelaufen bist.«

Zischend stoße ich die Luft aus. Ich bin sprachlos. Mir fehlen die nötigen Worte, um Erklärungen für all diese Dinge zu finden. Außerdem bin ich müde und ich habe es satt, meinen eigenen Sohn anlügen zu müssen.

Ich kämpfe gegen meine wütenden Tränen an, doch ich möchte stark für ihn bleiben. Adam ist schuld daran, dass mein Junge sich mit solchen Gedanken auseinandersetzen muss. »Hier kann uns nichts passieren.«

»Du … bist glücklich hier … Niemand tut dir weh. Das macht mich sehr froh, Mama.«

Jakub weint in meinen Armen und in diesem Moment kann ich meine Tränen nicht mehr zurückhalten. Ich habe gedacht, dass ich meine Emotionen vor meinem Sohn verbergen kann und ihn in all den Jahren beschützt habe. Nun muss ich mich der Tatsache stellen, dass Jakub viel mehr mitbekommen hat, als ich ursprünglich gedacht habe. Ich war der Überzeugung, dass die vergangene Zeit besonders qualvoll für mich gewesen ist. Doch nun erkenne ich, dass die Zeit für ihn ebenso schmerzhaft war. Er schmiegt seinen Kopf an mein Kinn und weint all die Tränen der Vergangenheit.

»Mama?«

»Ja?«

»Können wir bitte hierbleiben?«

»Bei Tante Natalia?«, frage ich überrumpelt.

Jakub nickt. »Ja, bei meiner Tante und auch bei Anna. Ich mag die beiden so gern. Sie sind nett zu uns und ich hoffe wirklich, dass wir hier leben können.«

»Ich … ich weiß es nicht.«

Mit Sicherheit hat Jakub sich eine andere Antwort von mir erhofft, doch diese kann ich ihm momentan einfach nicht geben. Ich möchte vor meinem Sohn keine falschen Versprechungen machen. Die Zukunft für uns beide ist ungewiss, denn Adam könnte jeden Moment vor der Tür stehen. Das würde eine erneute Flucht für uns bedeuten und ob wir noch ein weiteres Mal entkommen können, weiß ich nicht. Ein mulmiges Gefühl überkommt mich bei diesem Gedanken. Mir bleibt nichts anderes übrig als von Grund auf ehrlich zu sein.

»Ich hoffe auch, dass wir bleiben können. Zumindest eine Weile. Wir werden dich bald in der Schule hier in Zakopane anmelden. Deine Tante unterstützt mich mit einem Termin und den nötigen Formularen. Mit etwas Glück kommst du in die Klasse von Anna.«

»Das wäre echt toll!«

»Ja, stimmt.« Ich atme tief durch. »Sag mal, hast du Anna schon deine *Marvel*-Figur gezeigt?«

»Hmh? Interessieren sich Mädchen überhaupt für Superhelden?«

»Ich weiß nicht, ob Anna Superhelden mag. Aber auch Mädchen spielen mit Actionfiguren und mögen *Spiderman*. Frag sie doch einfach, dann weißt du es.«

»Okay.« Jakub nickt. »Das werde ich machen.«

Mit einem Satz springt er vom Bett und flitzt aus dem Gästezimmer. Ich sehe ihm hinterher und lasse unser Gespräch Revue passieren. Es erscheint mir absolut unfair, dass ein Kind in seinem Alter solche schrecklichen Dinge miterleben muss. Seufzend wende ich mich der Reisetasche zu. Ich bin mir nicht sicher, ob ich den Inhalt auspacken und in den Schränken einräumen möchte. Mein Instinkt rät mir dazu, sie nicht auszupacken, damit ich schnell flüchten kann, wenn es notwendig erscheint. Doch mein Herz spricht eine ganz andere Sprache. Jakub fühlt sich hier wohl und auch ich merke, wie ich zunehmend ruhiger werde. Ich möchte hier ankommen und meinen Kummer überwinden. Ächzend hieve ich mich vom Bett hoch und nehme eine Hose heraus. Ich schließe meine Augen, atme tief durch und räume das Kleidungsstück in eine Kommode. Ein aufgeregtes Zucken durchfährt meinen gesamten Körper. So fühlt sich der erste Schritt in die Freiheit an.

KAPITEL 4

Adam

Die Wohnungstür ist nur einmal abgeschlossen. Das ist der Moment, in dem Adam bereits stutzig wird. Für gewöhnlich ist seine Ehefrau Sylwia eine vorsichtige Person. Er hat ihr die Anweisung erteilt, dass das Türschloss doppelt verriegelt sein muss, solange er sich nicht in der Wohnung aufhält. Diese Regelung hat seine Frau heute wohl gebrochen. Stöhnend presst Adam sich seinen Zeigefinger und seinen Daumen auf die Nasenwurzel. Im Grunde möchte er ihr überhaupt nicht wehtun, doch sie scheint seine Regeln einfach nicht verstehen zu wollen. Bis spät in der Nacht hat er mit seinen Kumpels in der Bar getrunken. Nun dröhnt sein Schädel und er hat sich darauf gefreut, ins Bett zu fallen und seinen Rausch auszuschlafen. Doch es nützt alles nichts und er wird sich zuerst um seine nutzlose Frau kümmern müssen.

Die Tür schwingt nach innen auf und fliegt krachend gegen die Wand.

»Hey! Ich bin wieder zu Hause«, ruft er barsch.

Für einen Moment hält Adam inne, doch nichts regt sich. Wartend steht er im Eingangsbereich, allerdings kann er keine Erwiderung hören. Hinter sich schließt er die Wohnung ab.

»Sylwia! Begrüße mich gefälligst, wenn ich nach Hause komme.«

Mit langen Schritten marschiert er ins Wohnzimmer und zerrt sich währenddessen die Krawatte vom Hals. Achtlos wirft er das Kleidungsstück auf den Boden und lässt es dort liegen. Schließlich ist es nicht seine Aufgabe irgendetwas im Haushalt zu erledigen. Dafür hat er geheiratet. Doch von seiner Frau ist immer noch nichts zu sehen. Wie von selbst ballen sich seine Hände zu Fäusten und er geht rüber in die Küche. Die braune Einbauküche ist ordentlich aufgeräumt. Von einem Frühstück ist absolut nichts zu sehen, dabei sollte seine nutzlose Ehefrau sich hier aufhalten.

»Sylwia, verdammt! Wo zur Hölle steckst du?«

Adam öffnet den Kühlschrank, zieht ein kühles Bier heraus und macht die Flasche auf. Gestern Abend nach der Arbeit hat er sich direkt mit seinen Kumpels in der Bar getroffen. Es ist spät geworden und er hatte den ein oder anderen Drink zu viel. Deshalb hat er beschlossen, die Nacht bei einer anderen zu verbringen. Einer, mit der man Spaß haben kann und die ihn nicht dafür verurteilen würde, dass er einfach mal abschalten muss. In dieser Hinsicht ist seine Ehefrau eine verklemmte Spießerin. Ständig schiebt sie Kopfschmerzen oder andere dämliche Ausreden vor. Allerdings gehört sein Glück zu ihren ehelichen Pflichten und deshalb scheut er sich nicht davor sich zu holen, was ohnehin ihm gehört.

In seinem Kopf pocht es unangenehm und er hofft, dieses Gefühl mit einem Konterbier besiegen zu können. Danach wird er unter die Dusche springen und sich den Tag freinehmen. Vorausgesetzt seine verblödete Frau taucht irgendwann auf. Adam setzt die Bierflasche an seine Lippen und trinkt einen gierigen Schluck daraus, danach knallt er sie auf den Tresen und geht rüber in das Schlafzimmer.

Leer.

Ein seltsames Gefühl überkommt ihn und sein linkes Augenlid beginnt zu zucken. Mit einem Mal wird Adam klar, dass etwas nicht stimmt. Kalter Schweiß bricht auf seiner Stirn aus. In seiner Panik stürzt er zum Kleiderschrank von Sylwia und reißt die Schranktüren auf. Wütend schweift sein Blick umher, doch er kann nicht erkennen, ob irgendwelche Klamotten von ihr fehlen. Andererseits weiß er beim besten Willen nicht darüber Bescheid, welche Sachen sie für gewöhnlich trägt.

Verdammt.

Blind vor Wut schlägt Adam mit der geballten Faust gegen den Kleiderschrank. Ein kleiner Riss bildet sich im Holz. Ein weiterer Gedanke blitzt in seinem alkoholverhangenen Kopf auf.

Keuchend rennt er in das Kinderzimmer von seinem Sohn Marcin und blickt sich suchend um.

Leer.

Wahllos reißt er einige Schubladen auf, doch auch hier kann er nicht mit Sicherheit sagen, ob etwas fehlt. Ein Schauer jagt durch seinen gesamten Körper und Galle steigt in seiner Kehle hoch.

Was zur Hölle hat das alles hier zu bedeuten?

Adam holt mit seinem Fuß aus und tritt gegen ein Lego-Schiff von seinem Sohn. Sofort zerspringt das Konstrukt in viele Einzelteile und verstreut sich im gesamten Zimmer.

Kraftlos setzt er sich auf die Bettkante. Das ist gerade alles zu viel. Sein Kopf tut weh und Sylwia ist nicht da. Das Spielzeug hat ihm keine Befriedigung verschafft. Er muss seine Wut an etwas anderem auslassen. Ziellos gleiten seine Augen durch das Kinderzimmer, bis sie an den Actionfiguren von seinem Sohn hängen bleiben. Adam hat noch nie verstanden, weshalb Marcin sich immer noch für diesen Kinderkram interessiert. Seinem Sohn mangelt es an Disziplin und Männlichkeit. Auch das ist ein weiterer Fehler von Sylwia. Sie trocknet die Tränen von ihrem gemeinsamen Kind zu häufig und erklärt ihm, dass es in Ordnung ist, seine Gefühle zu zeigen. Angewidert spuckt Adam auf den Boden. Mit solch einer Einstellung kann aus seinem Jungen niemals ein vernünftiger Mann werden. Es wird Zeit, dass er ihn unter seine Fittiche nimmt und Marcin etwas mehr von seiner Frau trennt. Er möchte sich gerade abwenden, als ihm ein kleines Detail auffällt.

Eine Figur fehlt.

Zwischen einer schwarzen Figur und einem grünen Monster ist ein Platz im Regal frei. Diese Tatsache lässt ihn stutzen. Zwar interessiert er sich nicht für diesen Kram, doch er weiß, wie penibel Marcin diese lächerliche Sammlung sortiert. Mit einem Mal fällt es Adam wie Schuppen von den Augen.

Dieser rote Spinner in dem Strampelanzug.

Er fehlt.

Adam springt vom Bett auf und stürzt zu dem Regal rüber. Sämtliche Figuren stehen noch an ihrem Platz, nur die Lieblingsfigur seines Sohns nicht. Es kommt oft vor, dass Marcin diese Spielzeuge mit zu seinen Freunden nimmt. So viel hat er zumindest mitbekommen. Den Roten nimmt Marcin niemals mit, weil er ohne ihn nicht einschlafen kann und er zu große Angst hat, diese Figur zu verlieren. Schreiend reißt Adam die Figuren runter und trampelt in seiner blinden Wut darauf herum.

Zornig geht er zurück ins Schlafzimmer, dabei kommt er an der Küche vorbei und nimmt das Bier von der Theke mit. Er nimmt einen kräftigen Schluck aus der Flasche und beugt sich anschließend, um unter das Ehebett schauen zu können. Ein Teil der goldenen Flüssigkeit schwappt dabei auf den Boden.

Sylwias Reisetasche.

Sie ist weg.

Blitzschnell richtet Adam sich auf. Ein markerschütternder Schrei entkommt seiner Kehle und er wirft die Bierflasche gegen den Kleiderschrank. Das braune Glas zerspringt in viele kleine Teile und die Flüssigkeit ergießt sich im gesamten Schlafzimmer.

Sein Kopf glüht vor Wut und Spucke tritt aus seinem Mund hervor, denn Sylwia ist nicht einfach nur kurz weg. Sylwia ist gegangen.

»Das wirst du bereuen, du elendes Miststück!«, brüllt Adam in die leere Wohnung.

KAPITEL 5

Kinga

Das Esszimmer des Hauses ist genauso elegant gehalten wie der Rest. Der Boden wird von demselben dunklen Holzparkett bedeckt wie schon der Flur. Auf dem langen Esstisch liegt eine schwere Glasplatte. Kamil und Natalia sitzen auf einer Seite des Tisches. In ihrem Rücken befinden sich zwei riesige Fenster. Diese beeindruckende Glasfront präsentiert einen freien Blick auf die wunderschönen Berge. Die gesamte Szene wirkt geradezu malerisch und ich freue mich jetzt schon darauf, mehr Zeit in der Natur zu verbringen. Gegenüber von Natalia und Kamil sitzen Anna, Jakub und ich nehme neben meinem Sohn Platz.

In der Mitte des Tisches steht eine schwarze Vase, in welcher sich ein Bund Pampasgras befindet. Unsere Teller stehen auf schwarzen Schieferplatten, welche als Unterlagen benutzt werden. Mit einer Gabel pikse ich ein Stück Karotte auf und schiebe es mir in den Mund. Selbst die Karotte von Natalia schmeckt besser als alles, was ich selbst kochen kann.

Suppe. Manchmal mache ich Suppe.

Nun ja … wenn ich ehrlich sein soll, kann ich nur Suppe kochen. Nudelsuppe aus der Packung, um ganz genau zu sein. Kamil hat den Blick auf seinen Teller gesenkt und auch Natalia scheint beim Essen nicht allzu gesprächig zu sein. Anna sitzt brav über ihren Teller gebeugt und isst in einer vornehmen Haltung. Jakub scheint von der Stille am Tisch irritiert zu sein. Es wirkt, als wäre er sich nicht sicher, ob es in Ordnung ist, etwas zu sagen. Ich würde ihn gern erlösen, weil ich Tischgespräche mag.

Mein Problem löst sich augenblicklich in Luft auf, als Kamil sein Besteck klappernd auf seinen Teller legt. Er greift zu seinem Wasserglas und leert dieses in einem einzigen Zug.

»Danke schön für das Essen. Ich werde noch etwas arbeiten.«

Mit einem Lächeln erhebt er sich von seinem Platz. Er nimmt seinen Teller und sein Wasserglas und geht damit in Richtung Küche. Ich höre, wie er die Spülmaschine öffnet und sein Geschirr und das Besteck einsortiert. Mit polternden Schritten geht er die Treppe hinauf in den ersten Stock.

»Mama? Klara hat mich heute in der Schule gefragt, ob ich am Mittwoch zu ihr zum Spielen kommen möchte. Darf ich?«, fragt Anna plötzlich.

Vor Überraschung verschlucke ich mich an meinem Reis. Jakub klopft mir zwei Mal liebevoll auf den Rücken. Natalia hingegen betrachtet mich mit einem Stirnrunzeln. Bis ihr wieder einfällt, dass ihre Tochter auf eine Antwort wartet.

Natalia richtet ihren Blick auf Anna. »Am Mittwoch? Aber am Mittwoch hast du deinen Tanzkurs. Was ist damit?«

»Klara hat auch Tanzkurs. Ihre Mama kann mich dorthin mitnehmen und du müsstest mich am Ende abholen«, erklärt Anna.

Natalia denkt für einen Moment über die Worte ihrer Tochter nach. Nach kurzem Zögern wiegt sie weiterhin nachdenklich den Kopf. »Das bespreche ich zuerst mit Klaras Mutter. Wenn sie nichts dagegen hat, dann können wir gern euer Treffen für Mittwoch einplanen«, sagt meine Schwester diplomatisch.

Anna nickt. Mit einer festen Zusage hat sie wohl nicht gerechnet, deshalb scheint sie mit dem Ausgang des Gesprächs zufrieden zu sein.

»Ich habe für nächste Woche einen Kennenlerntermin in der Schule von Anna für Jakub arrangiert«, erklärt Natalia.

Mit einiger Verspätung stelle ich fest, dass dies an mich gerichtet ist.

»Du meintest doch vorgestern, dass er nicht ganz so viel Stoff verpassen sollte. Und er wäre, wenn alles klappt, in Annas Klasse. Dann hätte er gleich jemanden, den er kennt.«

Ich öffne meinen Mund, doch nur ein Krächzen entweicht meiner Kehle. Ich räuspere mich kurz. »Oh, natürlich … danke.«

»Ist das wirklich okay? Kinga, Jakub?«

»Für mich ist das okay, Mama«, antwortet Jakub darauf und ich erwidere seinen Blick.

»Sicher, ich denke, es könnte Jakub helfen, einen geregelten Alltag zu bekommen. Und Schule ist wichtig.« Natürlich ist Schule wichtig, nur war die Flucht aus unserem alten Leben wichtiger.

Wir sind jetzt seit zwei Wochen bei meiner Schwester. Ich habe noch nichts von Adam gehört. Noch keinen einzigen Teil seiner Wut verspürt. Denn diese wird er in sich tragen. Ganz gewiss.

Aber Jakub muss ein sicheres, gewohntes Umfeld erhalten.

Obwohl ich es nicht mag, auf andere Menschen angewiesen zu sein, macht Natalia es erträglich. Ich möchte einfach niemandem zur Last fallen und eine Bürde darstellen. Aber durch Natalia lerne ich es von Neuem, mir unter die Arme greifen zu lassen. Ich weiß, es gibt keinen Grund, sich schlecht zu fühlen, nur weil man Hilfe von außen annimmt. Stattdessen zeugt es vielmehr von Stärke, wenn man sich eingestehen kann, Hilfe zu brauchen. Ich muss es mir nur immer wieder in Erinnerung rufen.

Für meinen Ex-Mann bin ich ständig nur eine Last gewesen. Er hat mir niemals das Gefühl gegeben, mir etwas Gutes tun zu wollen.

Wahrscheinlich fällt es mir deshalb nun so schwer, einen Gefallen einzufordern und guten Gewissens in Anspruch zu nehmen. Ich atme tief aus.

Meine Schwester wirft einen Blick auf die Teller von Jakub und Anna. Beide Kinder haben ihr Mittagessen verschlungen. Mit einem Kopfnicken deutet Natalia hinter sich.

»Der Tag ist viel zu schön, um ihn mit uns beiden hier drin zu verbringen. Möchtet ihr etwas nach draußen in den Garten gehen? Dort werdet ihr mehr Spaß haben.«

Sämtliche Alarmglocken in meinem Inneren schrillen. Meine Kehle fühlt sich mit einem Mal staubtrocken an. Das Gefühl von

Leichtigkeit und Glück liegt bereits in der Vergangenheit. Ich bekomme keine Luft mehr, als die Stühle der Kinder über den Boden schaben.

Nur verschwommen bekomme ich mit, wie die beiden ihre Teller und ihr Besteck in die Küche bringen und in den Garten verschwinden. Ich weiß, was gleich folgen wird.

»Sylwia? Ich denke, wir sollten reden, nicht? Ihr seid nun schon seit einigen Tagen hier.« Auf ihrer Stirn haben sich tiefe Sorgenfalten gebildet.

Ich möchte ihr so gern versichern, dass sie sich keine Gedanken machen muss. Gleichzeitig möchte ich sie darauf hinweisen, dass sie meinen richtigen Namen benutzt hat. Doch das Sprechen fällt mir weiterhin schwer. Ich atme tief durch.

»Das alles ist nicht besonders leicht für mich.«

Natalia schenkt mir ein aufmunterndes Nicken. »Ich verstehe dich.«

»Ich weiß überhaupt nicht, wie es weitergehen soll. Diese Ungewissheit macht mir Angst und ich fürchte mich davor, dass Adam vor deiner Tür stehen könnte.«

»Wäre es nicht klug, zur Polizei zu gehen?«

Panisch weiten sich meine Augen und ich schüttle vehement den Kopf.

»Nein, auf gar keinen Fall.«

»Kinga -«

»Nein! Ich kann nicht zur Polizei gehen. Er wird uns finden und mir Jakub wegnehmen. Das kann ich nicht riskieren.«

»In Ordnung.« Natalia hebt ihre Hände. »Ich möchte dich zu nichts zwingen, auch wenn ich nicht deiner Meinung bin. Aber du hast so lange in dieser toxischen Beziehung gelebt und ich frage mich, warum du nicht schon früher gegangen bist.«

»Bisher hat Adam seine Hand nur gegen mich erhoben.« Unruhig beiße ich mir auf die Unterlippe. »Nun aber hat sich seine Wut auch gegen Jakub gerichtet. Ich möchte nicht, dass mein Sohn mit solch einem Monster zusammenlebt. Unser Leben in Warschau war kein Umfeld, in dem man eine schöne Kindheit haben kann.«

Zu meiner Erleichterung versucht Natalia nicht länger, mir einen Ratschlag zu geben. Sie ist lediglich da und hat ein offenes Ohr für meine Sorgen. Und während ich über Adam spreche, überkommt mich eine ungeheure Angst. Angst, die meine Schwester deutlich spüren kann.

Anna und Jakub rasen bereits barfuß durch den Garten. Beide sind auf ein großes Trampolin geklettert und vollführen nun die wildesten Sprünge. Sie toben und sind ausgelassen. Ich sollte glücklich sein. Ich sollte erleichtert sein. Stattdessen tritt genau das Gegenteil ein. Ich zwinge mich, die Augen zu schließen und atme tief durch.

Natalia zieht mich besorgt in ihre Arme. »Nein. Ihr seid hier sicher!«, sagt sie mit fester Stimme.

»Er kann nicht …«

»Er wird euch hier nicht finden. Jakub und du, ihr beide seid hier sicher«, versichert mir Natalia mit fester Stimme.

»Und wenn er es doch tut und euch -«

In diesem Moment brechen sämtliche Dämme. Meine heißen Tränen laufen mir über das Gesicht. Ich hinterlasse eine feuchte Spur an Natalias Schulter. Doch das scheint sie nicht im Geringsten zu interessieren. Die Last der vergangenen Wochen … Monate … Jahre … fällt in diesem Augenblick von meinen Schultern.

Ich bin ängstlich.

Ich bin losgelöst.

Ich bin eingesperrt.

Ich fühle zu viele Dinge in zu kurzer Zeit. Ich kann meine Emotionen nicht länger für mich behalten. Viel zu lange habe ich diese gesamten Empfindungen eingesperrt. Ich habe sie weggeschlossen und viel zurückgesteckt. Ich war stark, wenn ich schwach sein wollte. Ich habe gelacht, wenn meinem Herzen nach Weinen zumute war.

All das liegt in meiner Vergangenheit. Ich muss nicht mehr stark sein, wenn ich das nicht möchte. Ich darf Emotionen zeigen. Alle Emotionen. Ich muss mich nicht mehr verstellen. Das macht mich glücklich und es macht mir Angst. Ich fühle alles gleichzeitig. Und ich lasse es zu. Endlich.

KAPITEL 6

Kinga – eine Woche später

Jakub hat einen Platz in Annas Schulklasse bekommen. Nervös lasse ich mich auf den Beifahrersitz von Natalias dunkelblauem Ford gleiten. Ich streiche Falten an meiner schwarzen Stoffhose, die ich mir von meiner Schwester geliehen habe, glatt. Falten, die überhaupt nicht vorhanden sind. Passend dazu trage ich schwarze Stiefeletten mit einem kleinen Absatz und eine rosafarbene Bluse. Auch diese Sachen habe ich mir von meiner Schwester geben lassen. Ich kam mit zu wenig her, als dass sich damit ein gutes Outfit zusammenstellen ließe. Aber mit meinem Auftreten möchte ich heute einen souveränen Eindruck vermitteln. Jakub sitzt hinter mir im Auto. Er ist aufgeregt und wer kann es ihm verübeln. Vor lauter Angst, etwas Falsches zu sagen, hält er lieber komplett den Mund. Ich beiße auf meine Unterlippe. Ich hoffe, dass er in der Schule schnell Anschluss finden kann. Und irgendwie wünsche ich mir, dass wir hierbleiben können, nur um Jakub nicht wieder aus einer Gewohnheit zerren zu müssen.

So schön war der Alltag für Jakub nicht, Kinga.

Und dennoch ist es hier hoffentlich besser. Alles wäre besser als seine letzte Schule. Ich schließe meine Augenlider, damit die Tränen keine Chance bekommen, aufzusteigen.

Bitte lass es nicht so werden wie auf seiner letzten Schule.

Natalia dreht den Schlüssel im Zündschloss herum und erweckt den Motor zum Leben. »Ich habe noch eine Kleinigkeit für dich.«

Sie zieht ein einfaches Smartphone aus ihrer Handtasche und streckt es mir entgegen.

»Ist das … für mich?«, frage ich verwirrt.

Natalia nickt. »Ja, ich habe es für dich besorgt.« Sie drückt mir das Handy in die Hand. »Du hast letztens erwähnt, dass du deins zurückgelassen hast, damit du nicht geortet werden kannst. Ich finde es aber besser, wenn wir beide in Kontakt bleiben können.«

Einen kurzen Moment zögere ich, unsicher, ob ich diese Geste annehmen kann, dann greife ich danach. »Danke!«

Natalia nickt zufrieden und ich fühle mich in diesem Moment gut. Ich habe etwas von jemandem angenommen. Das mag klein und unbedeutend klingen, doch für mich ist das der erste Schritt in eine neue Richtung.

Der Wagen rollt aus der Einfahrt und fädelt sich in den fließenden Verkehr ein.

Meine Gedanken werden unterbrochen, als Anna auf der Rückbank anfängt, heftig zu lachen. Sie hält sich vor lauter Lachen den Bauch. Ich werfe einen Blick nach hinten und bemerke das vorsichtige Kichern von Jakub. Das genügt mir vorerst völlig. Ich drehe meinen Kopf nach vorn und verfolge den weiteren Schulweg. Von Natalias Haus zu der Schule sind es ungefähr drei Kilometer.

Ich werde mich heute mit Jakub der Direktorin vorstellen und vermutlich auch unseren Umzug mitten im Jahr erklären müssen. Die passende Lüge liegt bereits auf meiner Zunge.

Ich bin Witwe. Mein Mann ist tot. Und noch nie wünschte ich mir mehr, dass meine Lüge wahr wäre.

KAPITEL 7

Kinga

Natalia und ich sitzen mit unseren Kindern im Auto und starren auf das massive Schulgebäude. Es ist in einem gelben Farbton gestrichen. Dadurch wirkt das gesamte Gebäude fröhlich und einladend. Das Dach besteht aus roten Ziegelsteinen. Mir fallen sofort die unzähligen Fenster an dem Schulgebäude auf. Das Licht der aufgehenden Sonne bricht sich in den sauberen Fenstern und projiziert bunte Farben. Für den Moment durchströmt mich ein kleines Gefühl von Erleichterung. Mit Sicherheit kann ich noch keine Prognose abgeben, aber ich bin guter Dinge, dass wir mit dieser Schule mehr Glück haben werden.

Ich lege meine Hand an den langen metallischen Griff der Eingangstür und stoße diese nach innen auf. Gemeinsam betreten wir das Schulgebäude. Das fröhliche Gerede von draußen verstummt, sobald wir den großzügigen Eingangsbereich erreicht haben. Der Boden ist blau und weiß kariert. Insgesamt macht die Schule auf mich einen positiven Eindruck. Ich presse meine Lider fest aufeinander. Es wird nicht mehr so werden wie damals. Hier wird alles anders laufen. Hier wird alles besser werden.

»Mama?«, höre ich eine Stimme neben mir fragen.

Diese Stimme sorgt dafür, dass ich überrascht meine Augen wieder aufschlage. Ich schaue runter zu den leuchtenden braunen Iriden, die mich viel zu neugierig mustern und die bereits viel zu viele schreckliche Dinge gesehen haben.

»Ja?«, frage ich verwirrt.

Ein kleines Lächeln stiehlt sich auf Jakubs Lippen. »Ich glaube, wir müssen nach oben in den ersten Stock gehen. Dort scheint das Büro der Direktorin zu sein.«

Jakub hebt seinen Zeigefinger und deutet auf ein graues Schild neben der Treppe. In einer ordentlichen Druckschrift steht darauf das Wort *Direktorat* in weißen Buchstaben. Als ich daraufhin immer noch nicht angemessen reagiere, legt Jakub im nächsten Moment den Kopf schräg und mustert mich. Ich bemühe mich schnell darum, meine Gedanken zu sortieren und meine Fassung wiederzuerlangen.

»Ja, klar. Natürlich. Du hast absolut Recht. Lass uns gehen, Liebling«, beeile ich mich zu sagen, und stolpere dabei beinahe über meine eigenen Worte.

Nur wenige Minuten später befinden wir uns vor der Tür der Schulleiterin. Jakub sitzt stocksteif neben mir und hat seinen Blick auf die Uhr an der gegenüberliegenden Seite der Wand geheftet. Sein Knie wippt kaum merklich auf und ab. Es ist ein Zeichen der Nervosität und der Angst. Es macht mich traurig, zu sehen, dass Jakub seine Erfahrungen von damals nicht so einfach abschütteln kann. Mobbing ist ein großes Thema an jeder Schule. Niemand sollte leichtfertig damit umgehen. Für die Mobber ist es nur ein kurzer Augenblick. Für die Opfer fühlt es sich wie ein nie endender Höllentrip an. Ich strecke meinen Rücken durch und setze mich aufrechter auf meinem Stuhl hin. Mit sanften Bewegungen streiche ich Flusen von meinem Ärmel, die überhaupt nicht vorhanden sind.

Dann öffnet sich mit einem knarrenden Schaben die Bürotür der Schulleiterin. Vor uns steht eine groß gewachsene, blonde Frau. Die Haare der Schulleiterin sind zu einem strengen Knoten nach hinten gebunden. Sie trägt einen dunkelblauen Rock und einen dazu passenden Blazer. Darunter erscheint ein schlichtes weißes Top. Sie streckt mir lächelnd ihre Hand entgegen. Ihre Fingernägel sind makellos manikürt und mit einem roten Lack bestrichen.

»Sie müssen *Pani* Kinga sein«, sagt die Schulleiterin.

Die Anrede in Polen ist im Vergleich zu anderen Ländern zugegebenermaßen etwas gewöhnungsbedürftig. Üblicherweise spricht man sich in Polen stets mit dem Vornamen an. Selbst wenn man sein Gegenüber nicht kennt.

Schnell setze ich ebenfalls ein Lächeln auf meine Lippen und nicke eilig. »Genau. Ich bin Kinga Lorek und das hier ist mein Sohn Jakub«, sage ich und lege ihm eine Hand auf den Rücken.

»Hallo, Jakub, ich bin deine neue Schulleiterin. Beata Nowak. Es freut mich sehr, dich an unserer Schule begrüßen zu dürfen«, sagt sie und lächelt Jakub freundlich an.

»Danke schön«, murmelt er schüchtern.

»Bitte, kommen Sie doch in mein Büro, damit wir uns etwas besser kennenlernen können«, sagt die Direktorin freundlich und tritt einen Schritt zur Seite.

Jakub und ich schlüpfen in das Büro der Schulleiterin. Diese folgt uns und schließt die Tür hinter sich.

»Setzen Sie sich gern«, sagt Beata und deutet auf zwei Stühle, die vor ihrem Schreibtisch stehen.

Wir nehmen Platz, während die Schulleiterin sich auf einen Drehstuhl fallen lässt. Wobei *fallen lässt* dabei nicht wirklich die richtige Bezeichnung ist. Viel eher lässt sie sich schwerelos darauf gleiten und wirkt dabei so elegant wie ein Schwan.

»Nun, Jakub«, setzt Beata an, »als Schulleiterin ist es mir besonders wichtig, dass ich alle Schüler an meiner Schule persönlich kennenlerne. Ich möchte meine Schüler kennen und ich möchte auch, dass meine Schüler mich kennen. Erzähl mir doch, was du so in deiner Freizeit machst.«

Jakub windet sich für einen Moment auf seinem Stuhl. Er rutscht von links nach rechts und sieht mich verunsichert an. Ich versuche mich an einem aufmunternden Lächeln. Für eine kurze Zeitspanne bin ich mir nicht sicher, ob es funktioniert hat. Doch in der nächsten Sekunde findet Jakub seine Stimme wieder.

»In meiner Freizeit lese ich gern«, sagt Jakub mit dünner Stimme.

Beata nickt daraufhin. »Was liest du denn zurzeit?«

Nun setzt mein Sohn sich etwas aufrechter in seinem Stuhl hin. Seine Augen leuchten und sein gesamter Körper strotzt vor Selbstbewusstsein. Bücher sind ein Thema, über das er stundenlang sprechen kann. Mit seinem Zeigefinger schiebt er die schwarze Brille etwas gerader.

»Ich lese *Die Abenteuer des Huckleberry Finn*«, antwortet Jakub begeistert.

»Mark Twain.« Auf Beatas Zügen erscheint ein sanftes Schmunzeln. »Nicht gerade eine leichte Lektüre. Schreibst du gern eigene Geschichten?«

»Nicht wirklich. Ich meine … hm … ich habe viele Ideen in meinem Kopf. Doch es fällt mir schwer, meine Worte auf Papier zu bringen«, erklärt Jakub direkt.

Mir fällt auf, wie viel selbstbewusster er erscheint, wenn er über ein Thema sprechen darf, bei dem er sich wirklich wohl fühlt. Jakub hat schon immer in zwei verschiedenen Welten gelebt. Einmal in unserer normalen Welt und einmal in der Welt seiner liebsten Bücher.

»Wir haben hier an der Schule einen Kurs für kreatives Schreiben. Du kannst dich jederzeit dafür anmelden«, erklärt Beata lächelnd.

»Wirklich? Das wäre super!« Jakubs Augen werden ganz groß und er dreht sich euphorisch in seinem Sitz zu mir. »Kann ich das auch mal ausprobieren?«

»Sicher. Ich wüsste nicht, was dagegenspricht.«

Mein Sohn grinst mich breit an.

Ein Gongschlag ertönt und unterbricht unser Gespräch. Beata richtet sich auf und auch Jakub und ich erheben uns von unseren Stühlen.

»Jakub, es hat mich sehr gefreut, dich kennenzulernen. Ich bin mir sicher, dass du eine schöne Zeit an unserer Schule haben wirst. Die Tür gegenüber von mir führt dich zum Sekretariat. Dort erhältst du deinen Stundenplan und eine Anleitung, wie du ab morgen zu deinem Klassenzimmer kommst.«

Jakub nickt zögerlich und verlässt den Raum.

»*Pani* Kinga? Haben Sie noch irgendwelche offenen Fragen?«, möchte Beata nun von mir wissen.

»Nun ja … es ist … eine Sache wäre da noch.« Ich zwinge mich, tief durchzuatmen.

»Jakub ist ein außergewöhnlicher Junge. Ich weiß, dass das nahezu alle Eltern über ihr eigenes Kind sagen. Doch bei Jakub stimmt es tatsächlich. In der Schule wurde er oft gemobbt. Seine Schulkameraden haben ihn physisch und psychisch an seine Grenzen gebracht.« Die Bilder von damals drängen sich in mein Bewusstsein.

Es ist schlimm für eine Mutter, zu sehen, wie ihr einziges Kind gequält und schikaniert wird. Es hat mir das Herz gebrochen.

Mehrmals.

Beata hebt die Hand und unterbricht mich. »Lassen Sie mich Ihnen eins versichern. An dieser Schule wird es zu keinen Mobbingattacken kommen. Ihr Sohn kann sich jederzeit an seinen Klassenlehrer, den Vertrauenslehrer oder direkt an mich wenden. Wenn ihm das unangenehm ist, dann kann er natürlich auch zu Hause mit Ihnen darüber sprechen und Sie setzen sich mit mir in Verbindung. Ich dulde kein Mobbing an meiner Schule«, erklärt Beata mit fester Stimme.

Instinktiv weiß ich, dass sie diese Worte nicht leichtfertig gesprochen hat. Sie ist felsenfest davon überzeugt. In diesem Moment bin ich es auch.

»Da wären wir«, sagt meine Schwester am nächsten Morgen und dreht sich nach hinten zu den Kindern um. »Hab einen schönen Tag heute, Anna. Ich habe dich lieb«, sagt sie an ihre Tochter gewandt.

Anna schnallt sich in ihrem Sitz ab und rutscht ein Stück nach vorn. Sie drückt Natalia einen liebevollen Kuss auf die Wange und grinst bis über beide Ohren. »Bis heute Nachmittag, Mama.« Sie schnappt sich ihren Schulranzen und steigt aus dem Wagen.

»Alles Gute für deinen ersten Tag heute, Jakub. Hab dich auch lieb«, sagt Natalia nun an Jakub gewandt.

Anders als Anna wird Jakubs Gesicht nicht von so einem strahlenden Grinsen erhellt. Er nickt unsicher und versucht sich an einem Lächeln, doch es möchte ihm einfach nicht gelingen. Stattdessen gibt er den Versuch auf und folgt seiner Cousine.

Wenn Jakub heute in die Schule geht, dann habe ich genügend Zeit, um mich ein wenig allein in der Stadt umzusehen. In den letzten Tagen war ich mit meiner Lebensumstellung beschäftigt und bin nicht dazu gekommen, mir die Gegend anzusehen.

»Mama? Du begleitest mich doch noch bis in die Klasse, oder?«, fragt Jakub unsicher.

»Natürlich!« Ich nicke.

»Soll ich auf dich warten?«

»Nein.« Ich schüttle den Kopf. »Fahr ruhig. Ich möchte ohnehin lieber zu Fuß gehen.«

»In Ordnung. Dann schicke ich dir den Standort des Diners, sobald ich gleich dort bin.«

»Klingt gut.«

Gemeinsam mit Jakub und Anna gehe ich durch den Schulkorridor. Es ist mir wichtig, dass mein Sohn sich an seinem ersten Schultag gut aufgehoben fühlt. Vor der Klasse bleiben wir stehen.

»Okay, Liebling. Ich wünsche dir einen schönen ersten Schultag. Sei fleißig und hab ganz viel Spaß«, sage ich.

Jakub schlingt seine Arme um meine Taille und drückt mich fest an sich. »Ich habe dich sehr lieb, Mama.«

»Ich habe dich auch lieb.«

Jakub löst seine Arme und sofort habe ich das Gefühl, etwas würde fehlen. Ein mulmiges Gefühl überkommt mich bei dem

Gedanken, dass wir beide voneinander getrennt werden. Andererseits ist mir bewusst, dass ich meinen Sohn nicht mein Leben lang an mich binden kann. Ich werde lernen müssen, dass wir nach vorn schauen und die Vergangenheit hinter uns lassen sollten. Mit einem letzten Winken verabschiedet er sich von mir.

Er wird das schaffen. Mein Sohn wird das schaffen!

Warme Sonnenstrahlen erhellen mein Gesicht, als ich das Schulgebäude verlasse und nach draußen trete. Mit der linken Hand schirme ich meine Augen vor der Sonne ab. Diesen kläglichen Versuch verbuche ich beinahe sofort als gescheitert. Tapfer erkämpft sie sich ihren Weg und dringt mühelos durch meine gesamte Kleidung. Langsam lasse ich meine Hand wieder sinken und schließe meine Augen. Hinter meinen Lidern brennt es für einen kurzen Moment. Doch dieses Gefühl ist nicht unangenehm. Der erste Schritt für einen Neuanfang ist getan.

Ich wärme mich an diesem Gedanken, während die Sonnenstrahlen weiterhin an meinem Gesicht lecken und mich zu meinem neuen Leben beglückwünschen. Dieser Weg war keinesfalls einfach. Weder für mich und ganz besonders nicht für Jakub. Allerdings bin ich mir mit jeder Minute, die in Zakopane verstreicht, sicher, dass meine Entscheidung absolut richtig war. Hier kann *er* uns nicht finden. Hier sind wir sicher.

Mit der rechten Hand greife ich in meine Handtasche. Unzählige Dinge springen mir beinahe aufdringlich ins Auge. Ein Lippenstift, eine Packung Taschentücher, eine Haarbürste, unzählige Zettel mit handgeschriebenen Notizen. Ich greife etwas tiefer hinein und bekomme einen kleinen harten Gegenstand zu fassen. Siegessicher umschließt meine Hand das Handy, welches ich von Natalia bekommen habe, und ich fische es aus diesem Bermudadreieck heraus.

Ich entsperre das Handy und tippe auf meine Nachrichten-

App. Das Briefkastensymbol neben dem Namen meiner Schwester blinkt auf. Ich tippe auf den Chat und sehe mir ihren Standort an, den sie mir samt einer Nachricht zugeschickt hat.

Natalia: Ich warte im Robert's auf dich. Komm entspannt her spaziert.

Mit schnellen Wischbewegungen präge ich mir den Weg zu diesem amerikanischen Diner ein. Dann laufe ich los. Ich möchte Zakopane kennenlernen. Ich möchte diese Stadt auf eigene Faust erkunden und mich hoffnungslos darin verlieben. Mein Orientierungssinn ist gut.

Es fällt mir nicht besonders schwer, mich in einer neuen Umgebung zurecht zu finden. Ich kann mir Straßenecken und Häuser gut merken. Außerdem fällt mir auf, dass diese Stadt eine ganz besondere ist. Der Charme und die Liebe zum Detail in den Bauwerken sind unübersehbar. Der gesamte Weg ist mit roten Pflastersteinen versehen. An den Seiten ragen metallische Laternen in den Himmel. Sie sind oben abgerundet und wirken dadurch beinahe historisch. Mir wird bewusst, dass es sich bei Zakopane um eine absolute Touristenstadt handelt. Doch das stört mich nicht. Ganz im Gegenteil. Ich bin absolut verliebt in dieses hektische Treiben. Ich liebe das Stimmengewirr und die ansteckend gute Laune dieser Menschen hier.

Das Herzstück bildet ein majestätischer Brunnen direkt in der Stadtmitte. Das Wasser glitzert an der Oberfläche und das Plätschern übt eine beruhigende Wirkung auf mich aus.

Ein schlichtes weißes Backsteingebäude erweckt meine Aufmerksamkeit. Dieser Stilbruch scheint im ersten Augenblick nicht zu dem ansonsten rustikalen Stil der Stadt zu passen. Doch gerade aus diesem Grund bleibe ich stehen und mustere es genauer. In einer ordentlichen schwarzen Schrift steht *Bistro Grota* auf einem Schild. Das Bistro wirbt mit einer beeindruckenden Auswahl an Sandwiches. Ein köstlicher Duft steigt mir in die

Nase. Ein Stückchen von dem Bistro entfernt entdecke ich einen *Let Me Out Escape Room.* Fasziniert bleibe ich erneut stehen und mustere das Bauwerk. Gegen das aufkeimende Grinsen auf meinem Gesicht bin ich komplett machtlos. Ich wollte schon immer mal in einen *Escape Room* gehen. Bisher hat sich mir leider noch nie die Gelegenheit dazu geboten.

Der Weg aus roten Pflastersteinen führt mich immer weiter in den Stadtkern. Dabei komme ich an einem Supermarkt, einem öffentlichen Parkplatz, einem Kosmetikgeschäft, einer Karaokebar und einem Coffee Shop vorbei. Allmählich häufen sich die Souvenirläden in dieser Gegend. Ein sicheres Zeichen dafür, dass ich dem Zentrum der Stadt näherkomme. Der Stil der Häuser gleicht immer mehr dem Zakopane, wie ich es aus Erzählungen kenne. Lauter Holzhäuser stehen nebeneinander und werben mit freien Zimmern. Solch ein Holzhaus stelle ich mir romantisch vor. Ich wollte immer mal Silvester draußen in den Bergen verbringen. Umringt von massenhaft Schnee in einer gemütlichen Hütte. Mit einem prasselnden Kaminfeuer und einer heißen Tasse Schokolade. Bisher war dieser Wunsch nichts weiter als … eben ein Wunsch. Doch wenn ich wirklich mit Jakub zusammen in Zakopane wohnen bleiben sollte, dann wird aus einem bloßen Wunsch eine wundervolle Gewissheit. In diesem Moment gibt es nicht viele Dinge, die mich glücklicher machen können.

Vor einem Schild bleibe ich abrupt stehen. Der Name darin ist in einer schwungvollen Schrift gedruckt. Die Schriftfarbe ist dunkelblau und ich sehe den Namen *Robert's.* Nach Bestätigung suchend ziehe ich erneut mein Handy aus meiner Hosentasche. Die Adresse, die Natalia mir vorhin geschickt hat, stimmt überein.

Ich habe mir ein Lokal im Stil der 50er-Jahre vorgestellt. Mit leuchtend bunten Reklamen und einer kitschigen Inneneinrichtung. Stattdessen wirkt das Diner ziemlich unscheinbar. Es ist ein schlichtes weißes Gebäude. Lediglich das runde Schild am Eingang mit dem Namen verrät den amerikanischen Hintergrund des Besitzers. Da es sich bei dem Diner um ein Eckgebäude handelt, kann man durch zwei große Ladenfenster hineinsehen.

Ich trete an die Eingangstür und schiebe sie nach innen auf. Ein sanftes Klingeln begleitet mein Eintreten. Neugierig sehe ich mich in dem für mich ungewöhnlichen Diner um. Die Wände sind in einem kräftigen Bordeaux gestrichen. Die Tische und Stühle sind alle aus demselben dunklen Kirschholz. Weiter vorn im Diner steht ein langer Tresen.

Ein hektisches Winken in meinem Augenwinkel erregt meine Aufmerksamkeit. Ich drehe meinen Kopf nach rechts und sehe Natalia an einem Fensterplatz sitzen. Lächelnd stelle ich meine Tasche neben dem Tisch auf den Boden und lasse mich auf den Platz gegenüber von ihr sinken.

»Hey! Hast du Jakub sicher abgegeben an seinem ersten Tag?«, fragt Natalia lächelnd.

»Es ist tatsächlich ganz gut gelaufen.«

Sie nickt. »Du kannst dir sicher sein, dass er dort gut aufgehoben ist.« Zur Bekräftigung ihrer Worte legt sie ihre Hand auf meine und drückt kurz zu.

Ich bin dankbar für ihre aufmunternden Worte. »Ja, ich denke auch, dass es ihm gut gehen wird.«

»Bist du endlich bereit zu bestellen, Natalia? Oder macht es dir Spaß, morgens einen Dreiertisch für dich allein zu belegen?«, fragt eine raue Männerstimme.

Das Polnisch ist gut und leicht verständlich, dennoch höre ich einen Akzent heraus. Der Mann bewegt sich selbstbewusst durch das Diner und kommt an unserem Tisch zum Stehen. Seine Ausstrahlung ist im ersten Moment sofort einnehmend und er scheint sich dieser Wirkung durchaus bewusst zu sein. Seine dunkelbraunen Haare sind kurz geschoren. Mir fällt das Flaschengrün seiner Augen direkt auf.

Dieser Mann ist eindeutig attraktiv. Seine raue Ausstrahlung wirkt im ersten Moment wie ein Abwehrmechanismus. Seine Arme sind vor dem Körper verschränkt und seine Lippen bilden einen harten Strich. Ein leichter Bartschatten verdunkelt sein

Kinn. Ungeduldig sieht er auf Natalia herunter, während er meine Anwesenheit scheinbar gar nicht zur Kenntnis genommen hat.

»Einen wunderschönen guten Morgen auch für dich, Robert«, erwidert Natalia.

»Robert? Wie *Robert* von dem Schild *Robert's*?«, entfährt es mir unwillkürlich.

Der Besitzer des Diners heftet seinen Blick nun auf mich und durchbohrt mich damit. Schamesröte schießt mir ins Gesicht und ich spüre, wie meine Wangen heiß brennen. Heftig schlage ich mir die Hand vor den Mund. Aber meine übereifrigen Worte lassen sich damit auch nicht mehr zurücknehmen. Für einen kurzen Moment hoffe ich, dass mich eventuell keiner gehört oder verstanden hat. Natalia kichert laut los und ich weiß, dass mein kurzer Moment der Hoffnung eindeutig vorbei ist.

»Sorry«, murmle ich in meine Hand hinein.

»Robert, darf ich dir meine Schwester vorstellen? Das ist Kinga.«

Er hält seinen Blick weiterhin auf mich gerichtet und schnalzt kurz mit der Zunge. »Charmant.«

Seine Stimme ist nicht mehr als ein tiefes Rumpeln. Augenblicklich beschleunigen sich mein Puls und der Schlag meines Herzens. Ich kann seine Wirkung auf meinen Körper nicht abstreiten, dabei weiß ich, dass es absolut unangebracht ist. Kein Mann dieser Welt sollte dieses Gefühl noch einmal in mir auslösen dürfen.

Keiner!

Sein graues T-Shirt dehnt sich über seinen breiten Schultern. Es sitzt eng an seinem Körper und passt sich gleichermaßen perfekt an. Seine muskulösen Arme kommen durch seine Kleiderwahl ebenfalls bestens zur Geltung. Die dunkelblaue Jeanshose betont seine Hüften. Seine gesamte Erscheinung passt nicht zu meiner Vorstellung, wie der Besitzer vom *Robert's* auszusehen hat. Ich hatte einen älteren Mann mit einer Schürze erwartet und nicht damit gerechnet, *Jackson Avery* aus *Grey's Anatomy* gegenüberzustehen. In der Serie wirkt dieser junge Arzt immer herzlich und sympathisch. Der Typ hingegen scheint mir eher sein boshafter Zwillingsbruder zu sein.

»Und Kinga? Das ist Robert. Ihm gehört dieses Diner«, erklärt Natalia unnötigerweise.

Sie scheint überhaupt nicht zu bemerken, wie angespannt die gesamte Situation für alle Beteiligten ist.

»Freut mich –«

»Was ist mit deiner Bestellung, Natalia?«

Scheinbar hat Robert sich nun endgültig an mir sattgesehen. Soll mir recht sein.

»Schenk uns doch erst mal zwei Kaffee ein und wir beide werfen einen Blick in die Speisekarte.«

»Die Speisekarte? Du bist dreimal in der Woche hier. Wenn jemand die Speisekarte auswendig heruntersprechen kann, dann bist du das.«

Robert seufzt demonstrativ und entfernt sich dennoch von unserem Tisch. Lediglich eine Sekunde später liegen zwei Karten vor uns und er beginnt damit, andere Gäste zu bedienen.

Verschwörerisch beuge ich mich zu meiner Schwester, damit meine folgenden Worte nur ihre Ohren erreichen.

»Alles klar, weshalb kommst du dreimal in der Woche hierher? Das Essen allein kann nicht der Grund sein.«

Verwirrt zieht Natalia ihre Augenbrauen zusammen. »Ich verstehe nicht.«

»Dieser Kerl ist absolut unausstehlich. So benimmt sich doch kein Besitzer eines Diners. Woher kennst du ihn überhaupt?«

»Ich kenne Robert, seitdem er in Polen lebt. Er ist aus Amerika, genauer gesagt aus New York. Als er damals nach Zakopane ausgewandert ist, hat er dieses Diner eröffnet. In solch einer kleinen Stadt lernt man sich unweigerlich kennen und sieht sich auch privat häufig. Robert war auch schon oft bei uns zu Hause, wenn wir Sommerfeste veranstaltet haben oder zu Geburtstagspartys.«

Der Gedanke von Robert mit einem Partyhut auf dem Kopf

drängt sich mir unweigerlich auf. Es macht mich fassungslos, dass Natalia scheinbar kein Problem mit seiner Art und Weise hat. Freundlicher Kundenservice sieht nun wirklich anders aus.

Natalia zuckt gleichgültig mit den Schultern. »Robert mag es nicht, wenn Gäste seine Tische zu Stoßzeiten besetzen und nichts bestellen. Ich wollte mit meiner Bestellung trotzdem gern auf dich warten. Womöglich hätten wir jetzt überhaupt keinen Tisch mehr bekommen.«

Skeptisch runzle ich meine Stirn. Ich lehne mich in meinem Stuhl zurück und werfe einen prüfenden Blick durch das Diner. Zu meiner Überraschung muss ich feststellen, dass Natalia tatsächlich Recht mit ihrer Aussage hat. Alle Tische sind vollends belegt und an dem Tresen ist lediglich ein Barhocker frei. Vor dem Diner steht eine dreiköpfige Familie und wartet darauf, dass endlich ein Tisch frei wird.

Dann beginnt meine Schwester gespielt hektisch zu werden. »Schnell!« Sie drückt mir die Karte entgegen. »Aufschlagen!«

Natalia reißt sofort die Speisekarte auf und drückt sie mir in die Hand. Verwirrt betrachte ich meine Schwester. Ohne den Inhalt der Karte zu fixieren, wie ich es sollte.

Wieder erscheint Robert an unserer Seite. Er stellt zwei dampfende Becher Kaffee vor uns auf den Tisch. »Ich nehme an, dass ihr euer Frühstück endlich bestellen wollt?« Robert lässt seine Aufforderung wie eine Frage klingen, doch die Betonung auf dem Wort *endlich* ist eindeutig.

»Ich hätte gern ein paar Blaubeer-Pancakes, dazu Rührei und einen beidseitig gerösteten Toast«, erklärt Natalia lächelnd.

Robert notiert sich ihre Bestellung auf einem kleinen Block. Ich straffe meine Schultern. Und er wendet mir seinen Blick aufmerksam zu.

In Ordnung. Lass dich von dieser Machonummer nicht einschüchtern. Sei stark. Sei selbstbewusst. Du schaffst das, Kinga. Dich hat jemand viel zu oft eingeschüchtert.

»Ich hätte gern das gleiche Frühstück«, antworte ich bestimmter, als ich mich fühle.

Ich bin machtlos gegen das aufkeimende Gefühl von Stolz, welches sich in meiner Brust bemerkbar macht. Ich hebe meinen Blick und schaue in Roberts Gesicht. Seine Lippen haben sich zu einem verschmitzten Grinsen gehoben. Nicht besonders viel. Nicht besonders stark. Dennoch ist es da.

»Alles klar.« Anschließend greift er über den Tisch und sammelt unsere Speisekarten ein. »Schön, dass du dir ein Frühstück aussuchen konntest, obwohl du die Speisekarte verkehrt herum gehalten hast.«

»Was? Ich … wie …«, stammele ich vor mich hin und betrachte die Speisekarte in Roberts Hand.

Diese liegt über der von Natalia und ist tatsächlich verkehrt herum. Mein Mund klappt auf und ich starre meine Schwester mit meinem bösen Blick zu Boden.

»Das ist doch alles nur deine Schuld!«, rufe ich empört aus.

Natalia prustet los und spuckt dabei etwas Kaffee auf den Tisch. Robert verzieht angewidert das Gesicht und entfernt sich von uns. Mein wütend funkelnder Blick gilt weiterhin meiner Schwester, doch aus dem Augenwinkel sehe ich Robert hinterher.

Er verschwindet hinter dem Tresen. Durch eine kleine Durchreiche in der Wand schiebt er den Zettel mit unserer Bestellung in die Küche. Ich kann nicht verhindern, dass sich ein leises Gefühl von Erleichterung in mir breitmacht. Ich denke nicht, dass Robert so weit gehen würde, auf mein Frühstück zu spucken. So etwas würde in einem gut funktionierenden Diner nicht vorkommen. Trotzdem beruhigt es mich, dass er nichts mit der Zubereitung zu tun haben wird.

»… das würde den Kindern bestimmt viel Freude bereiten«, schließt Natalia gerade ihren Satz.

Ich schüttle meine Gedanken ab und konzentriere mich erneut auf meine Schwester. Ich habe keine Ahnung, wovon sie gesprochen hat. Doch das möchte ich nur ungern zugeben. Sie soll sich keine Sorgen um mich machen müssen.

KAPITEL 8

Robert

Sie ist ein winziges Ding.

Dieser Gedanke schießt mir in den Kopf, bevor ich ihn davon abhalten kann. Ungefiltert brechen meine Emotionen über mir zusammen wie tosende Wellen und reißen mich gnadenlos zu Boden. Mit meinem Geschirrtuch trockne ich eine Tasse ab, auf der sich kein einziger Tropfen Wasser befindet. Meinen Blick halte ich dabei die ganze Zeit auf Kinga gerichtet und mir ist sehr wohl bewusst, dass ich sie anstarre. Allerdings fällt es mir unendlich schwer, in eine andere Richtung zu schauen.

Natalias Schwester.

Merkwürdig. Bis vor wenigen Minuten habe ich überhaupt nicht gewusst, dass Natalia eine Schwester hat. Ich nehme mir vor, sie das nächste Mal nach dem Grund zu fragen, warum sie mir diese Tatsache verheimlicht hat. Kann man das *verheimlichen* nennen? Schließlich habe ich sie nie danach gefragt.

Kinga hat eine interessante Augenfarbe. Ihre Augen werden von dunklen Wimpern umrahmt und ich sehe eine Mischung aus Blau und Grau in ihnen. Ihre braunen Haare liegen auf ihren Schultern. Sie wirken etwas wirr und vielleicht unordentlich geschnitten, wahrscheinlich ein neuer Modetrend, der komplett an mir vorbeigegangen ist. Doch mit jedem weiteren Blick auf Kinga drängen sich die Erinnerungen an meine Ehefrau stärker in den Vordergrund. Es ist diese offene Ausstrahlung, diese elfenhaften Bewegungen und diese puppenhafte Erscheinung.

Martyna hatte große haselnussbraune Augen. Im Grunde

waren sie viel zu groß für ihr schmales Gesicht, dadurch wirkte sie stets aufgeweckt und neugierig. Ihre blonden Locken hingen ihr immer wirr im gesamten Gesicht und bei der Arbeit im Diner hat sie ihre Strähnen stets weggepustet. Eine Angewohnheit, die mich früher furchtbar genervt hat. Heute würde ich alles dafür tun, um ihr ein letztes Mal dabei zusehen zu können. Ich erinnere mich daran, wie ich näher an sie herantrete, meine Hand hebe und ihr die Strähnen hinter das Ohr streiche. Martyna lächelte mich damals dankbar an und küsste mich hastig auf die Wange. Ihre Küsse waren so intensiv und voller Leidenschaft. Ich sehne mich danach, ihr Porzellangesicht in meine Hände nehmen zu können.

Doch das wird nicht passieren.

Denn Martyna ist nicht mehr hier.

Martyna wird niemals wieder hierherkommen können.

Der Bauchspeicheldrüsenkrebs hat sie mir genommen.

Krebs ist ein Arschloch.

Stadium vier. Endstadium. Die Ärzte haben ihr nach der Diagnose noch sechs Monate zu leben gegeben. Wir haben jeden einzelnen Tag davon ausgekostet.

Wir haben gelebt.

Wir haben gekämpft.

Wir haben verloren.

Nach fünf Monaten und sieben Tagen hat der Krebs mir die Liebe meines Lebens genommen. Meine Ehefrau. Meine Seelenverwandte. Mein Happy End.

»Chef? Alles in Ordnung bei dir?«

Eine Stimme aus der Küche hinter mir reißt mich aus meinen Gedanken. Mit meinem Zeigefinger und Daumen drücke ich auf meine Nasenwurzel, gleichzeitig zwinge ich mich dazu, tief durchzuatmen. Ich nehme mir ein paar Sekunden Zeit, bevor ich mich zu meinem Angestellten umdrehe.

»Herrgott, Piotr. Hör auf, dich anzuschleichen«, schnauze ich ihn an.

Genau genommen ist Piotr viel mehr als mein Mitarbeiter. Seit dem Tag, als Martyna und ich dieses Diner eröffnet haben, arbeitet Piotr bereits für uns in der Küche. Ein eigenes Diner zu besitzen, ist seit meiner Kindheit mein größter Wunsch gewesen. Martyna hat das Ladenlokal heimlich angemietet und mich damit zu meinem Geburtstag überrascht. Den Namen des Diners *Robert's* hat Martyna ebenfalls ausgesucht und auch das Schild vorn am Eingang wurde von ihr gestaltet. Im Grunde hat sie alles allein gestemmt und gezeigt, was für eine unglaubliche Frau in ihr steckte. Als ob ich das nicht bereits gewusst hätte.

Bereits kurz nach der Eröffnung ist Piotr bei uns in der Küche aufgetaucht und hat angefangen, für uns zu arbeiten. Wenn ich ehrlich sein soll, dann weiß ich bis heute nicht, wie es dazu gekommen ist. Martyna stand eines Tages mit Piotr an der Tür und hat verkündet, dass dieser arbeitslos ist. Meine Frau hatte ein Herz, das größer war als der Ozean. Sie hat ihre winzigen Arme vor ihrem Körper verschränkt und verkündet, dass Piotr bei uns arbeiten wird, und ich war klug genug, meiner Ehefrau nicht zu widersprechen.

Mittlerweile habe ich mich jedoch an Piotr gewöhnt wie an einen Straßenhund, den man nicht haben möchte und dann doch vor dem grausamen Tod auf der Straße rettet. Er ist immer pünktlich, freundlich und manchmal ein bisschen zu neugierig. So wie in diesem Moment, denn seine blauen Augen funkeln mich interessiert von der Seite an.

»Hast du dich in mich verliebt? Oder starrst du mich aus purer Lebensfreude an?«, frage ich barsch und stelle die staubtrockene Kaffeetasse zurück ins Regal.

Piotr zuckt mit den Schultern. »Ein bisschen von beidem schätze ich.« Er hebt einen weißen Notizzettel in die Höhe.

»Eine Bestellung mit Lieferung wurde aufgegeben. Soll ich sie ausliefern oder möchtest du gehen?«, fragt Piotr.

Ich werfe einen Blick auf den Zettel, oben links prangt der Name, an den die Bestellung geliefert werden soll. *Super girl with super ass.*

Ich kneife meine Augen zu zwei schmalen Schlitzen zusammen und starre Piotr an. »Ist das dein Ernst?«

Dieser hebt unschuldig seine Arme nach oben, als ob man ihn im nächsten Moment verhaften würde. »Das ist ganz sicher nicht auf meinem Mist gewachsen. Sie hat den Namen bei der Bestellung genannt und explizit erwähnt, dass du ihn sehen sollst.«

»Das macht sie doch nur, damit ich selbst die Bestellung ausliefere und ihr die Meinung geigen kann.«

»Sie ist ein schlaues Ding«, murmelt Piotr nickend und ist weise genug, um sofort in der Küche zu verschwinden.

Wenn er sich nicht so schnell verdrückt hätte, dann hätte ich ihm garantiert eine verpasst. Stattdessen konzentriere ich mich auf Natalia, die lächelnd am Tresen steht.

»Möchtet ihr noch etwas essen oder Kaffee?«

»Nein, danke. Ich möchte bezahlen und dann bist du uns los. Zumindest fürs Erste. Bei dem Superservice kommen wir sicher bald wieder.«

Überrascht hebe ich die Augenbraue. »Bleibt deine Schwester länger in der Stadt?«

Natalia antwortet nicht direkt. Anscheinend ist das ein Thema, über das sie nicht gern sprechen möchte. In meinen Augen ist das etwas seltsam, schließlich handelt es sich um einen bloßen Schwesternbesuch und kein Staatsgeheimnis.

Gleichgültig zucke ich mit den Schultern und beginne damit, ihr Frühstück in die Kasse zu übertragen. In Wahrheit interessiert mich ihre Antwort viel mehr, als ich eigentlich zugeben möchte.

»Sie bleibt noch eine Weile hier, schätze ich«, antwortet Natalia so leise, dass ich sie beinahe überhört hätte.

Tatsächlich tue ich so, als hätte ich kein Wort verstanden. Ich kassiere ihr Frühstück ab und reiche ihr das Wechselgeld über den Tresen.

Natalia schüttelt lächelnd den Kopf. »Der Rest ist für dich.«

»Dem Besitzer eines Lokals gibt man aber kein Trinkgeld.«

»Das sagst du mir jedes Mal, Robert. Es wird langweilig.«

Zwinkernd wendet Natalia sich zum Gehen, sie hält die Tür des Diners auf und wartet auf ihre Schwester.

Kinga geht zu ihr an die Tür, bis sie abrupt stehen bleibt. Sie dreht sich zu mir um und ich kann spüren, wie das Blut in meinen Adern pulsiert. Mit einem zarten Lächeln hebt sie ihre Hand zum Abschied. Ich presse meine Lippen fest aufeinander, sehe zur Kasse und tippe umständlich darauf herum, als wäre ich wahnsinnig beschäftigt. Das ist natürlich totaler Schwachsinn, doch ich hebe meinen Kopf erst, als ich höre, wie die Tür krachend ins Schloss fällt. Anschließend stoße ich die aufgestaute Luft aus meinen Lungen.

Meine linke Hand steckt in meiner Hosentasche, mit der rechten halte ich eine weiße Papiertüte umklammert. Vorn auf der Tüte prangt das Logo des Diners zusammen mit meinem Namen. Warmer Dampf steigt aus der Tüte empor, in der sich ein Burger mit extra Käse, Pommes und Zwiebelringen befinden. Mit schnellen Schritten gehe ich über die roten Pflastersteine von Zakopane. Nicht die Heimat, in der meine Wiege stand, dennoch mein zweiter Heimatort.

Als Martyna und ich fünfzehn Jahre alt waren, hatten wir uns in meiner Heimatstadt New York kennengelernt. Ihre und meine Schulklasse hatten einen Schüleraustausch. Martyna wohnte zwar nicht bei mir, doch alle Ausflüge und Aktivitäten wurden gemeinsam unternommen. Dabei habe ich sie öfter angestarrt, als gut für mich gewesen war.

Nach einer Woche – die sich angefühlt hatte wie ein Wimpernschlag – war der Schüleraustausch vorbei gewesen. Martyna sollte wieder zurück nach Polen fliegen und mein junges Herz brach bei diesem Gedanken in tausend Stücke. Auf unserem letzten gemeinsamen Ausflug vor ihrer Abreise habe ich sie um ihre Handynummer gebeten. Sie gab sie mir. Ich Glückspilz. Nachdem wir viele sehnsüchtige Nachrichten miteinander ausgetauscht hatten und meine Mom mich beinahe wegen meiner steigenden Telefonrechnung umgebracht hatte, chatteten wir in den sozialen Medien miteinander.

Ein halbes Jahr später flog meine Schulklasse endlich nach Polen. Ich war vor der Reise so aufgeregt, dass ich die Nacht davor kein Auge zugetan hatte. Martyna war für mich nach einer kurzen Zeit zu dem Menschen geworden, dem ich alles in meinem Leben anvertrauen konnte. Mit ihr zu schreiben und zu reden war einfach leicht. Wir beide hatten dieselben Interessen, dieselben Wünsche für die Zukunft und dieselben Ansichten über das Leben. Für manch einen mag das vielleicht langweilig klingen. Für uns war es perfekt.

Mit fünfzehn Jahren ging ich die erste Fernbeziehung meines Lebens ein. Zu sagen, dass es immer einfach gewesen war, wäre eine glatte Lüge. Es war hart, anstrengend und kräftezehrend. Fernbeziehungen haben überhaupt nichts Romantisches an sich. Vor allem nicht, wenn man in verschiedenen Zeitzonen lebt, so wie Martyna und ich. Durch meinen Nebenjob als Kellner konnte ich zumindest etwas Geld für ein Flugticket zur Seite legen. Meine Eltern haben meine Liebe zu Martyna nicht direkt verstanden, doch sie haben mich unterstützt.

Über kurz oder lang mussten wir unsere Fernbeziehung beenden. Für Martyna kam ein Leben in New York nicht infrage, dafür liebte sie ihre Heimatstadt Zakopane viel zu sehr. Und ich liebte Martyna viel zu sehr, deshalb war die logische Konsequenz, dass ich zu ihr nach Polen kam.

Im Alter von neunzehn Jahren packte ich zwei Koffer mit Klamotten und anderen Habseligkeiten und drehte Amerika den Rücken zu. Wir lebten in einer kleinen Einzimmerwohnung und unser Start war alles andere als einfach. Martyna arbeitete als Kassiererin in einem Lebensmittelgeschäft und ich schlug mich mit kleineren Aushilfsjobs durch. Immer wieder redete ich von meinem Traum, ein eigenes amerikanisches Diner eröffnen zu wollen.

Dieser Gedanke kam mir jedes Mal, wenn wir durch die Stadt Zakopane gingen. Mir fehlten die fluffigen Pancakes mit Ahornsirup, French Toast, Frühstücksbagel, ein Omelett mit Käse, Tomaten und Blaubeerpfannkuchen. Ich war felsenfest überzeugt davon, dass die Menschen hier diese Dinge auch lieben würden. Martyna war von meiner Idee absolut begeistert und zu keiner Sekunde in unserem Leben habe ich mich mit meinem Traum allein gelassen gefühlt. Wir waren ein Team. Während ich ein Mensch bin, der alle Situationen im Kopf mehrere Male durchspielt, war Martyna spontan. Ohne mein Wissen hatte sie den Vertrag bereits unterschrieben und unser mühsam Erspartes für die ersten drei Monatsmieten ausgegeben. Zu keinem anderen Zeitpunkt war ich so glücklich gewesen, allerdings sollte unser Glück nicht länger als fünf Jahre andauern. Gerade als wir endlich schwarze Zahlen schrieben und alles wie am Schnürchen lief, erkrankte Martyna.

Ein knarzendes Geräusch ertönt, als ich die schwere Holztür nach innen aufschiebe. Eine kleine Glocke über der Tür kündigt mein Eintreten an. Der Geruch von bedruckten Seiten umhüllt mich und schließt mich vollkommen ein. Ich gehe an einer langen Reihe von Regalen mit vielen Büchern vorbei. Am Tresen bleibe ich stehen.

»Sophia? Ich bringe dir dein Mittagessen«, rufe ich laut in den Laden hinein.

Während ich auf sie warte, schaue ich mich in ihrer Buchhandlung um. Zu meiner Enttäuschung muss ich feststellen, dass sich kein einziger Kunde in dem Laden befindet.

Auf dem Treppenabsatz höre ich ein lautes Poltern, gefolgt von einem unsittlichen Fluch. Augenblicklich rauscht Sophias Gestalt die Wendeltreppe hinunter. Sie trägt ein lilafarbenes Kleid. Ich hebe zweifelnd eine Braue und mustere sie sorgfältig.

»Sophia! Das muss aufhören«, sage ich streng.

Sie lässt ihren Arm sinken und betrachtet mich stirnrunzelnd. »Ich darf bei dir nichts mehr zu essen bestellen?«, fragt sie gespielt beleidigt. Ihre dünnen rosafarbenen Lippen bilden einen leichten Schmollmund. Einige braune Strähnen haben sich aus ihrem Zopf gelöst und fallen ihr in die Stirn. Ihre grünen Augen heften sich gebannt auf mich.

Seufzend fahre ich mir mit der Hand über meine kurzen Haare. »Das meine ich überhaupt nicht. Ich meine damit, dass du deinen richtigen Namen bei der Bestellung benutzen sollst. Nicht diese seltsamen Pseudonicknamen.«

»Aber alle finden das immer sehr witzig.«

»Piotr findet das überhaupt nicht witzig. Es ist ihm unangenehm.«

»Mach dich nicht lächerlich. Piotr findet mich einfach klasse. Du bist derjenige, dem meine abwechslungsreichen Namen peinlich sind.«

Sophia tritt einen Schritt an mich heran und lässt ihren Finger über meine Brust gleiten. »Außerdem ist mein *super ass* wirklich super«, fügt sie mit einem Zwinkern hinzu.

Augenrollend drücke ich Sophia die Papiertüte mit ihrem Mittagessen in die Hand. Zumindest muss sie dadurch ihre Hände von meinem Körper nehmen und umklammert stattdessen die Tüte.

»Herrgott, noch mal. Kannst du dich nicht wie eine normale kleine Schwester benehmen?«

Sophia kichert. »Ich benehme mich wie eine normale kleine Schwester. Meine Aufgabe ist es, dich in den absoluten Wahnsinn zu treiben. Ich möchte mir nicht selbst auf die Schulter klopfen, aber ich finde, das gelingt mir sehr gut.«

»Du solltest den Burger essen, bevor er kalt wird.« Ich starte einen verzweifelten Versuch, um das Thema endlich zu beenden.

Sophia nickt eifrig und geht um den Tresen herum. »Das

stimmt. Es wäre eine Verschwendung, einen deiner Burger kalt werden zu lassen.«

Sie öffnet die Tüte und steckt ihren Kopf hinein. Gegen das aufkeimende Grinsen auf meinem Gesicht bin ich absolut machtlos. Es ist vollkommen egal, wie mies mein Tag bisher gelaufen ist - wenn ich meine Schwester sehe, dann hebt sich meine Laune augenblicklich.

Sorgfältig packt sie den Burger aus seiner Papierverpackung, beißt genüsslich hinein und schließt die Augen. Dabei entflieht ihr ein Stöhnen.

»Musst du direkt wieder los?«, fragt meine Schwester, nachdem sie ihren Bissen runtergeschluckt hat.

»Einen kurzen Augenblick habe ich. Bis zur Mittagszeit dauert es noch und Piotr schafft es ein paar Minuten ohne mich. Wie läuft der Laden?«

Sie zuckt missmutig mit den Schultern. »Das siehst du doch. Es kommt niemand hier rein. Diese Buchhandlung wirkt einfach nicht einladend genug. Doch ich habe überhaupt keine Ahnung, was ich dagegen tun kann.«

Sophia wirkt verzweifelt und vergisst für einen kurzen Moment ihren Burger. Ich werfe einen prüfenden Blick über meine Schulter. Ich mag ihren Buchladen sehr gern, allerdings bin ich ein praktisch veranlagter Mensch. Wenn ich nach einem Buch suche, dann gehe ich in eine Buchhandlung. Für mich muss nichts modern eingerichtet sein oder ästhetisch angeordnet. Schließlich möchte ich ein Buch kaufen oder ausleihen und keinem Schönheitswettbewerb für Bücher beiwohnen. Doch das Auge *isst* bekanntlich mit. Was für meine Gerichte im Diner gilt, ist auch für die Buchhandlung wichtig. Für mich ist es jedoch leichter, ein Frühstück anzurichten, als einen Laden zu verschönern.

»Außerdem muss ich nächste Woche nach New York fliegen. Ich werde den Laden in dieser Zeit schließen müssen, wenn sich keine neue Angestellte findet. Und so etwas kann ich mir momentan absolut nicht leisten. Die Schließung, meine ich.«

»Wie lange hältst du noch durch?«

»Bitte?« Sophia verschluckt sich beinahe an ihrem Bissen.

»Wie sieht es mit deinen Rücklagen aus? Kannst du den Laden halten, wenn sich nicht bald etwas ändert?«

Unruhig rutscht Sophia auf ihrem Stuhl herum. »Ich werde es noch einen Moment schaffen.«

»Hat sich niemand auf die freie Stelle beworben?«

Missmutig schüttelt meine kleine Schwester den Kopf und schiebt sich eine Pommes in den Mund. »Nein, leider nicht. Eventuell hätte ich das Gehalt in der Stellenausschreibung nicht erwähnen sollen. Das ist nicht gerade attraktiv.«

»Das mag sein, aber die Bewerber erfahren sowieso, wie viel sie bei dir verdienen. Es ist besser, direkt reinen Tisch zu machen.«

»Piotr möchtest du nicht hergeben?«, fragt Sophia hoffnungsvoll.

Ich schüttle lachend den Kopf. »Auf gar keinen Fall.«

»Einen Versuch war es immerhin wert.«

»Kopf hoch, Kleines.« Ich komme um den Tresen herum und nehme meine Schwester in den Arm. Sie legt ihren Kopf an meine Brust, während ich ihr einen sanften Kuss auf den Scheitel gebe. »Es wird alles gut werden. Eine Lösung wird sich mit Sicherheit finden.«

»Danke, dass du immer für mich da bist.«

»Nicht dafür.«

»Rob?«

»Ja?«

»Ich denke, ich habe Ketchup auf deinem T-Shirt verteilt.«

Seufzend entfährt mir ein kehliges Lachen. »Was würde ich nur ohne dich anstellen, Sophia?«

KAPITEL 9

Kinga

Wonder Hair.

Stirnrunzelnd betrachte ich das auffallend bunte Ladenschild. Der Name scheint hier eindeutig Programm zu sein und im Schaufenster blicken mir die verschiedensten Haarschnitte und Farben auf einem Plakat entgegen.

»Na? Was sagst du? Habe ich dir zu viel versprochen?«, fragt Natalia und wackelt mit ihren perfekt gezupften Augenbrauen.

Stöhnend seufze ich und massiere meine schmerzenden Schläfen, während ich versuche, mich an die Worte meiner Schwester zu erinnern. Sie sagte irgendetwas davon, dass ich mich nicht wiedererkennen werde. Wenn ich die Poster betrachte, dann schlucke ich schwer.

»Nun ja …« In meinem Kopf versuche ich, einen diplomatischen Satz zu formen. »Es sieht ein bisschen so aus, als hätte sich ein Einhorn über dem Laden übergeben.«

So viel zur Diplomatie.

Meiner Schwester entgleiten für einen kurzen Moment ihre Gesichtszüge, bevor sie ihren Kopf lachend in den Nacken wirft.

»Kinga, du hast mich früher schon zum Lachen gebracht.«

»Das ist nicht als Witz gemeint. Ich werde diesen Laden nicht betreten. Ich möchte nicht als *Rainbow Dash* rauskommen.«

»Anna mag die Serie *My Little Pony* sehr gern«, murmelt Natalia schulterzuckend.

»Trotzdem muss ihre Tante nicht wie eine der Hauptfiguren durch die Gegend laufen.«

»Das wird nicht passieren. Du wirst diesen Laden lieben und du wirst Sandra lieben.«

»Sandra?«

»Deine Friseurin!«

Bevor ich meinen Mund zu einer Antwort öffnen kann, zieht Natalia die Ladentür bereits auf und schubst mich sanft in den Friseursalon. Mit großen Augen schaue ich mich um. Die Wand auf der linken Seite und die gegenüberliegende sind in einem knalligen Pink gestrichen. Auf der rechten Seite ist eine Tapete mit großen rosafarbenen Blumen und zartblauen Schmetterlingen. An der tapezierten Wand stehen drei Frisierplätze und auf der anderen Seite befinden sich zwei weitere Plätze.

»Natalia!«, ertönt eine erfreute Frauenstimme.

Ich wende meinen Kopf nach links. Doch ich sehe lediglich einen lilafarbenen Blitz an mir vorbeilaufen. Der *Blitz* wirft sich in die Arme meiner Schwester. Die beiden drücken sich fest aneinander und schaukeln für einige Sekunden nach links und nach rechts.

»Wir haben uns viel zu lange nicht mehr gesehen«, sagt sie und schiebt meine Schwester auf Armlänge von sich weg.

»Du siehst toll aus! Deine Haare sind der Hammer, Sandra«, staunend nimmt meine Schwester eine leuchtend lilafarbene Haarsträhne zwischen ihre Finger und betrachtet diese eingehend.

»Heute soll es aber nicht um mich gehen«, sagt Natalia. »Das ist Kinga!«

Sandra wendet mir ihren Kopf zu und ich bekomme Gelegenheit, sie genauer zu betrachten. Ihre Haare reichen ihr knapp bis über die Schultern und ein fransiger Pony umrahmt ihr herzförmiges Gesicht. Während meine Schwester mit Sandra ziemlich gut zu sein scheint, glaube ich nicht, dass ich warm mit ihr werde. Ich kann nicht genau sagen, warum. Aber manchmal beschleicht einen doch beim ersten Anblick eines Menschen ein Gefühl, dass es nicht harmonieren könnte.

»Kinga! Es ist so schön, dich endlich kennenzulernen. Natalia hat mir ein bisschen was von dir erzählt.«

Sie zieht mich ebenso in eine stürmische Umarmung. Doch alles daran fühlt sich falsch an. Meine Nackenhaare stellen sich auf und ich fühle mich nicht besonders wohl. Anstatt meine Bedenken zu äußern, kleistere ich ein falsches Lächeln auf mein Gesicht und versuche, den schönen Schein zu wahren.

Sandra lässt langsam von mir ab.

»Danke! Es ist auch schön, dich kennenzulernen. Ich hoffe, du kannst meinen missratenen Versuch retten.« Verlegen ziehe ich an meinen schief abgeschnittenen Haaren.

»Oh! Was hast du dir nur dabei gedacht?« Ohne zu fragen, greift sie in mein Haar.

Mir ist klar, dass diese Geste vollkommen harmlos ist und dennoch überkommt mich Angst.

»Was fällt dir ein?« Adam springt von seinem Stuhl auf. »Du blamierst mich, indem du einem anderen Mann hinterherschaust?«

»Nein! Das habe ich nicht!«

»Lüg mich nicht an.« Mit einem Satz stürmt Adam auf mich zu und vergräbt seine Faust in meinen Haaren.

Ich schüttle meinen Kopf und wehre mich verzweifelt gegen die Geister der Vergangenheit.

So hat er mich angefasst.

Und allein, weil mich diese Berührung an ihn erinnert, mag ich sie nicht. Leider will mir auf ihre Frage absolut keine Erwiderung einfallen. Hilfesuchend schaue ich zu Natalia hinüber, doch diese kaut nervös auf ihrer Unterlippe herum.

»Ich … ähm … ich hatte meine langen Haare einfach satt«, murmle ich verzweifelt.

Sandra erwidert nichts auf meinen schwachen Erklärungsversuch und ich bin mir absolut sicher, dass sie meine Lüge erkennt. Ohne ein weiteres Wort schiebt sie mich zu einem Frisierstuhl.

»Möchtest du Farbe in deinen Haaren oder lediglich den Schnitt ausgleichen?«

»Bitte nur den Schnitt ausgleichen. Mit der Farbe bin ich soweit zufrieden.«

»Die Farbe hast du selbst aufgetragen?«

»Ja?« Meine Antwort klingt aufgrund meiner eigenen Unsicherheit wie eine weitere Frage.

Sandra nickt wissend. »Das sieht man«, antwortet sie schmallippig.

»Was schlägst du vor?«, kommt Natalia mir zu Hilfe.

»Ich möchte gern die Farbe auffrischen. Ich werde keinen anderen Ton verwenden, weil dieser sich deiner Haut bereits wunderbar anpasst. Aber ich werde deine Haare noch ein Stück weiter abschneiden müssen, damit sie auf einer Länge liegen. Bist du damit einverstanden? Sie werden in etwa hier enden.«

Sandra streckt ihre Hand flach aus und hebt sie an die Höhe meines Kinns.

»Ja, das wäre mehr als in Ordnung.«

Die Friseurin klatscht begeistert in ihre Hände. »Okay, dann mal frisch ans Werk.«

Drei Stunden später betrachte ich mein Spiegelbild. Meine Haare sind weiterhin in einem dunklen Braunton gefärbt, gleichzeitig wirkt die Farbe viel gleichmäßiger und natürlicher. Sandra hat meine Frisur mit einem Glätteisen in sanfte Locken gelegt. Sie umschmeicheln mein Gesicht. Ich fahre mit meinen Händen hindurch, sie fühlen sich weich und geschmeidig an.

»Wow!«, entfährt es mir.

»Du siehst einfach umwerfend aus, Schwesterherz!«

»Das stimmt. Vielen lieben Dank, Sandra.«

Ein aufrichtiges Lächeln erscheint auf meinem Gesicht. »Endlich fühle ich mich mit den kurzen Haaren richtig wohl.«

Am frühen Abend sitze ich mit einem Glas Wein tief über die Zeitung gebeugt. Mit meinem Zeigefinger fahre ich über die Seite mit den Stellenanzeigen. Natalia hat Anna währenddessen zu ihrer Tanzstunde gebracht. Ich möchte die Gastfreundlichkeit meiner Schwester keinesfalls überstrapazieren, sodass ich beschließe, mir schnell einen Job zu suchen. Vielleicht könnte es auch etwas Festes werden, wenn Jakub und ich beschließen, hierzubleiben.

Schließlich habe ich mich dazu entschlossen, meinen Ex-Mann zu verlassen und wenn ich es geschafft habe, diesen wichtigen Schritt in meinem Leben zu gehen, dann sollte ich nun auch bereit sein, den nächsten zu tun. Ich muss lernen, komplett auf meinen eigenen Beinen zu stehen. Dazu gehört es, einen eigenen Job zu haben und Geld zu verdienen. Frustriert seufze ich auf und werfe meine Hände ergeben in die Luft.

»Alles okay, Mama?« Jakub setzt sich zu mir an den Küchentisch. »Bist du genervt?«

»Ach? Wirke ich so?«

»Was ist denn los?«

»Nichts, worüber du dir den Kopf zerbrechen solltest, Liebling. Ich finde vermutlich nur schwer einen Job hier.«

»Hm. Woran liegt das?«, fragt Jakub aufmerksam.

Verblüfft blinzle ich ihn mehrmals an. »Die ausgeschriebenen Qualifikationen passen nicht zu mir. Ich erfülle sie meistens nicht.«

»Qualifikationen? Was ist das?«

»Etwas, das jemand besonders gut kann.«

»Du bist gut im Mama sein, Mama.«

Bei seinen Worten schießen mir Tränen in die Augen und ich ringe mit mir diese zurückzuhalten. Liebevoll ziehe ich meinen Sohn in meine Arme und drücke ihn fest an mich.

»Es wäre schön, wenn man damit Geld verdienen könnte.« Ich möchte meine Sorgen von ihm fernhalten und versuche, das Thema zu wechseln.

»Wie gefällt es dir denn in der Schule?«

»Ganz okay. Anna ist nett, aber einen neuen Freund habe ich noch nicht gefunden.«

»Kopf hoch. Du bist ein toller Junge und wirst bestimmt bald andere Kinder kennenlernen.«

»Kann schon sein.« Jakub zuckt mit den Schultern. »Ich gehe noch meine Hausaufgaben zu Ende machen.« Er drückt mir einen Kuss auf die Wange und tapst aus der Küche heraus.

Im Türrahmen erklingt ein leises Lachen. Mein Kopf schnellt herüber und ich sehe Kamil lässig an der Tür stehen. Er trägt einen schicken dunkelblauen Anzug. Sein weißes Hemd ist hochgekrempelt und seine schwarze Krawatte baumelt lose in seiner rechten Hand. Ein sanftes Schmunzeln umspielt seine Lippen, während unter seinen Augen tiefe Schatten liegen.

Er setzt sich zu mir an den Küchentisch. »Ich habe gehört, was er gesagt hat, Sylwia.«

»Kinga. Bitte, Kamil.«

»Sorry. Kinga.« Ein Moment der Stille überkommt uns. »Jakub ist wirklich wunderbar.«

»Das stimmt. Ich habe ein tolles Kind. Möchtest du auch ein Glas Wein trinken?«, frage ich Kamil und deute auf mein eigenes Glas.

Dieser wendet den Kopf fragend zu der großen Küchenuhr.

»Ich weiß nicht so recht. Ich möchte heute noch einige Papiere fertig bearbeiten.«

»Arbeiten? Du kommst doch gerade erst aus dem Büro.«

Kamil nickt schwach. »Ja, aber auf dem Weg nach Hause haben sich für morgen zwei Hausbesichtigungen angekündigt. Ich muss für beide Objekte unbedingt noch die passenden Angebote erstellen.«

Ich verdrehe die Augen und frage mit Nachdruck: »Ein kleines Gläschen Wein? Mit deiner Lieblingsschwägerin?«

Er runzelt skeptisch die Stirn. »Du bist meine einzige Schwägerin.«

»Das ist doch ein weiterer Grund«, sage ich triumphierend und erhebe mich bereits von meinem Platz, ohne seine Antwort abzuwarten.

Kamil scheint jedoch ohnehin keinen Protest einwerfen zu wollen. Ich stelle das saubere Weinglas vor ihm ab, während er mein Glas auffüllt und sich danach selbst einschenkt.

Er hebt sein Glas. »Auf die Familie.«

»Auf die Familie«, echoe ich.

In einvernehmlichem Schweigen trinken wir beide, während ich immer wieder zur Zeitung starre. Kamil bricht als erster die Stille.

»Du musst dir absolut keinen Druck damit machen. Ich hoffe, niemand von uns hat dir dieses Gefühl vermittelt.«

»Bitte?« Für einen kurzen Moment bin ich vollkommen in meinen Gedanken versunken und habe keine Ahnung, wovon er überhaupt spricht.

Mit einem Kopfnicken deutet Kamil auf die ausgebreitete Zeitung vor mir. »Die Stellenanzeigen. Du bist noch nicht besonders lange hier und niemand zwingt dich, dir etwas zu suchen.«

Ein dicker Kloß bildet sich in meinem Hals. Ich schüttle den Kopf.

»Keine Worte der Welt können auch nur ansatzweise beschreiben, wie dankbar ich euch beiden bin.«

»Das ist selbstverständlich, Kinga.«

Mein Blick fliegt zu seinem Weinglas.

»Konfuzius hat mal gesagt: *Wähle einen Job, den du liebst, und du wirst nie wieder arbeiten müssen*. Du wirst diesen Job finden, den du liebst, Kinga. Vielleicht nicht gerade in der Zeitung. Gib dir Zeit herauszufinden, was deine Erfüllung sein könnte.«

Kamil trinkt in einem Zug den Wein leer und erhebt sich. »Gute Nacht.«

»Gute Nacht, Kamil, und … danke.«

KAPITEL 10

Kinga

Meine Haare kitzeln im Nacken, während ich die Treppenstufen im Haus meiner Schwester nach unten gehe. Ich habe mich für eine kurze Jeanshose und ein schlichtes, geblümtes Oberteil entschieden. Obwohl es noch früh am Morgen ist, klettern die Temperaturen bereits unaufhörlich in die Höhe. Anna und Jakub sitzen kichernd am Frühstückstisch und unterhalten sich über irgendeine Fernsehsendung, während Kamil mit der Hüfte am Küchentresen lehnt. Er nippt an seinem Kaffee und blättert dabei durch die Tageszeitung.

»Guten Morgen! Hast du gut geschlafen?«

»Ja, danke. Ich war gestern Abend etwas nervös vor dem heutigen Tag.«

»Das hat sich jetzt gelegt?«

»Ja, ich bin zuversichtlich, dass ich bald einen Job gefunden habe, den ich mag und mit dem ich klarkomme.«

Kamil faltet seine Zeitung ordentlich zusammen und legt sie zur Seite. »Und wenn es nicht bald klappt, dann mach dir darüber bitte keine Gedanken. Du hast alle Zeit der Welt.«

»Danke schön! Das weiß ich wirklich zu schätzen. Aber für mich selbst möchte ich das dennoch schaffen.«

»Ich bewundere deine Entschlossenheit.« Mein Schwager nickt den beiden Kindern am Frühstückstisch zu. »Seid ihr beiden fertig? Dann fahre ich euch zur Schule.«

Anna und Jakub nicken. Sie springen von ihren Stühlen runter und tragen ihr Geschirr ins Spülbecken. Anna hat sich heute für einen langen, pinkfarbenen Rock und ein weißes Oberteil mit kleinen Rüschen entschieden. Für Jakub habe ich eine knielange Jeanshose und ein blaues Oberteil herausgelegt.

Mit einem strahlenden Lächeln kommt meine achtjährige Nichte auf mich zu und schließt mich in eine feste Umarmung. Wir verabschieden uns voneinander. Und auch mein Sohn schließt seine Arme um meine Hüften, während ich seine Geste erwidere. Anschließend drücke ich ihm noch einen liebevollen Kuss auf die Stirn.

»Hab einen schönen Tag heute, Liebling.«

Im Flur wird es etwas lauter, dann schließt Kamil die Haustür hinter sich und das komplette Haus wird in Stille getaucht. Durch meine Nase atme ich tief ein, halte die Luft kurz an und stoße sie durch meinen Mund anschließend wieder aus. Es wird Zeit, sich für den Tag bereit zu machen.

»O mein Gott!«

Angewidert spucke ich den Kaffee sofort zurück in den Styroporbecher. In meinem gesamten Leben habe ich keinen mieseren Kaffee getrunken. Es sollte verboten werden, diese grauenhafte Brühe überhaupt als Kaffee zu bezeichnen. Das ist absolut irreführend, denn dieses Getränk in meinem Becher ist alles, nur kein Kaffee. Ich werfe den noch vollen Becher in einen Abfalleimer. Nichts und niemand hätte mich dazu zwingen können, den Becher zu leeren. Ich hebe meinen Kopf und erkenne, dass ich nicht weit vom Diner entfernt bin. Bei dem Gedanken an die erste Begegnung mit dem Besitzer zieht sich mein Magen schmerzhaft zusammen. Dieser Typ war alles andere als charmant oder freundlich.

Allerdings …

Mein Blick landet auf dem Abfalleimer, in dem sich die grauenhafte Kaffeebrühe befindet. Mir wird wohl leider nichts anderes übrigbleiben, als das *Robert's* zu besuchen, wenn ich meinen morgendlichen Koffeinbedarf decken möchte.

Entschlossen gehe ich auf den Laden zu. So schlimm kann es schließlich nicht werden.

Rein und mit einem vernünftigen Kaffee wieder raus.

Kein großes Ding.

Vor der Tür bleibe ich stehen, weil ein älteres Ehepaar aus dem Diner heraustritt. Ich halte den beiden die Tür auf und schlüpfe in das kleine Lokal. Kühle Luft umfängt mich und heißt mich mit einer sanften Umarmung willkommen. Der Duft von Pancakes und warmen Kirschen liegt in der Luft. Knurrend protestiert mein Magen und erinnert mich daran, dass ich heute Morgen noch nichts zum Frühstück gegessen habe.

Nicht hier, appelliere ich an mich selbst. *Ich werde auf gar keinen Fall hier etwas essen.*

Von *Brummbär* ist bisher weit und breit nichts zu sehen, innerlich kichere ich über meinen unkreativen Spitznamen, den ich Robert verpasst habe. Wahrscheinlich ist das auch der Grund, weshalb ich beschließe, mich todesmutig an den Tresen zu stellen. Die Atmosphäre im Diner ist warm und einladend. Die Menschen sind gut gelaunt und lassen sich ihr Frühstück schmecken. Zögerlich greife ich doch nach einer von den dunkelblauen Speisekarten und werfe einen Blick hinein. Mir fällt auf, dass sie sehr vielseitig gestaltet ist. Zu jedem amerikanischen Frühstück scheint ein Eiergericht unentbehrlich zu sein. Ohne es verhindern zu können, knurrt mein Magen erneut.

»Guten Morgen! Weißt du schon, was du bestellen möchtest?«, fragt eine freundliche Männerstimme.

Verwirrt hebe ich meinen Kopf von der Karte, denn die Stimme klingt zu freundlich, als dass ich sie Brummbär zuordnen könnte. In der Tat handelt es sich auch gar nicht um den schlecht gelaunten Diner-Besitzer.

Ich schaue in warme blaue Augen. Der Typ vor mir ist ziemlich groß und von der Statur her schmal.

»Bitte nur einen Kaffee!«

»Kein Frühstück?«

»Kein Frühstück.«

Ihm entfährt ein lockeres Lachen und er schüttelt sanft den Kopf. »Wenn dieser Depp nicht aufpasst, dann vergrault er uns noch die gesamte Kundschaft.«

»Wie bitte?«, entfährt es mir.

»Robert«, antwortet der Typ schlicht. Ganz so, als ob dieser Name allein genügen würde, um seinen gesamten Satz zu erklären.

»Brummbär?« Reflexartig schnellt meine Hand nach oben und klatscht gegen meine Stirn.

Ich muss aufhören, ihm im Geiste diesen Spitznamen zu verpassen, denn allmählich bringe ich sein Gesicht nicht mehr mit seinem richtigen Namen in Verbindung. Wieso muss ich ihn unbedingt in seinem Diner so nennen? Vor allem vor einem wildfremden Typen, der mit hoher Wahrscheinlichkeit ein Angestellter von Robert ist. Ich kann nur hoffen, dass er mich bei seinem Chef nicht verpetzt und diese Sache keine Auswirkungen auf Natalia hat. Schließlich scheint dieses Diner so etwas wie ihr Stammlokal zu sein.

»Ganz genau den meine ich. Pass auf, ich mache dir folgenden Vorschlag. Robert ist nicht da, weil er eine Bestellung ausliefert. Ich schenke dir einen Kaffee ein und du trinkst ihn gemütlich bei mir am Tresen. Anschließend wirfst du einen Blick in die Speisekarte und ich zaubere dir ein unglaubliches Frühstück.«

Mit offenem Mund starre ich den Typen an. Mein Hirn ist unfähig, die Worte in meinem Kopf zu vollständigen Sätzen zu formen. Alles, was er gerade eben gesagt hat, klingt einfach nur … nett.

Ein Mann ist *nett* zu mir und ich entspanne mich im nächsten Moment ein wenig mehr.

»Also, was sagst du?«, fragt er.

»Das klingt perfekt.«

»Alles klar. Ich bin übrigens Piotr.«

»Kinga.«

Piotr hat mir bereits den Rücken zugewandt und schenkt mir großzügig einen Kaffee ein.

»Hier, bitte schön«, sagt er und stellt die dampfende Tasse vor mir ab.

Dankbar nehme ich sie und trinke einen zaghaften Schluck. Ich schließe genüsslich meine Augen und ein genießerischer Laut entkommt meiner Kehle.

Piotr wirft den Kopf in den Nacken und lacht. »Freut mich, dass er dir so schmeckt.«

»Das ist wirklich ein sehr guter Kaffee.«

»Danke! Doch die Lorbeeren gehen leider auf das Konto vom Brummbären.«

»Robert hat den Kaffee gekocht?«

Piotr nickt. »Ja, er ist morgens immer als erster im Diner. Gegen fünf Uhr fängt er hier an. Dann bereitet er den Laden für den Tag vor und kocht unter anderem den Kaffee.«

»Wäre eine Kaffeemaschine mit Knöpfen nicht einfacher?«

»Das wäre es mit Sicherheit. Doch Robert ist der Meinung, dass sein Kaffee einfach besser ist.«

Gedankenverloren nicke ich und trinke einen weiteren Schluck von meinem schwarzen Getränk voller Glück.

»Was verschlägt dich in unsere Gegend, Kinga? Machst du Urlaub in Zakopane?«

»Ja, so etwas in der Art. Ich besuche meine Schwester Natalia.«

»Das klingt schön. Wie lange bleibst du hier?«

»Oh … ich … ähm …«, stottere ich herum. Ich beiße mir von innen auf meine Wange.

Piotr erlöst mich schnell und hebt abwehrend seine Hand. »Alles gut. Geht mich ohnehin nichts an. Ich gehe in die Küche und haue dir ein paar Eier in die Pfanne. Gibt es etwas, das du nicht magst?«

Erleichtert über diesen Themenwechsel schüttle ich den Kopf. »Nein, ich esse eigentlich alles.«

»Du bist unkompliziert. Das gefällt mir«, sagt er grinsend und rauscht in Richtung Küche.

Nur wenige Minuten später läuft mir beim Anblick meines Frühstücks das Wasser im Mund zusammen. Piotr hat mir zwei Toasts, Rührei mit Speck und einen Blaubeermuffin gebracht. Mein knurrender Magen spendet Beifall und ich schaufle mir eine große Gabel mit Rührei in den Mund.

»Wow! Das ist wirklich unglaublich lecker«, sage ich verzückt und meine es auch so.

Piotr kratzt sich verlegen im Nacken. »Das freut mich zu hören. Für das Frühstück bin ich nicht so oft zuständig, deshalb bin ich dankbar über jedes kleine Lob.«

»Das war kein *kleines Lob*. Es ist umwerfend gut.«

»Dann lass es dir weiter schmecken. Ich muss kurz die Tische dort drüben abräumen.«

Ich nicke, doch ein Gedanke formt sich in meinem Kopf und ich halte Piotr für einen kurzen Moment zurück. Fragend schaut er mich an.

»Kennst du dich gut in der Stadt aus?«

»Das hoffe ich doch. Schließlich bin ich hier aufgewachsen.«

»Weißt du ob … ob hier irgendwo freie Jobs sind?«

Es kostet mich viel Überwindung, um Piotr diese Frage zu stellen. Gerade eben habe ich ihm erzählt, dass ich meine Schwester besuchen möchte und nun frage ich nach einem Job. Er muss mich für komplett verrückt halten. Doch das nehme ich in Kauf, wenn er mir weiterhelfen kann. Piotr geht auf diesen Interessenskonflikt jedoch gar nicht ein.

»Der Friseursalon von Sandra sucht noch nach einer Aushilfe. Hast du von *Wonder Hair* bereits gehört?«

Ich unterdrücke den Impuls, mit den Augen zu rollen. Stattdessen kleistere ich mir ein falsches Lächeln aufs Gesicht und nicke leicht.

»Ja, meine Schwester und ich waren neulich dort. Hast du noch andere Anlaufstellen? Wenn nicht, versuche ich es da.«

»Ach so. Klar. Hm. Sophia sucht in ihrer Buchhandlung noch nach einer Mitarbeiterin. Vielleicht ist das der richtige Job für dich.«

»In einer Buchhandlung?«

»Richtig.«

»Das klingt gut. Wo finde ich die Buchhandlung denn?«

Wenige Minuten später habe ich in einem rekordverdächtigen Tempo mein Frühstück verschlungen. Anfangs wollte ich so schnell wie möglich aus dem Diner verschwinden, damit ich Robert nicht begegne. Doch nachdem mir Piotr die Wegbeschreibung zu der Buchhandlung erklärt hat, drängen meine Beine mich ganz von selbst in diese Richtung. Ich werde von der wahnwitzigen Vorstellung angetrieben, dass mir jemand den Job vor der Nase wegschnappen könnte. Dabei hat er mir erklärt, dass die Stelle bereits seit einigen Monaten unbesetzt ist. Trotzdem möchte ich keine Zeit verlieren.

Als ich vor dem Laden stehe, muss ich zugeben, dass ich einen etwas anderen Anblick erwartet habe. Ich neige meinen Kopf leicht zur Seite, damit ich das Schild über der Holztür lesen kann. Es ist total schief und hängt an der linken Seite schlaff herunter. Stirnrunzelnd betrete ich die kleine Buchhandlung.

Ein zartes Klingeln über mir ertönt, sobald ich die Tür aufstoße. Mir fällt sofort auf, wie dunkel dieser Raum gehalten ist. Diese gesamte Atmosphäre lädt nicht gerade dazu ein, sich hinzusetzen und ein Buch in die Hand nehmen zu wollen. Ich gehe an einer Reihe von Regalen vorbei und streiche mit meinen Fingerspitzen sanft über die Buchrücken. Mitten in der Bewegung halte ich inne und greife nach einem Buch mit einem grünen Einband. Mit beiden Händen drücke ich es fest an meine Brust. Dieses Gefühl kommt mir fremd und verloren vor. Doch gleichzeitig ist da dieser zarte Funke. Nicht viel mehr als eine kleine Flamme in der Mitte meines Herzens. Sie ist schwach, aber sie ist da.

Bereits als kleines Mädchen habe ich für mein Leben gern gelesen. Wenn die reale Welt unerträglich wurde, habe ich mich in die der Bücher geflüchtet. In mein zweites Zuhause.

Doch dann kam Adam.

Ich habe alles aufgegeben, was mir jemals wichtig gewesen ist. Ich habe meine Freundinnen vernachlässigt, bis nach und nach jeglicher Kontakt abgebrochen ist. Ich habe der Welt der Bücher den Rücken zugekehrt, nur damit ich zu jeder Zeit für meinen Mann kochen und saubermachen konnte. Alles andere hätte ihn wütend gemacht. Wenn ich Jakub nicht das Familienleben geben konnte, das ich mir für ihn erträumte, wollte ich wenigstens rund um die Uhr für ihn da sein.

Damit mein Kind nicht merkt, dass ein Elternteil fehlt.

Das ist ein weiterer Grund, weshalb ich diesen Menschen mehr verachte als alles andere. Er hat mir meine Lebensfreude geraubt. Er hat mich meiner Seele beraubt. Doch ich werde mich zurückkämpfen. Stück für Stück werde ich mir meine Persönlichkeit zurückholen.

Ich senke meinen Kopf und vergrabe die Nase in dem Buch, welches ich immer noch fest an meine Brust gedrückt halte. Ich atme tief durch die Nase ein. Der Geruch von einem frisch gedruckten Buch lässt sich mit nichts auf der Welt vergleichen. Es fühlt sich an wie Sonnenuntergang und Sonnenaufgang in einem. Es ist ein spezielles und magisches Gefühl, welches mich mit Kraft und Mut stärkt.

»Ähm … ist das dein Ernst? Hast du da etwa gerade an dem Buch gerochen?«, fragt eine fassungslose Männerstimme hinter mir.

Ertappt zucke ich zusammen und drehe mich abrupt um. Ich kann ein Aufstöhnen gerade so verhindern, während grüne Augen mich belustigt mustern.

Was will der Typ bitte hier?

Schamesröte breitet sich auf meinen Wangen aus, als Robert

amüsiert die Arme vor der Brust verschränkt. Er wirkt, als warte er auf eine weitere Vorstellung meiner Peinlichkeiten. Ich möchte ihm einen souveränen Spruch in sein arrogantes Gesicht knallen, während meine Hände verzweifelt versuchen, mein Gesicht hinter dem Buchcover zu verstecken.

»Du wirst mir wohl keinen Gefallen tun?«

»Kommt drauf an«

»Geh und wir vergessen, dass diese gesamte Szene überhaupt passiert ist.«

»Nope.«

»Habe ich mir schon gedacht.«

»Das reicht jetzt, Robert. Sieh zu, dass du Land gewinnst. Du kannst die Kundschaft in deinem Laden vergraulen, aber sicher nicht in meinem«, mischt sich eine Frauenstimme in unser Gespräch ein.

Sie stellt sich vor mich und stemmt die Hände in die Hüften. Ihre kastanienbraunen Haare liegen locker auf ihren Schultern und ein zarter Duft von Vanille erfüllt die Luft. Sie trägt ein orangefarbenes Maxikleid, welches mit lilafarbenen Blümchen bestickt ist. Für einen kurzen Moment bin ich erleichtert, dass sie mich vor dem Brummbären in Schutz nehmen möchte.

Abwehrend hebt Robert seine Hände. »Hey, bleib locker. Ich wollte mich sowieso gerade der kaputten Treppenstufe widmen.«

Treppenstufe? Was soll das bitte heißen?

Robert wendet sich zum Gehen, doch nicht, ohne mir einen belustigten Blick zuzuwerfen. Langsam lasse ich das Buch zurück in das Regal gleiten.

»Tut mir leid, wenn er dir Ärger gemacht hat.«

Mit einem strahlenden Lächeln dreht sich Sophia zu mir herum. Ihr amerikanischer Akzent ist kaum überhörbar.

Obwohl die beiden ziemlich schnippisch miteinander umgehen, frage ich mich für einen kurzen Moment, ob es möglich ist, dass die beiden ein Paar sein könnten.

»Gilt diese Entschuldigung für heute oder allgemein?«, frage ich grinsend.

Sophia lacht. »Sag bloß, du bist schon öfter mit Robert aneinandergeraten?«

»Öfter ist übertrieben. Aber ja, wir hatten bereits das Vergnügen.«

»Lass dich von ihm einfach nicht ärgern. Hinter seiner rauen Schale steckt ein weicher Kern.«

»Das sagst du so einfach.«

»Ich habe niemals gesagt, dass es einfach ist. Es lohnt sich aber, den Menschen hinter der Fassade kennenzulernen. Doch ich denke, dafür bist du nicht hierhergekommen. Womit kann ich dir helfen? Suchst du nach etwas Bestimmtem?«

»Um ehrlich zu sein, suche ich nach dir.«

»Nach mir?«, fragt sie verblüfft.

»Ja, du bist doch Sophia. Oder?«

»Genau. Die bin ich.«

Lächelnd strecke ich ihr meine Hand entgegen. »Hey! Ich bin Kinga und möchte mich gern als Mitarbeiterin bei dir bewerben.«

Ich bin mir nicht sicher, ob meine Art und Weise zu forsch ist. Ich möchte Sophia nicht überrumpeln oder unseriös wirken. Wahrscheinlich ist es ihr lieber, wenn Bewerber eine offizielle Mappe einreichen und nicht unangemeldet vor der Tür stehen.

Und vielleicht habe ich recht. Denn sie wirkt zuerst perplex und ihre Augen weiten sich. Bis sich ihr Gesichtsausdruck einen Wimpernschlag später komplett verändert. Ein zartes Lächeln zupft an ihren Mundwinkel und dann nimmt ein Grinsen ihr gesamtes Gesicht ein. Ihre grünen Augen funkeln mich aufgeregt an. Ohne weiteres Zögern greift sie nach meiner Hand.

»Lass uns einen Kaffee im ersten Stock zusammen trinken!«

KAPITEL 11

Robert

Das kann nicht ihr Ernst sein.

Sie kann unmöglich in dem Buchladen meiner Schwester arbeiten wollen. Wenn sie hier arbeitet, dann werden wir uns ständig über den Weg laufen. Ich werde ununterbrochen an Martyna denken müssen, wenn Kinga in meiner Nähe ist. Meine Hände fangen an zu schwitzen, mein Herzschlag beschleunigt sich und die Nervosität ergreift von mir Besitz. Das ist nicht gut. Erinnerungen sind einfach nicht gut. Ich werde daran zugrunde gehen. Ich muss jeglichen Gedanken an Martyna aus meinem Kopf verbannen. Doch es besteht noch der Hauch einer Chance, dass Kinga als Mitarbeiterin nicht infrage kommt. Womöglich mache ich mir zu viele Gedanken und sie eignet sich überhaupt nicht dafür, in einer Buchhandlung zu arbeiten. In diesem Moment lacht Sophia schallend auf und auch Kinga fällt in ihr Gelächter mit ein.

Entmutigt lasse ich den Kopf in meine Hand sinken. Mir hätte von Anfang an klar sein müssen, dass Sophia ihre Entscheidung nicht von dem beruflichen Werdegang einer Person abhängig macht. Vielmehr möchte sie ihre Wahl aufgrund von zwischenmenschlichen Aspekten treffen. Jeder Mensch hat im Leben eine Chance auf den Job verdient, der ihn glücklich macht. Auch wenn jemand auf den ersten Blick ungeeignet erscheint, kann sich dieser Eindruck immer noch als falsch entpuppen. Im Normalfall finde ich diese Herangehensweise sehr lobenswert. In diesem speziellen Fall allerdings werde ich die Entscheidung meiner Schwester nicht gutheißen.

Die lockere Treppenstufe ist wieder repariert und auch eine Schraube am Geländer habe ich nachgezogen, somit kann ich meinen kleinen Reparaturauftrag als erledigt betrachten. Sophia und Kinga lassen sich von mir jedoch nicht stören. Die beiden gackern weiter wie zwei Hühner, die sich seit Ewigkeiten nicht mehr gesehen haben. Ich erinnere mich daran, dass der Tresen seit einiger Zeit etwas schief steht, und entscheide mich dafür, einen Blick auf die Tischbeine zu werfen. Während ich nach dem passenden Werkzeug suche, kommen die beiden Frauen endlich die Wendeltreppe hinunter.

Kinga breitet die Arme vor der Brust aus. »Ich denke an weiße Regale. Keine Lampen mit Glühbirnen an der Decke, stattdessen viele kleine Spots. Das würde den gesamten Raum mit mehr Licht fluten. Wenn wir es schaffen, eine hellere und freundlichere Atmosphäre zu schaffen, dann werden wieder mehr Besucher in deinen Laden kommen.«

Ich unterdrücke den Impuls, mit den Augen zu rollen.

Na toll, eine Visionärin.

Das kann ja noch heiter werden und garantiert fängt sie an, hier alles umzustellen und umzuräumen. Sie wird in meiner Schwester das starke Gefühl von Hoffnung säen. Doch wenn sie erkennt, wie viel Arbeit so eine Umgestaltung erfordert, wird sie schnell das Handtuch werfen. Am Ende darf ich die zerbrochenen Teile von Sophias Seele wieder aufsammeln und mühevoll zusammensetzen. So ist es bisher jedes Mal gewesen. Davon habe ich mehr als genug. Meine Schwester ist ein guter Mensch, doch leider viel zu naiv in Bezug auf Fremde. Sie schenkt anderen ihr Vertrauen und wird im Anschluss ausgenutzt.

»Was soll das denn werden?«, mische ich mich in die Unterhaltung der beiden ein.

»Oh, Robert! Du bist ja noch da«, ruft Sophia freudig aus.

Ich verschränke meine Arme vor der Brust. »Ganz recht.«

Meine Schwester dreht sich im Kreis. »Kinga hat ein paar tolle Ideen, wie wir die Buchhandlung etwas umgestalten. Dann werden wieder mehr Besucher in meinen Laden strömen«, zwitschert sie mit funkelnden Augen.

»Das hat sie gesagt, ja?« Meine Frage klingt viel mehr nach einer Feststellung. Meine gutgläubige Schwester hakt bei solchen Dingen leider nicht nach, sondern beginnt, direkt zu träumen.

»Kinga hat früher als Inneneinrichterin gearbeitet und mir versichert, dass man in diesen Räumen viel verändern kann.«

»Das mag stimmen, doch wer soll das bitte alles erledigen? Solche Arbeiten sind teuer, wenn ihr Handwerker dafür engagieren wollt.«

»Wir werden die Renovierung allein übernehmen«, sagt Sophia.

Ihr Lächeln gerät ein kleines bisschen ins Wanken. Wahrscheinlich wird ihr gerade klar, wie lächerlich dieses Vorhaben ist.

Ich für meinen Teil kann mich nicht zurückhalten und pruste laut lachend los. »Du? Du möchtest renovieren, Sophia? Seit dem letzten Jahr wissen wir alle, dass es besser ist, wenn du dich von Werkzeugen jeglicher Art fernhältst.«

»Wieso?«, fragt Kinga und schaut meiner Schwester verwirrt ins Gesicht.

Sophia beißt sich verlegen auf die Unterlippe und druckst für einen Moment herum. »Es gab da einen kleinen Zwischenfall«, gibt sie zähneknirschend zu. »Eventuell habe ich Rob den Zeh gebrochen. Nicht absichtlich, versteht sich.«

Kingas Blick wandert automatisch zu meinen Füßen. Als ob sie meinen von damals gebrochenen Zeh durch den Schuh sehen könnte. Ihr Kopf schnellt nach oben und ihre schimmernden blauen Augen schauen in meine. Sie hält meinem Blick für eine Sekunde stand, bevor sie sich wieder zu Sophia dreht.

»Du musst dir darüber wirklich keine Gedanken machen. Ich renoviere für mein Leben gern. Zusammen bekommen wir das schon hin«, beruhigt Kinga meine Schwester.

Sophia nickt zuversichtlicher, als sie zu sein scheint. »Mein großer Bruder kann uns bestimmt auch unter die Arme greifen. Er gibt es zwar nicht gerne zu, aber er hilft immer, wenn er gebraucht wird.«

»Pah. Ganz sicher nicht«, widerspreche ich sofort.

Trotzig schaut Kinga mich an und reckt ihr Kinn dabei ein Stück in die Höhe. »Das weißt du doch überhaupt nicht. Dir macht es anscheinend Freude, sich in jedes Gespräch einzumischen.«

»Nun, wenn es in besagtem Gespräch um mich geht, dann lautet die Antwort ja. Ich diskutiere gern mit und mag es nicht, wenn andere Menschen Entscheidungen über meinen Kopf hinweg treffen.«

»Ach? Und wann hat dieses Gespräch bitte angefangen, sich um dich zu drehen?«, fragt Kinga herausfordernd.

Erstaunt hebe ich eine Augenbraue. Bis zu diesem Moment war ich felsenfest davon überzeugt, dass Kinga weiß, in welchem Verhältnis Sophia und ich zueinander stehen. Das große Fragezeichen auf ihrem Gesicht beweist mir jedoch das Gegenteil.

Den Denkprozess in ihrem Kopf kann ich förmlich mit ansehen, bis der Groschen schließlich auch bei ihr fällt. Kinga reißt überrascht ihre Augen auf und ihr Kinn sackt ein Stückchen nach unten ab. Schnell schlägt sie sich die Hand vor den Mund und dreht sich zu Sophia um.

»Es tut mir so leid. Ich wusste nicht, dass er …«, beeilt sie sich zu sagen.

Sophia legt ihr versöhnlich eine Hand auf die Schulter. »Ist schon in Ordnung. Außerdem entspricht alles der Wahrheit, was du gesagt hast.«

Moment. Alles, was sie gesagt hat? Was hat Kinga denn gesagt? Haben die beiden da oben über mich gesprochen? Wozu dann dieses alberne Gekicher? In meinem Kopf ploppen mehr Fragen auf, als ich in der Lage bin, zu beantworten.

»Ja, aber wenn ich gewusst hätte, dass Robert dein Bruder ist, dann hätte ich so etwas doch niemals gesagt.«

»Du warst einfach offen und ehrlich. Ich schätze diese Eigenschaft an Menschen sehr.«

Nun platzt mir doch der Kragen und ich kann mich nicht länger zurückhalten. »Worüber habt ihr miteinander gesprochen? Habt ihr etwa über mich geredet da oben?« Unnötigerweise deute ich auf die Treppe, als ob die beiden nicht wüssten, wo sie noch vor wenigen Minuten waren.

»Es hat mich auf jeden Fall gefreut, dich kennenzulernen. Wir sehen uns morgen, Kinga.« Sophia zieht ihre neue Bekanntschaft in eine feste Umarmung und nach kurzem Zögern erwidert sie diese.

»Hört jetzt auf damit. Was habt ihr beiden über mich gesagt?«, mische ich mich erneut ein. Diese Ungewissheit macht mich wütend und ich bin nicht mehr in der Lage, meine Gefühle hinter einer Maske zu verstecken.

Allerdings sind die Frauen dazu übergegangen, mich komplett zu ignorieren. Sie sprechen noch einige Abschiedsworte, umarmen sich erneut und Kinga verlässt den Laden wieder.

Sophia winkt ihr noch hinterher, ehe sie sich mit einem strahlenden Lächeln mir zuwendet. »Solltest du nicht schon längst wieder in deinem Laden sein? Das Frühstück bereitet sich schließlich nicht von allein zu.«

»Wirst du Kinga als neue Mitarbeiterin einstellen?«, frage ich. Es bringt nichts, um den heißen Brei herumzureden. Die Antwort auf diese Frage ist zurzeit das Einzige, was mich interessiert.
Sophia seufzt ergeben.

»Ja, Kinga wird morgen anfangen, bei mir zu arbeiten.«

»Und was ist mit ihren Referenzen? Wo kommt sie her? Was hat sie dort gemacht? Weshalb ist sie jetzt hier? Bleibt sie länger? Hast du all diese Dinge mit ihr geklärt?«

»Na, sieh mal einer an. Wenn ich es nicht besser wüsste, dann würde ich sagen, du hast ein besonderes Interesse an Kinga.«

Ich verschränke meine Arme erneut vor der Brust und gehe damit in die Defensive. Ich werde mich von meiner Schwester in keine Falle locken lassen. »Das stimmt doch überhaupt nicht. Das sind logische Fragen, die man einem Menschen stellt, den man für sich arbeiten lassen möchte.«

»Robert, ich habe mich mit ihr unterhalten«, sagt Sophia eindringlich. »Wir haben miteinander geredet und ich habe all diese Dinge über sie erfahren.«

»Und?«

»Und was?«

»Was ist denn mit ihr? Was für ein Mensch ist sie?«

Sophia wirft den Kopf in den Nacken und lacht schallend los. »Oh, nein. Das machen wir auf gar keinen Fall.«

»Was machen wir auf gar keinen Fall?«, frage ich verwirrt.

»Wir sprechen nicht über meine neue Mitarbeiterin hinter ihrem Rücken.«

»Ehrlich, Sophia? Da ziehst du die Grenze? Es war für dich aber auch kein Problem, mit diesem Menschen über deinen eigenen Bruder zu reden.«

»Das ist etwas vollkommen anderes.«

»Ist es nicht. Ich finde einfach, du solltest nicht sofort ihre Vorstellungen in die Tat umsetzen wollen. Natürlich hat der Laden etwas frische Farbe nötig. Doch was ist, wenn Kinga nach einer Woche wieder von hier verschwindet und zurück nach Hause fährt?«

»Sie wird nicht zurück nach Hause fahren.«

»Aber was macht dich da so sicher?«

»Das spüre ich einfach. Sie ist eine verirrte Seele und bekommt vielleicht hier die Chance, zu blühen.«

In den kommenden Tagen mache ich, so gut es geht, einen großen Bogen um die Buchhandlung meiner Schwester. Diese Tatsache hat einen ganz bestimmten Grund und dieser heißt Kinga.

Ich denke an den Moment, als Martyna mir erklärt hatte, dass sie keine Chemotherapie machen möchte.

Ich denke an den Moment, in dem mein Kopf in ihrem weichen Schoß lag und sie mir beruhigende Worte ins Ohr geflüstert hat.

Ich denke an den Moment, in dem ich ihre Hand hielt, während ihre Seele ihren Körper verließ.

Ich denke an die vielen Momente, in denen ich mit meiner Faust auf eine Wand eingeprügelt habe, weil die Ungerechtigkeit dieser Welt mich erdrückt hat.

Diese Faust schließt sich fester um den Blumenstrauß in meiner Hand. Rosafarbene Tulpen. Martyna hatte nichts auf der Welt mehr geliebt als diese Pflanzen. Selbst ich musste mich mit weniger Aufmerksamkeit zufriedengeben, wenn sie im Haus waren. Martyna hatte verträumt ihre Blumen angelächelt und ich hatte Martyna angelächelt. Diese Momente waren mir die liebsten. Diese, in denen ich sie beobachten konnte und sie nichts davon mitbekommen hatte. Ich liebte ihren Freigeist und ihre Einstellung zum Leben. Bis das Leben sie mir entzog.

Trotz der heißen Augustsonne sind meine Finger kalt wie Eis. Ich hebe meine Hand und lege sie auf den metallischen Griff. Tief atmend schiebe ich das gusseiserne Tor auf. Vor mir erstrecken sich etliche Grabsteine. Ein großes Kreuz am Eingang empfängt die Besucher des Friedhofs und ich bin einer von ihnen. Den Weg könnte ich mittlerweile mit geschlossenen Augen gehen.

Der Grabstein besteht aus einer grauen Marmorplatte. Obwohl ich bereits unzählige Male hier war, überkommt mich eine Gänsehaut bei dem Anblick. Die Oberfläche ist matt und in einer filigranen Schrift wurde ihr Name in die Steinplatte eingraviert.

Martyna Graham
Freundin des Lebens und purer Sonnenschein

Dieses Gefühl hat sich mittlerweile in meinem Kopf fest eingebrannt. Ich besuche das Grab meiner verstorbenen Ehefrau einmal in der Woche. Mittlerweile müsste mich dieser bekannte

Anblick einhüllen und wie einen Schutzmantel umgeben. Ich sollte taub sein für Gefühle jeglicher Art. Doch der Knoten, der sich in meiner Kehle bildet, droht, mich jede Woche aufs Neue zu ersticken. Mein Magen schlägt Purzelbäume und ich habe das Gefühl, mich übergeben zu müssen. Mühsam schlucke ich den gewaltigen Kloß herunter.

Ich lege die Tulpen auf dem Grabstein ab und lasse mich im Schneidersitz ins weiche Gras plumpsen. Tief vergrabe ich meine Hände in den langen Grashalmen, denn der Kontakt mit der Natur lässt mein Herz langsamer schlagen. Ich atme tief durch und versuche, meine rotierenden Gedanken zu sortieren, während ich in den strahlend blauen Himmel schaue. Meine Stimmung passt nicht zu dem herrlichen Wetter, aber für das Universum scheint diese Tatsache zweitrangig zu sein.

»Hi, mein Liebling. Im Diner war heute Morgen die Hölle los, deshalb konnte ich nicht früher da sein.«

Es fühlt sich seltsam an, mit einem Grabstein zu sprechen. Am Anfang habe ich nichts gesagt. Jedes Mal, wenn ich den Friedhof besucht habe, hat sich mein Herz angefühlt wie eine offene, klaffende Wunde. Mit jedem weiteren Besuch habe ich mich leerer gefühlt. Es war, als würde mir dieser Grabstein meine Seele und meine gesamte Lebensfreude aussaugen.

Bis zu dem Tag, als ich Piotr am Grabstein von Martyna gesehen habe – oder ihn vielmehr gehört habe. Er lag an diesem Tag seelenruhig im Gras, hatte die Arme hinter dem Kopf verschränkt und mit meiner toten Ehefrau gesprochen. Ich habe mich wie ein widerlicher Stalker gefühlt, als ich aus der Ferne zugesehen habe. Es hat sich nicht gut angefühlt, diesen besonderen Moment zu zerstören. Unruhig war ich von einem Fuß auf den anderen getreten, bis Piotr meine Anwesenheit bemerkt hatte. Er hatte mich freundlich begrüßt und dazu aufgefordert, mich zu ihm dazuzusetzen. Meine Nackenhaare hatten sich gesträubt und ich hatte die Arme vor der Brust verschränkt.

Doch er erklärte mir, wie normal es sei, mit verstorbenen Menschen zu sprechen. Nur dadurch schaffe man es, die Verbindung zu seinen geliebten Menschen zu halten. Also hatte ich mich zu Piotr ins Gras gesetzt und er hatte mir einige wichtigen Fragen gestellt.

Wodurch stirbt ein Mensch?

An Altersschwäche?

An einer Krankheit?

Durch einen Unfall?

Nein.

Ein Mensch stirbt, wenn er in Vergessenheit gerät. Wenn wir nicht an die Menschen denken, die uns einst so viel bedeutet haben, dann vergessen wir sie und diese Menschen sterben für immer mit unseren Erinnerungen.

Dieser Gedanke jagt mir eine Heidenangst ein.

Lange Zeit danach konnte ich mich immer noch nicht dazu überwinden, mit einem Grabstein zu sprechen. Besonders dann nicht, wenn noch weitere Menschen auf dem Friedhof waren. Mittlerweile habe ich mich an dieses Gefühl gewöhnt und es wurde zu einer traurigen Normalität für mich, mit meiner verstorbenen Ehefrau zu sprechen und keine Antwort zu bekommen. Gleichzeitig macht es mir nichts mehr aus, wenn außenstehende Menschen mir beim Sprechen zusehen. Ich nicke den meisten Besuchern freundlich zu und ernte ebenfalls ein nettes Lächeln.

»Im Diner läuft es gerade echt gut. Die Sommertouristen freuen sich über unser amerikanisches Angebot.«

Ein frischer Wind kommt auf und weht an meinem Nacken entlang. Es fühlt sich an wie eine kühle Hand, die mich sanft streichelt. Ich möchte mich nach hinten in die Berührung hineinlehnen. Doch das geht natürlich nicht.

»Es wird dich sicher freuen, zu hören, dass Sophia eine neue Mitarbeiterin eingestellt hat. Meine Schwester ist begeistert von ihr, aber sie ist auch begeistert, wenn sie einen Hundewelpen sieht. Du kennst sie ja.«

Lächelnd schüttle ich den Kopf über meinen eigenen

Gedankengang. Sophia und Martyna waren die besten Freundinnen. Der Tod meiner Ehefrau hatte auch meine Schwester in ein schwarzes Loch geworfen. Ich hätte für sie da sein müssen und sie trösten müssen, doch mein eigener Schmerz hatte mich mit fester Faust umklammert. Ich war nicht in der Lage, nach meinen Mitmenschen zu sehen. Dabei haben sie mich so sehr gebraucht.

»Weißt du …« Ich möchte mit Martyna nicht über Kinga sprechen. Das fühlt sich vollkommen falsch an.

Dafür ist Kinga Martyna einfach zu ähnlich und gleichzeitig völlig unbekannt. Sie ist eine junge Frau in einem wunderbaren Ort. Eine Frau, die hoffentlich wieder verschwinden wird. Martyna war meine Ehefrau und die große Liebe meines Lebens. Kinga ist einfach die Schwester von Natalia und nicht mehr als eine Sommertouristin. Ich stocke. Wenn sie nur den Sommer über hier ist, dann frage ich mich, weshalb sie auf der Suche nach einem Job ist. Das Gespräch mit Sophia kommt mir wieder in den Sinn.

Sie wird nicht zurück nach Hause fahren.

Wie kann meine Schwester sich dessen nur so sicher sein?

Sophia wollte es mir nicht verraten, weil sie nicht über ihre neue Bekanntschaft sprechen möchte.

Seufzend beschließe ich, das Thema zu wechseln. Ich erzähle Martyna von dem, was in der Stadt passiert ist. Ich spreche über das neu gestaltete Kino, über die Preiserhöhung in dem kleinen Supermarkt um die Ecke und über eine Umgestaltung im Stadtpark.

Kein Wort über Kinga verlässt meine Lippen.

Die Abenddämmerung senkt sich über Zakopane. Die Sonne verschwindet hinter den Bergspitzen und taucht die gesamte Stadt in ein orangefarbenes Licht. Mein langer Schatten erstreckt sich vor mir und kündigt das Ende des Tages an. Wahrscheinlich ist Piotr damit beschäftigt, die letzten Gäste zu bedienen. Sobald ich das Diner betrete, werde ich ihn in seinen wohlverdienten Feierabend schicken. Anschließend werde ich in der Küche die Spülmaschine anschalten, die restlichen Tische abräumen und den Boden wischen. Erschrocken zucke ich zusammen, als ein lautes Poltern – gefolgt von einem wüsten Fluch – meinen Gedankengang unterbricht.

Ich beschleunige meinen Schritt und jogge um die nächste Hausecke. Erstarrt bleibe ich stehen, als ein brünetter Haarschopf wütend auf einen Farbeimer tritt. Diesen Hinterkopf würde ich wahrscheinlich unter Hunderten wiedererkennen.

Nicht einmal unter Anstrengung all meiner Willenskraft kann ich das Augenrollen verhindern. Sie arbeitet gerade mal seit ein paar Tagen für meine Schwester und benimmt sich bereits so, als würde ihr der gesamte Buchladen gehören. Ich weiß einfach nicht, wie ich ihr übereifriges Engagement einordnen soll.

Kinga hat eine voll bepackte Einkaufstüte in ihrer Hand, aus der ich einige Pinsel herausstechen sehe. In der anderen Hand balanciert sie zwei Farbeimer mit weißer Farbe. Ein dritter Eimer befindet sich vor ihren Füßen. Humpelnd bewegt sie sich langsam vorwärts, sorgsam darauf bedacht, mit ihrem Fuß den Farbeimer in Bewegung zu halten. Ich muss gar nicht darüber nachdenken, was ich als Nächstes tun möchte. Meine Beine bewegen sich vollkommen mechanisch in ihre Richtung. Sanft lege ich meine Hand auf ihre Schulter, während Kinga durch meine Bewegung erschrocken zusammenzuckt.

»Sorry«, murmle ich und beuge mich nach unten, um den heruntergefallenen Eimer aufzuheben.

Dann sehe ich Kinga an. Ihre schlanken langen Beine stecken in unverschämt kurzen Hotpants. Dazu trägt sie ein rosafarbenes Oberteil. Der Farbton erinnert mich an die Tulpen, die ich auf Martynas Grab hinterlassen habe. Ich schlucke kurz und schüttle meinen Gedanken ab.

Entschlossen strecke ich meine Hand nach vorn aus. »Komm, ich helfe dir.«

Zu meiner Überraschung rückt Kinga ein Stück von mir ab und reckt ihr Kinn in die Höhe. »Nein, danke. Ich brauche deine Hilfe nicht.«

Ich bin verblüfft über ihre Abwehrhaltung. Sie scheint überfordert zu sein, doch ihr Stolz hindert sie daran, meine Hilfe anzunehmen. Ich beiße mir fest auf die Unterlippe, damit ich nicht lache. Wahrscheinlich würde sie dann erst recht sauer auf mich werden.

»In Ordnung. Wohin möchtest du die ganzen Sachen bringen?«

»Zum Buchladen.«

»Von Sophia?«

Ein freches Grinsen zupft an Kingas Mundwinkeln. »Du bist zwar nicht oft da, aber ich arbeite immer noch bei Sophia.«

»Du hast bemerkt, dass ich nicht so oft dort bin?« Meine Augenbraue wandert zweifelnd nach oben.

Kinga senkt schnell ihren Blick. Mir entgeht nicht die zarte Röte, die sich auf ihren Wangen ausbreitet.

»Nein, habe ich nicht. Stellst du bitte den Farbeimer auf die anderen beiden?«

»Hm. Nein.«

»Nein?«

»Nein, ich werde ihn allein zu meiner Schwester bringen. Und die beiden nehme ich auch noch mit.«

Ich lehne mich zu ihr. Ein zarter Duft von Veilchen umhüllt mich, als ich nach den beiden Farbeimern greife. Meine Finger streifen sanft ihren Oberarm. Ein Blitz durchzuckt meinen gesamten Körper und ich erstarre zur Salzsäule. Kinga mustert mich aus großen Augen, die so grau sind wie die Steinplatten auf dem Friedhof.

Schnell wende ich mich ab und gehe mit eiligen Schritten voran. Ich kann mich nicht zu ihr umdrehen. Ich traue mir selbst nicht.

»Warte auf mich!« Kinga läuft mir hinterher. »Du benimmst dich wirklich unausstehlich.«

»Wieso? Weil ich dir beim Tragen helfe?«

»Nein, weil du dich sehr arrogant verhältst, während du mir beim Tragen hilfst.«

»Du machst dir zu viele Gedanken darüber, wie ich mich verhalte«, sage ich schärfer als beabsichtigt.

Ich höre, wie Kinga hinter mir aufkeucht.

»Wie läuft das hier eigentlich an Halloween bei euch?«

»Was meinst du?«, frage ich überrumpelt von ihrer Frage.

»Tragen alle Menschen an Halloween hier eine Maske mit deinem Gesicht und erschrecken kleine Kinder damit?«

»Du bist nicht witzig.«

»Doch, etwas schon.«

Sie hat recht. Ich muss mir tatsächlich sehr auf die Unterlippe beißen, um nicht meinen Kopf in den Nacken zu werfen und laut loszulachen.

KAPITEL 12

Kinga

Ein feiner Schweißfilm überzieht meine Stirn, während ich versuche, die Fenster abzukleben. In der vergangenen Woche habe ich mich mit Sophia intensiv über ein neues Konzept für den Buchladen unterhalten. Vor der Schwangerschaft mit Jakub habe ich eine Ausbildung zur Raumgestalterin begonnen und diese Zeiten kommen mir nun endlich zugute. Leider hat Adam mich davon überzeugen können, meine Lehre abzubrechen. Meine Erfahrungen bis dahin kann mir dennoch keiner nehmen. Ich habe meiner neuen Chefin vorgeschlagen, dass wir der gesamten Buchhandlung mehr Licht verpassen sollten. Denn wer möchte schon lesen, wenn man die einzelnen Buchstaben nicht entziffern kann?

Wir haben beschlossen, die Wände in einem zarten Beige zu streichen. Gleichzeitig möchten wir jedes Bücherregal abschleifen und in weiß neu anstreichen. Ich bekomme eine Gänsehaut, wenn ich an diese Mammutaufgabe denke. Ich habe großen Respekt vor der gesamten Arbeit, doch ich bin mir sicher, dass wir mit dem Endergebnis zufrieden sein werden.

Nur aus diesem Grund stehe ich auf der obersten Stufe der Leiter.

Zuerst wollte Sophia die gesamten Arbeiten von einer Handwerkerfirma machen lassen. Doch ein einziger Blick auf ihre finanzielle Lage hat uns genügt, um ihr diesen Zahn zu ziehen. Ebenso ist es viel günstiger, die bereits vorhandenen Regale neu zu gestalten, anstatt neue Möbel einzukaufen. Ich habe so gern in meinem früheren Beruf gearbeitet, denn es hat mir Spaß gemacht, einen Raum kennenzulernen und diesen komplett neu zu gestalten. Mein Ex-Mann hingegen ist der Meinung gewesen, dass mich mein Leben als Ehefrau und Mutter ausfüllen sollte. Er wollte nicht, dass ich nach der Geburt unseres Sohnes in meinen Beruf zurückkehre. Ich war jung und wollte eine gute Ehefrau für meinen Mann sein. Deshalb bin ich seiner Bitte nachgekommen. Meine Ansichten haben sich mittlerweile geändert und heute weiß ich, dass eine gute Ehefrau nicht uneingeschränkt alles tut, was ihr Mann von ihr verlangt. In einer guten Partnerschaft verlangen die Eheleute nichts voneinander. In einer guten Partnerschaft unterstützen sich beide Partner. Sie reden miteinander und finden Kompromisse. Das war bei Adam und mir nie der Fall. Er hat geredet und ich habe gehorcht.

Die Klingel über der Eingangstür ertönt und ich drehe meinen Kopf. Wir haben uns darauf geeinigt, die Buchhandlung zu schließen, solange Sophia in New York ist. Auch wenn sie es sich schlecht leisten kann, kann ich mich dennoch komplett der Umgestaltung widmen und muss nicht jedes Mal unterbrechen, wenn Kundschaft den Laden betritt und beraten werden möchte.

Mit hängenden Schultern und einem schmalen Lächeln auf den Lippen betritt Sophia den Laden. Für gewöhnlich bin ich schrille Farben an ihr gewohnt. Heute hingegen hat sie sich für eine schlichte graue Jogginghose und einen weißen Hoodie entschieden. Ihre Haare sind zu einem lockeren Knoten nach oben gesteckt und werden durch einen Bleistift zusammengehalten.

»Was ist denn mit dir los? Ich dachte, du freust dich auf deine Eltern und New York?«, frage ich und steige von der Leiter herunter.

Mit meinem Handrücken wische ich mir den Schweiß von der Stirn.

»Ich fühle mich so unglaublich schlecht.«

»Weshalb?«

»Weil ich dich allein lasse.«

»Womit lässt du mich allein?«

Sophia streckt die Arme von ihrem Körper und macht eine Bewegung, die den gesamten Raum erfasst. »Mit der Umgestaltung. Du hast so tolle Ideen eingebracht und nun musst du sie ohne mich umsetzen.«

»Du redest Unsinn. Mir machen solche Umgestaltungen Spaß und ich freue mich über die Aufgabe.«

Sophia zieht eine Augenbraue nach oben und wirkt nicht so, als ob meine Worte sie wirklich überzeugt hätten.

»Ich werde nicht lang weg sein. Vielleicht bin ich in einer Woche wieder zurück. Du könntest auf mich warten und –«

»Nein«, falle ich ihr lachend ins Wort. »Wir haben das besprochen, Sophia. Weshalb sollte ich eine Woche rumsitzen und Däumchen drehen? Ich fange mit der Umgestaltung an und wenn du wieder da bist, dann werden wir sehen, wie weit ich gekommen bin.«

Sie zieht ihre Unterlippe zwischen die Zähne. Ich kann ihr deutlich ansehen, dass sie im Kopf ihre Möglichkeiten abwägt. Wir führen dieses Gespräch bereits seit drei Tagen. Es gibt keinen Grund, weshalb ich mit allen Arbeiten auf Sophia warten sollte. Mal abgesehen von ihrem unbegründeten, schlechten Gewissen.

Letzten Endes muss Sophia sich geschlagen geben. Meine Argumente sind einfach besser und es spricht nichts gegen dieses Vorhaben. Wir verabschieden uns überschwänglich voneinander und ich wünsche ihr einen guten Flug.

Der weitere Tag verläuft ruhig. Ich schaffe es, alle Fenster und Türrahmen im Buchladen abzukleben. Anschließend beginne ich damit, die Wände des Ladens zu streichen. Der Geruch von frischer Farbe in der Luft erfüllt mich komplett und in diesem Moment wird mir richtig bewusst, wie sehr ich es liebe, zu renovieren. Ich mag es, alte Dinge umzugestalten und mich dem Zauber des Neuen hinzugeben. Bevor wir mit den Arbeiten begonnen haben, habe ich vom gesamten Buchladen Bilder gemacht. Für mich gibt es keine schönere Belohnung, als einen zufriedenen Blick auf die Nachher-Bilder zu werfen. Sobald man die Fotos miteinander vergleicht, spürt man diesen inneren Frieden und kann sich die Unterschiede besser vor Augen führen.

Ich lasse den Farbroller in den Eimer sinken und setze mich auf die oberste Treppenstufe. Ein Klopfen an der Tür lässt mich zusammenzucken. Leichtfüßig springe ich von meiner Leiter herunter und öffne die Tür der Buchhandlung.

»Hallo, mein fleißiges Bienchen!«, sagt Natalia.

Ohne auf eine Erwiderung meinerseits zu warten, betritt sie den Laden. Mit großen Augen schreitet sie durch die Gänge und schaut sich alles ganz genau an. Viel ist jedoch nicht wirklich zu sehen. Ich habe die Regale mit großen Planen verdeckt, damit keine Farbspritzer auf den Büchern landen können.

»Du stehst vor einem riesigen Berg an Arbeit«, fasst Natalia zusammen und dreht sich zu mir.

»Gibt es einen Grund für deinen Besuch oder wolltest du einfach nur so hereinschauen?«, frage ich.

»Ich habe gerade Feierabend gemacht und werde zu Hause auf die Kinder warten. Bist du zum Abendessen da?«

»Danke, das ist lieb von dir. Dann kann ich den Nachmittag weiter hier arbeiten. Und ja, zum Abendessen werde ich definitiv zu Hause sein. Jakub möchte die Fortschritte sehen, deswegen habe ich Bilder gemacht und am Wochenende möchte er vorbeikommen und mit anpacken.«

»Super, dass du zum Abendessen da sein wirst.«

Meine Schwester erzählt mir von ihrem Tag auf der Arbeit, während ich ihr meine Pläne für die Buchhandlung vorstelle. Mit meiner Begeisterung kann ich sie leider nicht vollkommen anstecken. Ihr fehlt die räumliche Vorstellungskraft, um zu sehen, was ich vor meinem geistigen Auge sehen kann.

Ich sehe einen wunderschönen dunklen Holzboden. Mit beigefarbenen Wänden als Kontrast dazu. Die farbigen Buchrückseiten, die sich von den strahlend weißen Regalen abheben. Dazu überall kleine Spots an der Decke, die den Raum in ein sanftes Licht tauchen. Ich möchte die Leseecke gemütlicher gestalten und die Holzstühle verbannen. Sofern Sophia es zulässt. Mir schwebt eine schöne Couch in einem sanften Beige vor, dazu noch gemütliche Lesesessel. Ein paar dekorative Kissen und eine sanfte Lichterkette, die wir um den Griff der Wendeltreppe anbringen können.

Mit einem glückseligen Lächeln sehe ich mich in diesem chaotischen Raum um. Es ist mehr als nur viel Arbeit und es wird alles andere als leicht werden. Doch ich sehe wahrlich Großes vor mir.

Bis zum Nachmittag habe ich die gesamte linke Seite in einem cremigen Beige gestrichen. Die Farbe kommt an der Wand noch viel besser zur Geltung als auf dieser Farbpalette, die Sophia und ich uns vorab im Baumarkt angeschaut haben. Mir kommt der Gedanke, dass Sophia sich wahrscheinlich freuen würde, den Fortschritt mitzubekommen. Ich zücke mein Smartphone und trete einen Schritt nach hinten. Mit einem zufriedenen Klicken ertönt das Geräusch des Auslösers. Ermattet, aber glücklich lasse ich mich auf den Boden gleiten. Ein Blick an mir herunter verrät mir, dass meine Latzhose bereits mehr als genug Farbe abbekommen hat.

Mit schnellen Fingern entsperre ich mein Handy und öffne das Chatfenster von Sophia und mir. Ich tippe das Bild an, welches ich soeben gemacht habe, und schicke es in unseren Chat.

Ich: Die Farbe sieht toll aus! Genieß deine Reise und mach dir keine Gedanken um den Laden. Er ist in den besten Händen!

Lächelnd schiebe ich es wieder zurück in meine Seitentasche und lasse meinen Blick durch den Buchladen wandern. Es gibt keinen

Grund, weshalb ich nicht die Rückseite des Ladens streichen sollte. Wenn ich mich etwas beeile, dann könnte ich es rechtzeitig zum Abendessen nach Hause schaffen. Genauso wie ich es Natalia versprochen habe. Außerdem vermisse ich Jakub. Was er wohl zu erzählen hat? Wie sein Tag war?

Ich möchte aufstehen und mich direkt an die Arbeit machen, damit ich keine Zeit verliere. Ich erhebe mich von meinem Platz auf dem Boden, während mich beinahe zeitgleich ein Hämmern an der Tür aufhorchen lässt. Da ich nicht mehr mit Besuch rechne, gehe ich eher zögerlich zur Eingangstür und schließe diese auf. Die Gegend in Zakopane mag sicher sein, dennoch fühle ich mich seltsam, wenn ich ganz allein in diesen Räumlichkeiten bin.

»Wieso schließt du am helllichten Tag die Tür ab?«, fragt Robert und geht an mir vorbei in den Laden hinein.

Ich bin viel zu perplex, um auch nur im Ansatz etwas Geistreiches darauf zu erwidern. Stattdessen mache ich die Tür zu und folge ihm. Ein gewisses Unbehagen überkommt mich, als ich mir bewusst werde, dass ich mit Robert allein in einem Raum bin. Was er wohl hier möchte?

»Was genau tust du hier?«, frage ich. Es wirkt unsicher, das weiß ich.

»Ich möchte mich nur vergewissern, dass du den Laden meiner Schwester nicht in Schutt und Asche legst.«

»Was? Das kann doch nicht dein Ernst sein!«

Robert hingegen scheint mich gar nicht mehr zu beachten. Er hat das Interesse an mir verloren und geht stattdessen auf die frisch gestrichene Wand zu. Prüfend lässt er seinen Blick auf und ab gleiten, als würde er einen Neuwagen betrachten und herausfinden wollen, ob der Verkäufer ihn übers Ohr hauen möchte.

Während er die Wand studiert, bleibt mein Blick einen Moment zu lange an ihm kleben. Ich umgreife mit der einen Hand mein Handgelenk und beobachte ihn. Erst jetzt fällt mir die kleine braune Papiertüte in seiner rechten Hand auf.

Robert dreht sich abrupt zu mir nach hinten. Seine Augen bohren sich direkt in meine und ich fühle mich, als hätte er mich bei etwas Verbotenem ertappt. Als hätte ich etwas falsch gemacht.

Denn in der Vergangenheit scheine ich viel falsch gemacht zu haben.

Nein, Kinga.

»Bist du endlich fertig damit, mich anzustarren?«

Ich zucke zusammen und bei der rauen Art, mit mir zu sprechen, fährt es mir eiskalt den Rücken hinunter.

»Ich habe nicht …« Doch mein schwacher Einwurf erstirbt, als Robert sich erneut abwendet. Mein kleiner Protest scheint ihn überhaupt nicht zu interessieren, ebenso wie meine gesamte Existenz.

»Die Wandfarbe sieht wirklich gut aus«, stellt er fest.

»Mir gefällt sie auch gut.«

»Hast du das mit dem Beige entschieden?«

»Wieso?«

»Weil Sophia die Wände gern weiß streichen wollte.«

Ich nicke. »Ja, den Vorschlag hat sie mir auch gemacht. In Verbindung mit den hellen Spots an der Decke und den weißen Bücherregalen hatte ich jedoch bedenken, dass der Raum zu clean wirken könnte.«

»Okay, gut.«

»Wir wollen eine gemütliche Atmosphäre zum Lesen schaffen und keinen Operationssaal.«

Robert nickt lediglich. »Genau das war auch mein Gedanke. Aber Frauen haben die Angewohnheit, eher auf andere Frauen zu hören.« Er streckt seine Hand aus und reicht mir die Papiertüte. »Hier, ist für dich.«

Mit großen Augen starre ich Robert an. »Du bringst mir etwas zu essen vorbei?«

Er verdreht die Augen, als hätte ich etwas furchtbar Dummes gesagt.

»Nein, ich bringe dir nichts zu essen. Das hier ist eine Anweisung von Sophia.«

»Sophia hat dich angewiesen, mir etwas zum Essen zu bringen?«

»Ja«, nuschelt er ungeduldig und streckt mir die Tüte noch ein Stückchen weiter entgegen.

»Wieso solltest du so etwas tun?«

»Das sagte ich doch bereits, weil Sophia mich darum gebeten hat. Würdest du bitte dieses Ding nehmen, bevor mir der Arm abfällt?«

Widerwillig nehme ich ihm die Tüte ab. »Du tust doch sonst auch nichts, wenn dich jemand um etwas bittet.«

»Du bist Sophias Angestellte. Wenn du wegen Hunger hier zusammenbrichst, dann wird sie alles daransetzen, um mich als Schuldigen dastehen zu lassen. Damit möchte ich das gern verhindern.« Mit einem Nicken deutet er auf die Papiertüte in meiner Hand.

»Möchtest du mit mir zusammen essen?«, frage ich.

Seine Augen weiten sich für einen kurzen Moment und auch ich bin überrascht, woher diese Frage kommt.

Robert schüttelt den Kopf. »Nein, die Portion ist nur für dich bestimmt.«

»Kann ich das hier unbedenklich essen?«

»Wie bitte?«

»Na ja.« Ich zucke mit den Schultern. »Du bringst mir eine ominöse Papiertüte mit Essen, die angeblich von Sophia geschickt wurde, und jetzt möchtest du auf gar keinen Fall etwas davon abhaben.«

»Das ist doch nicht zu fassen.« Robert nimmt mir fast schon genervt die Papiertüte aus der Hand und stampft zu dem Tresen hinüber.

Er reißt sie auf und ein dezenter, aber herrlicher Duft nach frittiertem Essen breitet sich in der Buchhandlung aus. Anschließend greift er beherzt hinein, fischt eine Pommes heraus und stopft sie sich widerwillig in seinen Mund. Er verzieht seine Lippen, schluckt das Essen hinunter und wirbelt mit der Hand durch die Luft.

»Siehst du? Ich bin nicht tot umgefallen«, ruft er beinahe schon triumphierend aus.

»Du sahst aber so aus, als würdest du jeden Moment umfallen.« Mein Magen gibt ein lautes Knurren von sich.

»Vielleicht solltest du weniger quatschen und mehr essen«, schlägt Robert daraufhin amüsiert vor.

Genüsslich steckc ich meine Nase in die braune Papiertüte und atme tief den Geruch von dem Fast Food ein. Mit meiner rechten Hand fasse ich hinein und ziehe einen Burger in einer Papierverpackung heraus. Mit meiner linken Hand nehme ich gleichzeitig eine Pommes und schiebe sie mir in den Mund. Ein Stöhnen entkommt mir, bevor ich diesen Laut zurückhalten kann.

Eigentlich sollte mir das peinlich sein, doch in diesem Moment ist mir vollkommen egal, was Robert über mich denkt. Diese Pommes sind von außen wunderbar knusprig und von innen butterweich.

Er legt den Ellbogen auf dem Tresen ab und stützt sein Kinn in seine Hand. »Ich esse so etwas nicht.«

»Was?«, frage ich mit vollem Mund. »Das Essen, das du selbst zubereitest?«

»Nein, Fast Food mag ich nicht besonders gern.«

»Ist es also doch vergiftet?«

Robert stöhnt. »Gegenfrage. Ist es besonders schwer, so zu sein wie du?«

»Nein, momentan könnte ich mir nichts Besseres vorstellen.« Ich wickle den Burger aus seinem Papiergefängnis und beiße ab. Ich schließe meine Augen und koste die Geschmacksexplosion in meinem Mund voll aus.

Robert schüttelt belustigt den Kopf. Diese Art von Lächeln sehe ich zum ersten Mal an ihm. Es gefällt mir. Ein kleines Grübchen erscheint auf seiner linken Wange. Das lässt den Brummbären viel menschlicher erscheinen und mich nicht mehr ganz so angespannt zurück. Dieses Grübchen weckt den Wunsch in mir, mehr von seinem Grinsen zu sehen.

»Machst du heute noch weiter oder bist du fertig?«, fragt Robert und lässt seinen Blick erneut durch die Buchhandlung schweifen.

Ich kaue immer noch auf einem Stück von meinem Burger, deshalb halte ich mir die Hand vor den Mund, während ich antworte. »Ich möchte die Wand an der Rückseite gern heute noch streichen.«

»Ernsthaft? Du bist doch super vorangekommen, nicht?«

»Das stimmt. Aber es gibt noch mindestens viermal so viel zu tun.«

»Hast du etwas dagegen, wenn ich dir helfe?«

»Inwiefern?«

»Du futterst deinen Burger. Währenddessen beginne ich mit dem Streichen der Wand.«

»Was ist mit deinem Diner?«

»Piotr wird noch ein paar Minuten länger ohne mich auskommen können.«

»Okay.« Ein zartes Lächeln breitet sich auf meinem Gesicht aus.

»Okay«, echot Robert.

Seine grünen Augen funkeln mich an und wirken eine Spur dunkler als sonst.

Er wendet sich von mir ab, schnappt sich den Farbeimer und den Pinsel und geht zur gegenüberliegenden Seite des Buchladens rüber. Ich greife in meiner Tüte nach einer Pommes und schaue ihm kauend nach, während er gerade den Farbroller in den Eimer tunkt. Mein Smartphone vibriert in meiner Hosentasche. Ich angle es heraus und entsperre mein Display. Eine neue Nachricht von Sophia wird mir in unserem Chat angezeigt.

Sophia: Oh, Kinga! Es sieht fantastisch aus! Ich liebe es!

Ich: Das freut mich so sehr zu hören.
Ich: Vielen Dank für das Mittagessen!

Sophia: Mittagessen?

Ich: Robert ist gerade hier und hat eine Tüte voller Leckereien aus seinem Diner mitgebracht.

Sophia: Das ist schön, aber weshalb bedankst du dich bei mir?

Ich: Na, es war doch schließlich deine Idee.

Sophia: Leider nicht. Von mir kommt dieser Gedanke nicht.

Ich: Nicht?

Sophia: Nein, vielleicht hat Piotr ihn geschickt. Das sieht ihm nämlich ähnlicher als meinem Bruder.

Ich: Ja, du hast wahrscheinlich recht.

Sophia: Wir hören uns in den nächsten Tagen.

Ich: Das machen wir.

Verwirrt ziehe ich meine Augenbrauen zusammen und starre auf unseren Chatverlauf. Als ich meinen Kopf erneut hebe, sehe ich, dass Robert sich nicht mehr komplett auf die Wand konzentriert. Er steht gebeugt vor dem Farbeimer und hält mich mit seinem Blick gefangen. Einen Herzschlag lang erwidere ich seinen Augenkontakt, bevor ich schnell wieder auf meinen Burger starre. Irgendeine kleine Stimme in meinem Kopf flüstert mir zu, dass Piotr mir dieses Essen nicht geschickt hat. Ich bin gewillt, der Stimme in meinem Kopf recht zu geben.

KAPITEL 13

Robert

»Hallo? Roooobert? Kannst du uns hören?«

Die glockenhelle Stimme meiner Mutter dringt aus den Lautsprechern meines Laptops. Gegen das aufkeimende Lächeln, das an meinen Mundwinkeln zupft, bin ich machtlos. Meine Eltern und ich sehen uns nicht besonders häufig. Schließlich kann man nicht gerade behaupten, dass es einfach ist, von Zakopane nach New York zu reisen, geschweige denn, die passende Zeit abzufangen. Die Flugangst meiner Eltern macht es kaum leichter. Ebenso lässt das Diner nur begrenzten Raum, die beiden zu besuchen. Auch wenn Piotr mir schon oft das Angebot unterbreitet hat, mir eine Auszeit zu nehmen, kann ich schlecht loslassen. Mit ihm habe ich einen mehr als zuverlässigen Mitarbeiter und einen noch besseren Freund gefunden. Auch wenn er es nicht immer leicht mit mir hat. Er tut ohnehin schon viel mehr, als ich von einem Angestellten erwarten könnte. Ich möchte mich auch überhaupt nicht beschweren. Schließlich habe ich mir dieses Leben selbst ausgesucht und hart erarbeitet. Für nichts auf der Welt würde ich etwas daran ändern wollen.

Trotzdem gibt es Momente, in denen ich vor Sehnsucht zerfließen möchte. Meine Eltern haben Martyna geliebt, doch meine Auswanderpläne trafen ihrerseits nicht auf Überzeugung. Amerika sei schließlich das Land der unbegrenzten Möglichkeiten. Weshalb solle man stattdessen in Polen leben wollen?

Nach dem Tod von Martyna war ich mir anfangs nicht sicher gewesen, wie es nun mit meinem Leben weitergehen sollte. Auch in meinem Kopf hatte sich der Gedanke geformt, nach Amerika zurückzukehren. Relativ schnell hatte ich jedoch festgestellt, dass sich noch nie in meinem Leben etwas so falsch angefühlt hat. New York ist laut, voll und schrecklich unpersönlich. Zakopane hingegen ist liebevoll und freundlich.

Die Welle der Fürsorge nach Martynas Tod hatte mich regelrecht überschwemmt und mit sich gerissen. Niemand hier hatte daran gezweifelt, dass ich auch nach dem Tod meiner Frau in Zakopane bleiben würde. Alle anderen wussten bereits, was ich tun würde, noch bevor ich es selbst überhaupt wusste. Diese Tatsache hatte die grübelnde Stimme in meinem Kopf schließlich zum Verstummen gebracht. Wenn so viele Menschen in dieser Stadt überzeugt davon waren, dass ich hierhergehörte, dann würde ich auch hierbleiben. In Zakopane. In meiner Wahlheimat.

»Rooooobert?«, ertönt es ohrenbetäubend laut.

Ertappt zucke ich zusammen. Ich war vollkommen in Gedanken versunken. »Mom.« Ich lache auf. »Ich kann euch nicht sehen. Bitte rutsch doch ein kleines Stückchen nach hinten.«

»Tatsächlich?«, fragt meine Mutter zweifelnd.

Sie tut mir dennoch den Gefallen und setzt sich ein Stück weiter nach hinten. Ihr rotflammender Haarschopf erscheint einen Augenblick später auf dem Bildschirm meines Laptops. Mit ihrer Haarfarbe und ihrer körperlichen Statur ähnelt sie *Molly Weasley*. Auch in ihrer Herzlichkeit und Wärme gleichen sich die beiden Damen. Ein Vergleich, den meine Mutter stets mit einem Winken abtut. Das *Harry-Potter*-Universum ist nicht unbedingt ihres.

»Viel besser«, nicke ich lächelnd, als ihre gesamte Gestalt auf meinem Laptop erscheint.

Meine Mutter lässt sich in einen Sessel fallen und setzt ihre Lesebrille auf.

»Robert!«, ruft sie nun erfreut aus.

Ich bin ihr dankbar dafür, dass sie darauf verzichtet das O unnötig in die Länge zu ziehen.

»Du bist dünn geworden.«

»Ich bin nicht dünn geworden.«

»Richard!«

Sie scheint mich überhaupt nicht gehört zu haben. Es sei denn, sie ist dazu übergegangen, mich einfach zu ignorieren. Ich halte auch diese Möglichkeit nicht für besonders abwegig.

»Schau dir an, wie dünn dein Sohn geworden ist.«

Mein Dad, ein älterer Herr mit weißblondem Haar, erscheint. Er trägt einen ordentlichen Schnauzer auf seiner Oberlippe. Mein Vater strahlt ein unglaublich hohes Maß an Würde und Entschlossenheit aus.

»Ich finde nicht, dass der Junge zu dünn aussieht.«

Ich verdrehe die Augen. Anscheinend ist der nächste Mensch dazu übergegangen, meine Anwesenheit zu ignorieren. Ich überlege, ob es sinnvoll wäre, für das nächste Mal eine Pappfigur von mir aufzustellen. Das könnte mir einiges an Zeit ersparen.

»Das habe ich gesehen«, kommentiert meine Mom mein Augenrollen.

In Ordnung. Die Idee mit der Pappfigur ist soeben begraben worden.

»Aber Richard, er verhungert vor unseren Augen.«

Ich brauche einige Sekunden, um festzustellen, dass ich erneut nicht an dem Gespräch teilnehme.

»Unser Junge führt ein Diner, Beth.«

»Was möchtest du damit sagen?«

»Wenn er in einem Diner verhungert, dann hat er andere Probleme als Hunger.«

»O Gott!« Meine Mutter wendet sich mir erschrocken zu. »Hast du Geldsorgen. Können wir dir helfen?«

Ich überrasche meine Eltern und mich selbst, indem ich meinen Kopf in den Nacken werfe und laut loslache.

Langsam kriege ich mich wieder ein. »Das haben wir viel zu lange nicht mehr gemacht. Wir müssen viel öfter miteinander reden. Ihr beiden fehlt mir sehr.«

Mom schlägt sich ergriffen die Hand vor den Mund und blinzelt mich an, während Dad ihr einen Arm über die Schultern legt und ein warmes Lächeln seine Gesichtszüge weich werden lässt. »Wir vermissen dich auch, Robert.«

Nachdem mein Dad sich neben meine Mom gesetzt hat, verfallen wir in allgemeines Geplauder. Die beiden erzählen mir von ihren aktuellen Neuigkeiten und ich für meinen Teil habe nicht viel zu berichten. Allerdings höre ich ihnen mit Freude zu und sauge jede noch so kleine Information auf wie ein Schwamm. Ursprünglich wollte ich mit Sophia sprechen, doch nach dem langen Flug hat sie ein Bad genommen und ist sofort in einen komatösen Zustand verfallen.

Jetlag.

Wahrscheinlich wird sie mitten in der Nacht New Yorker Zeit wach und mich mit Anrufen terrorisieren. Zakopane ist New York zeitlich gesehen zwar sechs Stunden voraus, dennoch beschließe ich, mein Smartphone in den Flugmodus zu stellen, damit sie mich nicht aufweckt. In den nächsten Tagen wird sie zu irgendeiner Eigentümerversammlung gehen müssen. Bei diesem Treffen müssen die Wohnungseigentümer persönlich eine Erklärung unterschreiben, damit ihre Wohnungen nicht abgerissen werden und ein Firmengebäude an dieser Stelle errichtet wird. Sophia vermietet ihre Wohnung in unserer Heimatstadt und kann die zusätzliche Einnahmequelle gut gebrauchen. Ansonsten könnte sie sich wohl kaum die Renovierung der Buchhandlung in Zakopane leisten. Das ist der eigentliche Grund für ihre New-York-Reise. Die behütete Zeit bei meinen Eltern zu Hause ist nur ein weiterer Pluspunkt. Während meine Mom den neusten Klatsch und Tratsch verbreitet, lächelt mein Dad mich leicht gequält an. Wir haben beide denselben Gedanken, doch keiner von uns würde es wagen, Mom zu unterbrechen. Dafür lieben wir sie viel zu sehr.

Am nächsten Morgen stehe ich um fünf Uhr im Diner, weil ich auf meinen Lieferanten warten muss. In der Zwischenzeit stelle ich bereits die Stühle von den Tischen runter und wische diese anschließend mit einem feuchten Lappen ab. Ich platziere jeweils eine Flasche Ketchup und eine Flasche Senf auf den Tischen. Außerdem kontrolliere ich die Salz- und Pfefferstreuer und fülle diese Behälter bei Bedarf nach. Es klopft an der Tür und ich lasse den Lieferanten herein. Ich helfe ihm dabei, die Ware nach hinten in den Lagerraum zu tragen und im Laufe meiner Morgenroutine betritt Piotr brummend das Diner. Seine Augen sind eng zusammengekniffen und er erinnert mich etwas an *Rocko* aus der Animeserie *Pokémon*. Für gewöhnlich ist dieser Typ die pure Lebensfreude, doch vor neun Uhr morgens kann er sich noch an gar nichts erfreuen. Innerlich seufze ich auf vor Glück. Meine liebste Tageszeit ist es nämlich, wenn Piotr noch zu verschlafen ist, um mich mit seinem Redefluss zu überschwemmen.

Mein Glück hält nicht allzu lange an, denn bereits zwei Kaffee später läuft mein Mitarbeiter wieder zur absoluten Hochform auf. Der Morgen im Diner vergeht erstaunlich ruhig, deshalb hat er für seine Geschichten mehr als genug Zeit.

»… mit der Plastikflasche funktioniert das nicht so gut«, erklärt Piotr.

Mir wird klar, dass ich ihm in den letzten paar Minuten überhaupt nicht mehr zugehört habe. Mein Kopf hat irgendwann automatisch auf Autopiloten geschaltet. Dabei versuche ich immer, mich auf ihn zu konzentrieren. Zu meinem Glück braucht Piotr keinen Gesprächspartner, denn meine Kommentare scheinen ihm überhaupt nicht zu fehlen.

Nachdem die meisten Frühstückskunden gegangen sind, gehe ich meinen Bestellblock von heute Morgen noch einmal durch und überprüfe, ob ich die Bestellungen korrekt in die Kasse eingegeben habe. Wenn ich die Kassenabrechnungen zwischendurch mache, dann habe ich nicht den ganzen Abend damit zu tun.

»Wunderschönen guten Tag, Schönheit. Was darf ich dir heute

bringen?«, fragt Piotr übertrieben süß.

Ich konzentriere mich mit all meiner Willenskraft darauf, nicht angewidert das Gesicht zu verziehen. Seine billigen Anmachsprüche Frauen gegenüber kann ich mir nicht anhören. Außerdem bin ich nicht besonders scharf darauf, zu erfahren, wer sein nächstes Opfer ist.

»Hi! Ich hätte gern einen Cappuccino zum Mitnehmen bitte«, antwortet eine honigsüße Stimme höflich.

Ich erstarre in der Bewegung. Meine Kehle zieht sich zusammen und mein Herz schlägt schneller, als es sollte. Ich muss den Kopf nicht heben, um zu wissen, dass Kinga vor meinem Tresen steht. In den letzten Tagen hat sie sich komplett in dem Buchladen von Sophia verschanzt. Anfangs war ich von der Umgestaltung nicht besonders begeistert. Ich habe mir ausgemalt, wie sie meiner Schwester den Kopf mit irgendwelchen Farbmustern verdreht und sie kurz darauf mit der gesamten Arbeit links liegen lässt. Ich wollte Sophia immer dabei helfen, ihren Laden zu renovieren. Doch mit dem Diner habe ich keine Zeit, auch noch den Buchladen komplett im Alleingang und mit den zwei linken Händen meiner Schwester umzugestalten.

Zu meiner Überraschung wurde ich nicht um Hilfe gebeten. Ich muss anerkennen, dass Kinga ihre Arbeit gut macht. Sie versucht, das Budget so klein wie nur möglich zu halten, und das Ergebnis kann sich bereits jetzt schon sehen lassen. Sophia hat in ihrem Leben bisher nicht besonders viel Glück mit *Freundinnen* gehabt. Ständig wurde sie von anderen Menschen belogen und betrogen. Meine Schwester ist ein freundliches und leider auch sehr naives Wesen. Sie glaubt stets an das Gute in den Menschen.

Ich bin anders gestrickt. Denn nur, wenn ich die Menschen um mich herum auf Abstand halte, kann ich verhindern, dass mein Herz erneut gebrochen wird. Als Martyna gestorben ist, ist auch ein Teil meines Herzens mit ihr gestorben. An dem Verlust wäre ich beinahe zerbrochen. Er hätte mich fast zerstört. So etwas darf mir niemals wieder passieren.

Doch meine Schutzhülle hat Risse bekommen. In dem Moment, als ich Kinga das erste Mal gesehen habe. Die nächsten Risse kamen, als ich sah, wie liebevoll sie sich um den Buchladen kümmert. Die nächsten Risse kamen, als Sophia erzählte, dass Kinga diese Umgestaltung unentgeltlich macht. Sie nimmt keinen einzigen Cent dafür. Erst nach der Renovierung wird sie offiziell für meine Schwester arbeiten. Ebenso wenig kann ich das laute Galoppieren meines Herzens ignorieren.

Ich schlucke den Kloß in meinem Hals herunter und beschließe, mich selbst zu testen. Ganz langsam hebe ich meinen Blick und schaue Kinga in ihr zartes Puppengesicht.

Sie dreht ihren Kopf in meine Richtung. Ihre Augen erstrahlen heute und dennoch sehe ich die kleinen, dunklen Ringe darunter. Sie wirkt ausgelassen und gleichzeitig erschöpft. Unwillkürlich frage ich mich, ob diese Augenringe der harten Arbeit im Buchladen geschuldet sind oder ob es dafür noch einen anderen Grund gibt.

»Hi«, sagt sie betont freundlich.

Mein dummes Herz.

»Hey«, brumme ich kurz angebunden zurück.

Kinga presst ihre Lippen aufeinander und ich hasse mich für meine abweisende Reaktion. Nur zu gern möchte ich etwas hinzufügen. Nur einen Satz oder lediglich ein Wort. Irgendetwas, um meiner unterkühlten Begrüßung die Schärfe zu nehmen.

Komm schon, Gehirn. Sag etwas!

Mein Kopf ist zu langsam, denn Piotr kommt beinahe schon hüpfend aus der Küche heraus. Er hält einen Pappbecher in der Hand und verschraubt diesen mit einem schwarzen Deckel.

»Bitte schön, die … uaaah!«

In der nächsten Sekunde spielt sich alles vor meinen Augen wie in einem Film ab. Die Handlung verläuft so schnell, dass mir kein Moment bleibt, über meine nächsten Schritte nachzudenken. Ich sehe lediglich, dass Piotr über seine eigenen Füße stolpert. Er gerät ins Straucheln und der Pappbecher mit dem Cappuccino gleitet ihm aus den Händen. Ich bin mir nicht sicher, ob er es geschafft hat, den Deckel komplett festzuschrauben. Meine Füße setzen sich in Bewegung, ohne dass ich ihnen die Anweisung dazu gegeben habe. Wahrscheinlich hätte es viele Möglichkeiten gegeben, dieses Unglück zu vermeiden. Ich entscheide mich für die denkbar Dümmste. Ich hebe meinen Arm hoch in die Luft und versetze dem Pappbecher einen seitlichen Schlag. Der gefüllte Becher prallt von meinem Handrücken ab und ich muss feststellen, dass der heiße Inhalt gegen mein Ladenfenster prallt. Mit erhobener Hand schaue ich fassungslos auf die Schweinerei, die ich angerichtet habe. Das Fenster ist überströmt von Kaffee, ebenso wie der Boden. Der Pappbecher liegt dafür in einer braunen Pfütze und wirkt beinahe verloren.

Mein Blick landet auf Kinga. Die Reaktion von ihr erschreckt mich noch viel mehr als die Situation mit dem Kaffee.

Sie zieht sich erschrocken zusammen, presst die Augen aufeinander und umschlingt sich mit ihren Armen selbst. Es wirkt so, als würde sie sich in ihrem eigenen Körper verstecken wollen. Vor mir. Aber wieso? Ihre gesamte Haltung strahlt Demut und Verängstigung aus.
Ich kann sie einfach nur anstarren. Vielleicht nur ein paar Sekunden lang, eventuell Minuten oder sogar Stunden. Fest steht nur, dass Kinga Angst hat. Dabei kann ich mir beim besten Willen nicht vorstellen, weshalb das so sein sollte.

»Ähm … Chef?«

Die Stimme von Piotr hinter mir reißt mich aus meiner Starre. Ich drehe den Kopf zu ihm. Er hebt seinen Zeigefinger und deutet auf meine weiterhin erhobene Hand. Sie zeigt in Kingas Richtung und wirkt, als würde ich diese gegen sie erheben. Blitzschnell saust mein Arm nach unten. Ich presse ihn an meine Seite und es fühlt sich an, als hätte ich mich verbrannt. Ich fühle mich ekelhaft und kenne noch nicht einmal den genauen Grund dafür.

Mit langsamen Schritten komme ich um den Tresen herum und bleibe knapp hinter Kinga stehen. Ich hebe meine Finger an ihren

Rücken, doch ich traue mich nicht, sie zu berühren. Was ist, wenn sie vor meiner Berührung zusammenzuckt? Ich möchte nicht, dass sie noch mehr Angst mir gegenüber empfindet. Aber weshalb sollte sie überhaupt Furcht vor mir empfinden? Ich weiß, dass ich kein besonders umgänglicher Mensch bin. Diese Tatsache allein lässt mich jedoch nicht zu einem Mann werden, vor dem man sich ängstigen muss. Ich ziehe meine Hand zurück und komme zu dem Schluss, dass es besser ist, sie nicht zu berühren.

»Kinga?«, frage ich vorsichtig nach.

Doch auch der Klang meiner Stimme allein sorgt dafür, dass sie erschrocken zusammenfährt.

Und dann wird es mir klar.

Ein Mensch kann nur so reagieren, wenn er etwas erwarten würde. Etwas Schlimmes. Diese Erwartung muss verknüpft sein. Verknüpft mit einer Erinnerung. Einer grausamen Erinnerung.

Was zur Hölle hat man dir angetan?

Mit steifen Gliedmaßen strecke ich erneut meinen Arm nach ihr aus. Ich berühre ihren Rücken. Ganz sanft. Es ist eine federleichte Berührung. Dennoch zuckt Kinga zusammen und krümmt sich ein kleines bisschen weiter. Ich presse meine Zähne aufeinander und Wut flammt in meinem Inneren auf. Keine Frau auf der Welt sollte solche Angst vor der Berührung eines Mannes haben. Keine Frau auf der Welt sollte zusammenzucken müssen, wenn ein Mann in ihrer Gegenwart lediglich den Arm hebt.

Mit langsamen Bewegungen streiche ich ihren Rücken auf und wieder ab. Kinga bleibt weiterhin in ihrer gekrümmten Haltung sitzen. Einige Sekunden vergehen, doch ich merke, wie sie sich langsam entspannt. Ich beuge mich zu ihr hinunter. Meine folgenden Worte sind nur für ihre Ohren bestimmt:

»Alles ist gut. Ich wollte dich vor der heißen Brühe bewahren.«

Kinga sieht mich nur mit einem erschrockenen Blick an. Sie überrumpelt mich, als sie aufspringt und sich kerzengerade aufrichtet.

»Ich muss los«, ruft sie, schnappt sich ihre Handtasche und

stürmt zur Ladentür. Ihre Hand greift nach der Klinke. Sie hält für einen Moment inne und scheint über irgendetwas nachzudenken. Meine Gedanken rasen und ich kann dieses Karussell der Gefühle einfach nicht anhalten.

Was zur Hölle wurde dir angetan, Kinga?

KAPITEL 14

Kinga

Der heiße Wasserstrahl trifft auf meine erfrorenen Gliedmaßen. In der ersten Sekunde spüre ich nichts weiter als brennenden Schmerz. Dieses Gefühl kenne ich bereits und ich heiße den Schmerz willkommen wie einen alten Freund. Mein Körper gewöhnt sich schnell an das dampfende Wasser auf meiner Haut. Zu schnell für meinen Geschmack. Gern hätte ich mich noch länger in dem Zustand verloren. Ich blicke hinunter auf das Abflussrohr und sehe dabei zu, wie die Farbe und der Schmutz von meinem Körper gewaschen werden. Zu meinem Bedauern lassen sich die Narben auf meiner Seele nicht so einfach davonwischen. Diese Art von Schmutz kann man nicht mit etwas Seife und warmem Wasser beseitigen. Diese Art von Schmutz sitzt viel tiefer, ist hartnäckiger.

Ich beuge meinen Kopf dem Wasserstrahl entgegen und schließe dabei meine Augen. Das Wasser umschließt mich. Es umarmt mich und fühlt sich wie eine warme Decke an, bis ich nur noch das Rauschen in meinen Ohren höre.

Ich denke nichts.

Ich fühle nichts.

Ich existiere lediglich.

Irgendwann wird das Wasser kühler. Ich weigere mich, meinen Ort der Zuflucht zu verlassen. Deshalb bleibe ich weiterhin unter der Dusche stehen. Das Wasser verändert sich erneut und wird schließlich eiskalt. Wie kleine, spitze Nadeln bohren sich die einzelnen Tropfen in meine Haut. Kraftlos stelle ich es aus. Das Rauschen in meinen Ohren versiegt und meine kreisenden

Gedanken kommen wieder zu mir zurück. Ich öffne den Duschvorhang und greife nach meinem Handtuch. Mein gesamter Körper zittert vor Kälte und ich hülle ihn dankbar in den flauschigen Stoff ein.

Es ist Samstag Nachmittag. Direkt nach dem Frühstück bin ich in den Buchladen von Sophia gegangen. Vor drei Tagen habe ich damit begonnen, die Regale gründlich abzuschleifen. Gestern Abend wäre ich vor Müdigkeit beinahe umgekippt, deshalb musste ich meine Arbeit notgedrungen unterbrechen. Am Ende sind zwei Bücherregale übrig geblieben und genau diese beiden haben mir die gesamte Nacht keine Ruhe gegeben. Mir war von Anfang an vollkommen klar, dass ich mein Wochenende nicht genießen kann, solange diese Arbeit nicht vollständig beendet ist. Zum Glück hat Natalia sich sofort dazu bereit erklärt, den Morgen gemeinsam mit Anna und Jakub zu verbringen. Ich habe großes Glück, dass die beiden Kinder sich so gut miteinander verstehen und Jakub sich hier wohlfühlt. Er scheint glücklich zu sein. Ich versuche, meine kreisenden Gedanken abzuschütteln und mich auf die Gegenwart zu konzentrieren. Die Vergangenheit wird immer ein Teil von uns sein. Doch wir dürfen nicht zulassen, dass sie bestimmt, wer wir sind.

Meine Haare rubble ich mit einem Handtuch kurz ab, bevor ich mein feuchtes Haar zu einem Knoten im Nacken zusammenbinde. Anschließend streife ich mir eine khakifarbene Hose über sowie ein schlichtes, weißes Oberteil. Mit einem letzten Blick in den Spiegel nicke ich mein Outfit ab und gehe nach unten ins Erdgeschoss des Hauses. Von Jakub und Anna ist weit und breit nichts zu sehen. Natalia sitzt mit einem Buch auf der Couch und hebt den Blick, als sie mich bemerkt.

»Da bist du endlich! Ich hatte schon befürchtet, du tauchst hier auf wie *Samara* aus *The Ring*.« Sie legt ein Lesezeichen in ihr Buch und es dann zur Seite.

Eine eindeutige Aufforderung, mich zu ihr zu setzen. Ich weiß, dass Natalia nicht für jeden ihr Buch zur Seite legen würde. Also schlendere ich zu ihr rüber und lasse mich auf den Platz neben sie sinken.

»Nein, zur Wasserleiche bin ich noch nicht geworden.«

»Fühlst du dich mittlerweile etwas besser?«

Ich presse die Zähne aufeinander und schüttle den Kopf. Ich habe mit meiner Schwester über den furchtbaren Vorfall mit Robert geredet. Zwischen zusammengepressten Augenlidern hindurch konnte ich die Ungläubigkeit in seinem Blick sehen. Bis dieser Gesichtsausdruck verschwunden ist und etwas anderem Platz gemacht hat: Erkenntnis.

Den genauen Hintergrund für meine Reaktion kann er nicht kennen, allerdings ist Robert in der Lage, eins und eins zusammen zu zählen. Während ich beinahe den Fußboden in seinem Diner geküsst hätte, haben die Zahnrädchen in seinem Kopf wahrhaftig Schwerstarbeit vollbracht.

Und das nur, weil du dich nicht unter Kontrolle hast.

Insgeheim ist mir klar, dass Robert mich zu keinem Zeitpunkt verletzten wollte. Weder gestern noch sonst irgendwann. Doch als ich die erhobene Hand vor meinem Gesicht gesehen habe, wurde automatisch ein Schalter in meinem Innern umgelegt. Ein Schalter, der meinen gesamten Körper in eine Abwehrhaltung gebracht hat. Eine Haltung, die ich mir antrainiert habe, damit ich so wenig Schmerz wie nur möglich verspüre. Jene Reaktion, die sich in den letzten Jahren als Lebensretter erwiesen hat.

Sanft legt mir Natalia einen Arm um die Schultern. »Süße, machst du dir Sorgen wegen Adam?«

Der Name meines Ex-Mannes versetzt mir einen heftigen Stich. Ich zucke zusammen und fühle mich wie ein verprügelter Welpe. Seitdem ich weggegangen bin, versuche ich, nicht mehr an ihn zu denken. Ich versuche, nicht an sein markantes Gesicht zu denken. An die dunklen Augen und an das rabenschwarze Haar.

Adam. Innerlich möchte ich auf diesen Namen spucken, doch ein anderes Gefühl ergreift Besitz von mir. Angst. Ich verspüre Angst, wenn ich an seinen Namen denke.

Natalia scheint meine Gedanken zu erraten. Sie zieht die Beine näher an ihren Körper und setzt sich in den Schneidersitz.

»Du darfst seinen Namen ruhig aussprechen. Er ist nicht *Lord Voldemort* aus *Harry Potter*. Der Name deines Ex-Mannes darf ruhig genannt werden. Hier brauchst du keine Angst mehr vor ihm zu haben. Hier bist du sicher.«

»Aber was ist, wenn ich das nicht bin?«

»Wenn du was nicht bist?«

»Wenn ich hier nicht sicher bin.« Meine Schutzmauern brechen in sich zusammen. Während meiner Zeit bei Natalia habe ich mir nicht erlaubt, den Emotionen in meinem Innern einen Raum zu bieten.

Sorgsam habe ich jegliche Gefühle in einem Zimmer verschlossen und den Schlüssel behütet wie einen wertvollen Schatz.

Einen wertvollen Schatz, der den schlimmsten Teil meines Lebens beherbergt. Schließlich wollte ich einen Neuanfang.

Heiße Tränen steigen in meine Augen und nehmen mir die Sicht. Die Welt vor mir verschwimmt mit einem Mal. Ich fühle mich hilflos, blind und allein.

Natalia rutscht näher an mich heran. Starke Arme umschließen meinen zitternden Körper. Sanfte Hände streichen über meinen Kopf. Ich sollte Sicherheit fühlen. Ich sollte Geborgenheit fühlen, doch das schwarze Loch der Sorgen zieht mich hinab in die Finsternis und ich weiß nicht, wie ich ihm entkommen kann.

»Hast du Angst davor, dass er dich hier finden könnte?«, fragt Natalia zögerlich.

»Ich weiß nicht«, stammle ich. Dann schüttle ich den Kopf. »Nein, in Zakopane wird er nicht nach mir suchen.«

»Wenn du dir da so sicher bist, dann ruf dir die Gründe immer wieder ins Gedächtnis. Warum kann er dich hier nicht finden, Kinga?«

»Er weiß, dass wir aus Katowice stammen. Wir beide hatten in den letzten Jahren nicht viel Kontakt miteinander. Und mit ihm habe ich niemals über dich gesprochen«, erkläre ich mit krächzender Stimme.

»Du hast mir damals lediglich am Telefon erzählt, dass ihr nach Zakopane ziehen wollt. Von diesem Telefonat mit dir weiß er allerdings nichts. Außerdem war ich diskret, was unsere Namen angeht. Nach einer *Kinga* oder einem *Jakub* wird er nicht suchen.«

Zumindest hoffe ich das.

Messerstiche in meiner Brust nehmen mir die Luft zum Atmen. Es tut weh, dass meine Worte so abgeklärt klingen. Ich sollte emotionaler sein, doch mittlerweile fühle ich rein gar nichts mehr. Innerlich bin ich leer.

»Lass uns heute einen Ausflug machen«, schlägt Natalia aus heiterem Himmel vor.

Dom do góry nogami w Zakopanem
Haus auf dem Kopf in Zakopane

Es ist verrückt. Einfach verrückt. Wir stehen in einem Haus, doch wir befinden uns nicht auf dem Boden. Wir gehen in diesem Haus an der Decke entlang. Wobei *gehen* nicht wirklich zutrifft. Jakub und Anna haben keine Schwierigkeiten, sich in dem Haus vorwärtszubewegen. Während Natalia und ich schwankend durch die Gegend taumeln und uns an verschiedenen Möbeln und Gegenständen festhalten. Alle Möbelstücke die sich in diesem Haus befinden, wurden auf dem Boden festgeklebt, und das Gebäude wurde auf den Kopf gedreht. Mein Gleichgewichtssinn spielt vollkommen verrückt. Es fällt mir schwer, die Balance zu halten, während ich mich in dem Haus bewege.

An den Fenstern sind weiße Gardinen mit bunten Schmetterlingen angebracht. Ebenfalls hängen einige Spinnweben zur Dekoration an den Fenstern. Der erste Raum besteht aus dem Dachboden des Hauses. Auf dem Boden sind eine Geige, ein kleiner Hocker sowie ein antikes Spinnrad angebracht.

»Lass uns nach oben ins Erdgeschoss gehen«, schlägt Anna begeistert vor.

»Ja, klasse«, ruft Jakub fröhlich und rennt seiner Cousine hinterher.

Die beiden scheinen sich überhaupt nicht mehr für uns zu interessieren. Langsam schwankend folge ich den Kindern, während hinter mir ein Poltern ertönt. Natalia ist ausgerutscht und auf ihrem Hintern gelandet. Ich versuche, mich zurückzuhalten, doch ich kann mein Prusten nicht unterdrücken.

»Haha«, meint sie trocken und rappelt sich mühsam auf.

»Entschuldige«, murmle ich grinsend und reiche meiner Schwester die Hand.

»Das sind mir die Liebsten«, sagt Natalia. »Diejenigen, die dich zuerst auslachen und danach fragen, ob alles okay ist.«

»Das ist die korrekte Reihenfolge für so eine Situation.«

Wir folgen unseren Kindern nach oben. Im Erdgeschoss werden wir einer wahrlichen Reizüberflutung ausgesetzt. Mein Kopf hat Schwierigkeiten, mit meinen Augen mitzuhalten. Anfangs hätte ich niemals gedacht, dass ein paar festgeschraubte Möbel mir derart Kopfzerbrechen bereiten können. In einem lilafarbenen Raum hängt eine goldene Toilette über unseren Köpfen. Zum Glück sind hier einige Seile an den Deckenbalken montiert, damit wir nicht vollkommen hilflos durch den großen Raum stolpern.

Mit einem Mal zückt Natalia ihr Handy aus der Hosentasche. Wir erscheinen in der Frontkamera ihres Smartphones. Meine Schwester neigt ihren Kopf zur Seite und lacht ihr strahlendes Lächeln. Meine Lippen verziehen sich ebenfalls zu einem aufrichtigen Grinsen. Ich sehe, wie erschöpft meine Augen wirken, doch ein gewisser Glanz ist ihnen nicht abzuerkennen.

Wir sind endlich wieder vereint.

Zwei Schwestern sind nach langer Zeit endlich wieder glücklich.

KAPITEL 15

Kinga

Klock. Klock. Klock.

Dieses Hämmern in meinem Kopf ist einfach unerträglich. Es fühlt sich an, als hätte irgendein rachsüchtiger Mensch die gesamte Nacht über an meinem Bett gestanden und meinen Schädel mit einem Vorschlaghammer bearbeitet. Ich versuche, mir einzureden, dass meine Kopfschmerzen von *Dem Haus auf dem Kopf* stammen. Im Grunde mache ich nur allen anderen und mir selbst damit etwas vor. *Das Haus auf dem Kopf* liegt bereits seit zwei Tagen hinter uns. Meine Schmerzen rühren eher von den zwei Flaschen Rotwein, die ich gestern mit Natalia getrunken habe.

Bei der Erinnerung an den gestrigen Abend ziehe ich meine Nase kraus. Anfangs wollten wir lediglich ein kleines Glas Wein abends auf der Terrasse genießen. Sozusagen als Abschluss vom Wochenende. Danach hat eins zum anderen geführt. Wir haben angefangen, über Natalias Ehemann Kamil zu sprechen und dabei hat sie mir offenbart, dass die beiden seit Längerem nicht mehr so gut miteinander auskommen. Sie hat geredet, ich habe zugehört und wir haben eine Menge Wein dabei getrunken. Als vorbildlich kann man diese gesamte Situation wohl eher nicht bezeichnen, aber wenn der Alkohol erst einmal die Zunge gelockert hat, dann fühlt sich so eine Aussprache einfach berauschend an. Jedenfalls für diesen einen Abend. Der Morgen danach ist die Hölle.

Ich hieve mich ins Bad und mache mich fertig. Bevor ich in den Buchladen gehe, werde ich mir eine Schmerztablette einwerfen. In der Hoffnung, dass ich problemlos weiterarbeiten kann.

Unweigerlich muss ich an Robert denken. Seine Besuche in den letzten Tagen als regelmäßig zu bezeichnen, wäre die Übertreibung des Jahrhunderts. Doch ab und an kommt er in die Buchhandlung, schaut sich den Fortschritt an und übernimmt auch einige von den anfallenden Arbeiten. Plötzlich halte ich in meiner Bewegung inne.

Aber warum mache ich mir Gedanken über ihn?

Ich bin lediglich nur die zukünftige Angestellte seiner Schwester. Und Robert, ganz der große Bruder, schaut in der Buchhandlung nach dem Rechten, damit die neue Angestellte in der Zwischenzeit nicht aus Versehen den gesamten Laden abfackelt.

Ich werfe meinem Spiegelbild einen letzten Blick zu. Mein Körper steckt in meiner immergleichen hellblauen Latzhose. Unter dieser trage ich ein gelbes T-Shirt und dazu lässige Sneaker. Mein Outfit ist meilenweit von dem Wort *schick* entfernt, dafür ist es praktisch und gemütlich. Träge jogge ich die Treppenstufen nach unten und binde meine Haare währenddessen zu einem Zopf zusammen.

Aus der Küche kommen laute Stimmen und Lärm dringt zu mir durch. Meine Schritte werden langsamer und ich bleibe auf der letzten Treppenstufe stehen. Von hier kann ich unmöglich verstehen, was die Stimmen genau zueinander sagen, doch es hört sich nicht gerade nach einer freundlichen Diskussion an. Ich überlege, ob ich die Küche problemlos betreten kann. Mein Blick schweift dabei durch den Eingangsbereich und landet auf dem Wohnzimmer.

Anna und Jakub sitzen nebeneinander auf der Couch und wirken so, als ob sie sich nicht sicher wären, ob das Atmen in diesem Haus überhaupt gestattet ist. Mit federleichten Schritten gehe ich auf die beiden zu.

»Guten Morgen! Alles okay bei euch?«, frage ich überflüssigerweise.

Ich bin wahrlich die Meisterin der unnötigen Fragen. Natürlich ist nicht alles in Ordnung. Die Kinder sollten sich bald auf den Weg in die Schule machen. Stattdessen sitzen sie auf der Couch im Wohnzimmer herum und bewegen sich keinen einzigen Millimeter.

»Mama und Papa … führen eine Diskussion für Erwachsene«, murmelt Anna mit leiser Stimme.

Wenn meine Ohren nicht so gespitzt gewesen wären, dann hätte ich sie vermutlich überhört.

»Eine Diskussion für Erwachsene?«, echoe ich.

Meine Nichte knetet nervös ihre Finger in ihrem Schoß. »So nennen meine Eltern das immer, wenn sie etwas lauter miteinander sprechen.«

»Habt ihr denn schon etwas gefrühstückt?«, frage ich.

Die Augen der Kinder weiten sich. »Und mitten im Streit sein? Auf gar keinen Fall.«

Selbst Jakub schüttelt vehement seinen Kopf. »Anna hat gesagt, dass das keine gute Idee ist.«

Ich stemme meine Hände in die Hüften. »Aber ihr braucht ein ordentliches Frühstück. Kommt schon, wir stürmen gemeinsam die Küche.«

»Ich habe gar keinen so großen Hunger«, sagt mein Sohn bekräftigend.

Dabei vergisst er jedoch, dass wir beide dieselben Gene haben. Sein Magen knurrt heftig und er schlägt sich schnell die Hand auf den Bauch. Ich beiße mir auf die Unterlippe und versuche, mein Grinsen zu unterdrücken.

»Dann kommt hier mein neuer Plan«, setze ich an und bedenke sie mit einem selbstbewussten Lächeln. »Ich werde euch Frühstück und für mich einen Kaffee besorgen.«

»Wow! Du bist eine Heldin, Tante Kinga«, murmelt Anna mit großen Augen.

Ich habe geglaubt, dass mein selbstsicheres Auftreten die zwei dazu animieren wird, mit mir in die Küche zu kommen. Das scheint jedoch nicht der Fall zu sein. Anna drückt mir in ihrem Schoß beide Daumen und Jakub nickt mir aufmunternd zu.

Mit gerecktem Kinn drehe ich mich um und marschiere in die Küche. Ich habe die Tür noch nicht einmal ansatzweise erreicht, da werden die Stimmen lauter und ich kann den genauen Wortlaut deutlich verstehen.

»… weil du ein Idiot bist, Kamil!«, schreit Natalia in diesem Moment.

Angesichts ihrer heftigen Worte zucke ich zusammen. Ihre Stimme klingt wie ein Peitschenhieb. Niemals hätte ich es für möglich gehalten, dass ihre Stimme solch einen eisigen Ton anschlagen kann.

»Was fällt dir ein, so mit mir zu reden? Du vergisst wohl, wen du vor dir hast!«, brüllt Kamil mindestens ebenso laut zurück.

»Du warst früher mein Ehemann. Mein gleichberechtigter Partner. Ein Familienmensch. Aber diesen Menschen sehe ich nicht mehr in dir. Du bist einfach nur noch selbstsüchtig. Ich habe es so satt, dass Anna und ich in deinem Leben die zweite Geige spielen. Du hast absolut recht. Ich vergesse immer öfter, wer gerade vor mir steht, wenn ich dich ansehe.«

Autsch! Der hat gesessen.

Natalia schluchzt hemmungslos. Ich wage einen vorsichtigen Blick um die Ecke. Es ist absolut nicht schön, andere Menschen zu belauschen. Wobei man bei der Lautstärke nicht wirklich von Lauschen sprechen kann. Doch es wäre auch nicht schön, die beiden zu unterbrechen. Ich wäge meine Möglichkeiten ab, obwohl nicht besonders viel übrig bleibt.

»Du nimmst mir die Luft zum Atmen! Du engst mich ein, Natalia. Ich weiß überhaupt nicht mehr, wer ich bin, weil du mich ständig in eine Rolle drängst, die nicht zu mir passt.«

»Ehemann und Vater passt nicht zu dir? Das tut mir leid. Das wusste ich nicht.« Ihre Stimme trieft vor Sarkasmus. »Dann sag mir doch, in welcher Rolle du dich siehst.«

»Lass mich in Ruhe!« Kamil wendet sich zum Gehen ab. Allerdings scheint Natalia diese Aussage nicht einfach so stehen lassen zu wollen. Sie streckt ihre Hand aus und bekommt ihn am Oberarm zu fassen.

»Wir sind hier noch nicht fertig!«, ruft Natalia aufgebracht.

Kamil schüttelt ihre Hand ab, als würde es sich dabei um eine lästige Fliege handeln und nicht um seine Ehefrau.

»Wir sind schon lange fertig«, sagt er eisig.

Eine Gänsehaut überläuft meinen gesamten Körper.

Kamil hat seine Stimme auf ein Minimum gesenkt und diese Tatsache macht seine Aussage nur viel schlimmer. Er rauscht an der Küche vorbei und bleibt abrupt stehen, als er fast in mich hineinläuft. Dabei scheint es ihm gerade recht zu sein, dass ich meinen Blick abwende. Mein Schwager geht unbeirrt an mir vorbei, schnappt sich seinen Aktenkoffer und knallt die Haustür hinter sich zu.

Ich wage einen vorsichtigen Blick um die Ecke. Natalia steht mitten in der Küche. Ihr Gesicht ist in den Händen vergraben und tiefe, verzweifelte Schluchzer schütteln an ihrem gesamten Körper. Sie wirkt so klein, so hilflos. Dieses Bild will irgendwie nicht zu meiner großen Schwester passen.

Mit langsamen Schritten tapse ich in die Küche. Natalia weint, während ich stumm meine Arme um ihren Körper schlinge. Ich weiß nicht, wie lange wir so aneinandergeschmiegt dastehen. Ich merke lediglich, dass ihre Atmung allmählich gleichmäßiger wird.

»Musst du heute im Restaurant arbeiten?«, frage ich leise.

Natalia schüttelt in meinen Armen den Kopf. »Nein, wir haben eine Online-Fortbildung über Lebensmittelqualität.«

»Okay, ich bringe Anna und Jakub heute in die Schule. Du verkrümelst dich mit deinem Laptop auf die Couch und besuchst deine Fortbildung.«

Natalia hebt ihren Kopf. Ihre wunderschönen braunen Augen sind rot unterlaufen. Ihr Gesicht ist geschwollen und ihre Nase leuchtet rot.

»Bist du dir sicher?«

Ich nicke. »Natürlich. Das ist das Mindeste.«

»Danke. Ich habe dich lieb, Kleines.«

»Ich habe dich auch sehr lieb.«

»Ein ordentliches Frühstück, ja?«, fragt Anna und zieht skeptisch eine Augenbraue in die Höhe.

Anna und Jakub blicken beide an mir hoch, während ich meine Augen fest auf die Bäckerei vor uns gerichtet halte. Mit einer schnellen Handbewegung wische ich den Einwand meiner Nichte beiseite.

»Der Ausdruck *ordentliches Frühstück* befindet sich in einer Grauzone. Indem wir diesen Laden betreten, verlassen wir unsere Grauzone nicht. Wir bewegen uns weiterhin auf dem Radar«, erkläre ich kryptisch und hebe meinen Zeigefinger dabei in die Luft.

Anna schaut Jakub unsicher an.

»Möchtet ihr nun etwas zum Frühstück haben oder nicht?«, frage ich.

Sofort schnellen zwei Augenpaare zu mir herüber. »Wir wollen!«

Ein leichtes Grinsen umspielt meine Lippen, bevor ich sie hinter mir lasse und die Bäckerei betrete. Nur wenige Minuten später komme ich mit drei belegten Brötchen wieder heraus. Ich finde es schön, das Gezwitscher der Vögel am Morgen mitzubekommen. Ich liebe das seichte Treiben der Stadt, wenn die meisten Menschen sich auf den Weg zur Arbeit machen oder ihren Besorgungen nachgehen. Und der kleine Spaziergang durch Zakopane tut mir auch gut. Gemeinsam mit den Kindern schlendere ich gemütlich durch die Straßen und kann viel mehr Eindrücke wahrnehmen als sonst. Pünktlich kommen wir an der Schule an.

»Bis später, Tante Kinga«, ruft Anna mir winkend zu.

Jakub drückt mich kurz und fest an sich. Seine kleinen Hände umfassen meine Taille und ich drücke ihm einen sanften Kuss auf den Scheitel.

»Hab einen schönen Tag, mein Liebling.«

»Hey, Mama?« Er schaut mich aus flehenden Augen an.

»Ja?«

»Kann ich dich heute besuchen kommen?«

»Besuchen kommen?«

»Ja, nach der Schule. In der Buchhandlung. Ich möchte gern sehen, wie weit du vorangekommen bist.«

Ein Lächeln breitet sich auf meinem Gesicht aus. »Natürlich! Das würde mich sehr freuen.«

Nachdem die beiden Kinder das Schulgebäude betreten haben, mache ich mich auf den Weg zu Sophias Laden. Sie wird in wenigen Tagen bereits aus New York zurück sein und bis dahin möchte ich noch so viel wie möglich erledigen. Das werde ich jedoch nicht ohne den nötigen Koffeingehalt schaffen können. Ich beschließe, ins *Robert's* zu gehen, und hoffe dabei, dass er unsere letzte Begegnung bereits wieder vergessen hat.

Je näher ich dem Diner komme, desto heftiger klopft mein Herz. Es droht mir förmlich aus der Brust zu springen und ich kann über mich selbst nur den Kopf schütteln. Ein ganz bestimmter Gedanke setzt sich in meinem Kopf fest.

Es ist viel zu früh, um sich nur annähernd Gedanken um einen anderen Mann zu machen. Viel zu früh.

Momentan darf mich einfach niemand außer Jakub und mich interessieren. Mein Kopf weiß das, doch mein Körper scheint davon nicht so recht überzeugt zu sein. Wie sonst sollte ich mir meine verschwitzten Handflächen erklären? Allein die Vorstellung, das Diner zu betreten, lässt Hitze durch meinen Körper schießen.

Ich versuche mich daran zu erinnern, wann ich zum letzten Mal so starke Gefühle gespürt habe. Gleichzeitig schiebe ich es auf eine gewisse Einbildung, die in mir vorgeht.

Meine Gedanken schweifen zu Adam. Je mehr ich mich dagegen sträube, desto intensiver kommt mir sein Gesicht in den Kopf. Und ich weiß nicht, wieso, aber mir kommt die eine Situation in den Sinn: er mit ihr. Ich habe ihn eines Abends mit einer Sekretärin aus seinem Büro in flagranti erwischt. Es ist so ein billiges Klischee und dennoch ist es passiert. Danach hat Adam niemals versucht, seine Affären zu verheimlichen. Er hat stets gesagt, wenn es mich störe, solle ich meinen Körper eben zu seiner ursprünglichen Form zurückbringen. Dann hätte er es auch nicht nötig, sich anderweitig umzusehen. Doch gut genug, um all seine Wut an meinem Körper rauszulassen, war er dann dennoch. Spätestens jetzt sollte ich klaren Gedankens werden und erst recht wissen, dass ich niemanden an mich heranlassen sollte. Vielleicht in ein paar Jahren. Aber nicht wenige Wochen nach allem.

Ich will nie wieder abhängig sein. Von niemandem. Ich hatte keinen Job, ein kleines Kind und keinerlei Perspektiven. Adam hat das gewusst. Er wusste, dass ich ihn niemals einfach so verlassen würde. Irgendwann habe ich aufgehört zu essen. Als ich nur noch ein Schatten meiner selbst war, sagte Adam zu mir, dass ich zu mager sei. Frauen mit Kurven machen ihn an. Ein Mann spiele nicht gern mit einem Knochen, tönte er. Welch Ironie.

Ich presse meine Lider fest aufeinander und verfluche mich in diesem Moment selbst.

Wie konnte ich nur so lange mit Jakub bei diesem Arschloch bleiben?

Ich pralle gegen irgendetwas Hartes und gerate ins Taumeln. Meine Augen weiten sich erschrocken und ich verliere das Gleichgewicht. Bevor meine Nase Bekanntschaft mit dem Asphalt machen kann, schließen sich zwei starke Hände um meine Oberarme. Diese Hände halten mich fest umschlossen wie einen Schraubstock. Ich bewege mich keinen einzigen Millimeter.

»Whoa! Alles in Ordnung, *pani*?«, fragt eine herbe Stimme.

Ein Männerparfüm schlägt mir entgegen. Es duftet nach Zitrone und Minze. Ich hebe meinen Blick und begegne einem Paar blauer Augen. Sie funkeln mich freundlich, aber auch ein wenig besorgt an. Nur scheint ihm aufgefallen zu sein, dass ich mich nicht ernsthaft verletzt habe.

»Ähm … ja, klar. Danke und Entschuldigung«, murmle ich schüchtern.

Er lockert seinen Griff und zieht sich zurück. Ich betrachte ihn genauer. Das markante Kinn und das dunkelblonde Haar, welches im Nacken zu einem Knoten zusammengebunden wurde. Die Augenbrauen wirken ein kleines bisschen zu sehr in Form, als dass sie nicht gezupft sein könnten. Meine Augen wandern tiefer und weiten sich, als ich die Polizeiuniform sehe.

»Schon in Ordnung«, sagt der Mann.

Ich nicke schweigend. Mein Blick fällt auf einen Fleck neben seinen schwarz glänzenden Schuhen. Eine kleine braune Pfütze breitet sich immer weiter neben ihm aus. Daneben liegt ein Kaffeebecher. Mir dämmert, was soeben passiert ist.

»Oh, nein. War das Ihr Kaffee?«

»Sozusagen«, sagt der Mann lächelnd und fasst sich in den Nacken.

Ich schlage mir die Hand vor den Mund. »Und meinetwegen haben sie ihren Kaffee verschüttet. Das tut mir furchtbar leid.«

Der Mann winkt lächelnd ab. »Das ist halb so wild. Ein verschütteter Kaffee ist nicht so dramatisch wie eine verletzte junge Dame.«

Gegen meinen Willen spüre ich, wie meine Wangen warm werden. Ich schüttle schnell meinen Kopf, als ich merke, dass meine Gedanken abdriften.

»Ich möchte Ihnen Ihren Kaffee ersetzen«, erwidere ich schnell.

»Das ist überhaupt nicht notwendig.«

»Doch! Ich bestehe darauf. Nur wegen meiner Tollpatschigkeit wurde er verschüttet.«

»Eigentlich sollte doch der Mann die Frau zum Kaffee einladen.«

»Das ist Schwachsinn! Eine Frau kann auch einen Mann zum Kaffee einladen. Gleichberechtigung nennt man so etwas. Indirekt würden Sie mich beleidigen, wenn Sie den Kaffee nicht annehmen.«

Gespielt fasst er sich an seine Brust. »Das möchte ich natürlich auf gar keinen Fall.«

Seine Geste entlockt mir ein kleines Lachen. »Außerdem lade ich Sie nicht zum Kaffee ein, sondern ersetze ihn lediglich.«

»Das sind viel zu viele Argumente, die dafürsprechen.« Der Mann hebt hilflos die Hände in die Luft. »Da kann ich überhaupt nicht mehr ablehnen.«

»Genau«, bestätige ich nickend.

»Ich heiße übrigens Dawid.«

Ich ergreife seine Hand und ein angenehmer Schauer durchfährt meinen Körper. Sie fühlt sich warm und weich in meiner an.

»Freut mich. Ich heiße Kinga.«

Dawid nickt. »Dann lass uns den Kaffee ersetzen gehen.« Er deutet hinter sich auf das Diner von Robert.

Ich straffe meine Schultern und schenke Dawid ein strahlendes Lächeln, ehe ich mich in Bewegung setze.

KAPITEL 16

Kinga

»Hey, Chef, sieh mal, wer Sehnsucht nach dir bekommen hat«, stichelt Piotr. Mir entgeht der leicht provokante Tonfall in seiner Stimme nicht.

»Wer?«, frage ich tonlos und reinige weiter die Kaffeemaschine. Ich stehe mit dem Rücken zur Eingangstür und kann nicht sehen, wen genau er meint. Allerdings interessiert es mich auch nicht wirklich und ich bin im Grunde kein Fan von Ratespielen.

»Schau doch hin«, meint Piotr drängend.

»Wenn ich hinschauen wollte, dann hätte ich das bereits getan.«

»In der Zeit, in der du mit mir diskutierst, hättest du schon längst hinsehen können.«

Ich seufze. Mit Zeigefinger und Daumen kneife ich mir in die Nasenwurzel. Diese Nervensäge wird seinen Mund einfach nicht halten, bis ich getan habe, was er von mir verlangt. Mit einem gelangweilten Gesichtsausdruck drehe ich mich um und bleibe wie erstarrt stehen.

Dawid.

Dawid kommt wieder.

Weshalb zur Hölle kommt er denn noch einmal wieder? Vor rund zehn Minuten war dieser Blödmann hier im Diner und sein Besuch hat meinen Bedarf für das nächste halbe Jahr gedeckt. Dawid mit seinen dunkelblonden langen Haaren und seinen beschissenen blauen Augen. Er sieht aus wie eine verdammte Version von Thor. Es ist eine Tatsache, die mir schon immer ein Dorn im Auge gewesen ist, besonders Martyna schien es ihm damals angetan zu haben. Ich kenne meine verstorbene Ehefrau gut genug, um zu sagen, dass da niemals etwas zwischen den beiden gelaufen wäre. Allerdings ist dieser Fakt sicher nicht Dawid zuzuschreiben, er lässt nichts anbrennen und jeder Mann, der sich an meine Frau ranmacht, steht für mich automatisch auf der schwarzen Liste.

Unser Verhältnis besteht aus gebührendem Abstand. Wir kommen einander nicht in die Quere und haben nicht besonders viel miteinander zu tun. Für gewöhnlich gehört er nicht zu den Stammgästen in meinem Diner und ich frage mich, was er hier überhaupt zu suchen hat. Und das heute zum zweiten Mal.

Ein dunkelbrauner Haarschopf neben Dawid erregt meine Aufmerksamkeit. Mein Atem stockt und ein dicker Kloß bildet sich in meinem Hals. Mit einem Mal fühlt sich mein Mund staubtrocken an und meine Zunge wirkt, als wäre sie viel zu groß für meinen Mund. Kinga betritt Seite an Seite mit Dawid das Diner. Automatisch ballen sich meine Hände zu Fäusten und meine Augen verengen sich zu zwei schmalen Schlitzen. Bei dem Anblick der zwei schlägt mein Herz ungewohnt schnell in meiner Brust und meine Atmung beschleunigt sich. Was hat dieser Mistkerl mit Kinga zu tun? Woher zur Hölle kennen die beiden sich überhaupt?

Kann dir das nicht eigentlich egal sein?

Dawid wirkt viel zu lässig in seiner Polizeiuniform, als er an den Tresen herantritt. An *meinen* Tresen wohl gemerkt. Und das auch noch zum zweiten Mal an diesem Morgen. Kinga hingegen leuchtet wie ein Stern, sie trägt ihre vertraute Latzhose. Ein sicheres Zeichen dafür, dass sie in die Buchhandlung gehen wird. Sie ist jeden Morgen pünktlich im Laden und beginnt mit ihrer Arbeit. Sie arbeitet gewissenhaft und ist sich überhaupt nicht im Klaren, wie viele Sympathiepunkte sie sich dadurch bei mir erspielt hat. Andererseits hat sie kein Interesse an mir, deshalb ist es ihr garantiert vollkommen egal, wie hoch in meiner Gunst sie durch diese Tatsache gestiegen ist.

Dawid legt einen Unterarm auf den Tresen und führt sich auf, als wäre er der König in diesem Diner. Während mir die Rolle seines treuen Untergebenen zugewiesen wird. Ganz sicher nicht.

»Zwei, bitte«, sagt Dawid und macht ein Peace Zeichen.

»Du hast einen hohen Koffeinbedarf, wenn man bedenkt, dass du vor zehn Minuten bereits einen Kaffee hattest«, gebe ich so trocken wie nur möglich zurück. Ich verschränke meine Arme ineinander und mustere den Polizisten.

Dieser gibt sich jedoch vollkommen unbeeindruckt. »Das Schicksal hat es heute Morgen gut mit mir gemeint. Da wollte ich gerade deinen Kaffee trinken, als diese wunderschöne junge Dame in meine Arme gelaufen ist.« Er nickt knapp in Kingas Richtung.

Zu meiner Verärgerung senkt sie ihre Augen und eine zarte Röte legt sich auf ihre Wangen.

Das darf doch alles nicht wahr sein!

Sie kann sich doch nicht von so einem Typen um den Finger wickeln lassen. Ein kleines bisschen mehr Niveau habe ich ihr wirklich zugetraut.

»Die junge Dame sollte wohl besser ihre Augen aufsperren und sich nicht in Tagträumen verrennen«, knurre ich durch zusammengebissene Zähne.

Kingas Kopf fliegt nach oben und sie schaut mich verwirrt aus ihren großen, blau-grauen Augen an.

Mist.

Im nächsten Moment möchte ich mir bereits auf die Unterlippe beißen. Ich möchte einen Hustenanfall vortäuschen und hoffen, dass dieser von meinen Worten ablenken kann. Es spielt keine Rolle, ob ich in der nächsten Sekunde einen Hustenanfall bekomme oder einen Herzinfarkt erleide, denn Kinga hat meine Worte gehört und auch Dawids Augen weiten sich für einen kurzen Moment. In der nächsten Sekunde erlangt er jedoch seine Fassung zurück, legt seine Hand auf Kingas unteren Rücken und verengt seine Augen zu zwei schmalen Schlitzen.

»Ähm …« Eine Stimme hinter mir schaltet sich in das Gespräch ein.

Piotr stellt sich neben mich und schiebt mich gleichzeitig vorsichtig zur Seite. Er weiß, wann der Moment gekommen ist und das Arschloch in mir zum Vorschein kommt. Doch Piotr merkt auch, wann das Arschloch besser den Mund halten sollte. Ich sollte wütend auf ihn werden. Ich sollte aufbrausen und meiner Frustration Raum geben, doch nichts dergleichen geschieht. Ich habe mich vor Kinga bereits mehr als lächerlich gemacht, weshalb ich hoch erhobenen Hauptes meine Schultern straffe und mich zum Gehen wende.

Sobald ich den Tresenbereich verlassen habe, vernehme ich die Stimme von Piotr. Er nimmt die Bestellung von Kinga und Dawid auf. Nur Sekunden später höre ich die drei laut auflachen. Ich presse meine Augen fest zusammen und hasse mich in diesem Moment. Ich hasse mich für meine verschlossene Art. Ich hasse mich dafür, dass ich jeden Menschen von mir stoßen möchte. Ich hasse mich für diesen Schutzschild, welchen ich um mich herum aufgebaut habe. Und ich hasse mich dafür, dass ich Kinga so ungerecht behandelt habe. Schon wieder.

Gleichzeitig kann ich nicht aus meiner Haut. Es fühlt sich beschissen an, anderen Menschen so feindselig gegenüberzutreten. Besonders Frauen gegenüber schlage ich nicht gern so einen Ton an, aber es geht einfach nicht anders. Ich muss die Menschen von mir fernhalten und ich kann nicht zulassen, dass jemand zu nah an mich herantritt. Meine Mom sagt stets, dass ich für mich selbst der wichtigste Mensch sein muss, und diesen Menschen versuche ich nur zu schützen. Das kann ich allerdings nur schaffen, wenn niemand in der Lage ist, mein Herz zu brechen. Ich kann gar nicht sagen, wie viel Zeit ich damit verschwende, sinnlos an der Seite zu stehen und in die Gegend zu glotzen. Ich weiß nur, dass Piotr irgendwann in meinem Blickfeld erscheint.

»Du bist ein Arschloch«, sagt er ohne Umschweife.

Damn it.

Ich sollte aufbrausend reagieren und ihm sagen, dass er seine verdammte Klappe halten soll. Er ist mein Angestellter und ich bin sein verfluchter Chef. Zumindest wenn Piotr nicht so viel mehr für mich wäre. In den letzten Jahren ist er zu einem wahren Freund geworden, er hat mich in den glücklichsten Momenten meines Lebens erlebt und war an meiner Seite, als mein Leben eine Bruchlandung hingelegt hat. Piotr weiß immer, was ich denke. Auch wenn das in vielen Situationen eher unheimlich ist. Ich kann ihm nicht widersprechen und weiß insgeheim, dass er in den meisten Fällen Recht hat. Kraftlos lasse ich meine Schultern sinken und atme genervt aus. Mir fehlt die Energie, um mich mit ihm darüber zu streiten.

»Ich weiß.«

»Ernsthaft?«

»Ja.« Ich nicke.

Piotr schaut mich verwirrt an. »Hm. In Ordnung. Gut, dass du so einsichtig bist. Ich hatte schon eine Aufzählung von deinem schlechten Verhalten vorbereitet, um es dir an den Kopf werfen zu können.«

»Das kann ich mir vorstellen.«

»Okay, wenn dir bewusst ist, dass das unnötig war: Warum hast du sie vorhin so angeschnauzt? Ich mag Kinga wirklich gern und so von dir behandelt zu werden, hat sie absolut nicht verdient.« Er verschränkt die Arme vor der Brust.

Wahrscheinlich versucht Piotr, in diesem Moment bedrohlich auszusehen, doch aufgrund seiner dürren Gestalt kann diese Wirkung nicht ihre volle Macht auf mich ausüben. Wäre die Situation nicht so beschissen, dann hätte ich wohl beinahe laut aufgelacht.

»Es nervt mich einfach, dass sie mit diesem Dawid rumhängt. Dieser Typ hat doch keinerlei Interesse an einer festen Beziehung.«

»Na und? Was interessiert dich das? Sie ist vermutlich single. Er ist single. Die beiden können tun und lassen, was sie wollen«, sagt Piotr.

Tief in mir spannt sich etwas an. Ich presse meinen Kiefer zusammen und balle meine rechte Hand zu einer Faust. Übelkeit steigt in mir hoch, wenn ich daran denke, dass Kinga ernsthaft Interesse an Dawid haben könnte. Wobei das kompletter Schwachsinn ist. Piotr hat vollkommen recht. Kinga ist single und kann tun und lassen, was sie will – und zu meinem Missfallen leider auch, mit wem sie will. Ich weiß nicht, was mit mir los ist und weshalb es mich stört, dass Kinga mit Dawid gemeinsam hier ist. Dabei reicht allein der Gedanke an ein Date zwischen den beiden aus, damit ich wütend meine Zähne aufeinanderpresse.

»Ich muss wieder nach vorn«, erklärt Piotr, nachdem er eingesehen hat, dass von mir keine Antwort auf seine Aussage mehr kommen wird.

Im Türrahmen bleibt er ein letztes Mal stehen und dreht sich zu mir um.

»Du solltest es ihr sagen.«

»Wem was sagen?«, frage ich genervt.

Piotr schüttelt lediglich den Kopf. »Vergiss es.«

Der Nachmittag zieht sich quälend langsam wie ein Kaugummi dahin. Die Begegnung von heute Morgen geht mir einfach nicht mehr aus dem Kopf. Das schlechte Gewissen nagt an mir und droht mich von innen heraus zu zerfleischen. Ich werde einfach diesen Ausdruck in Kingas großen Augen nicht los. Ungläubig und auf eine gewisse Art auch verletzt. Es gibt Grenzen und ich habe diese Grenze nicht nur übertreten, sondern sie bewusst überrannt. Die Menschen in Zakopane kennen die Geschichte von Martyna und mir. Sie wissen, dass ich mich seitdem von allem und jedem abschotte. Zwar kennen sie meine genauen Beweggründe nicht, doch die meisten akzeptieren meine verschlossene Haltung. Ich gehe nicht davon aus, dass Kinga mit Natalia über mich gesprochen hat. Dafür gibt es einfach keinerlei Gründe und deshalb weiß sie bestimmt auch nichts über Martyna. Die Frage ist nur, ob meine verstorbene Ehefrau noch länger der Grund für mein Arschloch-Verhalten sein darf.

Bei dem Gedanken verziehe ich das Gesicht. Die Antwort liegt klar und deutlich vor mir.

Nein.

Martyna würde mich für mein derzeitiges Verhalten verurteilen und schon gar nicht würde es ihr in den Kram passen, als Ausrede herhalten zu müssen. Ich frage mich, was für ein Verhalten sie sich von mir wünschen würde. Doch bevor ich die Frage in meinem Kopf zu Ende formuliert habe, springt mir die Antwort förmlich ins Auge. Es ist, als würde ein Cheerleader mit einem blinkenden Schild vor meiner Nase herumtanzen. Der Cheerleader springt auf und ab und deutet hektisch auf das immerzu blinkende Schild.

Ganz klar. Ich muss mich bei Kinga entschuldigen.

Schweigend verlasse ich den Lagerraum und betrete das Diner. Der späte Nachmittag ist eine eher ruhige Uhrzeit. Aus einer Schublade ziehe ich eine weiße Papiertüte. Ich öffne die Kuchenvitrine und entnehme ihr zwei Stück Kirschkuchen. Sorgsam lege ich die Kuchenstücke in die Papiertüte und knicke den oberen Rand ein. Ich wende mich zum Gehen, als mein Blick auf die Kanne fällt. Ein Kaffee und ein Stück Kirschkuchen. Es gibt wohl keine bessere Form der Entschuldigung. Ohne zu zögern, stelle ich die Tüte auf den Tresen und fülle etwas Milch in einen metallischen Krug. Anschließend schäume ich diese auf. Sobald sie cremig gerührt ist, fülle ich den Schaum in einen Pappbecher um. Zum Schluss kippe ich etwas Kaffee hinein. Zufrieden schraube ich den Deckel auf den Becher und wende mich erneut der Tüte auf dem Tresen zu.

Erschrocken halte ich inne, als ich Piotr neben mir stehen sehe. Wütend verengen sich meine Augen und ich schiebe meine Brauen zusammen.

»Du hast mich zu Tode erschreckt«, fahre ich ihn an.

Piotr zuckt lässig mit den Schultern und schenkt mir ein halbes Grinsen.

»Na, hast du heute noch etwas vor, Chef?« Sein Blick landet mit einem vielsagenden Nicken auf der Papiertüte.

Zerknirscht greife ich an ihm vorbei und schnappe sie mir. »Das geht dich überhaupt nichts an.«

»Ich gehe davon aus, dass ich die Stellung im Diner allein halten soll, deshalb muss ich über deine Anwesenheit oder Abwesenheit informiert sein.«

Ob ich es zugeben möchte oder nicht, aber natürlich hat der Klugscheißer damit absolut recht.

Ich schnaube genervt. »Ich bin kurz in der Stadt. In einer halben Stunde bin ich spätestens wieder da.«

»Mach dir meinetwegen bloß keinen Stress und nimm dir genügend Zeit für dieses Gespräch.«

»Ich habe absolut keine Ahnung, wovon du sprichst.«

»Natürlich hast du das nicht.«

Mir gefällt der sarkastische Unterton in seiner Stimme nicht. »Ruf mich einfach an, wenn zu viele Gäste im Diner sind und du Hilfe brauchst, dann mache ich mich früher auf den Weg.«

Piotr grinst vielsagend und setzt bereits zu einer Antwort an.

»Verkneif es dir einfach.«

»Schon gut. Wir sind alle cool«, sagt Piotr und hebt die Hände entschuldigend in die Luft.

Mit einem letzten Blick mustere ich ihn, bevor ich gehe. An der Eingangstür angekommen, ertönt ein Pfiff hinter mir. Einige Gäste drehen sich um und auch ich blicke über meine Schulter zurück.

Piotr hat mir durch seine Zähne hinterher gepfiffen. »Grüß sie von mir«, sagt er schelmisch.

Ich beiße mir hart auf die Zunge und wage es nicht, ihm zu antworten. Viel zu viele Augenpaare sind auf Piotr gerichtet und mittlerweile auch auf mich. Gott, in dieser Stadt ist wirklich niemals etwas los und aus diesem Grund stürzen sich immer alle Menschen sofort auf den leisesten Skandal, der sich anbahnt. Ich reiße die Tür des Diners mit einem kräftigen Ruck auf und stürme hinaus.

Der Buchladen von Sophia liegt nur wenige Gehminuten von meinem Diner entfernt. Obwohl die Sonne bereits langsam untergeht, brennen ihre Strahlen sich in meine Haut. An dem Geschäft angekommen, lege ich meine Hand auf den Türgriff. Ich erstarre in meiner Bewegung, als ich Stimmen aus dem Inneren höre. Behutsam lege ich mein Ohr an die Tür und weiß in diesem Moment, dass es absolut nicht in Ordnung ist, andere Menschen zu belauschen. Allerdings ist die Neugierde in mir viel größer als mein rationales Denken. Die erste Stimme, die ich höre, ist die von Kinga. Sie klingt aufgebracht und viel höher als ich es gewohnt bin. Für einige Sekunden herrscht Schweigen, ehe eine andere Stimme etwas erwidert. Bei dem Klang der zweiten bin ich vollkommen ratlos.

Ist es möglich, dass sie mit Dawid dort drin ist?

Dieser Gedanke lässt Wut in meinem Bauch aufflackern. Eigentlich bin ich mir sicher, dass die Stimme von Dawid anders klingt. Viel tiefer. Es gibt wohl nur eine Möglichkeit, wie ich mir endlich Gewissheit verschaffen kann. Ich umfasse den Griff fester und stoße die Tür energisch nach innen auf. Durch den lauten Knall wirbelt Kinga erschrocken zum Eingang herum. Ihre blauen Augen weiten sich, als sie mich erblickt.

»Robert?«, erwidert Kinga überrascht.

Die Tür lasse ich achtlos hinter mir ins Schloss fallen. »Hey. Ich wollte reden … wegen vorhin.« Verlegen halte ich die Papiertüte in die Höhe. »Ich habe eine Kleinigkeit für dich dabei.«

Bevor ich weitersprechen kann, hebt Kinga abwehrend ihre Hände.

»Nein, es ist alles in Ordnung. Es gibt nichts zu bereden. Das war ein Missverständnis.«

Meine Brauen wandern nach oben und ich bin mir ziemlich sicher, dass sie meinen Haaransatz bereits berühren.

Zu meiner Überraschung weicht Kinga ein Stück zur Seite und gibt den Blick auf eine Gestalt hinter sich frei. Da sitzt ein Junge. Wahrscheinlich gehört die zweite Stimme, die ich gehört habe, zu ihm. Zu dem Kleinen, der mich soeben neugierig mustert. Er hat helles kurzes Haar und eine schwarze Brille auf der Nase.

Wahrscheinlich soll er nichts von unserer Unterhaltung von vorhin mitbekommen, deshalb schlucke ich meinen Protest runter.

»Robert? Das ist mein Sohn, Jakub«, erklärt Kinga.

Moment. Sohn? Ihr Sohn?

Verdammt.

Wo ein Kind ist, da ist auch ein Ehemann. Oder?

Ich versuche, einen Blick auf ihren linken Ringfinger zu erhaschen. Jedoch nichts. Ich sehe nichts.

Dann vielleicht ein Freund? Kinga hat einen Freund.

Das ändert die gesamte Situation schlagartig und ich spüre ein unangenehmes Ziehen in meinem Bauch. Ich schüttle über mich selbst den Kopf, weil meine Reaktion vollkommen unverhältnismäßig ist. Schließlich darf es für mich nicht von Bedeutung sein, dass sie anscheinend verheiratet ist oder einen Freund hat. Dieser Umstand hat mich lediglich … überrascht. Genau, überrascht ist das passende Wort. Ich hätte nie damit gerechnet.

Schnell schüttle ich meine Beklommenheit ab, gehe auf Jakub zu und strecke ihm meine Hand entgegen. »Hey! Ich bin Robert. Du kannst auch gern Rob sagen. Es freut mich, dich kennenzulernen.«

Erst, als ich vor ihm sitze, fällt mir das lilafarbene Veilchen unter seinem Auge auf. Das Licht in der Buchhandlung ist immer noch nicht besonders gut und aus der Entfernung konnte ich es nicht erkennen. Es liegt mir auf der Zunge, ihn nach dem Grund für dieses Veilchen zu fragen, doch eine leise Stimme in meinem Kopf befiehlt mir, den Mund zu halten. Ich werde nicht nachfragen. Ebenso werden mir weder Kinga noch Jakub aus heiterem Himmel erzählen, was passiert ist. Ich spiele absolut keine tragende Rolle im Leben der beiden.

»Hallo, Rob«, grüßt Jakub und ergreift meine Hand.

Ich mag diesen Jungen auf Anhieb. Er hat einen ungewöhnlich positiven Ausdruck in den Augen. Sie sprechen eine ganz bestimmte Geschichte und noch bin ich nicht in der Lage, diese zu lesen. Ein leiser Teil in meinem Kopf flüstert mir zu, dass ich gern hören möchte, was Jakub zu sagen hat. Ein anderer schreit, dass ich es lassen sollte, darauf hinzuarbeiten, sie hören zu dürfen.

»Magst du Kirschkuchen, Jakub?«

»Kirschkuchen? Ich liebe Kirschkuchen.« Sein Blick landet auf der Papiertüte in meiner Hand.

Ohne zu zögern, reiche ich sie ihm. »Da ist ein Stück Kirschkuchen für dich drin und für deine Mama«, erkläre ich und drehe mich zu Kinga um.

Sie steht ein kleines Stück von uns entfernt. Ihr Blick wird ungläubig, als könne sie nicht fassen, was sie gerade zu sehen bekommt. Ihre Arme baumeln kraftlos an ihrem Körper entlang und sie verfolgt jede meiner Bewegungen.

»Was meinst du? Kaffee und Kirschkuchen?«, frage ich.

Kinga scheint für einige Sekunden in Gedanken versunken zu sein, doch sie kehrt schnell wieder zu uns zurück. »Ein Tag mit Kaffee und Kirschkuchen kann nur ein guter Tag sein.«

Ein Lächeln zupft an meinen Mundwinkeln. Derselben Meinung bin ich auch. Ich helfe Jakub dabei, den Kuchen aus seinem Papiergefängnis zu befreien, währenddessen flitzt Kinga in die Küche und kommt mit drei Gabeln wieder zurück. Ich widersetze mich zunächst. Doch ich muss schnell einsehen, dass diese Frau nicht gern nachgibt.

Widerwillig nehme ich die dritte Gabel von ihr entgegen und teile mir mit ihr das Stück Kirschkuchen. Sie schlürft genüsslich an ihrem Kaffee und Jakub hat eine Flasche Wasser neben sich liegen.

»Möchtest du etwas von dem Kaffee haben?«, fragt Kinga und hält mir ihren Becher entgegen.

Ich schüttle den Kopf. »Ich trinke keinen Kaffee.«

Ihre Augen werden ganz groß. »Du trinkst keinen Kaffee? Als Diner-Besitzer? Ist das dein Ernst?«

»Mein voller Ernst.«

»Das verstehe ich nicht. Du isst kein Fast Food, aber deine Burger sind unfassbar lecker. Du trinkst keinen Kaffee und dennoch schmeckt deiner besser als alle anderen.«

Ein Schmunzeln breitet sich auf meinem Gesicht aus. »Das ist nett von dir. In Amerika habe ich einige Zeit als Küchenhilfe in einem Imbiss gearbeitet und als ich nach Polen ausgewandert bin, habe ich mich aushilfsweise als Barista versucht. Auf diese Art habe ich meine Fähigkeiten erlernt, auch wenn ich selbst nicht viel davon probiere.«

»Du bist viel rumgekommen. Das klingt interessant.«

»Ja, es war eine schöne Zeit in meinem Leben«, sage ich und esse ein weiteres Stück Kuchen.

Die Situation fühlt sich seltsam fremd und dennoch sehr vertraut an. Im Grunde sitze ich mit einer mir unbekannten, verheirateten Frau und ihrem Sohn in der Buchhandlung meiner Schwester.

Okay, Universum. Geht es noch ein kleines bisschen komplizierter?

»Woher kennst du meine Mama?«, bricht Jakub als Erster das Schweigen. Sein Stück Kirschkuchen hat er in Sekundenschnelle verputzt.

»Diese Buchhandlung gehört meiner Schwester«, sage ich diplomatisch.

Das ist keine direkte Antwort auf seine Frage, aber ich möchte jetzt nicht an unsere erste Begegnung in meinem Diner denken. »Bist du nun hier der neue Mitarbeiter?«

»Ich? Nein, ich bin doch erst acht Jahre alt.« Sein Gesichtsausdruck ist so ernst, dass ich laut auflachen möchte. Im letzten

Moment verkneife ich es mir. Ich traue meiner eigenen Stimme nicht, deshalb nicke ich lediglich. Ganz so, als ob mir seine Antwort nicht selbst in den Sinn gekommen wäre.

»Kommt diese Geste wieder von Sophia?«, fragt Kinga und deutet auf den Kuchen.

»Nein.« Ich schüttle den Kopf. »Diese Idee stammt von mir.«

»Vielen Dank. Das ist nett von dir.«

»Habe ich gern gemacht.«

Wir verfallen in allgemeines Geplauder. Ich biete Kinga meine Hilfe an und wir schieben die leeren Bücherregale an ihre neuen Plätze. Sie hat eine vollkommen neue Anordnung auf ein Stück Papier gezeichnet. Nach diesem Plan richten wir uns nun.

Es ist schon spät am Abend, als wir zu dritt die Buchhandlung verlassen. Jakub gähnt, doch als ich mich von ihm verabschieden möchte, schlägt er mit einem High five ein. Der zärtliche Ausdruck in Kingas Augen entgeht mir nicht. Ich selbst habe keine eigenen Kinder. Martyna hat sich immer Kinder gewünscht, doch es kam einfach alles anders. Ich weiß nicht, wie es sich anfühlt, ein eigenes Kind zu haben und dieses bedingungslos zu lieben.

Kinga hebt die Hand und wir verabschieden uns voneinander. Ein zartes Lächeln liegt auf ihren Lippen. Die Auseinandersetzung von heute Morgen scheint in weiter Ferne zu liegen. Dennoch möchte ich in einer ruhigen Minute erneut versuchen, mit ihr zu sprechen. Mein Verhalten war nicht in Ordnung und ich werde keine Ruhe finden, bis ich mich nicht bei ihr entschuldigt habe. Vielleicht bei einem Kaffee und einem Stück Kirschkuchen.

KAPITEL 17

Kinga

Mit gerunzelter Stirn betrachte ich das Obstregal im Supermarkt. Schließlich greife ich blindlings nach einem Sack Äpfel und stelle mich mit meinen Einkäufen an der Kasse an.

»Gibt es einen Grund dafür, weshalb du Lebensmittel so kritisch beäugst?«, fragt eine vertraute Stimme hinter mir.

Ich drehe mich zu Robert um. »Den gibt es wirklich. Ich erledige die Einkäufe von Natalia und die ist mit der Auswahl immer besonders kritisch.«

»Das stimmt. Sie ist mit Leib und Seele Küchenchefin. Weshalb erledigst du die Einkäufe?«

»Meine Schwester hat sich heute nicht besonders wohlgefühlt.« Ich zucke mit den Schultern. »Da habe ich es ihr angeboten.«

»Nett«, kommentiert Robert.

Unschlüssig sehe ich ihm einige Sekunden in die Augen. Unser Gespräch scheint damit beendet zu sein und ich möchte mich nach vorn drehen, als er seinen Mund öffnet.

»Können wir reden?«

»Das … ähm … tun wir doch gerade?«

»Über meine Reaktion im Diner letztens, meine ich.«

»Robert, ich sagte doch, dass alles in Ordnung ist.«

»Das mag für dich so sein. Mich allerdings stört mein Verhalten und ich möchte diesen Vorfall aus der Welt schaffen. Das wollte ich bereits tun, als ich dich in der Buchhandlung besucht habe. Aber ich wusste nicht, dass Jakub dort ist, und vor deinem Sohn wollte ich dich nicht in Verlegenheit bringen.«

»Okay …«

»Wäre es dir recht, wenn wir kurz zu mir gehen?«

»Zu dir?«

»Ja.« Er nickt. »Ich wohne hier gleich um die Ecke in einem kleinen Bungalow. Dort ist es ruhiger als in einem Supermarkt.«

»Hm … also –«

»Bitte! Es ist mir wirklich wichtig.«

»Ja, okay.«

Im nächsten Moment werden meine Einkäufe über die Kasse gezogen und unser Gespräch für den Moment damit gestoppt.

Gemeinsam verlassen wir den Laden und nur ein paar Schritte vom Supermarkt entfernt schließt Robert die Haustür auf. Bisher habe ich mir noch keine Gedanken darüber gemacht, wie seine Wohnverhältnisse sind. Von außen wirkt es heimelig und beschaulich. Die Fassade besteht aus einem hellen Holz, während das graue Dach einen schönen Kontrast dazu bildet.

Ich betrete den Bungalow und er ist tatsächlich so klein, wie es von draußen gewirkt hat. Dennoch fühlt es sich nicht beengt oder vollgestopft an, wie es bei kleinen Räumen üblicherweise der Fall ist. Wir stehen direkt in seinem Wohnzimmer, denn einen Flur gibt es hier nicht. Neugierig mache ich ein paar Schritte im Zimmer und schaue mich um. Es ist gemütlich und ich fühle mich auf Anhieb wohl. Alles ist sehr sporadisch und minimalistisch eingerichtet. Ein Fernseher steht auf einer braunen Kommode. Davor stehen ein ebenfalls brauner Couchtisch und dahinter eine schwarze Ledercouch. Dekorationen sucht man in diesem Haus vergeblich. Doch ich denke, dass die wenigsten Männer viel Wert auf die Einrichtung legen. Auf der Fensterbank steht eine kleine einsame Topfpflanze und daneben eine Vitrine mit verschiedenen Gläsern und Geschirr.

»Es ist nicht besonders viel, aber ich bin nicht so der Fan von Inneneinrichtung«, gesteht Robert und kratzt sich verlegen im Nacken. Seine Aussage bestätigt meine Gedanken von vorhin.

»Das macht doch überhaupt nichts. Mir gefällt es.«

»Ist das dein Ernst?«

»Ja. Es passt zu dir. Mit einer anderen Einrichtung würdest du dich nur verstellen und das ist albern.«

»Kann ich dir etwas zu trinken anbieten? Einen Kaffee vielleicht?«

Ich schüttle den Kopf. »Nein, danke. Ein Wasser wäre allerdings nett.«

Robert nickt und wendet sich der Küchenzeile zu. Nervös fahre ich mir durch meine Haare, während er das Getränk in ein Glas gießt. Die Stimmung zwischen uns beiden ist angespannt und krampfig.

»Hier, bitte.« Er hält es mir entgegen und lächelt mich leicht an. »Können wir uns auf die Couch setzen?«

»Klar.« Ich setze mich auf das Möbelstück und Robert nimmt in gebührendem Abstand neben mir Platz.

Er atmet tief durch und wendet mir seinen Oberkörper zu. »Ich möchte mich für mein Verhalten bei dir entschuldigen.«

»Robert –«

»Nein«, erwidert er sanft. »Ich habe kein Recht dazu, mich in dein Leben einzumischen. Außerdem habe ich mich vollkommen im Ton vergriffen. Es ist selbstverständlich, dass du dich treffen kannst, mit wem auch immer du möchtest. Und wenn du Dawid gernhast, dann halte ich komplett meinen Mund.«

»Du denkst, ich finde Dawid gut?«

»Nun … ich … ja.«

»Dawid scheint ein netter Mensch zu sein. Aber ich mag ihn nicht auf diese Art. Ich kenne ihn doch gar nicht.« Ich nehme mir kurz Zeit, um tief durchzuatmen. »In meinem Liebesleben ist momentan nicht besonders viel Platz für einen Mann.«

»Oh. Hast du bereits jemanden an deiner Seite? Einen Freund oder einen Mann?«

»Das ist nicht ganz einfach zu erklären. Offiziell bin ich verheiratet, mein Mann – oder vielmehr mein Ex-Mann – lebt in Warschau. Es ist alles ziemlich kompliziert und wir leben zurzeit getrennt voneinander. Ich fühle mich nicht danach, als wäre ich noch verheiratet. Für mich ist dieser Mensch der Erzeuger von Jakub und … mehr nicht.«

Robert öffnet den Mund, schließt ihn dann jedoch wieder und Stille breitet sich zwischen uns aus. Überraschenderweise tut es mir gut, ihm ein bisschen mehr von mir anzuvertrauen. Gleichzeitig stehen noch viele ungesagte Worte zwischen uns, die ich einfach nicht über meine Lippen bringen kann. Zumindest noch nicht.

»Hast du … Probleme mit diesem Kerl?«

»Ich … ähm … wenn ich ehrlich sein soll, dann weiß ich nicht, wie es weitergehen wird.«

»Verstehe.« Robert nickt. »Du wirst mit Sicherheit bereits erkannt haben, dass Zakopane nicht wirklich eine Metropole ist. Aber die Menschen in dieser Stadt passen aufeinander auf, das solltest du wissen.«

Mein Herz schlägt schneller in meiner Brust. »Danke.«

»Wie geht es deinem Sohn mit der gesamten Situation?«

»Marcin?«, frage ich.

Neugierig hebt er seine Augenbrauen in die Höhe. »Eigentlich habe ich von Jakub gesprochen.«

Erschrocken fliegt meine Hand vor meinen Mund. Ich habe mich versprochen und meinen Sohn bei seinem ursprünglichen Namen genannt. Wütend beiße ich mir auf die Unterlippe, denn so ein grober Fehler darf mir einfach nicht passieren.

»Kann es sein, dass hinter deiner Geschichte mehr steckt als eine bloße Trennung? Ihr seid wahrscheinlich nicht einvernehmlich auseinandergegangen, oder?«

»Robert, ich … ich wünschte, ich könnte dir alles erzählen. Ich möchte mich dir gern anvertrauen, aber das ist nicht leicht. Du solltest nicht zu viel wissen, weil ich dich damit in Gefahr bringen könnte. Es gibt Dinge in meinem Leben, über die ich zurzeit nicht sprechen kann. Dazu gehört auch, dir zu erzählen, wer ich wirklich bin und wer mein Sohn ist.«

»Das heißt, Jakubs richtiger Name lautet in Wahrheit Marcin?«

Ich nicke langsam. »Genau.«

»Möchtest du mir vielleicht noch etwas anvertrauen?«

Ja.

Meinen Namen.

Meinen richtigen Namen.

Sylwia.

Fieberhaft überlege ich, ob ich diese Information mit ihm teilen kann. Gleichzeitig spüre ich, dass sich in diesem Moment etwas zwischen uns verändert und ich möchte diese positive Wendung beibehalten. Ich möchte das hier nicht versauen. Ich will diesen Neuanfang in dieser Stadt haben. Allerdings kann ich mich meiner Angst noch nicht stellen. Zu groß ist das Risiko, dass Robert dadurch in Gefahr geraten könnte.

»Nein … eigentlich nicht. Ich würde dir gern meine Gründe erklären und erzählen, was ich bereits alles erlebt habe, aber … das schaffe ich einfach noch nicht.«

»Verstehe.« Robert nickt. »Hast du Lust, einen Muffin zu probieren?«

»Einen Muffin?« Der abrupte Themenwechsel bringt mich aus dem Gleichgewicht.

»Ja, ich habe ein neues Rezept ausprobiert. Wenn er bei dir gut ankommt, werde ich ein paar mehr für das Diner machen.«

»Dann bin ich deine erste Testperson?«

»Genau.«

»Ich nehme gern einen.«

»Bitte sei aber kritisch.«

»Das werde ich.« Ein Schmunzeln umspielt meine Lippen, währenddessen geht Robert in die Küche und bringt zwei Gebäckstücke mit.

»Es sind Apfel-Zimt-Muffins«, erklärt er.

»Zimt? Im Sommer?«

»Es ist nicht in Ordnung, bestimmte Gewürze einer Jahreszeit zuzuordnen.«

»Alles klar. Ich habe nichts gesagt.« Beherzt beiße ich in den fluffigen Teig und das Aroma breitet sich in meinem Mund aus.

Anerkennend nicke ich.

»Schmeckt er dir?«

»Ich hatte recht.«

»Womit?«

»Definitiv ein Winterrezept.«

»Ach, ich bitte dich!«

»Schon gut.« Ich grinse. »Er schmeckt lecker und ich finde, du solltest ihn definitiv im Diner anbieten.«

Wir verfallen in ungezwungenes Geplauder und ich fühle mich bei unserem Gespräch sehr wohl. Zum ersten Mal scheint Robert etwas aufzutauen und lockerer im Umgang mit mir zu werden. Diese neue Entwicklung gefällt mir und unsere Unterhaltung über Adam rückt ein bisschen in den Hintergrund.

Am Nachmittag komme ich wieder zu Hause bei Natalia an. In der Küche verstaue ich meine Einkäufe und gehe dann ins Wohnzimmer. Dort sitzt meine Schwester auf der Couch und blättert in einer Zeitschrift.

»Da bist du ja wieder.« Sie blickt hoch. »Du warst ziemlich lange in der Stadt unterwegs.«

»Ja, ich habe Robert getroffen und wir haben uns ein wenig unterhalten.« Ich setze mich neben sie und lege meinen Kopf an ihrer Schulter ab.

»Ist alles in Ordnung?«

»Ich denke, so langsam sollte sich etwas ändern.«

»Wie meinst du das?«

»Ich fühle mich hier mittlerweile superwohl.«

»Bei uns? Das freut mich zu hören.«

»Nein.« Ich schüttle den Kopf. »Nicht nur bei euch. Sondern auch in dieser Stadt. Es gefällt mir hier und ich erwische mich immer öfter bei dem Gedanken, hierbleiben zu wollen.«

Natalia richtet sich ein Stück auf. »Du möchtest in Zakopane bleiben?«

Ich zucke mit den Schultern. »Ich denke schon. Zumindest kann ich es mir gut vorstellen und Jakub hat schon kurz nach unserer Ankunft bei euch den Wunsch geäußert, hierbleiben zu können.«

»Aber was wird aus Adam?«

»Dieses Kapitel möchte ich endlich aus meinem Leben streichen. Diese Ehe hat sich für mich erledigt und ich werde mich von ihm trennen.«

»Offiziell?«

»Ja, ich möchte die Scheidung einreichen.«

»Kinga!«, ruft Natalia erleichtert aus. »Das ist toll. Wir können gleich –«

Ich hebe meine Hand und unterbreche ihren Redefluss. »Noch nicht. Ich habe für mich den Entschluss gefasst und bin mir meiner Sache sicher, allerdings fehlt mir noch der Mut dazu, es durchzuziehen.«

»Wirklich? Du wirkst so entschlossen. Vielleicht solltest du deine Motivation ausnutzen und direkt losziehen, um die notwendigen Unterlagen zu besorgen.«

Ich schüttle den Kopf. »Das schaffe ich nicht. Es geht in dieser Sache nicht nur um mich, sondern auch um meinen Sohn. Ich möchte uns ein besseres und sicheres Leben ermöglichen, aber die Angst dennoch gefunden zu werden, trage ich immer noch mit mir herum. Zu gegebener Zeit werde ich die erforderlichen Schritte für eine Scheidung einleiten.«

»Das verstehe ich.« Natalia nimmt mich in den Arm. »Ich möchte dich in deiner Entscheidung unterstützen und dich zu nichts drängen.«

»Danke. Das bedeutet mir viel.«

KAPITEL 18

Kinga

»Wie weit ist es denn noch?«, frage ich zum gefühlt hundertsten Mal.

Ich kann die Verärgerung in meiner Stimme nicht länger verbergen. Gleichzeitig fühle ich mich wie ein Kleinkind, das mit seinen Eltern verreisen muss.

»Es dauert nicht mehr lange. Wir sind gleich da«, antwortet Natalia monoton.

Genauso oft, wie ich meine immer gleiche Frage gestellt habe, hat sie mir mit dem immer gleichen Satz geantwortet.

»Das hast du bereits behauptet, als meine Wimpern noch nicht vollkommen verklebt waren. Kann ich wenigstens dieses Ding absetzen?«

Über meinen Augen liegt eine schwarze Binde. Natalia möchte mir auf gar keinen Fall verraten, wohin wir gehen und zumindest anfangs habe ich ihr Spiel gern mitgespielt. Sie sah unglaublich aufgeregt aus und das Funkeln in ihren Iriden war geradezu hypnotisierend. Wahrscheinlich hat sie mich ohne mein Wissen tatsächlich hypnotisiert, ganz genauso wie *Kaa* es bei *Mogli* in *Das Dschungelbuch* getan hat. Ein heiseres Kichern entschlüpft meiner Kehle, als ich an dieses lustige Tier denke. Selbst in meinen Ohren klingt mein Lachen etwas zu schrill.

Schweiß rinnt mir von der Stirn und ich wische mir mit meinem Handrücken darüber. Die pralle Augustsonne scheint gnadenlos auf uns herunter und meine Kehle fühlt sich mittlerweile staubtrocken an. Unter der Binde erreichen die Temperaturen ihren absoluten Höhepunkt und ich bin mir sicher, dass meine Mascara inzwischen wieder flüssig geworden ist und meine Wimpern miteinander verklebt hat. Mühselig setze ich einen Fuß vor den anderen und versuche, ein Schnauben zu unterdrücken. Ich möchte keine Spielverderberin sein, aber ich habe langsam einfach genug davon, nicht zu sehen, wohin ich trete.

»Dein achtjähriger Sohn stellt sich nicht so dramatisch an wie du«, sagt Natalia.

»Das kann man überhaupt nicht miteinander vergleichen. Für Jakub ist die ganze Welt ein Spielplatz. Ich hingegen habe Angst, dass du mich gegen eine Laterne laufen lässt«, stöhne ich.

»Das ist sooo cool!«, ruft Jakub neben mir begeistert. Er trägt ebenfalls eine Augenbinde, kann mit diesem Leid jedoch viel mehr anfangen als ich.

»Autsch!«, entfährt es mir schmerzerfüllt.

Wie zur Bestätigung meiner eigenen Gedanken reibe ich mit der Hand über meinen schmerzenden Fuß. Ich muss wohl gegen einen großen Stein oder etwas in der Art getreten sein. Doch bevor ich einen Fluch ausstoßen kann, bleibt Natalia abrupt stehen und hält mich an den Schultern fest.

»Wir sind da«, verkündet sie glücklich.

Das breite Lächeln kann ich zwar nicht sehen, doch ich höre es in ihrer warmen Stimme.

Der Schmerz in meinem Fuß verebbt augenblicklich und wird beinahe schon zur Nebensache. Langsam fasst sie hinter meinen Kopf und löst den Knoten, der die Augenbinde zusammengehalten hat. Ich brauche einige Sekunden, um mich an das helle Tageslicht zu gewöhnen. Mehrmals blinzle ich, bevor ich in das strahlende Gesicht von Natalia blicken kann. Kamil hat währenddessen die Augenbinde von Jakub abgenommen. Nach ihrem großen Streit haben sich die beiden für drei volle Tage angeschwiegen. Danach waren die Gemüter wieder beruhigt und sie haben weitergemacht, als wäre nie irgendetwas gewesen.

Wenn ich ehrlich sein soll, dann macht mir dieses Verhalten ein wenig Angst. Ich verstehe nicht viel von Beziehungen, denn meine letzte endete in einer Katastrophe. Doch ich verstehe sehr viel von kaputten Beziehungen.

Aber darf ich mir ein Urteil erlauben?

»Kinga? Hörst du mir überhaupt noch zu?«, fragt Natalia und stemmt die Hände in die Hüften.

Anscheinend hat sie meinen Namen nicht zum ersten Mal genannt, denn auch Kamil und Jakub schauen neugierig in meine Richtung.

Ich beeile mich, zu nicken. »Ja, natürlich.«

Auf ihrem Gesicht breitet sich erneut ein strahlendes Lächeln aus. »Sehr gut.« Sie umfasst meine Schultern fest. »Bist du bereit für die ultimative Überraschung?«

»Ich denke schon.« Zögerlich nicke ich.

»Dann los! Eins … zwei … drei!« Natalia wirbelt mich herum und dreht mich in die andere Richtung.

Mein Blick landet geradewegs auf einem kleinen, hübschen Häuschen aus Holz. Die hellen Balken verleihen dem Haus einen nicht abzuerkennenden Charme. Das Dach ist mit grauen Ziegelsteinen bedeckt und die Eingangstür ist bodentief verglast. Alle Fenster werden von weißen Rahmen abgerundet. Die Veranda und der Balkon im ersten Stock werden von kunstvoll geschnitzten Holzbalken umsäumt. Mein Herz schlägt schneller bei dem Anblick dieses Hauses, denn es wirkt wie die malerische Kulisse aus einem kitschigen Liebesfilm. Dieses Haus hat einen skandinavischen Stil und ist damit so ziemlich das genaue Gegenteil von dem Haus, in dem Kamil und Natalia leben. Wenn ich ehrlich sein soll, wundere ich mich, weshalb meine Schwester und mein Schwager uns hierhergeführt haben.

»Und?«, platzt es aus Natalia hervor. »Was sagst du?«

»Wozu?«

»Zu dem Haus!«, drängt Natalia.

»Es ist … schön. Aber ich verstehe nicht, was wir hier machen.«

»Ich finde es sehr hübsch.«

»Nun spann sie doch nicht länger auf die Folter«, seufzt Kamil und schnalzt ungeduldig mit seiner Zunge.

Mein Blick wandert von meinem Schwager wieder zurück zu meiner Schwester. »Also?«

»Es gehört dir!«, platzt Natalia plötzlich heraus.

Im nächsten Moment wirft sie sich stürmisch in meine Arme. Sie drückt fest zu und ich habe das Gefühl, keine Luft mehr zu bekommen. Ich habe zwar ihre Worte gehört, doch die Bedeutung möchte einfach nicht bis zu meinem Bewusstsein vordringen.

»Was? Aber ich? Wie meinst du …«

In meinem Kopf ploppt eine Frage nach der anderen auf. Viel zu viele Worte kreisen um mich herum und ich schaffe es nicht, diese zu einer anständigen Frage zu formulieren. Stattdessen verlassen lauter abgehackte Laute meinen Mund.

»Heißt das, Mama und ich wohnen jetzt hier?«, fragt Jakub an Kamil gerichtet.

In diesem Moment bin ich überglücklich, ein so intelligentes Kind zu haben, denn im Gegensatz zu mir hat mein Sohn keinerlei Probleme damit, die Frage korrekt zu formulieren.

Kamil nickt und ich ziehe überrascht die Augenbrauen nach oben, während Natalia weiterhin versucht, mich zu erwürgen.

»Das soll es heißen, ja. Vorausgesetzt, es gefällt euch beiden. Ansonsten werden wir nach einem anderen Haus für euch schauen«, erklärt mein Schwager.

Ächzend löse ich mich von Natalia. Ich halte sie eine Armlänge von mir entfernt und schaue ihr eindringlich in die Augen.

»Bitte versteh mich nicht falsch. Das Haus ist umwerfend schön.« Ich werfe Jakub einen kurzen Seitenblick zu. »Aber das kann ich mir unmöglich leisten«, fahre ich etwas leiser fort.

Es tut mir im Herzen weh, dass ich die Wunschvorstellung meines Sohnes zerstören muss.

Ich bin Natalia und Kamil sehr dankbar dafür, dass sie uns bei sich wohnen lassen. Für mich ist das keine Selbstverständlichkeit.

Und ja, ich sehne mich nach einem eigenen Zuhause. Ich möchte irgendwo Wurzeln schlagen und mich wie zu Hause fühlen können. Es macht mich unglaublich glücklich, zu sehen, wie wohl Jakub sich in Zakopane fühlt. Ich möchte nach einem harten Arbeitstag die Schuhe von meinen Füßen kicken und einfach die Stille genießen.

»Das ist doch das Tolle an diesem Haus. Es kostet euch überhaupt nichts«, sagt Natalia warmherzig.

»Ist das dein Ernst? Funktioniert das denn?«

Meine Schwester wischt meinen Einwand zur Seite. »Natürlich!«

»Nun«, schaltet mein Schwager sich in unser Gespräch ein. »Das stimmt nicht so ganz. Wir möchten dir das Haus gern schenken, müssen jedoch rechtliche Schritte in die Wege leiten. Vorerst werden wir es offiziell an dich vermieten. Zumindest bis wir alle notwendigen Unterlagen für eine Schenkung beisammenhaben.«

»Ich kann das einfach nicht glauben! Das ist überwältigend. Seit wann besitzt ihr es?«

»Bis vor Kurzem war das Haus noch auf dem Markt. Ich habe mit ein paar Bekannten gesprochen und den Zuschlag dafür bekommen. Abends habe ich Natalia davon erzählt und wir beide waren uns sofort einig, dass es für Jakub und dich perfekt ist. Es ist nicht riesengroß, aber für euch bietet es ausreichend Platz.«

»Es gibt ein Kinderzimmer und ein Gästezimmer«, erklärt Natalia. »Neben den üblichen Zimmern.«

»Ihr meint …« Mein Blick fällt zurück auf das wunderschöne Holzhäuschen. Meine Augen füllen sich augenblicklich mit Tränen und ich wende mich erneut Kamil und Natalia zu. »Ihr beiden schenkt uns ein Haus?«

»Du hast letztens erwähnt, dass du dir vorstellen kannst, mit Jakub in unserer Stadt zu bleiben. Ich liebe die Vorstellung davon, dass wir so nah beieinander wohnen und unsere Kinder gemeinsam aufwachsen können. Ich habe Kamil davon erzählt und gemeinsam wollten wir euch damit überraschen.«

»Wir werden wirklich in unser eigenes Haus ziehen?«

Natalia nickt. »Willkommen in Zakopane, Schwesterherz!«

Erneut zieht sie mich in eine stürmische Umarmung. Doch dieses Mal erwidere ich ihre Umarmung liebevoll, während Tränen über mein Gesicht rinnen.

KAPITEL 19

Kinga

Eine Woche nachdem wir die Schlüssel von Kamil bekommen haben, sind Jakub und ich in unser neues, möbliertes Haus eingezogen. Da wir nicht viel hatten, was wir mitnehmen konnten, war keine aufwendige Umzugsplanung nötig.

Mit jedem verstrichenen Tag verliebe ich mich ein bisschen mehr. Der gesamte Boden besteht aus Buchenholz. Die Wände hingegen sind weiß gestrichen, ausgenommen in dem Zimmer von Jakub. Er hat sich dunkelblaue Wände gewünscht und natürlich auch bekommen. Die gesamte Umgestaltung hat ihm viel Freude bereitet und ich war überrascht, mit wie viel Hingabe und Leidenschaft er sein Zimmer eingerichtet hat.

Wenn man durch die Eingangstür tritt, befindet man sich in einem kleinen Vorraum. Rechts an der Wand hängt eine Garderobe für Jacken und Taschen und darunter steht eine kleine Sitzbank mit Fächern für die Schuhe. Von diesem Vorraum führt eine Treppe nach oben in den ersten Stock, wo die Schlafzimmer und ein großes Badezimmer sind. Im Erdgeschoss gelangt man von dem Vorraum direkt in das Wohnzimmer. Bisher stehen hier lediglich zwei Bücherregale und eine dunkelgraue Couch. Vom Wohnzimmer aus führt eine Tür in ein kleines Badezimmer und die andere führt in die Küche, in welcher ich mich gerade befinde. Das Haus war bei unserem Einzug bereits eingerichtet, deshalb sind wir noch dabei, es in ein persönliches Zuhause umzugestalten. Damit sind Jakub und ich noch lange nicht fertig, doch das macht uns überhaupt nichts. Mit dem Wenigen, was wir haben, sind wir mehr als glücklich.

»Hey, Mama! Ich bin wieder zu Hause«, ruft Jakub fröhlich und schließt die Haustür hinter sich.

»Ich bin in der Küche!«, antworte ich lächelnd.

In unserer eigenen Küche, schießt es mir durch den Kopf.

Ich schneide das restliche Gemüse klein und werfe es zu dem Fleisch in die gusseiserne Pfanne hinein. Es hat mir gefehlt, in der Küche zu stehen und allein für mich und meinen Sohn zu kochen. Durch die Arbeit in der Buchhandlung und dem Leben bei Natalia konnte ich keinen Tagesrhythmus entwickeln. Jakub hingegen schon.

Weiterhin stehe ich morgens gemeinsam mit ihm auf und wir bereiten uns parallel für den Tag vor. Wir frühstücken zu zweit und nehmen uns Zeit füreinander. Anschließend bringe ich meinen Sohn zu Fuß zur Schule, dort treffen wir oft auf Kamil und Anna.

Sobald ich ihn zur Schule gebracht habe, mache ich mich auf den Weg zur Buchhandlung. Sophia wird bald wieder zurück sein und ich freue mich schon sehr auf ihre Reaktion, wenn sie die Buchhandlung zum ersten Mal wiedersieht.

Es gab irgendwelche Probleme mit den anderen Eigentümern, weshalb Sophia ihren Aufenthalt etwas verlängern musste. Mehrmals am Tag hat sie mich angerufen und sich für ihr Fehlen entschuldigt und ich musste ihr mehrmals am Tag versichern, dass dazu jedoch überhaupt kein Grund besteht. Außerdem erfahre ich durch Robert viel mehr Hilfe, als ich anfangs für möglich gehalten hätte.

Bei dem Gedanken an Robert zieht sich mein Magen zusammen. Irgendetwas zwischen uns hat sich verändert und ich weiß beim besten Willen nicht genau, wie das passiert ist. Und auch nicht, wann es dazu gekommen ist. Er ist weiterhin ein Brummbär und eher wortkarg. Wenn er mir in der Buchhandlung zur Seite steht, dann arbeiten wir meist schweigend. Doch anders als am Anfang handelt es sich dabei nicht um eine unangenehme

Stille.

Seitdem Jakub mitbekommen hat, dass Robert mich in der Buchhandlung unterstützt, kommt auch mein Sohn viel öfter vorbei. Er mag Robert und ich glaube, das beruht auf Gegenseitigkeit. Zumindest hoffe ich das. Augenblicklich verursacht der Gedanke an Adam mir einen unvorbereiteten Stich. Die Hitze, die sich gerade eben noch in meinem Bauch ausgebreitet hat, erlischt sofort wieder. Bilder blitzen vor meinem inneren Auge auf. Ich habe Adam niemals gesagt, dass ich ihn verlassen möchte. Eines Nachts habe ich Jakubs und meine Sachen zusammengepackt, bevor er mich totschlagen konnte, und habe die Stadt verlassen. Wir haben Warschau den Rücken gekehrt und damit unserem Zuhause und einem Mann, der uns beide einfach nicht zu schätzen gewusst hat. Ich erwische mich bei dem Gedanken, ob es Adam etwas ausgemacht hat, dass wir gegangen sind. War er geschockt? War er erleichtert? War er wütend? Ich weiß es nicht und ich werde es niemals erfahren. Dieses Kapitel in meinem Leben ist ein für alle Mal beendet.

»Mhm«, seufzt Jakub genießerisch. »Was duftet hier so lecker?«

Grinsend wende ich ihm meinen Kopf zu. »Ich mache eine Gemüsepfanne mit Reis und etwas Hähnchenfleisch. Zumindest versuche ich es.«

»Das sieht super lecker aus.«

Ich lächle ihn an, als mir etwas an seiner Nase auffällt. Ich beuge mich zu ihm herunter, doch Jakub macht augenblicklich einen Satz zurück und möchte die Küche sofort wieder verlassen.

»Was hast du an deiner Nase?«, frage ich ihn.

Doch er präsentiert mir lediglich seinen Rücken. »Ich wasche mir vor dem Essen noch die Hände.«

Im nächsten Moment huscht er ins Badezimmer und lässt mich ratlos zurück. Wenn ich mich nicht täusche, dann habe ich Blut an seiner Nase gesehen. Gequält schließe ich meine Augen. Ein grauenvoller Schauer übersät meinen Körper, als die Erinnerungen von damals auf mich einprasseln. Ich sollte bei der Direktorin der Schule um ein Gespräch bitten.

Nur wenige Tage später machen Jakub und ich uns auf den Weg in den Baumarkt, weil wir endlich mit der Renovierung unseres neuen Zuhauses starten wollen. Einige Räume können noch einen angemessenen Anstrich vertragen. Ein Ächzen entfährt meiner Kehle. Ich stehe auf meinen Zehenspitzen und strecke meine Hand so weit wie möglich nach oben. Trotzdem schaffe ich es nicht, an das oberste Regal heranzukommen. Zahlreiche Menschen gehen an mir vorbei, doch keiner bleibt stehen, um mir seine Hilfe anzubieten.

»Soll ich mal nach einem Verkäufer schauen?«, fragt Jakub.

»Das ist nicht notwendig. Wir bekommen das zusammen hin«, presse ich durch zusammen gebissene Zähne hindurch.

»Das sieht mir aber nicht danach aus«, erklärt Jakub zweifelnd. »Ich schaue mal nach, oben ich jemanden finden kann.«

Im nächsten Moment verschwindet er aus meinem Sichtfeld. Bis vor wenigen Wochen hätte diese Tatsache mein Herz zum Klopfen gebracht und ich wäre einer Panikattacke verfallen. Mittlerweile habe ich mich mit der Situation zurechtgefunden und gelernt, dass Jakub seine eigenen Wege gehen muss, um wachsen zu können. Er kann seine Flügel in der Welt nicht ausstrecken, solange ich hinter ihm stehe und die Leine zu kurz halte. Und schließlich ist das nur ein Baumarkt.

Entnervt puste ich mir eine Strähne aus der Stirn. Probehalber stelle ich meinen Fuß auf den untersten Regalboden. Das Brett scheint stabil genug zu sein, ich ziehe meinen anderen Fuß nach und beginne langsam, an dem Regal nach oben zu klettern.

»Hey, Kumpel!«, höre ich eine bekannte Stimme.

Verdrossen schließe ich meine Augen, weil ich diese Stimme vermutlich unter Tausenden wiedererkennen würde. Das darf doch alles nicht wahr sein. Wenn ich es nicht besser wüsste, würde ich sagen, dass Robert absichtlich immer dort auftaucht, wo ich mich gerade befinde.

»Hi, Rob!«, sagt Jakub überschwänglich. Seine Freude kann ich hören, ohne ihn ansehen zu müssen.

»Wo ist denn deine Mama?«, möchte Robert wissen.

Ich rolle mit den Augen, doch innerlich vollführt mein Herz einen Hüpfer.

»Meine Mama hängt dort oben an dem Regal«, sagt Jakub im nächsten Moment.

Mein Herz rutscht mir augenblicklich in die Hose. Das hat er doch nicht gerade wirklich gesagt?

»Ist das dein Ernst? Deine Mama hängt an einem Regal?«, wiederholt Robert zweifelnd.

Jepp, das hat mein Kind wirklich gesagt.

Robert klingt so ungläubig, als wäre er der polnischen Sprache nicht mehr mächtig. Mir bleibt keine Zeit, darüber nachzudenken, wie seine Reaktion ausfallen könnte. In diesem Moment biegen beide um die Ecke und beäugen mich neugierig. Mein Sohn wirkt beinahe schon gelangweilt, als wäre es für ihn nichts Neues, dass seine Mutter im Baumarkt auf irgendwelche Regale klettert. Robert hingegen grinst mich verschmitzt an und ein kleines Funkeln erscheint in seinen Augen. Ich verliere mich in seinem leichten Lächeln und spüre, wie mein Herz schneller klopft.

»Kann ich dir irgendwie helfen?«, möchte er wissen.

»Ach, nein. Alles bestens. Ich fühle mich wohl hier oben«, erkläre ich.

Wenn ich könnte, würde ich locker mit den Schultern zucken, doch meine Angst davor, den Boden zu küssen, ist größer.

»Und wenn ich dir die hier anbiete?«, fragt Robert und schiebt eine Leiter in meine Richtung.

Mir fällt beinahe die Kinnlade herunter. »Woher hast du die?«

»Die steht hier bereit für die Menschen, die nicht an die obersten Regale kommen, aber keine Lust auf einen Ausflug in den

Kletterwald haben«, sagt Robert.

Sein Ton ist belustigt, doch sein Gesichtsausdruck vollkommen emotionslos. Wäre die Situation nicht so peinlich, würde ich wahrscheinlich den Kopf in den Nacken werfen und hemmungslos lachen.

»Haha, sehr witzig«, gebe ich trocken zurück.

»Also? Möchtest du die Leiter nun haben?«, fragt Robert überflüssigerweise.

»Das weißt du ganz genau.«

Zu meiner Erleichterung quält er mich nicht weiter. Stattdessen schüttelt er grinsend den Kopf und schiebt mir die Leiter näher zu. Ich setze einen Fuß nach dem anderen auf die Leiter, während Robert diese von unten festhält. Sobald ich sicher auf der Leiter stehe, greife ich erneut nach oben und bekomme den Farbeimer zu fassen.

Aquatürkis.

Triumphierend klettere ich von der Leiter hinunter. Meine Wangen werden spürbar warm, als ich vor Robert zum Stehen komme, während sein herber männlicher Duft mich umhüllt und meine Sinne benebelt.

Ich kann nicht klar denken und möchte am liebsten meine Augen schließen. Seine Körperwärme ist beinahe greifbar.

»Ist bei dir alles in Ordnung? Dein Gesicht ist so rot. Du hast doch kein Fieber oder so?«, fragt er. Seine Augenbrauen ziehen sich zusammen und er sieht mich beinahe besorgt an.

Besorgt ...

Das ist kompletter Schwachsinn und es ergibt überhaupt keinen Sinn. Weshalb sollte Robert besorgt sein, wenn es mir nicht gut ginge? Das ist eine normale, höfliche Frage. Ohne jegliche Gedanken und Gefühle. Dennoch kann ich nicht verhindern, dass mein Herz einen kleinen Hüpfer vollführt.

»Nein, alles bestens«, erwidere ich schnell.

»Sicher? Mach lieber einen Tag Pause in der Buchhandlung, wenn du dich nicht gut fühlst.«

»Quatsch.« Mit einer Handbewegung wische ich seinen Einwand zur Seite. »Die Luftqualität war dort oben einfach nicht so gut wie hier«, sage ich und schaue in seine flaschengrünen Augen.

Ich verliere mich in ihnen und vergesse beinahe, was für einen Blödsinn ich gerade geredet habe.

Auf Roberts Gesicht erscheint ein zaghaftes Schmunzeln und ich wünsche mir in diesem Moment nichts sehnlicher als … Huch? Nein! Woher kommt denn dieser Gedanke?

»Dann ist ja gut. Soll ich den Eimer für dich mitnehmen?«

»Nein, danke. Der ist nicht für die Buchhandlung, sondern für zu Hause.«

»Willst du mir erzählen, dass Natalia tatsächlich Farbe in ihrem Glaskomplex duldet?«, überlegt Robert. Zweifelnd zieht er eine Augenbraue in die Höhe.

Ein belustigter Laut entschlüpft meiner Kehle und ich schüttle den Kopf. Natalia hasst jegliche Farben. In ihrer Welt existieren nur Grau, Weiß und Schwarz. Alles andere duldet sie in ihrem Zuhause nicht. Das Gästezimmer bildet dabei die einzige Ausnahme, weil Natalia selbst sich dort überhaupt nicht aufhält.

»Die Farbe ist für mein eigenes Haus. Jakub und ich sind vor Kurzem umgezogen«, erkläre ich ihm.

Etwas blitzt in Roberts Augen auf. Bevor ich es jedoch benennen kann, ist es wieder verschwunden.

Langsam nickt er. »Du renovierst die Buchhandlung und gleichzeitig auch dein Zuhause?«

»Nicht so ganz. Unser Gästezimmer wirkt nicht besonders einladend und ist für meinen Geschmack zu unpersönlich. Deshalb möchten wir die Wände türkisfarben streichen.« Wie zum Beweis halte ich den Eimer in die Höhe.

»Du willst türkisfarbene Wände?«, meint Robert ungläubig.

»Na klar. Wieso nicht? Jakub und ich lieben diese Farbe. Sie strahlt so viel Behaglichkeit aus wie kaum eine andere.«

»Das stimmt allerdings. Wann möchtest du mit dem Streichen beginnen?«, möchte Robert wissen.

»Hm, wahrscheinlich morgen nach der Schule. Jakub möchte mir gern dabei helfen.«

»Möchtest du auch mitmachen, Rob?«, fragt er plötzlich.

Schnell drehe ich mich zu meinem Sohn um. Ich kann nicht glauben, was für eine Frage er gerade gestellt hat. »Jakub, du darfst nicht vergessen, dass Robert selbst viel zu tun hat. Er leitet sein eigenes Diner und hat keine Zeit, uns bei der Renovierung zu helfen.«

»Aber in der Buchhandlung hat er doch auch bei der Renovierung geholfen.«

Widerwillig nicke ich. »Das stimmt. Aber die Buchhandlung gehört seiner Schwester. Außerdem …«

Mein Blick wandert hilflos zu Robert hinüber, weil ich nicht weiß, was ich sagen soll. Doch dieser schaut mich neugierig an und scheint auf das Ende des Satzes zu warten, genauso wie Jakub. Er macht keine Anstalten, mir zu helfen, und ich öffne und schließe meinen Mund mehrmals. Wahrscheinlich sehe ich dabei aus wie ein Fisch beim Landgang. Meine Kehle fühlt sich staubtrocken an und Robert scheint sich meiner zu erbarmen, denn er hilft mir nun doch.

Er beugt sich hinunter, bis er mit Jakub auf Augenhöhe ist. Diese kleine Geste lässt mein Herz erneut schneller klopfen. »Wann bist du morgen mit der Schule fertig?«

»Nach der sechsten Stunde«, antwortet Jakub brav.

»Wenn deine Mama es erlaubt, dann hole ich dich morgen von der Schule ab. Ich bringe dich nach Hause und anschließend starten wir zu dritt mit dem Streichen eurer Wände«, sagt Robert.

Jakubs Augen weiten sich vor Begeisterung. Breit lächelnd sieht er zu mir rüber und er braucht diese eine spezielle Frage gar nicht zu stellen. Ich weiß, wie sehr er sich wünscht, dass Robert uns zu Hause besuchen kommt, dennoch zögere ich. Mit meiner Beziehung zu Adam habe ich wohl das Vertrauen in sämtliche Männer verloren. Mein Sohn bemerkt meine Zurückhaltung.

»Bitte, Mama! Lass mich mit Rob fahren.«

»Ich werde gut auf ihn achtgeben, versprochen. Außerdem können wir gern unsere Handynummern austauschen. Falls etwas sein sollte, rufe ich dich sofort an.«

Der Gedanke gefällt mir immer noch nicht, aber mein Sohn sollte auch nicht unter meiner Überfürsorge leiden müssen. Kinder sind dankbar für jedes bisschen Freiheit, das wir ihnen schenken. Also nicke ich, weil mir klar wird, dass ich von vornherein verloren habe.

»Okay, das klingt nach einem guten Plan.«

Jakub klatscht begeistert in die Hände und schlägt als Nächstes bei Robert ein. Sofort sprudeln etliche Informationen zu seinem Zimmer und unserem genauen Wohnort aus Jakubs kleinem Mund. Robert hört ihm geduldig zu, notiert unsere Adresse und nickt an den richtigen Stellen. Der Anblick lässt erneut Wärme in meinem Bauch aufflackern. Auch ich kann nicht leugnen, dass ich mich auf den morgigen Tag freue.

KAPITEL 20

Robert

»Was genau läuft da eigentlich zwischen dir und meiner Schwester?«, möchte Natalia wissen.

Ihre Frage trifft mich vollkommen unvorbereitet. Für den Bruchteil einer Sekunde verliere ich mein Gleichgewicht und schütte den Kaffee neben ihre Tasse anstatt hinein. Ich stoße einen gemurmelten Fluch aus und eile an den Tresen, um einige Papiertücher zu besorgen. Anschließend tupfe ich den Tisch von Natalia trocken und bedenke sie mit einem bitterbösen Blick. Sie zeigt sich davon jedoch vollkommen unbeeindruckt.

»Du hast meine Frage noch nicht beantwortet.«

Fassungslos starre ich sie an. »Siehst du nicht, dass ich bis zum Hals in Arbeit stecke?«

»Ach ja? Wenn du so beschäftigt bist, woher nimmst du dann die Zeit, dich heute Nachmittag mit meiner Schwester zu treffen?«

Hinter uns ertönt ein lautes Poltern, welches mich dankenswerterweise von dem Gespräch mit Natalia ablenkt. Ich drehe mich blitzschnell um und sehe Piotr schuldbewusst hinter dem Tresen stehen.

»Sorry! Mir ist das Tablett aus den Händen gefallen.«

Eifrig bemüht er sich, es wieder aufzuheben. Mit einem sicheren Grinsen schlendert er auf Natalia und mich zu. »Habe ich richtig gehört? Du hast heute ein Date mit Kinga?«

»Kinga und ich haben heute *kein* Date«, stöhne ich entnervt.

Natalia legt ihre Arme auf dem Tisch ab und beugt sich verschwörerisch nach vorn. »Robert hilft Kinga heute dabei, ihre

Wände zu streichen.«

Piotr setzt sich auf den freien Stuhl neben Natalia. »Dann haben die beiden heute tatsächlich ein Date.«

Sie nickt eifrig. »Ja. Und heute Nachmittag holt er sogar ihren Sohn von der Schule ab.«

»Wie schön!«

»Das finde ich auch.«

Mit dem Daumen und Zeigefinger kneife ich mir in die Nasenwurzel. Die beiden beziehen mich überhaupt nicht mehr in das Gespräch mit ein und ich bin mir nicht sicher, ob dieser Umstand mich dankbar oder wütend macht. Wenn ich ehrlich sein soll, dann habe ich keine Ahnung, was das zwischen Kinga und mir ist. Ob da überhaupt etwas ist oder entstehen kann. Ich weiß lediglich, dass ich ihre Gegenwart genieße und nicht aufhören kann, wie ein Idiot zu lächeln, wenn ich an sie denke. Aber nicht alle Dinge im Leben benötigen sofort ein Etikett.

Fakt ist, dass Kinga hierbleibt. Sonst gäbe es wohl ihr neues Zuhause nicht.

Natalia und Piotr scheinen sich überhaupt nicht daran zu stören, dass ich mit meinen Gedanken vollkommen abgedriftet bin.

Allmählich reicht es mir damit.

»Piotr!«, belle ich. »Soweit ich weiß, hast du noch keinen Feierabend. Schwing deinen Hintern zurück in die Küche oder bediene die Gäste.« Ich wende mich von dem Tisch ab und kehre zurück hinter meinen Tresen.

Mein Mitarbeiter springt von seinem Stuhl auf und folgt mir mit eiligen Schritten. »Stopp mal, Robert?«

»Was ist? Wenn du wieder anfängst, dann –«

»Nein. Die Frage kommt jetzt garantiert ungünstig, weil ich soeben von deinen Dating-Plänen erfahren habe. Aber ist es möglich, dass ich heute Abend früher gehen kann?«

»Ich habe keine Dating-Pläne für heute Abend. Wann möchtest du hier raus?«

»Gegen fünf Uhr schon?« Seine Antwort ist so unsicher, dass sie wie eine Frage klingt.

»Um halb fünf werde ich wieder zurück im Diner sein.«

»Das ist toll von dir! Danke. Wenn ihr das nächste Mal ein Date habt und einen Babysitter braucht, dann zögere bitte nicht, mich zu fragen.«

Ich hebe meinen Kopf und funkle ihn drohend an. Piotr scheint meine unausgesprochene Drohung zu verstehen und verschwindet eilig in der Küche. Kopfschüttelnd schaue ich ihm hinterher und schnalze mit der Zunge, denn das heute Nachmittag ist auf gar keinen Fall ein Date.

Am frühen Nachmittag steige ich in meinen dunkelgrünen Jeep. Mein Wagen ist zwar nicht mehr das neuste Modell, doch bisher hat er mir immer treue Dienste geleistet. Der heutige Tag ist bewölkter im Vergleich zum strahlend blauen Himmel der letzten Tage. Für die meisten Menschen kann es gar nicht genug Tage voller Sonnenschein geben, doch ich bin keiner dieser Menschen. Ich mag dieses graue Wetter. An solchen Tagen ist es weder zu heiß noch zu kalt. Nur acht Minuten später parke ich mit meinem Auto vor dem Schulgebäude auf der Straße. Mit meinem Zeigefinger klopfe ich auf das Lenkrad. Ich bin mir nicht sicher, ob Jakub weiß, welchen Wagen ich fahre. Es wird wohl das Beste sein, wenn ich aussteige und an der Straße auf ihn warte. Dann kann er mich besser sehen und kommt nicht auf den Gedanken, dass ich ihn vergessen haben könnte.

Meine Autotür lasse ich beim Aussteigen achtlos hinter mir zufallen. Ich lehne mich mit dem Rücken an meinen Wagen und verschränke die Arme vor der Brust. Aus dem Schulgebäude strömen einige Schülergruppen heraus.

Bevor ich mir Sorgen machen kann, dass Jakub nicht kommt, sehe ich ihn aus dem Gebäude laufen. Oder vielmehr stolpern?

Ich frage mich, ob er über seine eigenen Füße gestolpert ist, bis mein Blick auf dem Jungen hinter Jakub landet. Er ist locker zwei Köpfe größer als dieser, dennoch versetzt der Junge ihm erneut einen Schubs. Jakub gerät dadurch ins Straucheln und landet der Länge nach auf dem Boden.

Damn it.

Bevor ich einen klaren Gedanken fassen kann, presse ich meine Augen zu zwei schmalen Schlitzen zusammen und stoße mich augenblicklich von meinem Wagen ab.

Die Jungs sind zu dritt und kichern hemmungslos. Jakub hebt beschämt seinen Kopf, seine Augen glitzern verräterisch und er beißt sich heftig auf die Unterlippe. Seine weichen Augen landen auf mir und weiten sich im nächsten Moment. Stumm schüttelt er den Kopf und bedeutet mir damit, stehen zu bleiben.

Meine Beine fühlen sich so schwer an, als würden sie aus Blei bestehen. Stocksteif folge ich seiner stummen Bitte und starre Jakub fassungslos an.

Verdammt, was zur Hölle soll das?

Wie kommt dieser Junge auf die absurde Idee, dass ich mit ansehe, wie er von anderen Schülern geschubst wird und nicht eingreifen werde? Ich möchte diesen halbstarken Idioten ihr widerliches Grinsen aus dem Gesicht wischen. Meine rechte Hand formt sich zu einer Faust und ich presse meine Zähne fest aufeinander.

Jakub rappelt sich schnell vom Boden auf und kommt mit eiligen Schritten auf mich zugelaufen. Währenddessen klopft er sich den Staub von der Kleidung.

»Hey, Robert!«, ruft er atemlos.

Hey, Robert? HEY, ROBERT? Ist das etwa alles, was er mir zu sagen hat?

»Was sollte das gerade?«, frage ich ohne Umschweife.

»Gar nichts. Ich habe mit meinen Freunden gerangelt.«

»Die da«, spucke ich beinahe hervor und bedenke die Jungs mit einem bitterbösen Blick. »Sind auf gar keinen Fall deine Freunde.

Und nach *Rangeln* sah das für mich auch nicht aus.«

»Komm, Robert, lass einfach gut sein.«

»Nein«, erwidere ich ungerührt.

Ich verschränke meine Arme vor der Brust. Es kann sein, dass ich eine Grenze übertrete. Jakub ist für mich kein kleines Kind, er ist ein eigenständiger Mensch mit einer eigenen Meinung und einem eigenen Willen. Um nichts auf der Welt möchte ich seine Gefühle oder ihn als Person untergraben. Doch ich werde garantiert nicht zusehen, wie er von irgendwelchen Idioten herumgeschubst wird. In so einem Fall bin ich dazu gezwungen, einzugreifen.

Er schaut mir mit einem festen Blick ins Gesicht. Seine Augen scheinen sich mit meinen zu duellieren. Ich kann mich in vielen Fällen sehr gut auf Kompromisse einlassen, doch in diesem Fall werde ich nicht lockerlassen, bis er mir erzählt hat, was genau da vor sich gegangen ist. Jakub scheint zu derselben Erkenntnis zu kommen, denn er seufzt schließlich und lässt seine Schultern nach unten hängen.

»Können wir in deinem Wagen reden?«, sagt Jakub schließlich. Jedoch nicht ohne den Blick vorher gehetzt von links nach rechts zu werfen.

»Sicher«, antworte ich ruhig.

Stillschweigend gehen wir zu meinem Jeep rüber. Ich steige auf der Fahrerseite ein, während Kingas Sohn auf den Beifahrersitz klettert. Seinen Schulranzen stellt er auf dem Boden ab. Ich drehe den Schlüssel im Schloss herum und der Motor erwacht mit einem Brummen zum Leben. Anschließend setze ich den Blinker und lenke den Wagen auf die Straße.

»Wie lange geht das schon so?«, frage ich. Small Talk hat noch nie zu meinen besonderen Stärken gezählt und ich hasse es, um den heißen Brei herumzureden.

»Wie lange geht was?«, antwortet Jakub mit einer Gegenfrage.

Ich bin mir nicht sicher, ob er tatsächlich nicht weiß, was ich meine oder ob er abwägen möchte, wie viel er preisgeben muss.

Innerlich zähle ich bis fünf und atme tief durch. Ich möchte dieses Gespräch auf eine ruhige und sanfte Art führen. Wenn ich Jakub mit dem nötigen Respekt begegne, dann wird er offener dafür sein, mir alles zu erzählen. Es bringt überhaupt nichts, wenn ich zwanghaft alle Informationen aus ihm herauspressen möchte. Andererseits kocht es in meinem Inneren geradezu und am liebsten würde ich zurückfahren und diese Hosenscheißer in die Mangel nehmen.

»Wie lange verprügeln diese Ratten dich bereits?«

Unter meiner harschen Wortwahl zuckt Jakub zusammen wie ein geprügelter Welpe. Schuld überkommt mich, auch wenn ich ihm gern helfen möchte. Ich darf nicht vergessen, dass er das Opfer in dieser Geschichte ist und nicht ich.

»Sie verprügeln mich nicht«, antwortet Jakub kleinlaut. »Sie machen sich einen Spaß daraus, mich ein wenig zu ärgern.«

»Jakub, diese Typen ärgern dich nicht nur ein wenig. Dieses Veilchen, das du letztens hattest … Das waren die, oder?«

Er erwidert nichts. Stattdessen wendet er seinen Blick ab und schaut stur aus dem Fenster der Beifahrerseite. Eine Antwort ist überhaupt nicht notwendig, denn sein Schweigen sagt bereits alles.

Ich atme schwer aus. »Diese Kerle dürfen dich nicht so dreckig behandeln. Jemand muss ihnen eine Lektion erteilen. Weiß deine Mama davon?«

»Nein!«, erwidert Jakub heftig. »Und sie darf es auf keinen Fall erfahren.«

»Warum nicht?«

»Weil sie dann wieder traurig sein wird. In meiner alten Schule wurde ich auch oft geärgert. Meine Mama musste oft in die Schule kommen und mit dem Direktor sprechen. Sie hat viel geweint zu Hause und sich um mich gesorgt. Ich möchte nicht, dass das schon wieder so wird. Sie fühlt sich hier wohl und ist endlich wieder richtig glücklich.«

Ich bedenke ihn mit einem tiefen Blick. »Deine Mama wird sich immer um dich sorgen. Dafür hat man eine Mama. Selbst meine Mom sorgt sich heute noch um mich.«

»Um dich? Aber du kannst doch auf dich selbst aufpassen.«

Ich nicke. »Das mag jetzt der Fall sein, aber das war nicht immer so. Doch auch ich fühle mich wohl, wenn die Menschen, die mich lieben, sich um mich kümmern und für mich da sind.«

»Was meinst du damit?«

»Früher wurde ich von einigen Leuten aus meiner Schule auch als *Punching Ball* benutzt«, gebe ich zähneknirschend zu.

Vor meinen Augen tauchen verschiedene Bilder auf. Wie ich früher in einen Spind eingeschlossen wurde, wie meine Klamotten nach dem Sport beim Duschen geklaut wurden, wie ich auf dem Pausenhof herumgeschubst wurde und Dreck essen musste.

»Du? Das kann ich mir nicht vorstellen, dafür bist du einfach viel zu stark.« Jakub schaut mich aus großen Augen heraus an.

»Weißt du, früher war ich etwas pummelig für mein Alter und das hat meinen Mitschülern bereits gereicht, um sich über mich lustig machen zu können.«

»Wie hat das aufgehört?«

»Mein Dad hat sich eingemischt.« Ich kann den Stolz in meiner Stimme nicht verbergen.

»Dein Dad? Aber ist dadurch nicht alles noch viel schlimmer geworden?«

»Nein.« Ich schüttle den Kopf. »Ganz im Gegenteil. Dad ist in die Schule marschiert und hat den Typen ordentlich die Meinung gegeigt. Er hat sie so verschreckt, dass sie es niemals wieder gewagt haben, mich anzurühren.«

»Wow«, erwidert Jakub ehrfürchtig. »Dein Dad scheint ein toller Mann zu sein. Mein Papa macht solche Dinge nicht.« Seine Stimme ist ganz leise geworden, hauchzart wie ein Flüstern.

»Was hat dein Papa unternommen, als er von dem Mobbing in deiner Schule erfahren hat?«, frage ich.

»Gar nichts.«

»Gar nichts? Was meinst du damit?«

»Papa hat gesagt, wenn ich meine Probleme nicht selbst lösen kann, dann habe ich es wohl nicht anders verdient. Er meinte, dass ich mich nicht wie ein Kleinkind anstellen und meine Probleme allein klären soll. Schließlich bin ich ein Mann und keine Maus.«

Meine Finger umfassen das Lenkrad fester, bis meine Knöchel weiß hervortreten. So ein mieser Scheißkerl. Von wegen *Papa*. Ein Mann, der so mit seinem Sohn spricht, hat den Begriff *Papa* nicht verdient.

Kinga spricht nicht wirklich über den Erzeuger von Jakub und auch Natalia hält Informationen darüber sorgsam unter Verschluss. Doch in mir keimt immer mehr der Wunsch auf, mehr über Kingas Vergangenheit zu erfahren. Ich möchte verstehen, was ihr Ex für ein Typ Mensch ist. Ich sehe, wie Jakub mich durch seine traurigen Augen ansieht.

Das Klingeln von meinem Handy unterbricht unser Gespräch.

»Scheiße!«, entfährt es mir genervt.

»Was ist?«, möchte Jakub von mir wissen.

»Das ist deine Mutter. Wir haben uns etwas zu viel Zeit gelassen und vergessen, ihr Bescheid zu geben.«

»Und was machen wir jetzt?«

»Kannst du bitte den Anruf entgegennehmen, Kumpel? Ich denke, dass sie deine Stimme hören möchte.«

»Ist gut.« Er drückt auf den grünen Button. »Hallo Mama!«

»Jakub? Gott sei Dank! Wo steckt ihr?«

»Wir sind auf dem Weg nach Hause. Robert und ich haben uns … verquatscht. Ich bin bald da!«

Wütend presse ich meine Zähne aufeinander. Er ist so ein lieber Junge und deshalb passt es mir nicht, dass er sich gezwungen fühlt, seine eigene Mama anzuschwindeln. Das Ende des Gesprächs bekomme ich nicht mehr mit und nachdem er aufgelegt hat, ergreife ich erneut das Wort:

»Ich werde das klären, Jakub.«

»Dann wird alles noch schlimmer.«

»Nein. Glaub mir. Nichts wird schlimmer.«

»Was genau hast du vor?«

»Ich werde diesen Typen ordentlich die Meinung geigen.«

Unser Gespräch hat mich dazu gezwungen, mehrere Runden mit Jakub durch die Stadt zu drehen. Allerdings konnte ich nicht einfach mit ihm nach Hause fahren, als er bereit war, sich mir zu öffnen. Kinga wartet schon auf uns und kommt erleichtert aus dem Haus gelaufen, als sie meinen Jeep in der Einfahrt entdeckt. Ihre dunklen Haare umspielen in sanften Wellen ihr Gesicht. Sie trägt eine kurze Hotpants und ein schwarzes Spitzenoberteil. Ich versuche, meine Blicke kontrolliert in ihrem Gesicht zu behalten, doch bei dem bloßen Versuch bleibt es heute. Kinga fährt Jakub liebevoll durch seine Haare und küsst ihn auf die Stirn. Ich fühle mich vollkommen fehl am Platz. Als würde ich einen intimen Moment zwischen einer Mutter und ihrem Sohn stören.

»Entschuldige, dass wir zu spät sind, Mama. Ich habe ein Männergespräch unter vier Augen mit Rob geführt«, erklärt Jakub.

Über diesen Jungen kann ich einfach nur den Kopf schütteln.

»Männergespräch?«, echot Kinga und schaut mich verwirrt an.

Ich zucke bloß mit den Schultern und tue so, als wäre das keine große Sache. »Manchmal müssen wir Männer eben unter uns sein.«

»Wie kannst du darauf so locker reagieren? Ich habe dir mein Kind anvertraut! Wieso hast du nicht angerufen und mir Bescheid gesagt? Ich bin beinahe krank vor Sorge geworden!«

»Mama«, sagt Jakub eindringlich und legt ihr eine Hand auf den Arm. »Das war wichtig für mich. Ich habe Robert gefragt, ob wir uns etwas Zeit lassen können.«

Kinga sieht so aus, als ob sie noch irgendetwas sagen möchte, doch sie tut mir den Gefallen und lässt dieses Thema ruhen. »Na gut. Dann kommt erst mal rein, ihr beiden.«

Ich folge Kinga und Jakub in ihr Haus. Mir fällt als Erstes auf, wie unglaublich ordentlich alles ist. Nichts liegt einfach nur herum. Alles in diesem Haus scheint einen bestimmten Zweck zu haben. Die Einrichtung ist eher praktisch, doch ich erinnere mich daran, dass die beiden noch nicht allzu lange hier wohnen.

»Rob? Möchtest du mein Zimmer mal sehen?«, fragt Jakub aufgeregt.

»Na klar, Kumpel«, antworte ich sofort.

Der Junge nimmt die Treppe nach oben und läuft in den ersten Stock. Ich folge ihm und setze einen Fuß auf die unterste Treppenstufe.

Bereits im nächsten Moment halte ich inne und drehe meinen Kopf zu Kinga um. »Darf ich?«, frage ich sie.

»Natürlich«, antwortet sie.

Ich nicke und folge ihrem Sohn nach oben.

Das Zimmer ist in einem angenehmen Blau gestrichen und die Wände sind übersät mit Postern von verschiedenen Superhelden. Ich erkenne *Spiderman* und bei ihm enden meine Kenntnisse über Superhelden auch schon. Ein großer grüner Typ ist auf den Postern zu sehen, dann noch ein Kerl in einem roten Anzug und jemand mit einem Schild. Doch diese Figuren sagen mir überhaupt nichts. Ich habe es nicht so sehr mit Superhelden. Diese Information darf auf keinen Fall bis zu Jakub durchdringen. Ich denke, das könnte das Ende unserer Freundschaft bedeuten.

Irgendwann wird es Zeit für seine Hausaufgaben und ich gehe rüber ins Gästezimmer zu Kinga.

Sie ist gerade dabei, den letzten Streifen der Decke abzukleben, damit diese weiß bleibt und nichts von dem Türkis abbekommt. Außerdem hat sie einige Pinsel bereitgelegt und der Farbeimer steht auch in der hinteren Ecke.

»Du musst mir nicht helfen, wenn du nicht möchtest«, sagt Kinga plötzlich in die Stille hinein.

»Wie kommst du darauf?«

Sie zuckt mit den Schultern. »Ich habe Natalia erzählt, dass du heute vorbeikommst. Sie war vollkommen überrascht und hat mir deutlich versichert, dass so ein Verhalten mehr als nur untypisch für dich ist.«

Ich lache ein kurzes und abgehacktes Lachen. »Das ist ein ganz furchtbares Bild, das deine Schwester von mir hat und so stimmt das überhaupt nicht. Ich wäre nicht hier, wenn ich nicht hier sein wollte.«

Kinga nickt, doch so wirklich überzeugt wirkt sie immer noch nicht. Die Stille erdrückt uns und ich deute schließlich auf den Farbeimer.

»Wollen wir starten?«

»Klar.«

Gemeinsam machen wir uns schweigend an die Arbeit. Irgendwie weiß keiner von uns, was er zu dem anderen sagen soll. Ich zermartere mir das Hirn, doch kein geistreicher Gedanke möchte darin erscheinen. Piotr kann in solchen Momenten irgendein unnützes Wissen auspacken und die Stimmung damit auflockern. Mit solchen Tricks kann ich leider nicht glänzen.

»Was hat Jakub vorhin gemeint?«, bricht Kinga das Schweigen.

»Womit?«

»Mit dem Männergespräch von euch beiden.«

»Das war nichts weiter. Eine Kleinigkeit, die in der Schule vorgefallen ist, aber das ist so gut wie erledigt. Ich kümmere mich darum.«

»Du? Wieso solltest du dich darum kümmern?« Kinga hält in der Bewegung inne und schaut zu mir rüber.

Ich zucke mit den Schultern. »Jakub hat sich mir anvertraut und ich habe ihm versprochen, dass ich nichts davon weitererzählen werde.«

»Aber ich bin seine Mutter«, protestiert Kinga leicht.

»Es ist wirklich nichts weiter«, beruhige ich sie. »Wenn es ein ernsthaftes Problem geben würde, dann würde Jakub zuerst zu dir damit kommen.«

»Ich weiß nicht«, murmelt Kinga leise. »Manchmal habe ich das Gefühl, dass er mich mit seinen jungen Jahren beschützen möchte. Mein eigener Sohn hält mich nicht für besonders belastbar.«

»Nein.« Ich schüttle vehement den Kopf. »So darfst du das nicht sehen. Es entspricht ja noch nicht einmal der Wahrheit.«

Kinga verfällt wieder in Schweigen, doch es gibt noch eine Frage, die mir auf der Zunge brennt.

»Jakub hat da vorhin etwas erwähnt«, beginne ich.

Ihre Schultern spannen sich kaum merklich an. Ganz so, als ob sie genau wüsste, wie meine nächste Frage lautet. Sie beugt sich erneut über den Eimer und streicht mit dem Pinsel in der Farbe herum. »Ach ja?«, sagt sie leichthin.

»Jakub hat angedeutet, dass sein Vater sich für das Mobbing an seiner alten Schule nicht wirklich interessiert hat. Stimmt das?«

Kinga reißt panisch ihre Augen auf.

»O mein Gott, Robert. Er wird wieder gemobbt? Geht es darum? Passiert das an dieser Schule?«

Ihr steigen Tränen in die Augen, die ich zu gern aufhalten würde.

»Ich verspreche dir, ich kläre das. Du hast mein Wort.«

Sie beißt sich auf die Unterlippe und dreht sich weg. In fließenden Bewegungen führt sie ihren Pinsel und verteilt das Türkis gleichmäßig an der Wand.

Ich erwarte bereits, dass sie auf meine eigentliche Frage nicht mehr antworten wird, doch dann öffnet sie ihren Mund.

»Ich habe dir schon erzählt, dass die Beziehung mit meinem Ex-Mann schwierig war. Er ist kein besonders guter Mensch. Seit dem Tag von Jakubs Geburt wollte er einen harten Kerl aus ihm machen. Einen wilden Jungen, einen Raufbold eben. Aber so ist Jakub einfach nicht. Er ist sanft, gefühlvoll und sensibel. Als mein Ex-Mann das gesehen hat, hat er gänzlich das Interesse an seinem Sohn verloren. Er sagte, dass Jakub selbst daran schuld ist, wenn er in der Schule gemobbt wird.«

Ihre Stimme bricht und ich weiß, dass sie in Gedanken nicht mehr bei mir ist. Wütend balle ich meine Fäuste zusammen. Ich darf nicht ausrasten. Ich werde keinen Kommentar dazu abgeben. Was sollte ich denn auch sagen?

Tut mir leid?

Damit ist ihr nicht geholfen, denn Kinga braucht mein Mitleid nicht. Ich sage gar nichts und konzentriere mich weiterhin auf die Wände. Nach über einer Stunde sind wir komplett fertig und betrachten unser Werk.

»Sag mal …« Sie beißt auf ihre Unterlippe.

»Möchtest du vielleicht noch ein wenig bleiben? Ich kann zwar nicht sonderlich gut kochen, aber dennoch würde ich dich zum Abendessen hier bei uns einladen.«

Gequält schließe ich meine Augen. »Ich würde gern, aber ich muss zurück in das Diner.«

»Oh. Klar, verstehe. Das war eine dumme Idee. Es tut mir leid, wenn ich dich in eine unangenehme Situation gebracht habe.«

Moment. Was?

Schnell drehe ich mich um und schaue ihr fest in die Augen.

»So ist es wirklich nicht, Kinga. Piotr muss heute Abend noch weg und ich schließe das Diner ab. Das Abendessen ist nicht abgesagt, sondern lediglich verschoben. Ich würde gern mit dir zu Abend essen. Mit euch. Aber irgendwann auch nur mit dir. Nicht, dass ich Jakub nicht gern dabeihätte, nur du und ich, wir sollten –«

Habe ich das gerade wirklich getan?

Habe ich vor Kinga gerade zugegeben, dass ich mich gern auf ein Date mit ihr treffen möchte? Das habe ich wohl, denn ihre Mundwinkel wandern langsam nach oben und ein kleines Lächeln erhellt ihr Gesicht.

»Okay«, haucht sie.

Wir verabschieden uns mit einer kurzen Umarmung voneinander und anschließend gehe ich noch zu Jakub, damit ich mich auch von ihm verabschieden kann.

Es ist kurz vor Feierabend und ich schalte die Kaffeemaschine endgültig aus. Die Glocke über der Tür klingelt und ich seufze innerlich auf.

Wenn Kundschaft kurz vor Ladenschluss reinkommt, bedeutet das für uns meistens Überstunden. Aber ich werde mich nicht beschweren. Ich drehe mich um und sehe drei Jungs in meinem Laden stehen. Sie schauen nicht zu mir, sondern studieren die Karte über dem Tresen.

»Hi! Wir hätten gern drei Milchshake«, sagt der Typ in der Mitte.

Sie erkennen mich scheinbar nicht, dafür erkenne ich sie nur allzu gut. Es sind dieselben Jungs, die Jakub in der Schule geärgert haben. Mein erster Impuls ist, sie aus meinem Laden zu werfen und zum Teufel zu jagen. Aber das tue ich nicht. Ich gehe rüber in die Küche und bereite einen Milchshake vor. Es dauert nur wenige Sekunden und ich komme hinter dem Tresen hervor.

»Hey, Mann, wir wollten drei und nicht einen«, mault der Typ in der Mitte.

Er ist derjenige, der die Bestellung aufgegeben hat, und auch derjenige, der Jakub geschubst hat.

»Reg dich nicht auf, Mann«, äffe ich den Typen in seiner Wortwahl und Tonlage nach.

Ich komme um den Tresen herum, verpasse ihm einen Schubs und er knallt mit dem Rücken gegen die Eingangstür.

»Was soll das, Alter?«, fragt er irritiert.

Doch ich bin noch nicht mit ihm fertig. Mit meiner rechten Hand fasse ich ihn fest an der Schulter, während meine linke Hand den Milchshake quälend langsam über seinen Kopf gießt. Er kreischt und windet sich wie der kleine Loser, der er ist, unter meinem Griff, doch ich lasse nicht locker, bis der gesamte Inhalt auf dem Typen verteilt ist. Das bisschen Milchshake wird ihm körperlich nicht schaden, doch ich hoffe, er merkt, wie uncool Mobbing sein kann. Erst dann beuge ich mich zu ihm auf Augenhöhe runter.

»Lass dir von mir zwei Sachen gesagt sein: Sei etwas netter zu deinen Mitmenschen und wenn ich noch ein einziges Mal mitbekomme, dass du andere Kinder mobbst oder terrorisierst, dann ist dieser Milchshake dein kleinstes Problem. Hast du mich verstanden?«

»Das werde ich meiner Mutter erzählen«, winselt der Typ.

Ich lache kurz auf. »Mach das unbedingt. Ich möchte ihr sagen, was für ein Idiot ihr Sohn doch ist. Bestimmt hört sie sich liebend gern an, wie du andere Mitschüler quälst, und danach kann sie furchtbar stolz auf dich sein.«

»Wir wollen keinen Ärger, Mann. Wir gehen einfach wieder«, sagt einer der Typen von hinten.

Ich lasse seinen Kumpel los. »Ich möchte keinen von euch je wieder in meinem Laden sehen. Und wehe, mir kommt zu Ohren, dass ihr eure Finger nicht von anderen Mitschülern lasst«, sage ich kalt.

Die Jungs haben keine Zeit zu nicken, sie nehmen die Beine in die Hand und stürmen aus dem Laden. Ich schaue ihnen nach, während sie die Straße hinunterrennen. Anschließend schließe ich die Ladentür ab und mein Blick fällt auf den verschütteten Milchshake.

Während ich zu meinem Putzeimer rüber gehe, weiß ich, dass ich meinen pünktlichen Feierabend vergessen kann. Aber das spielt keine Rolle, denn ich hoffe, diese halbstarken Vollidioten haben etwas aus dieser Begegnung gelernt. Sie sollen nie wieder Jakub oder ein anderes Kind schlecht behandeln. Ich schlucke den bitteren Kloß in meinem Hals herunter und beginne, den Boden des Diners zu schrubben.

KAPITEL 21

Kinga

Meine Aufregung wird von Minute zu Minute schlimmer. Meine Hände sind schweißnass, doch ich habe es aufgegeben, sie an meiner Jeanshose abzuwischen. Wahrscheinlich ist diese ohnehin schon ganz fleckig, dennoch nehme ich mir nicht die Zeit, um an mir herunterzublicken und meine Theorie zu überprüfen. Stattdessen drehe ich weiter meine Runden durch die Buchhandlung. Dabei huscht mein Blick regelmäßig zur Eingangstür. Ich fühle mich wie ein umherschleichender Tiger in einem viel zu engen Käfig. Mit dem einzigen Unterschied, dass ich nicht in Gefangenschaft leben muss. Ich schüttle den Gedanken von mir. Mein Blick fällt erneut auf die Eingangstür, doch zu meiner Enttäuschung bleibt das Glöckchen darüber weiterhin stumm. Beinahe scheint es so, als würde es mich verhöhnen und sich an meinem Leid ergötzen.

Frustriert beende ich meinen Marathon und fahre mir mit der rechten Hand durch meine Haare. Das ist doch so ein absoluter Blödsinn. Meine Gedanken spielen mir gerade einen fiesen Streich. Als ob eine Tür schadenfrohe Gedanken entwickeln könnte. Das ist völliger Unsinn.

Oder etwa nicht?

Mein Denkprozess wird jäh unterbrochen, als die Türklingel ertönt. Mein Blick schnellt nach oben und ich sehe, wie die Eingangstür nach innen aufgeschoben wird. Eine weibliche Gestalt betritt die Buchhandlung.

»Kinga!«, kreischt sie euphorisch. Sophia stürmt auf mich zu und schließt mich in eine feste Umarmung.

Sämtliche Luft wird aus meinen Lungen gepresst, dennoch versuche ich, die Umarmung mindestens genauso stürmisch zu erwidern.

»Es ist so schön, dich wiederzusehen, Sophia«, sage ich glücklich und meine es auch so.

Bisher konnte ich nicht viel Zeit gemeinsam mit ihr verbringen. Allerdings freue ich mich auf unsere kommende Arbeit in der Buchhandlung und auf alle weiteren Projekte, die in der Zukunft auf uns warten.

»War das unbedingt notwendig?«, tadelt jemand.

Ich muss den Kopf nicht heben, um zu wissen, zu wem die Stimme gehört. Mein Körper scheint mir jedoch nicht mehr gehorchen zu wollen, deshalb hebt sich mein Blick ein zweites Mal. Robert steht im Türrahmen und stellt Sophias Koffer auf dem Boden ab. Er trägt ein weißes Longsleeve, welches sich perfekt an seinen Körper schmiegt. Dazu dunkelblaue Jeans und schwarze Sneaker. Es wirkt nicht so, als ob er sich Gedanken über sein heutiges Outfit gemacht hätte. Und dennoch sieht er umwerfend aus.

»Meine Ohren haben beinahe ihren Dienst versagt.« Wie zum Beweis hält Robert seine Hand an sein Ohr.

Sophia dagegen scheint sich für dieses Problem nicht sonderlich zu interessieren. Lässig wischt sie seinen Einwand mit einer Handbewegung davon.

»Du suchst mal wieder nur einen Grund, um meckern zu können, großer Bruder.« Sie schenkt ihm ein zuckersüßes Lächeln und schickt zusätzlich einen Handkuss hinterher.

Er schüttelt missbilligend den Kopf, doch ein kleines Grinsen kann selbst Robert sich nicht verkneifen. Mir ist aufgefallen, dass ich ihn in letzter Zeit häufiger lächeln sehe.

Sophias gesamte Aufmerksamkeit gilt nun mir und sie hält mich eine Armlänge von sich entfernt. »Aber nun zu dir. Du siehst fantastisch aus. Hast sogar etwas Farbe im Gesicht bekommen.«

Verlegen streiche ich mir eine Haarsträhne hinters Ohr. Komplimente sind wirklich nicht mein Ding und ich habe keine Ahnung, wie ich damit umgehen soll. Deshalb schüttle ich schlicht den Kopf und begutachte stattdessen Sophia.

»Das sagt genau die Richtige! Wie schaffst du es, dass deine Frisur nach einem so langen Flug noch dermaßen perfekt aussieht?«, frage ich ehrlich verblüfft.

Im Gegensatz zu mir scheint meine Chefin sehr wohl mit Komplimenten umgehen zu können.

»Findest du?«, gekonnt streicht sie sich eine Haarsträhne über die Schulter.

Bei jeder anderen Frau hätte diese Geste arrogant gewirkt. Doch nicht bei Sophia. Sie strahlt eine solche Natürlichkeit und Lebensfreude aus, dass ich ganz grün vor Neid werde. Sie ist eine Schönheit, weil sie von innen heraus strahlt.

»Wir haben genug Nettigkeiten für heute ausgetauscht. Jetzt bin ich ganz wild darauf, den Laden live zu sehen.« Sophia strahlt mich mit großen Augen an.

Wir starten unsere Tour. Über die einzelnen Schritte habe ich sie jederzeit in Kenntnis gesetzt. Auch Robert hat mit Sophia über die Buchhandlung gesprochen, während sie in New York war. Die beiden haben oft per Videocall miteinander gesprochen. Meine Freundin schreitet durch die Buchhandlung, während ich vorn am Eingang stehen bleibe. Diese Buchhandlung ist Sophias Baby, deshalb soll sie Zeit haben, um sich allein und komplett unvoreingenommen umgucken zu können. Wenn ihr etwas nicht gefällt, dann müssen wir umplanen und Veränderungen vornehmen. Die Umgestaltung hat mir großen Spaß gemacht und ich bin mit dem Ergebnis mehr als zufrieden, doch um meine Meinung geht es hierbei absolut nicht.

Ich kann nicht verhindern, dass mein Blick trotzdem über die Buchhandlung schweift. Die Wände strahlen in einem angenehmen Beige und die Bücherregale sind strahlend weiß. Außerdem stehen die Regale nicht mehr in der Mitte herum, stattdessen haben Robert und ich sie seitlich angeordnet. Dadurch wirkt der Raum um einiges größer und gemütlicher. An den Decken hat Robert die Glühbirnen abgenommen, die nur bedingt für gute Lichtverhältnisse gesorgt haben. Dafür hat er viele kleine Spots an der Decke angebracht. Diese erstrahlen in einem hellen Weiß. Die Buchhandlung sieht moderner aus und nebenbei eignet sich das Licht hervorragend zum Lesen.

Den Tresen haben wir mit einer Folie in Marmoroptik abgeklebt. Er passt sich perfekt den Bücherregalen und dem neuen Look des Ladens an. In der hinteren rechten Ecke haben wir eine gemütliche Leseecke eingerichtet. Dort stehen eine neue Couch, zwei Stühle und ein kleiner Tisch. Einzig im oberen Stockwerk der Buchhandlung haben wir nichts verändert. Das hat allein den Grund, dass dieser Bereich Sophia vorbehalten ist. Sie liebt das obere Stockwerk und ich wollte dort nichts ohne ihr Wissen verändern. Zumal wir anfangs besprochen hatten, dass lediglich die Buchhandlung verändert werden solle. Sophia hat niemals erwähnt, ob sie dort ebenfalls etwas verändern möchte.

»Pssst«, flüstere ich Robert zu.

Dieser wirft mir daraufhin einen neugierigen Blick zu.

»Was meinst du? Wie findet sie es?«, frage ich nervös.

Ich bin wieder dazu übergegangen, meine Hände zu kneten. Von Sophias Reaktion hängt so vieles ab.

Auf Roberts Gesicht breitet sich ein kleines Lächeln aus. »Ich denke, das wirst du gleich erfahren.« Mit dem Kopf deutet er nach vorn.

Sophia kommt zielstrebig auf mich zu. Ihre Lippen sind zu einem schmalen Strich zusammengepresst. Sie weint nicht, aber ihre Augen schimmern verräterisch rot.

O Gott. Was habe ich nur angestellt? Ich habe ihr Lebenswerk zerstört. Ich hätte mich niemals in ihre Angelegenheiten einmischen dürfen. Ich bin zu weit gegangen. Habe eine klare Linie überschritten. Was habe ich mir nur dabei gedacht? Sophia hat mich als eine gewöhnliche Mitarbeiterin eingestellt. Niemand hat von mir verlangt, dass ich plötzlich Inneneinrichterin spiele. Ich bin so unglaublich bescheuert.

»Bitte Sophia, mach dir keinen Kopf. Wir können das alles wieder …«

Weiter komme ich nicht. Arme umschließen meinen Körper fest und ich halte verdutzt inne. Sie drückt sich mit ihrem gesamten Körper gegen mich. Ich bin viel zu perplex, um ihre Umarmung zu erwidern. Selbst wenn ich gewollt hätte, wäre es mir nicht möglich gewesen. Meine Arme werden wie bei einem Schraubstock an meinen Körper gepresst. Es ist vollkommen unmöglich, sich in diesem Griff zu bewegen. Geschweige denn sich daraus zu befreien.

»Hab lieben Dank, Kinga. Ohne dich wäre es niemals so traumhaft schön geworden«, sagt Sophia.

»Dann gefällt es dir?«, hake ich unsicher nach.

Sophia löst sich von mir und sieht mich irritiert an. »Ob es mir gefällt? Soll das ein Witz sein? Ich liebe es!«

Sie wendet sich wieder ihrer Buchhandlung zu und tänzelt mit federleichten Schritten zurück an den Tresen. Robert stößt seine Schulter leicht gegen meine. Ich blicke ihn erstaunt an und verliere mich augenblicklich in seinem warmen Lächeln. Um seine Augen haben sich zarte Fältchen gebildet. In mir erscheint der drängende Wunsch, diese mit meinem Zeigefinger zu berühren. Ich schüttle schnell den Kopf und versuche, diesen unangebrachten Gedanken loszuwerden.

Meine Füße fühlen sich bleischwer an. Sie wollen sich nicht von der Stelle bewegen. Alles in mir möchte neben Robert stehen bleiben und seine Wärme genießen. Ich muss meinen verräterischen Körper praktisch dazu zwingen, einen Fuß vor den anderen zu setzen. Mit schweren Schritten komme ich bei Sophia an.

»Diese Umgestaltung hätte ich niemals so gut hinbekommen«, sagt sie und ein aufrichtiges Grinsen breitet sich auf ihrem Gesicht aus.

Ich weiß, dass sie all diese Dinge nicht einfach nur so zu mir sagt. Ein warmes Gefühl entfaltet sich in meinem Magen. Langsam erinnere ich mich daran, weshalb ich mich in Warschau um einen Beruf als Inneneinrichterin bemüht habe. Es macht mir Spaß, alte Dinge oder Orte zu verändern und daraus etwas vollkommen Neues zu erschaffen.

»Du solltest wieder damit anfangen«, platzt es aus Sophia heraus.

Irritiert ziehe ich eine Augenbraue nach oben. Ich habe ihr leider in den letzten Sekunden nicht zugehört und den Mittelteil ihrer Erzählung verpasst.

»Womit sollte ich wieder anfangen?«

»Mit dem hier.« Sie streckt die Arme von sich, als wäre diese Geste bereits Erklärung genug.

Ratlos ziehe ich meine Schultern nach oben und Sophia stößt einen ungeduldigen Seufzer aus. Ich fühle mich wie ein Kind in der Schule, das nicht richtig aufgepasst hat und deshalb keine Hausaufgaben vorweisen kann.

»Mit der Raumgestaltung. Du solltest wieder als Inneneinrichterin arbeiten.«

Mein erster Reflex ist es, ihr mit einem lauten und deutlichen *Nein* zu widersprechen. Zu meiner eigenen Überraschung folge ich diesem Impuls nicht. Stattdessen drehen sich langsam die Zahnrädchen in meinem Kopf. Sie setzen sich in die Gänge und ich fange an, ernsthaft über ihren Vorschlag nachzudenken. Ist es wirklich so einfach? Kann ich wieder dort weitermachen, wo ich vor Jahren aufgehört habe? Ich weiß es nicht.

»Du hast ein unglaubliches Talent und du vergeudest es, wenn du es nicht nutzt«, spricht Sophia weiter. Anscheinend braucht sie keine Antworten von mir, um ein vollständiges Gespräch zu führen.

»Du vergisst dabei allerdings, dass ich nicht alles allein gemacht habe. Robert war mir eine große Hilfe während deiner Abwesenheit«, sage ich und versuche damit, von mir selbst abzulenken.

Mein Versuch scheitert jedoch kläglich.

Sophia schüttelt langsam den Kopf. »Du schwindelst doch.« Erkenntnis breitet sich in ihren Gesichtszügen aus und sie starrt mich aus großen Augen unverwandt an.

»Das ist etwas vollkommen anderes gewesen.« Mischt sich nun auch Robert in unsere Unterhaltung ein und kommt einige Schritte auf uns zu. »Du hast mich bislang gefragt, ob ich die Renovierung übernehmen kann. Dafür hatte und habe ich einfach keine Kapazitäten frei. Kinga habe ich lediglich ab und an unterstützt.«

»Sie hat deine Hilfe nicht aktiv eingefordert?«, fragt Sophia spitz.

Die Frage ist an Robert gerichtet, doch ihr Blick bleibt hartnäckig an mir hängen.

Ich spüre, wie Hitze meine Wangen hinaufkriecht und wende mich schnell ab, bevor sie sehen kann, wie rot ich mittlerweile wahrscheinlich geworden bin.

»Nein«, erwidert Robert ahnungslos. Er hat leider nicht den blassesten Schimmer, worauf seine Schwester mit ihrer Frage hinausmöchte. »Ich bin vorbeigekommen, wenn ich die Zeit dazu hatte.«

»Das ist aber nett von dir, Rob. Wirklich außergewöhnlich nett.«

Sophia wischt sich die Hände an ihrem Kleid ab und lächelt ein Lächeln, welches Aufbruchsstimmung beinhaltet. »Vielen Dank, dass du mich vom Flughafen abgeholt hast. Ich schulde dir etwas.« Sie stellt sich auf ihre Zehenspitzen und küsst ihren Bruder sanft auf die Wange.

»Habe ich gern gemacht. Wir sehen uns, Sophia. Bis dann, Kinga.«

»Bis dann«, murmle ich schwach und schaue dem Spiel seiner Rückenmuskulatur hinterher.

Hitze breitet sich zwischen meinen Beinen aus und ich beiße mir schnell auf die Unterlippe, weil ich davon überzeugt bin, dass Sophia meine Gedanken hören kann.

Robert öffnet die Ladentür und verschwindet in der prallen Sonne. Die Tür fällt mit einem leichten Knall ins Schloss und die Glocke über der Tür ertönt.

»O mein Gott!«, ruft Sophia augenblicklich aus.

Skeptisch mustere ich meine Freundin. Ich bin mir nicht ganz sicher, worauf dieses Gespräch hinauslaufen wird. Deshalb halte ich besser erst einmal den Mund, um das Gespräch auf mich zukommen zu lassen.

»Ihr schlaft miteinander!«, stellt Sophia fest.

»Was?«, entfährt es mir.

Sie nickt eindringlich. »Es muss so sein. Die Blicke zwischen euch sprühen regelrecht Funken. Er hilft dir hier, ihr seid allein und es ist schon zu spät, um nach Hause zu fahren …« Vielsagend wackelt Sophia mit ihren Augenbrauen.

Ich pruste los. »Das ist kompletter Schwachsinn. Ich wohne nur fünfzehn Minuten Fußweg von der Buchhandlung entfernt. Weshalb sollte ich nicht nach Hause gehen?«

»Damit ihr einander Trost spenden könnt«, erwidert Sophia, als würde es sich um eine Tatsache handeln.

»Das stimmt nicht. Robert und ich schlafen nicht miteinander.«

»Aber du würdest gern.«

Händeringend suche ich nach den passenden Worten, doch mein Kopf fühlt sich komplett leergefegt an. Kein einziger klarer Gedanke befindet sich noch darin.

»Ich freue mich für euch. Robert ist schon lange in seiner Trauer gefangen und ich wünsche mir, dass er einen Weg hinausfindet«, entfährt es Sophia.

Entschieden schüttle ich den Kopf. »Da gibt es nichts, worüber man sich freuen könnte. Dein Bruder und ich verstehen uns ganz gut, doch da läuft überhaupt nichts.«

»Alles eine Frage der Zeit«, winkt Sophia ab.

Ich stöhne entnervt auf und verdrehe meine Augen.

Lächelnd legt sie mir einen Arm um die Schulter. »In Ordnung. Ich lasse das Robert-Thema fallen.«

»Vielen Dank!«

»Für den Moment.«

»War ja klar.«

Sophia lacht glockenhell auf und lässt ihren Blick durch die Buchhandlung schweifen. »Lass uns den Laden für heute eröffnen und die Kasse mit unserem neuen Geschäft ordentlich zum Klingeln bringen.«

»Einverstanden!«

Es vergeht eine Woche, bis wir uns den harten Fakten der Realität stellen müssen. In Wahrheit klingelt unsere Kasse nicht einmal annähernd so oft, wie wir es uns vorgestellt haben. Am Anfang sind die Leute scharenweise in die Buchhandlung gekommen. Alle haben sich akribisch umgeschaut, den Umbau bewundert und auch gelobt. Gekauft haben jedoch die wenigsten etwas. Doch von Lob und Bewunderung allein können wir die Buchhandlung nicht halten. Mittlerweile ist unsere Laune auf dem absoluten Tiefpunkt angekommen.

Meine Ellbogen habe ich auf dem Tresen abgestützt und mein Kinn ruht in meiner Handinnenfläche. Ich unterdrücke ein Gähnen, welches sich den Weg aus meiner Kehle bahnen möchte. Mein Blick wandert ziellos durch den Raum, bis ich an der Wanduhr neben der Treppe für den ersten Stock hängen bleibe. Es ist gleich ein Uhr. Das heißt für mich, dass ich mich bald auf den Weg machen muss, um Jakub von der Schule abzuholen. Insgesamt habe ich damit fünf Stunden in der Buchhandlung gearbeitet. Fünf Stunden, in denen ich Regale abgestaubt, Bücher neu sortiert und Kaffee getrunken habe. Dieser Tag war bisher mehr als nur unproduktiv. Kein einziger zahlender Kunde hat heute den Weg in den Laden gefunden.

Als die Türglocke ertönt, strecke ich sofort meinen Kopf in die Höhe und starre freudestrahlend zur Eingangstür. Mein erster

Kunde des Tages. Von null auf hundert steigt mein Puls. Diesen Adrenalinkick, den ich verspüre, kann man nur mit einem Fallschirmsprung vergleichen.

»Hey, Mädels«, sagt Robert fröhlich.

Jepp. Es fühlt sich exakt so an wie ein Fallschirmsprung. Mein Kopf sackt zurück auf meine Handinnenfläche und fühlt sich tatsächlich so an, als wäre ich gerade auf dem Boden der Tatsachen angekommen.

Niemand wird hier reinkommen.

»Ich freue mich auch sehr, dich zu sehen, Kinga«, murmelt Robert stirnrunzelnd.

Er schlendert locker auf den Tresen zu. Mir entgeht die braune Papiertüte in seiner rechten Hand nicht. Ich kann den köstlichen, fettigen Duft bereits riechen, bevor Robert bei mir angekommen ist.

»Kein guter Tag?«, fragt er überflüssigerweise.

»Nope.«

»Keine Kundschaft?«

»Nope.«

»Scheiße.«

»Jepp.«

»Wirst du eigentlich pro gesprochenem Wort bezahlt?«, fragt er belustigt.

Seufzend hebe ich meine Schultern. »Wenn das hier so weiter geht, dann werde ich bald gar nicht mehr bezahlt.«

Robert presst die Lippen fest aufeinander. »Okay.« Er atmet tief durch. »Wo ist sie?«

»Wer?«

»Meine Schwester.«

Wortlos deute ich mit meinem Zeigefinger in den hinteren Bereich des Ladens. Robert folgt meinem Finger mit seinen Blicken und lehnt sich über den Tresen. Sophia sitzt auf dem Boden, mit dem Rücken lehnt sie an der Wand. Über ihre kabellosen rosafarbenen Kopfhörer hört sie Musik, während sie nebenbei in einer

Zeitschrift blättert.

»Das darf doch alles nicht wahr sein«, genervt zieht Robert seiner Schwester die Kopfhörer aus den Ohren.

»Was soll das sein?«, fragt er genervt und hält Sophia die Kopfhörer unter die Nase.

»Kopfhörer«, antwortet diese schulterzuckend.

»Es geht nicht, dass du den ganzen Tag einfach nur hier herumhängst und Trübsal bläst.«

»Aber was soll ich deiner Meinung nach machen? Wir haben eine supertolle Auswahl an Büchern, wir haben eine topmoderne Buchhandlung und dennoch gibt es scheinbar keine Menschen in dieser Stadt, die gern lesen«, kontert Sophia.

»Dann müsst ihr euch eben etwas überlegen, wie ihr die Leute in die Buchhandlung bekommt.«

»Ach ja? Dann nenn mir doch eine von deinen schlauen Ideen.«

»Ich habe keine! Aber das ist ja auch nicht mein Laden.«

Der Schlagabtausch zwischen Sophia und Robert geht noch weiter, doch ich klinke mich aus dem Gespräch aus. Meine Arbeitszeit ist für heute rum und ich habe Jakub versprochen, dass ich ihn pünktlich von der Schule abhole. Seit einigen Tagen geht er mit viel mehr Elan und Freude in die Schule. Ich kann nur rätseln, woran das liegen könnte. Doch ich werde das niemals infrage stellen. Vielmehr begrüße ich diese freudige Entwicklung und nehme sie einfach hin.

Ob sich Robert wirklich darum gekümmert hat?

Vielleicht schauen Jakub und ich am Nachmittag noch einmal in der Buchhandlung vorbei. Er liebt es, sich zwischen den Seiten unzähliger Bücher zu verlieren. Ein sanftes Lächeln erscheint auf meinen Lippen. Es war schon immer schwierig, mit Jakub an einem Buchladen vorbeizugehen. Kinder lieben die Magie der Geschichten und können viel besser darin eintauchen als manch ein Erwachsener. Die Erkenntnis trifft mich wie ein Donnerschlag. Stocksteif bleibe ich stehen und drehe mich langsam zu den beiden Streithammeln um.

»Das ist es!«, rufe ich euphorisch aus.

Nervosität ergreift Besitz von meinem gesamten Körper. Meine Fingerspitzen kribbeln aufgeregt und mit dem fetten Grinsen in meinem Gesicht sehe ich dem *Joker* wahrscheinlich zum Verwechseln ähnlich.

Robert und Sophia sehen mich beide gleichermaßen verwirrt an. Wenn ich bisher nicht gewusst hätte, dass die beiden Geschwister sind, dann ist eine Ähnlichkeit jetzt eindeutig nicht mehr abzustreiten.

»Was genau meinst du?«, fragt Robert.

»Wir locken Kinder in die Buchhandlung!«

»Wie irre Stalker, die es mit Süßigkeiten aus einem Kleinbus heraus versuchen?«, fragt Sophia skeptisch.

Robert wirft seiner Schwester einen vielsagenden Blick zu. Schnell schüttle ich den Kopf, bevor meine Idee zu schwächeln beginnt.

»Nein. Wir haben alles dafür getan, dass die Buchhandlung modern und aufgeräumt wirkt. Aber besonders kinderfreundlich ist sie nicht geworden, doch genau das ist der springende Punkt. Wenn wir die Schaufenster verspielter und spannender dekorieren, dann werden die Kinder davor stehen bleiben. Sie werden sich für die Bücher interessieren und den Laden betreten wollen. Ihr werdet kaum Eltern finden, die es nicht unterstützen, wenn ihr Kind gern mehr lesen möchte oder einfach nur in Büchern blättern will.«

»Und wenn die Kinder in der Buchhandlung stöbern, dann finden auch die Eltern Zeit dazu«, mutmaßt Sophia. Nachdenklich tippt sie sich mit dem Zeigefinger gegen ihr Kinn.

Ich nicke heftig. »Ganz genau! Als Mama habe ich nie Zeit, mich in Ruhe irgendwo umzuschauen, außer mein Kind ist beschäftigt. Wir können die Kinder anlocken und die Familien halten.«

»Das klingt nach einem guten Plan«, überlegt Robert laut.

Sophia klatscht in die Hände. »Alles klar. Das versuchen wir. Hast du schon konkrete Vorstellungen?«

»Bisher noch nicht. Ich werde mir heute Gedanken machen und Jakub fragen, wie er so ein Schaufenster gestalten würde. Morgen machen wir uns an die Arbeit.«

Sophia nickt und schließt mich in eine Umarmung. »Ich bin froh, dass du hier bist.«

»Das bin ich auch.«

KAPITEL 22

Robert

»Hm«, macht Jakub zum wiederholten Male.

Sophia betrachtet den Jungen, als wäre er ein wertvoller Schatz. Und irgendwie ist er das ja auch.

Jakub tippt sich übertrieben oft mit seinem Zeigefinger gegen das Kinn. Er marschiert währenddessen am Schaufenster entlang und inspiziert dieses eingehend. Meine Schwester verfolgt seine Bewegungen mit großen Augen und einem breiten Lächeln. Eine Gänsehaut überkommt mich.

Shit.

Kinga hatte die Idee, ihren Sohn um Rat zu fragen. Ich halte es ebenfalls für eine kluge Idee, dass ein Kind das Schaufenster gestalten soll.

»Ich habe es!«, ruft er aus und schnippst mit seinem Finger.

Sophia neben ihm klatscht begeistert in ihre Hände, obwohl sie keine Ahnung hat, worauf Jakub hinauswill. Ich muss gegen mein Augenrollen ankämpfen und verliere diesen Kampf bitterlich.

Blitzschnell dreht sich Kingas Sohn zu seiner Mutter um. Seine Begeisterung färbt auf mich ab, als ich das Funkeln in seinen Augen sehe. Irgendwie ist es schade, dass uns diese Art der Begeisterung mit dem Älterwerden verloren geht. Die kleinsten Dinge wirken auf Kinder geradezu magisch. Sie faszinieren und begeistern gleichermaßen. Je älter wir werden, desto schwerer sind wir zu begeistern. An den Seifenblasen und Pusteblumen dieser Welt haben wir uns im Erwachsenenalter bereits sattgesehen. Wir beachten den Wert dahinter nicht mehr.

Ich gehe für einen kurzen Moment in mich und überlege, wann mich zuletzt etwas wirklich begeistern konnte. Mir fällt beim besten Willen nichts ein.

»Lass es uns versuchen! Ich wünsche mir ein Baby mit dir, Robert.«

Bevor ich es verhindern kann, erklingt *ihre* Stimme in meinem Kopf. Ein stechender Schmerz durchdringt meinen Brustkorb und es fühlt sich an, als hätte jemand ein Schwert durch meine Eingeweide gestochen. Qualvoll wird das Eisen herumgedreht und ich bekomme keine Luft mehr.

»Was meinst du dazu, Robert?«, fragt Jakub aufgeweckt und schaut mich erwartungsvoll an.

Mir wird schwindlig, als ich meinen Kopf zu ihm runter senke. Schwarze Punkte tanzen vor meinen Augen und versperren mir die Sicht. Hektisch blinzle ich, doch das scheint den Punkten nichts auszumachen. Im Gegenteil. Ich liefere ihnen den Beat zu diesem bizarren Tanz der Qual.

Mit meinem Daumen und dem Zeigefinger fasse ich mir an die Nasenwurzel. Dieser Schmerz lässt sich weder wegblinzeln noch wegmassieren. Mir ist klar, dass meine Pause bereits viel zu lange andauert. Kinga und Sophia waren bereits in ein Gespräch vertieft, welches sie jetzt jedoch unterbrechen.

Ich spüre ihre Blicke auf mir, als würden sie mich verbrennen. Ich öffne meinen Mund, um Jakub zu antworten, doch meine Kehle fühlt sich staubtrocken an. Kein Laut entkommt mir und meine Zunge scheint in diesem Moment viel zu groß für meinen Mund zu sein. Ich versuche, tief durchzuatmen, doch der imaginäre Elefant auf meinem Brustkorb hindert mich daran.

Stattdessen deute ich schnell auf die Eingangstür. »Muss kurz raus.«

Beinahe fluchtartig verlasse ich den Buchladen meiner Schwester. Blindlings schaffe ich es, auf die andere Straßenseite zu gehen. Unter dem Schatten einer riesigen Eiche lasse ich mich erschöpft auf die Wiese fallen.

Mein Brustkorb hebt und senkt sich viel zu schnell. In solchen Momenten bin ich gern allein in meiner Wohnung. Ich möchte nicht, dass die Menschen in dieser Stadt mich so sehen. Ich bin mir sicher, dass mir jeder sofort helfen würde. Doch diese mitleidigen Blicke kann ich einfach nicht ertragen. Ich habe die Menschen glauben lassen, dass alles gut ist und ich nicht an der Vergangenheit festhalte. Nun muss ich mir selbst eingestehen, dass es mir zunehmend schwerer fällt, meine Maske aufrechtzuerhalten.

Weiße Sneakers erscheinen in meinem Sichtfeld. Blinzelnd hebe ich meinen Kopf und schaue in ein Paar blau-grauer Augen.

»Darf ich mich zu dir setzen?«, fragt Kinga und reicht mir in demselben Moment eine Wasserflasche.

»Das ist ein freies Land«, erwidere ich knapp, weil ich dem Klang meiner eigenen Stimme noch nicht traue. Dennoch versuche ich mich an einem kleinen Lächeln, als ich das Getränk entgegennehme.

»Alles okay bei dir?«

Ich werfe ihr einen kurzen Seitenblick zu und bekomme gerade noch zu Gesicht, wie sie ihre Nase krauszieht. Sie wirkt, als hätte man sie dazu gezwungen, in eine saure Zitrone zu beißen. Ich finde die Fältchen auf ihrem Nasenrücken süß. Gleichzeitig möchte ich mir eine schallende Ohrfeige für diesen Gedanken geben. Denn ich weiß nicht, ob es Martyna gegenüber nicht unfair erscheint.

Ich beiße mir fest auf die Unterlippe und Kinga stößt abgehackt die Luft aus ihren Lungen.

»So eine bescheuerte Frage. Mir ist schon klar, dass nichts okay ist. Mir ist kein anderer Einstieg eingefallen.« Sie lässt sich neben mir ins Gras plumpsen.

Ich drehe meinen Kopf in ihre Richtung und mustere sie intensiv. Obwohl ich Kinga schon oft betrachtet habe, fühlt es sich nun an, als würde ich sie zum allerersten Mal sehen. Kleine zarte Punkte zeichnen sich unter ihrer Wange ab. Diese Punkte sind mir davor noch nie aufgefallen. Wahrscheinlich verdeckt sie ihre

Sommersprossen für gewöhnlich.

»Du trägst heute überhaupt kein Make-up«, stelle ich erstaunt fest.

Gleichzeitig möchte ich mir fest gegen die Stirn hauen für diesen unangebrachten Kommentar.

Warum zur Hölle habe ich meinen Gedanken bitte laut ausgesprochen?

Und wann habe ich angefangen, wie ein Stalker um Kinga und ihre gesamte Erscheinung herumzutanzen? Das ist so was von lächerlich. Ich erwarte, dass sie überrascht ihren Kopf hebt und mich verwirrt anschaut. Vielleicht erwarte ich sogar den Hauch von Verärgerung in ihrem Blick.

Doch das Gegenteil ist der Fall. Auf Kingas Wangen breitet sich eine zarte Röte aus. Wenn das überhaupt möglich ist, dann sieht sie noch umwerfender aus als ohnehin schon. Schnell senkt sie ihren Kopf. Ich kann ihre Reaktion nicht wirklich deuten.

Habe ich sie etwa in Verlegenheit gebracht?

»Heute Morgen war es stressiger als sonst«, gibt Kinga zu.

Ihre Erklärung klingt viel mehr nach einer Entschuldigung. Dabei möchte ich weder das eine noch das andere. Sie soll sich nicht vor mir erklären oder gar entschuldigen müssen. Dieses Gefühl möchte ich ihr keinesfalls vermitteln. Schnell beeile ich mich, Schadensbegrenzung zu betreiben.

»Es sieht schön aus«, murmle ich hastig. Der Klang meiner eigenen Stimme klingt fremd in meinen Ohren.

»Wie bitte?« Auf ihrer Stirn bildet sich eine kleine Falte. Es wirkt beinahe so, als ob sie sich nicht sicher wäre, ob sie sich verhört hat.

Ich räuspere mich und setze mich etwas aufrechter hin. »Es gefällt mir besser, wenn du kein Make-up trägst. Du siehst schöner aus.«

Der Satz gefällt mir überhaupt nicht. Dabei klang er vor wenigen Sekunden in meinen Gedanken noch so viel besser. Frustriert über mich selbst schüttle ich den Kopf.

»Nein, streich meinen letzten Satz. Das ist Schwachsinn. Du bist immer schön.«

Damn it.

Ich benehme mich wie ein lächerlicher Teenager. Dabei spreche ich nicht zum ersten Mal mit einer Frau. Und außerdem habe ich überhaupt nicht vor, mit Kinga zu flirten. Ich möchte sie nicht umwerben und ihr schmeicheln. Ich möchte lediglich eine Tatsache aussprechen, die mir aufgefallen ist. Andererseits … wäre es verkehrt, wenn ich sie doch umwerben möchte? Wenn ich ihr doch schmeicheln möchte?

Martyna.

»Was ist da drinnen gerade passiert?«, fragt Kinga.

Ich schaue nach vorn und hoffe, dass es mir dadurch leichter fallen wird, ein Wort rauszubekommen. »Jakub.«

Dieses eine Wort genügt und Kinga reißt ihren Kopf nach oben. Aus geweiteten Augen starrt sie mich an. Ihre Brauen ziehen sich zusammen und auf ihrer Stirn bilden sich kleine Fältchen.

»Jakub? Hat er etwas Falsches gesagt?«, fragt sie zweifelnd.

In ihrer Stimme schwingt Misstrauen mit. Sobald das Thema auf ihren Sohn zu sprechen kommt, geht sie direkt in Abwehrhaltung. Für ihn ist sie bereit, alles zu tun und vermutlich könnte sie es mit jedem Menschen auf der Welt aufnehmen. Diese Leidenschaft und bedingungslose Liebe macht sie für mich nur noch attraktiver.

»Jakub ist vorhin so begeistert gewesen von seiner eigenen Idee«, murmle ich heiser. Meine Stimme lässt mich im Stich und ich räuspere mich erneut.

»Und?« Ihre Augenbrauen sind weiterhin zusammengezogen und sie mustert mich eindringlich.

Ich atme tief durch die Nase ein und stoße die angehaltene Luft anschließend durch den Mund wieder aus.

»In diesem Moment ist mir klar geworden, was ich alles durch den Tod meiner Ehefrau verloren habe. Meine eigene Begeisterung für die schönen Dinge dieser Welt ist gemeinsam mit meiner Frau gestorben.«

Die Sicht vor meinen Augen verschwimmt. Die Welt um mich herum nimmt wellenartige Konturen an. Ich blinzle schnell. Mein Daumen und mein Zeigefinger kneifen in meine Nasenwurzel. Ich brauche mehrere Sekunden, um mich wieder zu sammeln. Erst dann traue ich mich, Kinga erneut anzusehen.

Ihr Gesichtsausdruck ist ganz weich geworden. Ihre blaugrauen Augen schimmern mir liebevoll entgegen. Auf ihren Lippen liegt ein sanftes Lächeln. Einen Moment zu lange bleibt mein Blick an ihren Lippen hängen. Ich möchte noch mehr sagen. Ich möchte ihr viel mehr erklären. Ich möchte meine Gedanken mit ihr teilen. Doch mein Kopf bleibt leer. Die Worte bleiben ungesagt. Ein unangenehmes Schweigen breitet sich zwischen uns beiden aus. Ich möchte mit Kinga über meine Vergangenheit sprechen können. Allerdings habe ich dieses Thema schon viel zu lange in meinem Inneren verborgen. Ich blicke sie hilflos an.

»Ich wusste nicht, dass du verheiratet bist.«

Dass ich es bin ...

Kinga lächelt mich sanft an. Sie legt ihre Hand auf meinen rechten Oberarm. Ein Stromstoß durchfährt meinen gesamten Körper bei dieser federleichten Berührung.

»Erzähl mir von ihr.«

Überrascht schnellt mein Kopf zu ihr rüber.

Besteht die Möglichkeit, dass ich mich verhört haben könnte?

Ich bin mir nicht ganz sicher, ob ich Kinga richtig verstanden habe.

»Was genau meinst du damit?« Verwirrt schüttle ich den Kopf.

Kinga zuckt mit den Schultern. Es ist der Versuch, ihre folgenden Worte sorglos und unbeschwert klingen zu lassen. Mir ist klar, dass sie mir damit den Druck nehmen möchte. Mein Herz pocht schneller und mein Brustkorb fühlt sich eng an.

»Wie sah sie aus? Wie war sie so?«

Kinga zieht ihre Knie an ihren Oberkörper. Sie legt ihre linke

Wange darauf ab und schaut seitlich zu mir rüber. Ich habe das Gefühl, sie möchte meiner Geschichte einen Raum zum Entfalten geben.

Bislang war mir nicht bewusst, wie sehr ich diesen Raum gebraucht habe. Doch als ich im nächsten Moment meinen Mund öffne, wird mir klar, dass ich es vermisst habe, über meine Ehefrau zu sprechen.

»Martyna war … unglaublich. Bei ihrem Lachen hat die Welt geleuchtet. Und sie hat so oft gelacht. Also hat meine Welt geleuchtet. Immer. Sie hatte dieses glockenhelle und ansteckende Lachen, mit dem sie jeden Menschen erreicht und für sich eingenommen hat. Das fehlt mir wohl am meisten. Ihr Lachen. Wenn sie einen Raum betreten hat, dann hat jede anwesende Person ihr helles Licht gespürt. In jeder einzelnen Sekunde ist sie selbstbewusst aufgetreten. Die Meinung anderer Menschen hat sie schlichtweg nicht interessiert. Sie hat diese Meinungen ausgeblendet und stand immer für sich selbst und ihre Entscheidungen ein. Mit ihrer zugänglichen Art hat sich jeder Mensch in ihrer Umarmung geborgen und behütet gefühlt. Ich weiß, dass sie eine großartige Mutter geworden wäre. Martyna hat sich in vielen Situationen hintenangestellt. Es lag in ihrer Natur, immer zuerst an die anderen zu denken. Niemals hat sie sich selbst an erste Stelle gesetzt. Sie hatte ein so großes Herz, dass es den Ozean überdeckt hätte. Martyna ist allen Menschen in ihrem Leben auf Augenhöhe begegnet. Bei ihr konnte jeder Mensch so sein, wie er war. Sie hat jeden Menschen angenommen, wie er ist, und auch als solchen akzeptiert. Dann kam der Krebs … und hat sie mir genommen.«

Ich habe erwartet, dass meine Stimme brechen würde. Doch dieser Fall ist nicht eingetreten. Stattdessen hat sich ein kleines Lächeln auf meine Lippen geschlichen. Diese körperliche Reaktion überrascht mich zutiefst. Wenn ich bisher an Martyna zurückgedacht habe, dann hat mein Herz sich schwer angefühlt. Es tut gut, sich mit einem positiven Gefühl an meine Frau zu erinnern. Ich habe mir jegliche Gedanken über sie zu lange verboten. Aus Angst, von meinen Emotionen überwältigt zu werden. Dabei kommt es nicht auf die negativen Dinge in unserem Leben an. Wir hatten viele wundervolle Momente miteinander.

Wir haben uns geliebt.

Martyna war meine beste Freundin.

Meine Ehefrau.

Und meine Seelenverwandte.

»Sie klingt nach einem wunderbaren Menschen«, erwidert Kinga mit erstickter Stimme.

Ich hebe meinen Blick und schaue in ihr Gesicht. Einzelne Tränen bahnen sich ihren Weg aus ihrem Augenwinkel. Stumm laufen sie über ihr Gesicht. Mit geröteten Wangen schaut Kinga mich an. Ihre blau-grauen Augen blicken voller Wärme und Liebe in meine.

»Es tut mir leid, dass du sie verloren hast.«

Kinga weinen zu sehen, raubt mir komplett den Atem. Denn sie betrauert in diesem Moment eine Person, die sie niemals kennengelernt hat. Ich strecke meine Hand aus. Mit meinem Zeigefinger wische ich sanft unter ihrem Auge entlang.

»Ist schon okay. So ist das Leben.«

Kinga schüttelt den Kopf. »Eure Liebesgeschichte hätte ein anderes Ende verdient.«

Das wünschte ich auch.

»Erinnerst du dich noch an unsere allererste Begegnung, Kinga?«

»Ja.«

»Deine Art erinnerte mich an sie. Vermutlich bin ich deswegen anfänglich so auf Abstand gegangen.«

»Oh, das … das …«

»Nein, entschuldige dich dafür nicht. Bitte. Es ist nicht deine Schuld, dass du eine ähnliche Aura ausstrahlst wie Martyna. Ihr seid komplett unterschiedlich und doch irgendwie ähnlich. Ziemlich verkorkst, was ich da sage, oder?«

»Nein. Irgendwie klingt verkorkst manchmal logisch.«

Ich stupse sie leicht mit meiner Schulter an. »Danke für dein Verständnis«, murmle ich. »Ich habe mich schon oft in Tagträumen verloren. In vielen Was-wäre-wenn-Szenarien gelebt. Doch diese Gedanken haben mir nicht gutgetan. Die Wahrheit ist, dass Wünsche im Leben nur selten in Erfüllung gehen. Es kann durchaus vorkommen, dass, wenn ein Mensch heiratet oder sich einer Liebe vollkommen hingibt, es sich dann anders entwickelt als vorgestellt.«

»Das stimmt«, murmelt Kinga leise flüsternd. Ihr Blick richtet sich nach vorn und ich merke, wie ihre Gedanken abschweifen. Sie befindet sich jetzt in ihrer ganz eigenen Geschichte.

Ich schweige, weil Worte manchmal überhaupt nicht notwendig sind. In manchen Fällen sprechen die unausgesprochenen Dinge eine viel bedeutsamere Sprache.

KAPITEL 23

Kinga

Ich habe nicht gewusst, dass Robert verheiratet war, und ich finde es schade, dass mir niemand davon etwas erzählt hat. Dass Sophia oder Natalia mir nichts davon erzählt haben. Seine kühle Art, die er sich vielleicht deswegen angeeignet hat, hätte ich mit dem Wissen um Martyna viel eher nachvollziehen können.

Jetzt blicke ich auf das Buch vor mir. Neben mir ertönt ein leises Kichern. Ich schaue von meiner Leiter hinunter und sehe in Sophias amüsiertes Gesicht.

»Was gibt's?«

»Gar nichts«, winkt sie ab. »Außer vielleicht die Tatsache, dass du aussiehst, als ob du einen Stein auf der Brust liegen hättest.«

»Glaub mir! Genau so fühlt es sich auch an.«

»Aber wir waren uns einig, dass die Idee von Jakub einfach großartig ist«, erinnert sie mich.

Widerwillig nicke ich und muss schließlich einsehen, dass sie recht hat. Jakub hat angemerkt, dass sich *Das Haus auf dem Kopf* großer Beliebtheit erfreut. Dieser Touristenmagnet lockt jedes Jahr viele Menschen an und ist zu einem kleinen Highlight in Zakopane geworden. Diese Beliebtheit möchten wir uns mit unserer Buchhandlung zunutze machen. Wir haben beschlossen, aus unserem Schaufenster ebenfalls eine Kopfüber-Attraktion zu machen. Seit einer Stunde bin ich damit beschäftigt, Klebestreifen an die Bücher anzubringen, die Sophia zuvor ausgewählt hat.

Meine Chefin war augenblicklich Feuer und Flamme für diese Idee. Mir hat sie auch gut gefallen, lediglich Robert konnte sich an diesem Tag nicht mehr dazu äußern. Meine Gedanken wandern wieder zu ihm. Weg von den Büchern. Weg von dem Schaufenster.

Bisher habe ich zwei Seiten an ihm kennengelernt. Anfangs bin ich mit seiner schroffen und ruppigen Art in Berührung gekommen. Ich war der felsenfesten Überzeugung, dass er mit mir als Mensch ein persönliches Problem hat.

Anschließend hat er sich etwas mehr für mich erwärmt. Wir haben gemeinsam die Buchhandlung seiner Schwester renoviert und uns besser kennengelernt. Die Worte, die er seitdem an mich richtet, klingen sanfter und beinahe schon liebevoll. Er hat eine schöne Art, mit meinem Sohn umzugehen, und ich fühle mich gut, wenn Robert sich in meiner Nähe aufhält. Um ehrlich zu sein, macht mein Herz immer einen kleinen Sprung, wenn ich seine Stimme höre.

Doch nun ist eine weitere Seite dazugekommen. Eine verletzliche Seite, die absolut nichts mit mir zu tun hat. Eine Seite, die sich nur zeigt, wenn er über seine verstorbene Ehefrau spricht.

Ein scharfer Stich bohrt sich in meinen Brustkorb. Es fühlt sich falsch an, Robert begehrenswert zu finden und gleichzeitig an seine Ehefrau zu denken.

»Kinga? Hörst du mir überhaupt zu?«, fragt Sophia verwirrt.

Schnell schüttle ich meinen Kopf, um meine kreisenden Gedanken zu beruhigen. Ich beiße mir auf die Unterlippe und schaue zu ihr runter.

»Sorry. Nein.«

Sophias Kinnlade klappt augenblicklich nach unten auf. »Nein? Ist das dein Ernst? Ich bewundere deine Ehrlichkeit, aber eine Lüge hätte ich auch akzeptiert«, erwidert sie trocken.

»Sophia? Darf ich dich etwas fragen?«

Mein Blick wandert wieder nach oben zu dem Schaufenster. Wenn ich das Thema ansprechen möchte, dass in meinem Kopf herumgeistert, dann kann ich ihr nicht ins Gesicht sehen. Ihre spontane Reaktion könnte dazu führen, dass ich einen Rückzieher mache. Doch wenn ich ehrlich sein soll, dann möchte ich das überhaupt nicht. Ich schnappe mir ein grünes Buch, welches ganz oben auf dem Bücherstapel liegt, und beginne sorgfältig damit, es an der Decke anzubringen.

»Natürlich!«, antwortet diese prompt.

Ich muss ihren Blick nicht sehen. Ihre neugierigen Augen bohren sich geradezu in meinen Rücken und ich bin mir ihrer vollen Aufmerksamkeit bewusst. Jetzt gibt es kein Zurück mehr. An diesem Punkt bleibt mir nichts anderes übrig, als einen Sprung ins kalte Wasser zu wagen. Ich atme tief durch und schließe meine Augen.

»Die Ehefrau von Robert … wie war sie so?«

Für einige Sekunden ist es vollkommen still in der Buchhandlung. Ich traue mich nicht, mich zu bewegen. Gleichzeitig habe ich aufgehört zu atmen, damit mir nicht das winzigste Geräusch entgehen kann. Dann höre ich, wie Sophia ausatmet. Ich weiß nicht, ob meine Frage sie erleichtert, weil sie mit irgendetwas Schlimmen gerechnet hat. Oder ob die Erinnerung an den Verlust auch sie trifft. Schließlich war Martyna ihre Schwägerin. Diesen Umstand darf man keinesfalls kleinreden oder vergessen.

Ich habe bereits das Gefühl, dass Sophia mir nicht auf meine Frage antworten wird. Das ist vollkommen in Ordnung und absolut ihre Entscheidung. Ich durchforste meinen Kopf nach einem anderen Thema. Irgendetwas, das unverfänglich ist und das Sophia womöglich zum Lachen bringen kann. Hauptsache weg von diesem Minenfeld, in das ich gerade getreten bin. Doch nach einigen Sekunden, in denen mein Kopf vollkommen nutzlos ist, beginnt sie, zu sprechen.

»Martyna war ein toller Mensch. Sie war herzlich und liebevoll. Wenn sie gelacht hat, dann konnte sie einen gesamten Raum mit ihrer guten Laune füllen. Sie war der Typ Mensch, der von innen heraus gestrahlt hat.«

Ich schweige für einen Moment. »Ihr Tod war für euch alle nicht einfach, oder?«

Sophia schluchzt auf. Bestürzt schaue ich zu ihr hinunter. Einzelne Tränen fließen aus ihren Augenwinkeln und bahnen sich einen Weg entlang ihrer Wange. Schnell steige ich von der Leiter und nehme Sophia in den Arm. Ich weiß nicht, ob sie so eine Geste gerade möchte. Ich bin mir absolut unsicher, ob meine Reaktion angemessen ist. Doch in diesem Moment zählt für mich nur, dass ich Sophia in meinen Armen halten und trösten möchte.

»Robert hat mit dem Tod von Martyna seine Ehefrau verloren. Das ist der schlimmste Verlust, den ein Mensch ertragen muss. Meine Eltern haben ihre Schwiegertochter verloren. Aber ich … ich habe meine beste Freundin verloren. Ich habe meine Schwester verloren. Denn genau so hat Martyna sich für mich angefühlt. Sie war nicht einfach nur meine Schwägerin. In ihrer Nähe habe ich mich immer wohlgefühlt. Wir haben zusammen gelacht, über Gott und die Welt geschimpft und literweise Kaffee dabei getrunken. Sie fehlt mir … an jedem einzelnen Tag.«

Weitere heftige Schluchzer durchzucken Sophias Körper. Sie bebt in meinen Armen und ich drücke sie noch ein wenig enger an mich. Die Emotionen überrollen mich und auch ich kann meine Tränen nicht mehr zurückhalten. Ich weine um einen Menschen, den ich niemals in meinem Leben kennengelernt habe. Es fühlt sich dennoch wie ein Verlust an.

Nach unserem Gespräch sind Sophia und ich in ein einvernehmliches Schweigen verfallen. Es war nicht meine Absicht, alte Wunden aufzureißen. Nichts liegt mir ferner, als anderen Menschen Kummer zu bereiten, und dennoch habe ich es getan. Den restlichen Vormittag verbringe ich damit, das Schaufenster zu dekorieren, während sie sich um die laufende Kundschaft im Laden gekümmert hat. Ein rascher Blick auf die Uhr verrät mir, dass ich mich auf den Weg machen muss, um rechtzeitig vor Jakub zu Hause zu sein. Gemächlich steige ich von der Leiter hinunter, klappe diese zusammen und verstaue sie in unserem Haushaltsschrank.

»Sophia?«, rufe ich nach oben.

»Ja?« Sophia streckt ihren Kopf von oben herunter. Wenn keine Kundschaft im Laden ist, dann hält sie sich gern im ersten Stock auf und erledigt den angefallenen Papierkram.

»Jakub kommt bald nach Hause. Ich mache mich jetzt auf den Weg. Oder brauchst du noch etwas?«

Sie schüttelt den Kopf. »Nein, ich habe alles im Griff. Hab einen schönen Nachmittag. Wir sehen uns morgen.«

»Bis dann!«

Ich trete hinaus in die schwüle Augusthitze und kneife die Augen zusammen. Grelles Sonnenlicht blendet mich. Hilflos greife ich in meine Handtasche. Für einige Sekunden ist meine Hand in diesem Bermudadreieck verschwunden, bis ich schließlich triumphierend meine Sonnenbrille in die Luft recke. Lächelnd setze ich das gute Stück auf und mache mich auf den Heimweg.

»Hi, Kinga!«, ruft eine männliche Stimme hinter mir.

Sie kommt mir zwar bekannt vor, dennoch kann ich ihr kein Gesicht zuordnen. Stirnrunzelnd drehe ich mich nach hinten um und blicke in ein Paar blaue Augen.

»Hey, Dawid!«

»Hast du gerade Feierabend gemacht?«, fragt er und deutet mit einer Kopfbewegung auf die Buchhandlung.

»Genau. Ich möchte mir noch meine tägliche Dosis Koffein bei Robert abholen und anschließend geht es nach Hause.«

»Komm, ich begleite dich gern ein Stück.«

»Okay.« Ich lächle unschlüssig. Eigentlich habe ich es ein kleines bisschen eilig, doch mir fällt keine höfliche Art ein, um sein Angebot zurückzuweisen.

»Hast du dich mittlerweile gut eingelebt?«

Ich nicke. »Ja, die Menschen in dieser Stadt haben mich mit offenen Armen aufgenommen. Ich fühle mich sehr wohl.«

»Das ist schön, zu hören«, antwortet Dawid. »Letztens habe ich

Natalia in der Stadt getroffen und mich etwas mir ihr unterhalten.«

»Wirklich? Das ist schön.«

»Ja, sie hat mir erzählt, wie sehr sie sich darüber freut, dass du mit deinem Sohn nun in Zakopane lebst. Und auch, dass er in dieselbe Klasse wie ihre Tochter Anna geht.«

»Aha«, antworte ich unverbindlich.

Zerknirscht beiße ich mir auf die Unterlippe. Dawid scheint ein netter Mensch zu sein, dennoch finde ich es nicht gut, dass Natalia über unsere Lebenssituation plaudert. Jede Information über Jakub und mich muss sorgfältig abgewogen werden.

»Du hast bei unserer Begegnung gar nichts von einem Sohn erzählt.«

»Hat sich nicht ergeben.«

»Und wie geht es ihm? Wie kommt er in der Schule klar?«

»Jakub geht es ganz gut. Anfangs hatte er kleinere Startschwierigkeiten, aber das hat sich zum Glück geklärt.«

»Schön. Schön.«

Irgendwann findet wohl jeder Fragenkatalog sein Ende und unser Gespräch kommt vollends zum Erliegen. Die restliche Strecke zu Roberts Diner legen wir schweigend zurück, doch dieses Mal handelt es sich nicht um ein positives Schweigen. Ich mag Dawid. Er ist sympathisch und scheint ansonsten auch sehr beliebt in der Stadt zu sein. Trotzdem ist er nicht mein Typ und ich hoffe, dass es ihm mit mir genauso geht.

Vor dem Diner von Robert bleiben wir stehen. Unschlüssig grinse ich ihn an. »Es war schön, dich wiederzusehen, Dawid.«

»Wenn du möchtest, setzen wir uns noch gemeinsam rein und ich spendiere dir einen Kaffee.« Verlegen steckt er seine Hände tief in seine Hosentaschen.

»Das ist wirklich lieb von dir, aber ich habe es ein wenig eilig. Ich schnappe mir nur einen Kaffee und gehe dann nach Hause, damit ich rechtzeitig vor Jakub da bin.«

Ein sanftes Lächeln umspielt meine Lippen und ich verliere

mich in dem Gedanken, gleich auf Robert zu stoßen.

»Was hat der schon wieder für ein Problem?«, schimpft Dawid neben mir.

Erstaunt hebe ich meinen Kopf. »Was meinst du?«

»Na, der da.« Er fuchtelt mit seinem Arm in der Luft herum und deutet auf das Diner von Robert.

Ich folge seiner Bewegung mit meinen Augen und schaue Robert an. Seine Stirn liegt in tiefen Falten. Er sieht irgendwie wütend aus und ich kann mir den Grund dafür absolut nicht erklären. Robert funkelt Dawid an, während dieser damit beschäftigt ist, Robert anzufunkeln. Allmählich fühle ich mich unwohl in dieser Situation. Deshalb entscheide ich mich für die Flucht.

Ich lege Dawid eine Hand auf die Schulter. »Sei mir nicht böse, aber ich muss mich wirklich auf den Weg machen.«

Verwirrt blinzelt Dawid zu mir rüber, als hätte er meine Anwesenheit bereits vollkommen vergessen. »Aber was ist mit deinem Kaffee?«

»Ich habe es mir anders überlegt. Zu viel Koffein ist einfach nicht gut für den Körper. Wir sehen uns, okay?«

»Ja … geht klar … bis dann.«

Ich werfe einen letzten Blick in das Diner. Robert starrt mich eindringlich an und durchbohrt mich förmlich mit seinem finsteren Blick. Eine Gänsehaut überzieht meinen gesamten Körper und ich zucke zurück, als hätte ich mich an ihm verbrannt. Schnell senke ich meinen Kopf und laufe die Straße entlang nach Hause. Ich werde aus Robert nicht schlau. Jedes Mal, wenn ich das Gefühl habe, dass mehr zwischen uns sein könnte, baut er diese unüberwindbare Mauer um sich herum auf. Jetzt straft er mich mit finsteren Blicken und ich habe keine Ahnung warum.

»*Super Mario*«, verkündet Jakub selbstbewusst.

»*Super Mario*?«, echoe ich verwirrt.

»*Super Mario*«, bestätigt mein Sohn grinsend.

»Wenn du dir jedes Geburtstagsmotto der Welt auswählen darfst, dann entscheidest du dich für *Super Mario*? Ist das dein Ernst?«

»Jepp. Die Jungs werden begeistert sein«, nickt Jakub und schiebt sich ein Stück Lasagne in den Mund.

Mit *die Jungs* meint Jakub zwei Kinder aus seiner Klasse, mit denen er sich angefreundet hat. Noch vor Kurzem bin ich der Meinung gewesen, dass wir seinen Geburtstag zusammen mit Natalia und ihrer Familie verbringen werden. Doch dann hat Jakub mir von seinen Schulfreunden Bartosz und Natan erzählt. Die drei verbringen den gesamten Schultag miteinander und treffen sich auch nach der Schule oft, um gemeinsam Fußball zu spielen oder Videospiele zu zocken.
Mein Herz schlägt wahre Purzelbäume bei dem Gedanken, dass Jakub endlich in Zakopane angekommen ist. Für eine Mama gibt es nichts Wichtigeres auf der Welt, als dass ihr Kind geliebt und akzeptiert wird.

»Einverstanden. Dann werde ich mich am Wochenende um die Dekoration für deinen Ehrentag kümmern.«

»Ich kann dir gern dabei helfen.«

»Was? Damit du dir bereits vorab die Überraschung verdirbst?«, sage ich gespielt schockiert und presse meine Hand auf die Brust. »Auf gar keinen Fall. Wenn du mir einen Gefallen tun möchtest, dann kannst du gern den Abwasch heute Abend erledigen.«

»Netter Versuch.« Jakub rollt mit den Augen. »Aber ich war bereits gestern dran und es war deine Idee, diese Aufgabe abwechselnd zu erledigen.«

Ich seufze ergeben. »Du hast ja recht.«

Ein Klingeln an der Tür reißt uns beide aus unserem Gespräch. Verwirrt richte ich meinen Blick auf Jakub, der eine Augenbraue nach oben hebt.

»Erwartest du heute noch jemanden?«, frage ich irritiert.

Jakub schüttelt den Kopf. »Nein, ich wollte noch etwas lernen und dann aber bald ins Bett gehen.«

Erneut klingelt es an der Tür.

»Ich komme!«, rufe ich und erhebe mich von meinem Stuhl.

Ich öffne die Haustür und stehe vor einer schwebenden Weinflasche.

»Sophia? Was machst du denn hier?«

»Wollen wir die hier gemeinsam leeren?«

Wortlos trete ich zur Seite und bedeute ihr, hineinzukommen. Ich kann mir ihren plötzlichen Besuch immer noch nicht erklären, aber Sophia und Wein sind in meinem Haus immer willkommen.

Jakub hat sich bis vor wenigen Minuten mit Sophia im Wohnzimmer unterhalten, während ich die Küche in Ordnung gebracht habe. Zufrieden betrachte ich meine sauberen Arbeitsplatten. Ich öffne einen der oberen Küchenschränke, strecke mich auf den Zehenspitzen und befördere zwei Weingläser zutage. Mit lockeren Schritten betrete ich das Wohnzimmer. Sophia hat die erste Weinflasche bereits geöffnet.

»Gehörst du etwa auch zu den Menschen, bei denen der Wein atmen muss?«, frage ich und stelle die Weingläser auf dem Couchtisch ab.

»Wie bitte?«

»Na, wegen der bösen Tannine«, sage ich und male mit meinen Fingern Anführungszeichen in die Luft.

In Sophias Gesicht blitzt Erkenntnis auf und sie schüttelt grinsend den Kopf. »Oh, nein. Bloß nicht. Ich entkorke die Dinger nur und trinke sie leer. Über Tannine habe ich mir noch nie Gedanken gemacht.«

»So gehört sich das«, erwidere ich grinsend, während Sophia bereits unsere Weingläser füllt.

Ich nehme mir eines und strecke es meiner Freundin entgegen.

»Auf … worauf eigentlich?«, frage ich.

Sophia zuckt mit den Achseln. »Auf einen Abend, der uns Erkenntnis bringt.«

Verwirrt ziehe ich meine Brauen zusammen, doch Sophia stößt ihr Weinglas bereits an meines und trinkt einen großen Schluck aus ihrem Glas.

»Wow … Ist alles in Ordnung?«, murmle ich.

Meine Freundin sieht mir direkt ins Gesicht. »Es ist in Ordnung für mich.«

»Was ist in Ordnung für dich?«

»Robert und du.«

»Oh.«

»Vorhin im Buchladen hast du mich einfach unvorbereitet erwischt. Die Erinnerungen an Martyna haben mich stärker getroffen, als ich für möglich gehalten hätte.«

»Ihr standet euch sehr nahe. Das war eine absolut legitime Reaktion.«

Sophia nickt. »Martyna wird immer ein Teil meines Lebens sein. Und sie wird auch für Robert immer ein wichtiger Teil bleiben.«

»Ich erwarte auch nichts anderes.«

»Der Tod eines Menschen macht diesen Menschen nicht weniger liebenswert. Aber Kinga …« Sophia hebt ihren Blick und schaut mir erneut direkt in die Augen. »Du bedeutest Licht. Du bist das Licht, auf das Robert so lange gewartet hat. Du bist in der Lage, seine Welt zu erhellen.«

Ich schlucke schwer und Tränen brennen in meinen Augen. »Ich möchte mich nicht zwischen ihn und Martyna drängen. Außerdem ist zwischen Robert und mir … Da war bisher nichts.«

»Du drängst dich nicht zwischen die beiden. Du ergänzt sie. Manchmal geht eine Familie kaputt, indem ein wichtiger Teil dieser Familie stirbt. Allerdings ist es so, dass nichts auf ewig kaputt bleiben muss. Wenn du wirklich an seiner Seite sein möchtest, dann wirst du es schaffen, die richtige Balance zwischen Vergangenheit und Gegenwart zu finden. Ihr müsst nur zwei, drei Schritte aufeinander zugehen«, erklärt Sophia bedeutungsschwer und leert ihr Glas in einem Zug.

Seufzend lasse ich mein Weinglas kreisen, dabei schwingt die Flüssigkeit munter im Kreis mit. »Selbst wenn Robert mich mehr mag. Und ich ihn. Dann sind es ziemlich große Fußstapfen. Denn ich habe das Gefühl, dass wirklich jeder Mensch Martyna geradezu vergöttert hat. Was ist, wenn ich nicht so gut sein kann wie sie?«

Sophia legt mir eine Hand auf den Unterarm. »Niemand erwartet von dir, dass du Martyna ersetzt. Um ehrlich zu sein, sollst du das auch überhaupt nicht tun. Martyna nimmt lediglich eine Seite von Robert ein, auf der anderen Seite ist noch Platz. Zwar für keine zweite Martyna, aber eine Kinga passt dort mit Sicherheit rein.«

Tränen schimmern in meinen Augen und verschleiern meine Sicht. Ihre Worte sind wie Balsam und legen sich beruhigend auf meine geschundene Seele. Aus diesem Blickwinkel habe ich die gesamte Situation noch nicht betrachtet. Mir war nicht klar, dass ich einfach nur ich sein kann und dieser Umstand tatsächlich genügt.

KAPITEL 24

Robert

Mit viel mehr Schwung als überhaupt notwendig knalle ich die Kaffeetasse auf den Tisch des Kunden. Der heiße Kaffee schwankt gefährlich und eine kleine Menge schwappt über den Rand. Ich stoße ein frustriertes Brummen aus, marschiere zum Tresen rüber und schnappe mir zwei Servietten von der Theke. Ohne mich umzudrehen, werfe ich die beiden Tücher achtlos auf den Tisch. Mir entgeht nicht, wie Piotr den gesamten Morgen über bereits einen großen Bogen um mich macht. Allerdings interessiert mich das alles nicht. In meinem Bauch wächst ein großes Monster heran. Ich kann spüren, dass dieses Monster bereit ist, alles und jeden zu zerstören, der sich mir in den Weg stellt. Wenn ich nicht aufpasse, dann platzt mein T-Shirt auf und meine Hautfarbe nimmt einen dunklen Grünton an. Okay, ich gebe zu, dass dieser Vergleich an manchen Stellen wohl ein kleines bisschen hinkt. Doch ich bin mir sicher, dass meine aktuelle Wut dem Gemütszustand von *Bruce Banner* erschreckend ähnlich ist. Ich bewaffne mich mit meinem Notizbuch und trete an den Tisch von einem jungen Paar heran.

»Was wollt ihr bestellen?«, frage ich schroff.

Meine Arme verschränke ich vor meiner Brust. Nichts an meiner Haltung spiegelt Freundlichkeit oder dergleichen wider. Wenn es mir an vielen Tagen schon schwerfällt, zu lächeln, dann ist mir diese Gefühlsregung heute absolut unmöglich.

»Ich … oh … ähm …« Der Typ fährt sich mit einer Hand nervös durch die Haare und schnappt sich die Speisekarte von der Tischmitte.

Meine Augen verengen sich zu schmalen Schlitzen. »Wenn ihr nichts essen möchtet, dann macht den Tisch wieder frei.«

Eine warme Hand legt sich auf meine Schulter. Ich drehe mich nach hinten um und sehe Piotr hinter mir stehen.

»Was gibt's?«, frage ich kurz angebunden.

»Lass mich diesen Tisch doch übernehmen. Dann kannst du die Kasse erledigen«, schlägt Piotr vor.

Ich bin nicht blöd und deshalb weiß ich, was er vorhat. Er möchte mich von den Gästen fernhalten. Er möchte der zahlenden Kundschaft meine Stimmung nicht zumuten. Ich bin wütend. Wenn ich ehrlich sein soll, dann bin ich sogar stinkwütend. Da war ein Moment. Ich bin mir so sicher gewesen, dass da ein Moment zwischen Kinga und mir gewesen ist. Für einen kleinen Augenblick bin ich schwach geworden und ich war mir sicher, dass zwischen uns beiden mehr sein kann. Meine Mauern haben kurzzeitig gebröckelt und ich habe ihr einen zarten Blick hinter meine Festung erlaubt. Ich war der festen Überzeugung, dass es Kinga genauso geht wie mir und sie weiß, wie viel dieser kurze Moment mir abverlangt hat.

Zumindest, bis ich Kinga gemeinsam mit Dawid gesehen habe. Wenn ich an den Anblick der beiden denke, steigt Galle in meiner Kehle hoch und mein Kopf beginnt, zu pochen.

Kinga und Dawid. Das neue Traumpaar von Zakopane.

Sie haben miteinander gelacht und mehr als vertraut gewirkt. Mir sind die schmachtenden Blicke von Dawid nicht entgangen und auch das lockere Lächeln von Kinga war keinesfalls gespielt. Dazu kommt, dass er Polizist ist und sich Kinga bestimmt besonders sicher bei ihm fühlt.

So ein dummer Gedanke, Robert!

Ich hätte mich einfach umdrehen und die beiden ignorieren können, doch dafür quäle ich mich selbst viel zu gern. Wenn ich die zwei nicht gesehen hätte, dann würde mein Kopf diese Entwicklung der Dinge überhaupt nicht verstehen. Wenn ich ganz ehrlich sein soll, dann ist diese Information immer noch nicht richtig in meinem Hirn angekommen.

Wütend balle ich meine Hand zu einer Faust. Wie um alles in der Welt konnte ich das nur übersehen? Meine eigenen Erwartungen und Wünsche standen mir leider im Weg und haben mich blind gemacht für die Realität. Wie ein Nebelschleier, der sich sanft auf meine Augen gelegt und mir die Sicht genommen hat. Jetzt allerdings sehe ich das Bild ganz klar vor mir und die rosarote Brille der Täuschung liegt zerschmettert auf dem Asphalt. Heruntergerissen in dem Moment, als Kinga lachend ihre Hand auf Dawids Unterarm gelegt hat.

Die Ladentür des Diners schwingt auf und das Klingeln der kleinen Glocke, welche sich oberhalb der Tür befindet, reißt mich aus meinen Gedanken.

»So ein Glück. Dich schickt der Himmel«, ruft Piotr glückselig aus.

Verwirrt wende ich meinen Blick von ihm ab und schaue nach, wer das Diner betreten hat. Sophia kommt mit strahlenden Augen auf mich zu und bevor ich reagieren kann, schlingt sie ihre liebevollen Arme um mich. Ihr blumiger Duft steigt in meine Nase und widerwillig schließe ich meine Augen. Unbeholfen lege ich meinen linken Arm auf ihren Rücken und nehme einen Moment des Friedens in mich auf.

Nach wenigen Sekunden lässt Sophia mich los. Ich betrachte ihre blonden Haare, welche zu einem hohen Pferdeschwanz zusammengebunden sind. Sie trägt ein geblümtes lilafarbenes Kleid und dazu braune Cowboystiefel. Sophia erinnert mich mit diesem Outfit so sehr an unser Zuhause in den Staaten, dass es beinahe wehtut.

»Habt ihr viel Stress heute Morgen?«, fragt meine Schwester gut gelaunt.

»Nicht mehr als sonst«, brumme ich.

Piotr nutzt den Moment aus, um seine Hände auf meine Schultern zu legen. »Hey, Sophia, möchtest du einen Kaffee trinken? Robert wollte gerade eben sowieso hinter den Tresen gehen und macht dir sicher mit Freude eine große Tasse Kaffee.«

Sanft, aber dennoch bestimmt schiebt Piotr mich in diesem Moment ein wenig mehr nach hinten.

Es wäre vollkommen leicht gewesen, dagegen zu protestieren und eine Szene zu machen. Doch das erspare ich meinem Mitarbeiter heute, weil er mit meiner schlechten Laune bereits genug bestraft ist. Seufzend ergebe ich mich und schlendere auf den Tresen zu. Sophia folgt mir bereitwillig und schwingt sich auf einen der Barhocker, welcher davor steht.

»Kaffee klingt einfach himmlisch. Mein Schädel brummt ein wenig«, seufzt Sophia. Sie stellt ihren Ellbogen auf dem Tisch ab und lässt ihren Kopf in ihre Handinnenfläche sinken.

Ich schnappe mir eine Tasse aus dem Schrank, nehme die Kaffeekanne und gieße einen großzügigen Schluck hinein. Gegen meinen Willen zupft ein leichtes Schmunzeln an meinen Mundwinkeln. Meine Schwester hat es bisher immer geschafft, meine Laune aus einem Tief zu heben.

»Könnte das daran liegen, dass du gestern Abend etwas übertrieben hast?«, frage ich und schiebe Sophia die volle Kaffeetasse über den Tresen zu.

Dankbar ergreift sie diese mit beiden Händen. Sie hebt sie an ihre Nase und schließt die Augen. Lächelnd trinkt Sophia einen Schluck und nickt dabei.

»Der Kaffee ist wahnsinnig gut. Und ja, eventuell habe ich gestern Abend zu lange mit dem Rotwein gekuschelt«, gibt sie kleinlaut zu.

Grinsend schüttle ich den Kopf. »Das sieht dir unter der Woche überhaupt nicht ähnlich. Was hat dich zu deinem Date auf der Couch verleitet?«

Sophia rutscht unsicher auf ihrem Sitz herum. »Nun ja … es war nicht meine Couch.«

Hinter mir klappert Geschirr scheppernd zu Boden. Piotr hat ein gesamtes Tablet mit Tellern, Tassen und Besteck fallen lassen. Seine Augen sind geweitet und er blickt mich geschockt an. Seine

Lippen formen ein lautloses »O kurde«, doch kein einziger Laut dringt aus seinen Lippen hervor.

Genervt rolle ich mit den Augen.

»Sorry!«, erwidert Piotr knapp. Eilig flitzt er unter den Tresen und erscheint wenige Sekunden später mit einem Kehrbesen.

Ich schaue ihm für den Bruchteil einer Sekunde dabei zu, wie er die zerbrochenen Scherben aufsammelt. Dann drehe ich meinen Kopf zu Sophia herum, lege meine Unterarme auf dem Tresen ab und beuge mich nach vorn.

»Und auf wessen Couch hast du es gestern Abend übertrieben?«

Das Sexleben meiner Schwester ist mir vollkommen egal und im Grunde möchte ich auch gar nichts darüber hören. Dennoch habe ich das Bedürfnis, ein guter Bruder für sie zu sein. Sophia und ich leben allein in Zakopane. Deshalb soll sie nicht das Gefühl bekommen, dass mich irgendein Aspekt ihres Lebens nicht interessieren könnte. Wenn sie reden möchte, vollkommen egal, um welches Thema es sich handelt, dann werde ich zu jeder Zeit ein offenes Ohr für sie haben. Das ist mir wichtig.

»Ich habe mich gestern auf der Couch von Kinga vergnügt.«

Das Grinsen aus meinem Gesicht verschwindet und es fühlt sich an, als hätte mir jemand eine schallende Ohrfeige verpasst. Das Blut rauscht in meinen Ohren und ich habe das Gefühl, die Kontrolle über meinen Körper verloren zu haben. Neben mir höre ich verschwommen, wie Piotr erleichtert seufzt.

Für gewöhnlich lässt sie sich leider immer auf die falschen Männer ein. Anschließend wird sie verarscht und Piotr und ich halten unsere Köpfe hin, um Sophia aus dem Schlamassel zu helfen. Kein Wunder das es ihn beruhigt zu erfahren, dass es dieses Mal um keinen Typen im Leben meiner Schwester geht.

»Verstehe. Hattet ihr einen schönen Abend?«

»Ja!« Sophia nickt begeistert. »Es hat Spaß gemacht, sich abends mit einer anderen Frau zu treffen und einfach nur zu quatschen. Eine Freundin wie Kinga hat mir in Zakopane gefehlt.«

»Du hast Freundinnen hier.«

»Das mag stimmen, aber das sind keine besonders engen Freundschaften. Die meisten davon sind verheiratet oder haben zumindest einen festen Freund. Wenn alle gemeinsam einen Pärchenabend machen, dann fühle ich mich komplett fehl am Platz.«

Das ergibt natürlich durchaus Sinn. »Das ist doch bei Kinga auch nicht anders«, rutscht es mir plötzlich heraus.

Wütend beiße ich mir selbst auf die Zunge. In meinem Kopf klang dieser Satz bis vor wenigen Sekunden noch beiläufig. Doch laut ausgesprochen hört es sich so an, als ob ich an nichts anderes denken könnte. Bis zu einem gewissen Grad mag das den Tatsachen entsprechen. Doch ich bin nicht bereit, das vor meiner Schwester zuzugeben.

»Was meinst du damit?«, fragt Sophia interessiert und trinkt einen weiteren Schluck von ihrem Kaffee.

Ich zucke mit den Schultern und versuche, so viel Gleichgültigkeit wie nur möglich in diese kleine Geste zu stecken. Das Blitzen in den Augen meiner Schwester verrät mir jedoch ihre unverhohlene Neugier.

»Kinga hat doch auch einen festen Freund. Oder zumindest bald. Ist auch egal.«

Sophias Augen weiten sich. »Was? Hast du … habt ihr … hat sie etwas gesagt?«

»Was soll Kinga denn schon gesagt haben? Ich habe die beiden doch miteinander gesehen.«

»Warte!«, unterbricht sie mich und hebt ihre rechte Hand. »Wen hast du miteinander gesehen?«

»Kinga und Dawid.«

»Und?«

»Was und?«

»Was ist mit Kinga und Dawid?«

»Die zwei sind ein Paar oder werden bald eins. Das konnte doch jeder sehen.«

Sophia blinzelt einmal. Zweimal. Dann prustet sie laut los. Sie wirft ihren Kopf in den Nacken und lacht ein glockenhelles Lachen. Mehrere Gäste in dem Diner drehen sich zu ihr um. Einige müssen ebenfalls schmunzeln. Nur zwei Typen verdrehen genervt die Augen und widmen sich erneut ihrem Gespräch. Ich für meinen Teil bin völlig mit der Situation überfordert. Beim besten Willen kann ich mir nicht erklären, weshalb meine Schwester so hysterisch lachend auf meinen Kommentar antwortet.

Gefühlt dauert es eine halbe Ewigkeit, bis Sophia sich endlich wieder beruhigt hat. Mit ihrem Ärmel wischt sie sich in ihrem Augenwinkel eine Lachträne weg.

»Du machst mich vollkommen fertig«

»Was meinst du denn damit?«

»Die Vorstellung, dass Kinga und Dawid ein Paar sein könnten, ist einfach viel zu gut.« Sophia trinkt grinsend einen großen Schluck aus ihrer Kaffeetasse.

»Du meinst … zwischen Kinga und Dawid läuft nichts?«

»Nein, zwischen ihnen läuft definitiv gar nichts. Da ist … Nein, da ist mit tausendprozentiger Sicherheit nichts.«

Ein wissendes Grinsen erscheint auf ihrem Gesicht, doch ich gehe gar nicht mehr darauf ein. Stattdessen breitet sich ein warmes Gefühl in meinem Magen aus und ich spüre, wie Erleichterung durch meinen gesamten Körper sprudelt. Sophia öffnet den Mund, um etwas zu sagen. Doch ich hebe meine Hand und unterbreche sie schnell. Es ist vollkommen egal, was sie sagen möchte. Dieses Hochgefühl werde ich mir um keinen Preis nehmen lassen.

»Entschuldige mich bitte kurz. Ich muss noch andere Tische bedienen.« Eilig greife ich nach der Kaffeekanne und trete an den Tisch des jungen Paares von vorhin.

»Wir sind gleich fertig und werden im Anschluss sofort bezahlen«, beeilt der Typ sich zu sagen und verschluckt sich beinahe an seinem Pancake.

Lächelnd klopfe ich ihm auf die Schulter. »Mach dir absolut keinen Stress. Ein Frühstück sollte man immer genießen. Noch

Kaffee?«, frage ich und hebe die Kanne in die Höhe.

»Ähm … ja?«, antwortet der Typ und lässt es wie eine Frage klingen.

Gutgelaunt schenke ich ihm und seiner Freundin nach.

»Genieß deinen Kaffee, Kumpel.«

»Danke, Mann.«

Ein peitschender Wind streift mein Gesicht. Ich ziehe den Kragen meiner Jeansjacke ein kleines bisschen höher und versuche, mein Gesicht dahinter zu verstecken. Dieses Unterfangen stellt sich ziemlich schnell als sinnlos heraus. Für einen Augusttag ist das Wetter eher untypisch. Dieser Gang fällt mir heute ganz besonders schwer. Meine rechte Hand umfasst den Blumenstrauß in meiner Hand fester. Es gibt kaum einen Weg, den ich in den vergangenen Jahren öfter gegangen bin. Dennoch stehe ich nun wie jede Woche vor Martynas Grabstein. Routiniert nehme ich den verwelkten Blumenstrauß aus der Vase und ersetze ihn durch die frischen Blumen in meiner Hand.

»Hey, mein Liebling«, setze ich an und lasse mich im Gras neben ihrem Grabstein nieder.

Ich schlucke den Kloß in meinem Hals herunter. Seltsamerweise bin ich wahnsinnig nervös. Dieses Gefühl ist mir neu. Meine schwitzigen Handinnenflächen wische ich an meiner Jeans trocken.

»Ich will eigentlich direkt auf den Punkt kommen. Nicht groß drum herum reden.« Dann atme ich tief ein. »Du bist meine große Liebe, Martyna. Du bist meine Seelenverwandte. Das wirst du für immer bleiben. Es ist nur … da gibt es … ach, scheiße.« Genervt fahre ich mir mit der Hand durch die Haare, die die letzten Wochen ein wenig länger geworden sind.

Wie um Himmels willen fragt man seine verstorbene Ehefrau um Erlaubnis, mit einer anderen Frau ausgehen zu dürfen? Gibt es dafür überhaupt eine richtige Herangehensweise oder ist das ganze Unterfangen kompletter Schwachsinn? Mittlerweile bin ich mir gar nicht mehr sicher, was ich hier eigentlich tue.

Ein Ächzen hinter mir lässt mich zusammenfahren. Ich wende meinen Kopf nach hinten und sehe einen älteren Mann eine voll beladene Schubkarre schieben. Auf seiner Stirn glänzen feine Schweißtropfen und seine Hände zittern bereits vor Anstrengung.

Ich wende mich Martynas Grabstein zu. »Bin gleich wieder da.«

Schnell komme ich hoch auf meine Füße und jogge zu dem älteren Mann rüber.

»Hallo! Darf ich Ihnen behilflich sein?«, frage ich höflich und deute auf die Schubkarre. Nun erhasche ich einen Blick auf den Inhalt. Es handelt sich um vertrocknete Blumen, alte Erde, ausgebrannte Kerzen und ein wenig Unkraut.

»Das ist sehr nett von dir, Junge«, erwidert der alte Mann freundlich lächelnd.

Tiefe Falten erscheinen in seinen Augenwinkeln. Nickend nehme ich ihm die Schubkarre ab und schiebe sie rüber zu dem Müllhaufen. Dort angekommen, entleere ich den gesamten Inhalt mit einem kräftigen Schwung. Die Karre lasse ich rechts von dem Müllhaufen neben den anderen des Friedhofs stehen. Ich wende meinen Kopf und blicke mich nach dem älteren Herrn um. Schließlich sehe ich ihn, wie er vor einem Grabstein steht und mich zu sich herüberwinkt. Ich gehe erneut auf ihn zu.

»Hast du Streichhölzer dabei?«

»Klar«, antworte ich und ziehe eine Packung aus meiner linken Hosentasche. »Soll ich?«

Der alte Mann streckt mir immer noch lächelnd die Kerze entgegen und ich entzünde sie. Dann stellt er sie auf den Grabstein nieder.

»Das Grab gehört meiner Ehefrau«, erklärt er mir unaufgefordert.

»Das tut mir leid.«

»Du kannst ja nichts dafür«, antwortet der Alte und schnalzt mit der Zunge. »Wen besuchst du hier?«

»Meine Ehefrau«, antworte ich mit kehliger Stimme.

»Woran ist sie gestorben?«

»Krebs.« Meine Stimme bricht.

»Scheiße.«

»Ja.«

Wir schweigen. Dabei handelt es sich keinesfalls um eine unangenehme Stille. Jeder von uns hängt seinen eigenen Gedanken hinterher. Manchmal müssen zwei Menschen nicht miteinander sprechen, um sich gegenseitig zu trösten. Es reicht in vielen Fällen einfach aus, nicht allein mit dem Schmerz zu sein.

»Ich wollte meine Frau fragen, ob es in Ordnung ist … jemand anderen zu treffen«, sprudelt es ungewollt aus mir hervor.

Erschrocken über meine eigenen Worte schaue ich zu dem alten Mann. Ich habe absolut keine Ahnung, woher ich den Mut habe, diese Worte nun laut auszusprechen. Weder vor Sophia noch vor sonst jemandem kann ich darüber sprechen. Doch hier und jetzt ist es mir gar nicht so schwergefallen, diesen Satz auszusprechen.

»Was hat sie geantwortet?«

Seine Frage überrascht und überrumpelt mich zugleich. Er macht nicht den Eindruck, als würde er sich über mich lustig machen. Deshalb bleibe ich dabei, das Gespräch ernst fortzusetzen.

»Ich habe mich nicht getraut, die Frage laut auszusprechen.«

»Als meine Frau gestorben ist, war ich achtunddreißig Jahre alt. Mit ihrem Tod ist meine gesamte Welt komplett in sich zusammengestürzt. Lediglich unsere beiden Kinder haben mich weiterhin am Leben gehalten. Zu diesem Zeitpunkt waren sie zwölf und neun Jahre alt. Die beiden haben mich den gesamten Tag über ordentlich auf Trab gehalten und abgelenkt. Meine Tochter hat oft davon gesprochen, wie gut ich sie in dieser schwierigen Zeit nach dem Tod ihrer Mutter ablenken konnte. Dabei haben meine Kinder mich viel mehr gerettet, als es ihnen überhaupt bewusst ist.«

Ein harter Kloß bildet sich in meiner Kehle. Kein Kind auf der Welt sollte so jung ein Elternteil zu Grabe tragen müssen.

»Jedenfalls bin ich altmodisch aufgewachsen und erzogen worden. Mir wurde früh beigebracht, dass es nur die eine wahre Liebe auf der Welt gibt und auch die Ehe nur einmal vollzogen werden kann. Nach dem Tod meiner Ehefrau habe ich in vollkommener Abstinenz gelebt. Morgens bin ich arbeiten gegangen und am Nachmittag war ich für meine Kinder da. Doch abends … da war ich einsam. Und mit der Zeit sind meine Kinder älter geworden. Sie haben öfters bei Freunden übernachtet. Sie hatten Dates und Beziehungen. Sie haben gelebt. Und ich bin einsam geblieben.«

Der Alte stoppt seine Erzählung. Er wendet seinen Blick von dem Grabstein ab und schaut mir direkt ins Gesicht.

»Damit will ich nicht sagen, dass meine Kinder mich im Stich gelassen haben. Sie besuchen mich häufig und ich sehe meine Enkelkinder regelmäßig, dennoch lebe ich die meiste Zeit allein in einem viel zu großen Haus. Das hätte meine Ehefrau niemals gewollt. Sie hat ihr Leben stets ihrer Familie gewidmet. Meine Frau würde mit mir schimpfen, wenn sie sehen würde, wie einsam und zurückgezogen ich mittlerweile lebe.«

Er legt seine Hand auf meinen Unterarm.

»Bitte deine Ehefrau um Erlaubnis. Nutze deine Chance. Lass diese andere Frau nicht ziehen, weil die Unsicherheit dich aufhält. Ich habe deine Frau niemals kennengelernt, doch wenn sie dich wirklich geliebt hat, dann wünscht sie sich nicht, dass du allein bleibst, weil sie nicht mehr an deiner Seite sein kann.«

Sein Blick ist voller Verständnis und seine Worte erwärmen mein Herz. Er möchte sich gerade von mir abwenden, als ein weiterer Gedanke in meinem Kopf Platz findet.

»Entschuldigen Sie!«, rufe ich eine Spur zu laut.

Der Mann hält in der Bewegung inne und dreht sich erneut zu mir um.

»Ja?«

»Wie verhält es sich mit der Trauer? Wann werde ich sie überwunden haben?«, frage ich.

Zu meiner Überraschung erscheint ein sanftes Lächeln auf den Lippen des Mannes und er schüttelt den Kopf.

»So funktioniert das nicht. Es ist nicht möglich, sie vollkommen zu überwinden. Stell dir deine Trauer als einen gewaltigen Felsbrocken vor. Am Anfang versucht man alles Menschenmögliche, um nicht an diesem Felsbrocken zu ersticken, bis zu dem Zeitpunkt, an dem man sein Lachen wieder findet. Es wird schöne Tage in deinem Leben geben und jeder Tag trägt dazu bei, ein Stück von dem Felsbrocken abzuhacken. Und irgendwann bleibt von ihm nur noch ein kleiner Rest übrig. Diesen Rest steckst du in deine Hosentasche und du führst ihn für immer mit dir herum, er ist ein Teil von dir und dennoch bist du in der Lage, Glück und Freude zu empfinden«, erklärt der alte Mann.

Unfähig, auch nur ein weiteres Wort zu sprechen, nicke ich lediglich. Ich traue meiner eigenen Stimme mittlerweile nicht mehr über den Weg. Der Mann nickt mir zu und entfernt sich von dem Grab seiner Frau. Ich schaue ihm hinterher, während er dem geschwungenen Kiesweg folgt und den Friedhof verlässt.

In diesem Moment kämpft sich die Sonne hinter den Wolken hervor. Blinzelnd schaue ich hoch in den Himmel, während die wärmenden Sonnenstrahlen mein Gesicht bedecken. Die Strahlen umfassen mich und schenken mir eine tröstende Umarmung. Ich blicke hoch zur Sonne und schließe meine Lider. Martyna ist bei mir. Das spüre ich. Tränen rinnen aus meinem Augenwinkel, denn auf dieses Zeichen habe ich gewartet. Ich will daran glauben: Mein Sonnenschein hat mir ein Zeichen geschickt.

Es ist okay.

In diesem Moment weiß ich, dass es absolut okay ist.

KAPITEL 25

Kinga – drei Wochen später

»Wow! Der Abwehrer hat den Ball super gehalten«, ruft Natalia aus.

Amüsiert verdrehe ich die Augen. »Der Torwart.«

»Wie bitte?«

Mit meinem Kopf deute ich auf das Spielfeld vor uns. »Die Abwehrspieler versuchen, den Gegner daran zu hindern, ein Tor zu erzielen.«

»Das habe ich doch gesagt!«

»Nein. Du hast Abwehrer gesagt. Ich bin mir nicht einmal sicher, ob das Wort existiert. Und außerdem meinst du den Torwart. Seine Aufgabe besteht darin, zu verhindern, dass der Ball im eigenen Tor landet.«

»Ich hasse Fußball.«

»Ich weiß.«

»Ich bin nur mitgekommen, weil ich Jakub so sehr liebe.«

»Ich weiß.«

Das Wetter zeigt sich heute wieder von seiner besten Seite. Ein strahlend blauer Himmel scheint auf uns herunter. Jakub spielt mittlerweile Fußball an seiner neuen Schule und blüht darin regelrecht auf. Eine dunkle Sonnenbrille sitzt auf meiner Nase und schirmt meine Augen von den starken Sonnenstrahlen ab. Ich freue mich für meinen Sohn. Wie könnte ich auch nicht? Er hatte Startschwierigkeiten in der neuen Schule und es ist ihm nicht leichtgefallen, seinen Platz zu finden. Meine Aufgabe als Mutter in dieser Zeit war lediglich passiver Natur. Ich habe mich in der Vergangenheit oft hilflos gefühlt. Mit dem Schulwechsel in Zakopane habe ich mir Besserung erhofft, doch auch hier hatte Jakub anfangs mit neuen Dämonen zu kämpfen, wie ich irgendwann von ihm selbst erfahren habe.

Doch plötzlich hatte es aufgehört und weder ich noch Jakub wissen wirklich warum. Ich ahne es nur.

Robert.

Die Traurigkeit meines Sohnes ist mit einem Mal gänzlich aus seinen Augen verschwunden.

»Ähm … Kinga?«, fragt Natalia neben mir.

Irritiert wende ich ihr den Kopf zu. »Ja?«

»Die Mannschaft von deinem Sohn hat soeben ein Tor kassiert«, sagt Natalia und deutet auf das Spielfeld.

Mein Blick schießt auf die Anzeigentafel. Meine Schwester hat recht. Die elf Jungs in den blauen Trikots lassen frustriert die Köpfe hängen.

»Oh«, murmle ich verdutzt. Das Spielgeschehen ist in den letzten Minuten vollkommen an mir vorbeigeflogen.

Natalia nickt. »Du warst gedanklich gerade viele Kilometer von hier entfernt. Wenn ich raten müsste, dann vermute ich, du warst in einem bestimmten Diner der Stadt. Allerdings darfst du nicht vergessen, dass du körperlich weiterhin für alle Anwesenden hier auf dem Fußballplatz bist.«

»Und?«

»Und du solltest nicht so freudig lächeln, wenn die Mannschaft deines Sohnes zu verlieren droht.«

Ich räuspere mich. »Du hast recht.«

»Ist Robert der Grund für deinen Einhorn-Blick?«

»Meinen was?«

»Na, dieser Blick, den normalerweise vierjährige Mädchen aufsetzen, wenn sie an Einhörner denken. Also der Diner-Besitzer und du, ja?«

Sie wackelt vielsagend mit ihren Augenbrauen.

Ein Lachen entschlüpft meiner Kehle. Es klingt hysterisch und kindlich zugleich. Der Laut ist mir vollkommen fremd und ich schlage mir schnell die Hand vor den Mund. Aufgrund meiner Reaktion wird Natalias Grinsen noch ein kleines bisschen breiter, sofern das überhaupt möglich ist. Sie beobachtet jede meiner Bewegungen und ich weiß mit ziemlich hoher Wahrscheinlichkeit, dass sie nicht lockerlassen wird. Zumindest nicht, bis sie eine Erklärung bekommen hat.

Ich seufze. »Okay, ich mag ihn ziemlich gern.«

»Ziemlich gern? Ich mag meinen Toaster ziemlich gern«, äfft Natalia meinen Tonfall nach. »Aber das ist wohl kaum die richtige Beschreibung für einen Mann.«

»Also, es ist so … ich, ähm … ich weiß einfach nicht, was das zwischen uns ist.«

Plötzlich komme ich mir vor, als wäre ich wieder ein Teenager und in meinen ersten Schwarm verliebt. So unbeholfen habe ich mich schon lange nicht mehr gefühlt.

»Bisher bin ich noch nicht in der Lage dazu, Gedanken lesen zu können, deshalb wirst du mir ein paar Wörter mehr geben müssen.«

»Momentan ist das alles einfach kompliziert. Ich mag ihn. Sehr. Es gibt Situationen, da schaut er mich mit diesem Blick an und ich weiß, dass ich bei ihm sicher bin. Doch dann brennt ihm irgendeine Sicherung durch und ich weiß nicht so recht, woran ich bei Robert bin. Und im Hinterkopf habe ich noch Adam. Früher oder später muss ich mich ihm gegenüberstellen, wenn ich mich von ihm scheiden lassen will«, erkläre ich hoffnungslos. »In meinem Kopf gibt es außerdem noch das Bild von Jakub und Robert zusammen. Sie verstehen sich so gut.«

Natalia nickt. »Das Herz einer Mutter führt über das eigene Kind. Wenn ein Mann dein Kind akzeptiert, dann ist das die halbe Miete für ihn.«

Ich nicke eindringlich. »Genau. Jeder Mann, der nur das kleinste Problem mit Jakub hat, wird sofort in den Wind geschossen.«

»Meinst du, Robert würde sich mehr zwischen euch wünschen?«, fragt Natalia geradeheraus.

Ich ziehe meine Unterlippe zwischen meine Zähne ein. Nachdenklich schaue ich mir meine Umgebung an. Wenn ich zu Natalia und zu mir selbst wirklich ehrlich sein soll, dann gibt es auf diese Frage nur eine Antwort:

»Ich weiß es nicht. Ich kann absolut nicht hinter Roberts Fassade schauen. Ich habe in diesem Moment nur einen einzigen Wunsch.«

»Und der wäre?«

»Ich möchte, dass Robert von sich aus auf mich zukommt. Ich möchte, dass er mich zur Seite nimmt und ich möchte, dass er mir erklärt, was das zwischen uns genau ist.«

Natalia presst die Lippen fest aufeinander und ihr entflieht ein sanftes Kichern.

»Was daran ist bitte so witzig? Machst du dich darüber lustig?«

Schmunzelnd deutet sie mit dem Kopf auf einen Punkt hinter mir.

»Nein, aber Wunsch erfüllt.«

Ich drehe mich um und sehe Robert auf uns zukommen. Er trägt schwarze Sneakers, dazu eine eng anliegende Jeanshose und ein lässiges dunkelblaues T-Shirt. Das Grün seiner Augen durchbohrt mich geradezu und ich ringe nach Luft.

Er wird doch hoffentlich nicht gehört haben, was ich da gerade gesagt habe? Oder etwa doch?

Schnell drehe ich meinen Kopf zu Natalia. »Was sucht er denn hier?«

Sie zuckt amüsiert mit den Schultern. »Ich bin genauso ahnungslos wie du.«

»Hey!«, sagt Robert.

Seine Anwesenheit spüre ich selbst in meinem Rücken. Die Wärme, die sein Körper ausstrahlt, erreicht nun auch mich. Sein sanfter Atem streift meinen Nacken und ich spüre eine Gänsehaut an meinem gesamten Körper. Langsam drehe ich mich zu ihm um.

»Hi.«

»Hallo, Robert«, grüßt meine Schwester.

»Hey, Natalia«, sagt Robert und hebt seine Hand zum Gruß. Dann fixiert er wieder mich. »Kann ich dich für einen Moment sprechen? Allein?«

»Oh … ähm … ich …« Ratlos schaue ich hinüber auf das Spielfeld.

Jakub hat gerade den Ball an einen seiner Mitspieler abgegeben. Hilfesuchend schaue ich Natalia an, weil mir absolut keine passende Erwiderung einfallen will.

»Ich bin hier und halte die Stellung. Wenn etwas sein sollte, dann habe ich ein Auge auf Jakub«, lächelt Natalia.

»In Ordnung. Danke.« Ich bin vollkommen überfordert mit dieser Situation.

»Wollen wir?« Robert tritt ein Stück zur Seite. Mit seinem Kopf deutet er auf den Weg hinter sich. Ich nicke und folge ihm den Trampelpfad entlang.

Außer Hörweite der anderen Menschen bleiben wir stehen. Robert lehnt gegen einen Baumstamm, während ich unschlüssig vor ihm stehen bleibe. Mir entgeht sein angespannter Kiefer nicht. Er hat seinen Blick fest in die Ferne gerichtet. Nervös trete ich von einem Bein auf das andere. Ich weiß nicht, wie ich mich verhalten soll. Das Schweigen zwischen uns dehnt sich aus und die Anspannung wächst mit jedem weiteren Herzschlag. Ich durchforste mein Gehirn nach einer lockeren Anekdote oder einem lächerlichen Fun Fact. Einzig und allein darauf bedacht, die angespannte Stimmung zwischen uns aufzulockern. Doch da ist nichts und mein Kopf fühlt sich an wie leergefegt. Mein Blick klebt an seinen Lippen und ich warte darauf, dass er spricht.

Schließlich stößt Robert einen tiefen Seufzer aus. Einen Seufzer voller Verzweiflung.

»So ein verdammter Mist.«

Er schüttelt den Kopf und ein verschmitztes Grinsen breitet sich auf seinen Lippen aus.

Auch meine Mundwinkel heben sich, während meine Schultern ein Stück nach unten sacken. Meiner Nervosität bin ich mir durchaus bewusst.

»Das läuft alles vollkommen falsch. Ich habe mir so viele Gedanken gemacht und gerade –« Robert hebt seinen Kopf und fixiert mich mit seinen durchdringenden grünen Augen. »Dieses Gespräch habe ich viel zu oft in meinem Kopf durchgespielt, doch so furchtbar ist es bisher noch nie gelaufen.«

Verlegen greift er sich mit einer Hand in den Nacken. Ich möchte etwas darauf erwidern, doch mein Kopf gleicht immer noch der Sahara. Mir möchte beim besten Willen keine vernünftige Erwiderung einfallen. Mein Herz klopft mir mittlerweile bis zum Hals.

»Es ist schon ziemlich lange her, dass ich mit einem Mädchen, besser gesagt mit einer Frau, eine solche Unterhaltung führen musste.«

Bumm. Bumm. Bumm.

Mein Herzschlag dröhnt in meinen Ohren und ich kann praktisch fühlen, wie das Blut durch meinen gesamten Körper rauscht. Meine Sinne sind vollkommen auf Robert fokussiert.

»Mir ist klar, dass du eine alleinerziehende Mutter bist. Natürlich steht das Wohl von Jakub für dich an erster Stelle. Und du sollst wissen, dass für mich dasselbe gilt. Ich mag diesen Jungen sehr gern.«

Robert tritt einen Schritt näher an mich heran. Er legt seine Finger zart an mein Kinn und zwingt mich, ihn anzusehen. »Allerdings möchte ich auch für seine Mutter da sein. Jedoch nicht nur auf freundschaftlicher Basis. Aber dafür sollte es irgendwie ein bisschen mehr voran gehen, findest du nicht?«

Ich schlucke schwer und nicke nur, ohne zu wissen, ob Robert es wahrnehmen kann.

»Kinga … ich möchte dich fragen, ob du mit mir ausgehen möchtest.«

Bumm. Bumm. Bumm.

Tausend Gedanken schmettern geradezu durch meinen Kopf. Während mir vorhin nicht einmal ein einziges Wort eingefallen ist, kann ich die Flut an Gedanken nun nicht mehr stoppen. Die Worte brechen über mir zusammen wie die tosenden Wellen eines Tsunamis. Ich tauche aus dem Strudel auf und versuche, mich an einzelne Wortfetzen zu klammern, doch in Sekundenschnelle brechen neue Wörter über mir herein und ich werde erneut in die Tiefe gerissen.

Bin ich wirklich schon bereit für einen neuen Mann in meinem Leben?

Werden meine Fehler aus der Vergangenheit mich wieder einholen?

Kann ich überhaupt einem neuen Menschen in meinem Leben vertrauen?

Was ist mit Jakub?

Müssen wir die Stadt erneut verlassen, wenn etwas schiefgeht? Ich habe doch erst entschieden, zu bleiben. Was ist mit Adam?

Aber mein Gehirn bleibt an keiner einzigen Frage hängen. Es gibt viel zu klären, doch damit möchte ich mich nicht beschäftigen. Ein neues Organ tritt an die vorderste Position. Ein Organ, welches ich in letzter Zeit viel zu oft vernachlässigt habe. Es ist mein Herz. Mein Herz stellt sich mit verschränkten Armen und breitbeinig vor meinen Verstand und schüttelt vehement den Kopf. Ganz so, als wollte es signalisieren, dass es nun selbst das Kommando übernehmen möchte. Deshalb fällt es mir sehr leicht, das folgende Wort auszusprechen:

»Ja.«

Roberts Augen weiten sich. Für den Bruchteil einer Sekunde wirkt er überrumpelt und beinahe schon ungläubig. Doch er fängt sich schnell wieder und sein charmantes Lächeln erhellt seine Gesichtszüge. Ich kann ihm deutlich ansehen, wie der Felsbrocken von seiner Brust rutscht. Wenn ich daran denke, wie nervös ich vor diesem Gespräch selbst war, ohne zu wissen, dass es stattfinden würde, dann möchte ich mir gar nicht vorstellen, wie es für ihn gewesen sein muss.

»Das ist … gut. Kann ich dich morgen Abend abholen? So gegen acht Uhr?«

Ich nicke. »Das klingt toll. Ich werde mit Natalia sprechen, ob sie auf Jakub aufpassen kann.«

»Klar, in Ordnung. Sagst du mir Bescheid?«

»Ich rufe dich an. Oder schreibe dir.«

»Du rufst mich an oder schreibst mir. Das ist … gut.« Robert scharrt verlegen mit den Füßen.

Natalias Worte kommen mir in den Sinn, als sie vor wenigen Tagen sagte, dass Robert sich seit dem Tod seiner Ehefrau nicht mehr mit anderen Frauen getroffen hat. Bis vor Kurzem habe ich den Wahrheitsgehalt dieser Aussage hinterfragt. Schließlich ist Robert ein attraktiver junger Mann. Nun kann ich jedoch sehen, wie viel Unsicherheit in diesem Gespräch liegt und bin mir absolut sicher, dass Robert keine Routine in solchen Dingen hat.

»Ich sollte wohl wieder zu Natalia gehen und darauf hoffen, dass die Mannschaft von Jakub nicht vollkommen den Bach runtergeht.«

»Oh! Ja, klar. Natürlich. Lass dich nicht länger aufhalten«, antwortet er schnell.

»Möchtest du dir das restliche Spiel vielleicht mit uns gemeinsam anschauen?«

»Ich würde unglaublich gern. Aber Piotr ist allein im Laden und ich sollte wohl wieder zurück. Wir sehen uns dann morgen Abend?«

Seine Stimmlage wandert nach oben und lässt seinen letzten Satz wie eine Frage klingen.

»Wir sehen uns morgen Abend«, bestätige ich lächelnd.

»Okay.«

»Bis morgen.«

Robert nickt mir ein letztes Mal zu, bevor er sich umdreht und geht. Ich schaue ihm hinterher und gehe unser Gespräch noch einmal im Kopf durch. Es ist eine Bestätigung an mich selbst, dass ich mir die letzten paar Minuten nicht eingebildet habe. Es ist eine Bestätigung, dass dieses Gespräch zwischen Robert und mir tatsächlich stattgefunden hat.

Ich lege meine rechte Hand auf meinen immer noch hämmernden Brustkorb.

Bumm. Bumm. Bumm.

Mit federleichten Schritten komme ich zurück zum Fußballfeld. Die zweiundzwanzig Kinder rennen weiterhin aufgeregt durch die Gegend und ich scheine nicht allzu viel verpasst zu haben. Jakub läuft hinter einem Spieler der gegnerischen Mannschaft her und scheint meine Abwesenheit überhaupt nicht mitbekommen zu haben.

»Hey! Habe ich etwas verpasst?«

Meine Schwester wendet mir breit grinsend den Kopf zu. In ihren Augen sehe ich den Schalk blitzen.

»Naaaaa!« Natalia zieht dieses Wort unnötigerweise in die Länge. »Die Frage ist doch eher, ob ich etwas verpasst habe.« Sie schlackert mit ihren Augenbrauen und es wirkt so, als würden zwei Raupen miteinander tanzen.

Es hat keinen Sinn, vor meiner Schwester irgendwelche Geheimnisse zu bewahren. Außerdem muss ich sie sowieso noch fragen, ob sie während meines Dates auf Jakub aufpassen kann.

Ich seufze. »Könntest du morgen Abend vielleicht auf Jakub aufpassen?«

»Ahhhh!« Stürmisch reißt Natalia mich in ihre Arme. Quietschend springt sie auf und ab und schnürt meiner Lunge die Luft ab.

Sie hält in ihrer Bewegung inne und schiebt mich an den Schultern eine Armlänge von sich weg. »Ich wusste es! Ich wusste, da läuft etwas zwischen euch. Das hat jeder mitbekommen, der Augen im Kopf hat, und endlich habt ihr es auch kapiert!«

Erneut ertönt ein ohrenbetäubend lautes Quietschen von Natalia und sie zieht mich schon wieder in eine feste Umarmung. Mittlerweile haben sich mehrere Köpfe zu uns umgedreht. Entschuldigend blicke ich einige Leute an und hebe verzweifelt meine Schultern, während Natalia mich fest umklammert hält.

Bis mein Blick bei einer Gestalt am Rande der Tribüne hängen bleibt.

Einbildung.

Und trotz meines Mantras entgleiten mir meine Gesichtszüge. Mir wird abwechselnd heiß und kalt.

Das kann nicht sein.

Einbildung.

Das darf einfach nicht wahr sein.

Mein Mund öffnet und schließt sich. Meine Glieder fühlen sich stocksteif an. Ich lasse Natalia schlapp los und meine Arme baumeln an meinem Körper. Das Blut rauscht unnatürlich laut in meinen Ohren.

Ich muss hier weg. Ich muss Jakub und mich retten.

»Kinga? Kinga ist alles in Ordnung bei dir?«, fragt Natalia verwirrt. Ihre Worte dringen wie in einem dicken Nebelschleier zu mir durch. Ich höre sie zwar, doch ich kann ihre Bedeutung einfach nicht ausmachen.

»Du bist ganz blass geworden. Fühlst du dich nicht gut?« Meine Schwester schiebt ihr Gesicht vor meines und nimmt mir damit jegliche Sicht.

Ich blinzle mich in die Realität zurück und … sehe gar nichts mehr. Keine Gestalt, kein böses Zeichen, nichts.

Vermutlich bin ich einfach nur ungemein aufgeregt und beginne alles zu hinterfragen.

»Nein, alles in Ordnung«, presse ich zwischen zusammengebissenen Zähnen hervor.

»Bist du dir sicher? Du siehst aus, als hättest du einen Geist gesehen.«

»Ja, ich dachte tatsächlich, ich hätte dahinten einen gesehen. Einen Geist in Gestalt von Adam.«

Langsam hebe ich meinen Blick zum Tribünenrand und Natalia tut es mir gleich. Nichts. Da ist absolut gar nichts.

»Da ist niemand, Süße. Ich kann dich beruhigen. Vielleicht ist alles einfach ein wenig viel. Es hat sich schließlich in den letzten Wochen unglaublich viel verändert in deinem Leben. Und er ist noch Ballast von früher. Jetzt kommt ein neuer Mann in dein Leben und –«

Mein Blick fliegt über das gesamte Spielfeld. Jakub ist weiterhin in das Spiel vertieft. Womöglich haben meine Gedanken mir tatsächlich einen Streich gespielt.

»Ja, aber dennoch sollte ich das mit Adam irgendwann klären. Ich muss die Scheidung einreichen. Er darf keine Rolle mehr in unserem Leben spielen, sofern es Jakub ebenso befürwortet.«

Die Nervosität und Anspannung haben in meinem Geist für mehr Chaos gesorgt, als mir bewusst war. Ich hatte in den letzten Wochen viel zu tun mit der Umgestaltung der Buchhandlung und meine Kräfte scheinen einfach am Ende zu sein. Es wird Zeit, dass ich etwas mehr an mich denke und mir mehr Erholung und Entspannung gönne.

»Und ich bin aufgeregt wegen morgen Abend.« Wahrscheinlich haben mir meine Sinne wirklich nur einen Streich gespielt. Einen absolut grausamen Streich.

KAPITEL 26

Kinga

Mit meiner rechten Hand streiche ich imaginäre Falten an meiner Jeanshose glatt. Langsam neige ich meinen Kopf zur Seite und betrachte mein eigenes Spiegelbild. Die Hose sitzt eng an meinen Beinen, meine Füße stecken in weißen Sandalen und ich trage eine farblich dazu passende Bluse. Ich wirke … brav. Nett. Langweilig. Ein Seufzen entkommt meiner Kehle. Vor zwei Stunden habe ich mich vor meinen Kleiderschrank gestellt mit der Ambition, das Beste aus mir herauszuholen. Tiefe Falten erscheinen auf meiner Stirn. Wenn dieses Ergebnis tatsächlich das beste ist, dann sollte ich mich schleunigst unter meine Bettdecke verkriechen und den gesamten Abend einfach absagen.

»Du siehst gut aus«, ertönt eine Stimme an der Tür.

Mein Kopf fährt herum und ich sehe Jakub im Türrahmen stehen. Seine karamellfarbenen Augen funkeln amüsiert und er beißt in einen Apfel.

»Meinst du wirklich?«, frage ich skeptisch und wende mich erneut meinem Spiegelbild zu. »Ich bin einfach nicht zufrieden.«

»Du siehst gut aus, aber schließlich siehst du jeden Tag gut aus. Robert mag dich so.« Jakub kommt in mein Schlafzimmer, stellt sich vor meinen Kleiderschrank und drängt mich dabei sanft zur Seite. »Aber vielleicht ist mal ein Rock ganz schön? Den trägst du nie.«

»Hab liebsten Dank, mein Schatz. Du hast mir den Abend gerettet. Ich denke, ein Rock klingt ausnahmsweise mal gut.« Dankbar nehme ich das Kleidungsstück entgegen und verlasse das Schlafzimmer, um mich umzuziehen.

Nach wenigen Minuten kehre ich zurück. Jakub sitzt auf meinem Bett und schaut aus dem Fenster. Er hat mich noch nicht bemerkt. Ich nutze diesen ungestörten Moment und nehme mir die Zeit, um meinen Sohn eingehender zu betrachten. Seine hoffnungsvollen Augen, seine geschwungene Nase und seine zierliche Gestalt. In seinem Inneren brennt ein loderndes Feuer. Seine Augen erzählen eine Geschichte, die kein achtjähriges Kind erzählen sollte. Tränen brennen hinter meinen Augen, wenn ich an die vergangenen Jahre denke. Gleichzeitig bin ich zutiefst dankbar für diese Zeit. Unsere Erlebnisse und Erfahrungen haben uns zu den beiden Menschen gemacht, die wir heute geworden sind. Voller Liebe und Stolz blicke ich auf das Wunder des Lebens. Auf mein Kind. Wir halten zusammen. Immer.

Unvermittelt dreht Jakub seinen Kopf zu mir. Seine Augen weiten sich, als er mich ansieht.

»Das sieht schön aus, Mama!«

Nach diesem Satz springe ich zu ihm auf mein Bett und schließe ihn fest in meine Arme. Wir lassen uns zusammen in die Kissen sinken und ich ziehe meinen Sohn fest an mich. Dankbar vergrabe ich meine Nase in seinem weichen Haar und atme seinen unverkennbaren Duft ein. In Momenten wie diesen scheint die Welt stillzustehen. Alles wird ruhig. Alles wird unwichtig. Und heute, in genau diesem Moment, scheint die Welt erneut stillzustehen. Es gibt nur Jakub und mich. Wir beide gegen den Rest der Welt. So war es von Anfang an und so wird es für immer bleiben.

»Wie stehst du eigentlich zu diesem ganzen Thema?«, frage ich unvermittelt.

Neugierig wendet Jakub mir den Kopf zu. »Was genau meinst du damit?«

»Ich meine diese Sache zwischen Robert und mir«, antworte ich langsam.

Mit wachsamen Augen beobachte ich genaustens die Gesichtszüge meines Sohnes. Auf gar keinen Fall möchte ich auch nur die kleinste Gefühlsregung verpassen. Wenn ein Schatten über seine

Augen huscht, dann möchte ich das unbedingt mitbekommen. Ich starre ihn so eindringlich an, dass meine Augen leicht zu brennen beginnen. Zu meiner Überraschung bleibt Jakubs Gesicht vollkommen ausdruckslos. Absolut gar nichts verändert sich darin.

Nach einigen Sekunden zieht er seine Augenbrauen nach oben. Das dicke Fragezeichen in seinem Gesicht ist kaum zu übersehen.

»Ich kapiere wirklich nicht, was du von mir möchtest.«

Okay. Es wird Zeit, den Elefanten im Raum direkt anzusprechen. Ich setze mich etwas aufrechter hin und betrachte meinen Sohn eingehend.

»Ich weiß nicht, ob es für dich in Ordnung ist, dass ich mit Robert ausgehe.«

»Wieso sollte das nicht in Ordnung sein?«, fragt Jakub.

Ein Seufzen entfährt mir. »Himmel, du machst es mir gerade wirklich nicht leicht.«

Ich merke zunehmend, wie nervös mich diese gesamte Unterhaltung macht. Meine Hände schwitzen und es hilft überhaupt nicht, sie an meinem Rock abzuwischen. Die Gedanken in meinem Kopf kreisen wild umher und es fällt mir schwer, mich zu konzentrieren.

»Ich denke, du machst es dir selbst gerade nicht leicht.«

Ich halte in meiner Bewegung inne und drehe langsam den Kopf zu ihm herum. »Was meinst du damit?« Nun bin ich diejenige mit dem dicken Fragezeichen auf dem Gesicht und dem verwirrten Gesichtsausdruck.

»Du tust immer alles für mich, damit ich glücklich bin. Wenn ich beim Eisessen die falsche Sorte wähle, dann überlässt du mir freiwillig dein Eis. Du nimmst in Kauf, eine Sorte zu essen, die du nicht magst, nur damit ich glücklich bin. Das machst du oft, Mama. Ich mag Robert, wenn er dich also glücklich macht.« Er zuckt mit den Schultern.

»Wenn ich die falsche Eissorte gewählt habe, dann muss ich damit klarkommen. Du darfst dein eigenes Eis genießen und glücklich mit deiner Wahl sein.«

Ich kann nicht fassen, was mein Kind gerade zu mir gesagt hat. Ein dicker Kloß bildet sich in meinem Hals und ich habe große Mühe, ihn hinunterzuschlucken. Ich räuspere mich. Zögerlich öffne ich meinen Mund.

»Du weißt aber schon, dass die Wahl einer Eissorte und die Wahl eines Partners zwei Dinge sind, die man nicht unbedingt miteinander vergleichen kann, oder?«

Jakub nickt heftig. »Na klar! Aber Robert macht dich glücklich. Und Robert macht mich glücklich. Wir gewinnen beide, wenn ihr ein Paar werdet.«

Huch. Ein Paar? So sieht Jakub uns? Um ehrlich zu sein, bin ich wegen dieses Dates bereits mehr als angespannt. Aber der Gedanke an eine feste Beziehung lässt meine Handinnenflächen erneut schwitzen.

»Wir treffen uns heute einfach nur, Schatz. Wir verbringen Zeit miteinander und lernen uns in Ruhe kennen. Es kann sein, dass wir am Ende des Tages feststellen, dass wir nicht zueinander passen«, erkläre ich diplomatisch.

»Das mag sein. Daran glaube ich aber nicht«, erwidert Jakub.

»Wieso nicht?«

Ein Klingeln an der Haustür unterbricht unser Gespräch. Jakub springt begeistert auf und rennt aus meinem Schlafzimmer. Unser Gespräch scheint damit beendet zu sein und mein Kind bleibt mir seine Antwort schuldig. Zu schade. Ich hätte sie nur allzu gern gehört.

Um kurz vor acht stehe ich vor dem Diner. Natalia und Anna sind früher als erwartet vorbeigekommen. Wir haben uns darauf verständigt, dass die drei heute einen Filmabend bei uns zu Hause machen. Bevor Natalia losgegangen ist, haben sich Kamil und sie erneut gestritten. Vielleicht tut ihr der Abend heute ebenfalls gut. Ich sehe, wie unglücklich meine Schwester ist. Sie erzählt nicht viel über ihre Ehe und die beiden scheinen sich in den letzten Jahren auseinandergelebt zu haben. Ich möchte sie so gern unterstützen, gleichzeitig möchte ich ihr ihre Freiheiten lassen und sie selbst entscheiden lassen, wann sie mich braucht.

Die Tür des Diners schwingt auf und eine hochgewachsene Gestalt schlüpft aus dem Geschäft. Mir fallen sofort die schicken Anzugschuhe an Robert auf. Dazu eine ordentliche Jeanshose und ein weißes Hemd. Er sieht gut aus. Er sieht sogar verboten gut aus. Ich beiße mir fest auf die Unterlippe und spüre, wie meine Wagen heiß werden. Mit seinem eleganten und dennoch lockeren Style hat er mich direkt auf seine Seite gezogen.

»Oh!«, stößt Robert überrascht aus. Er wirft einen Blick auf seine Armbanduhr. »Bin ich zu spät?«

»Nein«, beeile ich mich zu sagen. »Um ehrlich zu sein, bin ich zu früh dran.«

»Ich wollte dich abholen. Dann hättest du nicht den ganzen Weg zu Fuß gehen müssen.«

»Das ist schon in Ordnung. Ich hatte noch etwas Zeit übrig und wollte gern spazieren gehen.«

Außerdem bin ich zu Hause vor Nervosität umgekommen, füge ich in Gedanken hinzu. Doch das werde ich auf gar keinen Fall laut aussprechen.

Robert schaut mich an und es wirkt beinahe so, als würde er mich zum ersten Mal bewusst wahrnehmen. Mit meinem plötzlichen Auftauchen habe ich seine Abendvorbereitung wohl ein kleines bisschen durcheinandergebracht. Vielleicht ist auch er nervös und hätte die Fahrt gebraucht, um seine eigenen kreisenden Gedanken zu beruhigen. Ich beiße mir auf die Zunge, während sein Blick über meinen Körper wandert. Anerkennend hebt Robert eine Augenbraue, dabei schmunzelt er. Ich glaube, ich gefalle ihm. Zumindest möchte ich für den Moment daran glauben. Seine Art und Weise mich anzusehen, hat nichts Aufdringliches oder Anzügliches. Er wirkt beinahe ehrfürchtig, so wie er mich betrachtet.

»Du siehst sehr schön aus«, sagt er. Seine Stimme gleicht einem heiseren Flüstern.

»Dankeschön! Das Kompliment kann ich nur zurückgeben.«

»Wollen wir so langsam los?« Robert deutet mit seinem Kopf auf einen Jeep, der an der Straße steht. »Wir dürfen nicht zu spät kommen.«

»Zu spät kommen? Wo fahren wir denn hin?«

»Das wirst du erfahren, wenn wir angekommen sind. Ist das okay für dich?«

»Absolut!«

KAPITEL 27

Adam

Sylwia ist wirklich ein Dummkopf, denkt Adam.

Sie kann nicht tatsächlich daran geglaubt haben, dass sie nachts spurlos verschwinden und seinen eigenen Sohn mitnehmen kann, ohne dass er nach ihr suchen würde. Angewidert verzieht er das Gesicht, als der amerikanische Cowboy aus dem Diner herauskommt und seine Ehefrau ihn dümmlich angrinst.

Seine Ehefrau!

Sie wagt es, einen anderen Mann *so* anzusehen. Wütend ballen sich seine Hände zu Fäusten. Das Blut kocht in seinen Adern. Die beiden verfallen in Geplauder, doch von seinem Standort hinter einer Mülltonne kann er die genauen Worte nicht verstehen. Der Cowboy tritt einen Schritt zurück und mustert seine Ehefrau von Kopf bis Fuß. Ein glückseliger Ausdruck tritt in seine Augen und Adam muss sich zusammenreißen, um ihm diesen nicht aus dem Gesicht zu schlagen. Er kann eindeutig sehen, dass dieser Kerl an seiner Frau interessiert ist.

Sylwia schlägt die Augen leicht nieder und dreht ihren Kopf schüchtern zur Seite. Währenddessen rollt Adam so heftig mit den Augen, dass ihm diese beinahe aus dem Kopf fallen.

Miese kleine Schlampe, denkt Adam.

Er kann einfach nicht fassen, dass sie sich einem anderen Mann dermaßen anbietet. Diese ganze Darstellung ist geschmacklos und billig. Seine Frau gehört nach Warschau und zurück an seine Seite. Angeekelt musste er mit ansehen, wie Sylwia und Marcin in ein Haus gezogen sind. Ein Haus in Zakopane! Diese Stadt mag vieles sein, doch sie ist ganz sicher nicht die neue Heimat seiner Familie. Auch wenn er nicht bestreiten kann, dass sie sich große Mühe gegeben hat, ihre Spuren zu verwischen. Anfangs hat er nach Sylwia und Marcin Nowak gesucht. Als er damit keinen Erfolg hatte, musste er seine Taktik ändern. Wütend hat er private Tagebücher, Urkunden und Dokumente aus Schränken geworfen. Dabei ist er auf ihre Geburtsurkunde aufmerksam geworden. Anfangs hat er dem Schriftstück nicht besonders viel Beachtung geschenkt, bis sein Blick auf dem Mädchennamen seiner Frau gelandet ist. Danach ist auch bei Adam der Groschen gefallen.

Er hat unter dem Namen Lorek das Internet durchforstet und dabei viel unnützes Zeug gefunden. Bis zu dem Tag, als eine Natalia Lorek einen Beitrag auf einer Fotoplattform hochgeladen hat. Er war noch nie dankbarer dafür, dass seine verblödete Schwägerin den alten Familiennamen in den sozialen Medien benutzt. Neben ihr war seine Frau auf dem Bild abgelichtet, auch wenn der Name nicht gepasst hat. *Kinga* stand unter dem Bild. Der Zweitname seiner Partnerin.

Dieses Biest hat ihren zweiten Vornamen und ihren Mädchennamen benutzt, um unterzutauchen. Prinzipiell ein guter Plan, doch leider nicht clever genug. Auch sein Sohn trägt nicht mehr den Namen Marcin, sondern seinen Zweitnamen – Jakub.

Vor ihm kommt Bewegung in die Szene, weshalb er aus seinen Gedanken gerissen wird und sein Augenmerk auf das Hier und Jetzt legt.

Der Cowboy legt Kinga eine Hand auf den unteren Rücken und führt sie zu seinem Wagen. Er öffnet die Beifahrertür und lässt sie einsteigen, danach schließt er diese sorgfältig. Adam muss den Impuls unterdrücken, einfach aufzuspringen und diesen Typen in Grund und Boden zu stauchen.

Er wird ihm eine Lektion erteilen. Das ist eine unumstößliche Tatsache, aber er weiß, dass seine Zeit nicht gekommen ist. Zumindest noch nicht. Der Zeitpunkt wäre jetzt animalisch und geistlos. In seinem Kopf formt sich ein perfider Plan, welchen er unbedingt befolgen möchte. Adam hat nicht vor einfach kopflos in eine Situation zu stürzen. Oh, nein! Wenn er zum Einsatz kommt, dann wird das mit einem lauten Knall geschehen. Er wird sich zurückholen, was ihm genommen wurde. Seine Familie wird ihn wieder nach Warschau begleiten, auch wenn den beiden das noch nicht bewusst ist.

Außerdem wird Sylwia einiges an Erziehung über sich ergehen lassen müssen. Damit sie nicht auf die blödsinnige Idee kommt, solch eine Aktion zu wiederholen. Schließlich könnten die Nachbarn anfangen, Fragen zu stellen und das gilt es, um jeden Preis zu verhindern. Im Grunde sind sie zu dritt eine glückliche Familie. Seine Ehefrau muss das nur noch einsehen.

Der Cowboy steigt in seinen Jeep, startet den Motor und fährt los. Auch Adam schleicht zu seinem Fahrzeug rüber und fährt dem Wagen mit einigen Metern Abstand hinterher. So leicht werden die beiden ihm nicht entkommen!

KAPITEL 28

Kinga

Während der Autofahrt können wir gar nicht aufhören, miteinander zu reden. Das Eis zwischen uns scheint vollständig gebrochen zu sein und ich fühle mich wohl in Roberts Nähe. Ich genieße es, ihn näher kennenzulernen.

»Was hat Jakub eigentlich zu unserem Date gesagt?«

»Jakub?«, entfährt es mir überrascht.

»Ja, ein kleiner Junge. Acht Jahre alt, Brille, hellbraune Augen. Dein Sohn.«

Ich verdrehe die Augen. »Danke, aber ich weiß, wer Jakub ist. Mich verwundert die Frage.«

»Wieso? Es interessiert mich, was er darüber denkt, wenn wir beide uns treffen.«

Bumm. Bumm. Bumm.

Mein Herzschlag beschleunigt sich und droht, meinen gesamten Brustkorb zu sprengen. Für ihn scheint dieses ganze Thema keine große Sache zu sein. Es interessiert ihn aufrichtig, was Jakub über uns beide denkt und ist nicht einfach nur so dahingesagt. Robert hat absolut keine Ahnung, wie viel mir seine Nachfrage bedeutet.

»Jakub hat sich gefreut. Ich glaube, er mag die Vorstellung davon, uns zusammen zu sehen.«

Robert lächelt. »Ich mag die Vorstellung auch.«

Bumm. Bumm. Bumm.

Auf einem offenen Feld halten wir an. Vor uns befindet sich eine große braune Scheune. Sie sieht aus, als wäre sie bereits seit einigen Jahren nicht mehr in Benutzung. Es stehen noch ein paar weitere Autos davor. Bevor ich meine Frage formulieren kann, wendet Robert seinen Jeep. Er parkt rückwärts neben einem anderen Auto ein und der Motor erstirbt in derselben Sekunde.

Robert öffnet seine Tür. »Dann wollen wir mal.«

»Was hast du vor? Wo wollen wir hin?«

»Das wirst du gleich sehen. Komm mit.«

Für gewöhnlich bin ich von Überraschungen kein besonders großer Fan. Ich bereite mich gern auf alles vor und plane meine nächsten Schritte sehr sorgfältig. Doch heute scheint *mein* spontaner Tag zu sein. Es macht mir überhaupt nichts aus, dass ich nicht weiß, wo ich mich befinde oder was genau wir hier machen werden. Es ist schon viel zu lange her, dass ich einem Mann blindlings vertraut habe. Doch es fühlt sich gut an.

Ich steige ebenfalls aus und folge Robert, der um seinen Jeep herum geht. Er legt seine Hände auf dem Fahrzeug ab, springt hoch und schwingt sich auf die Ladefläche hoch. Wenn ich mir bisher nicht sicher war, wie sportlich Robert wirklich ist, dann hat sich diese Frage nun endgültig für mich geklärt.

»Dir ist aber klar, dass ich so etwas nicht machen kann?«

Zweifelnd deute ich auf meine Schuhe und auf meinen Rock. Ganz so, als ob mich diese beiden Sachen an dem Unterfangen hindern würden. Meine mangelnde Begeisterung für den Sport lasse ich in diesem Moment lieber außen vor.

»Lass mich dir helfen!«, erwidert Robert sofort und streckt mir seine Hand entgegen.

Lächelnd ergreife ich sie und lasse mich von ihm mit einem Schwung auf die Ladefläche ziehen. Bei ihm wirkt diese gesamte Aktion so mühelos, als würde ich nicht viel mehr wiegen als ein kleiner Hundewelpe. Dieser eine spezielle Moment aus dem Disney Film *Aladdin* kommt mir in den Sinn. Als Aladdin auf seinem Teppich kniet und seine Hand nach Prinzessin Jasmin ausstreckt. Dieser Film war schon immer einer meiner liebsten. Vielleicht ist das der Grund dafür, warum sich dieser Moment für mich so magisch anfühlt.

Neugierig lasse ich meinen Blick über die Ladefläche des Jeeps schweifen. Über der gesamten Fläche liegt eine grün-weiß karierte Flanelldecke. Daneben stehen insgesamt vier Tüten aus Roberts Diner. Zwei weitere Decken liegen ordentlich übereinander gestapelt neben den Tüten.

»Machen wir hier oben ein Picknick?«, frage ich und drehe mich zu Robert um.

»Ja, so etwas in der Art. Setz dich. Es geht sicher gleich los.«

»Aber was soll –« Doch weiter komme ich nicht.

In diesem Moment erstrahlt ein helles Licht an der Rückseite der Scheune. Erst jetzt fällt mir der Projektor auf, der viel weiter hinten im Gras steht.

Ein Autokino! Meine Augen funkeln voller Vorfreude und Aufregung. Ich bin bisher noch nie in einem Autokino gewesen. Dabei finde ich den Gedanken daran unglaublich toll.

»Leider weiß ich nicht, was wir uns ansehen werden. Diese Vorstellungen laufen einmal im Monat und der Film ist jedes Mal eine Überraschung.«

»Das ist einfach großartig. Warum hat mir noch keiner etwas davon erzählt?«, stoße ich hervor und setze mich neben ihn auf die Decke.

»Ich weiß nicht. Warst du schon mal in einem Autokino?«

»Nein.«

»Nein?«

»Bisher hatte ich noch nie die Gelegenheit dazu.«

»Das ist schade.«

»Bist du öfters hier?«

Robert kaut auf seiner Unterlippe herum. »Früher ja … mit meiner Frau … und nach ihrem Tod bin ich nicht mehr hierhergekommen.«

Ich spüre den Schmerz hinter seinen Worten und kann ihn nur allzu deutlich in seinen Augen sehen. Dieser Mann hat mehr durchmachen müssen, als ein Mensch in unserem Alter durchmachen sollte. Niemand sollte die Liebe seines Lebens in so jungen Jahren beerdigen müssen.

»Es tut mir leid«, murmelt er mit kratziger Stimme und räuspert sich schnell. »Das ist unser erstes Date. Ich möchte die Stimmung auf gar keinen Fall verderben.«

Schmunzelnd lege ich ihm eine Hand auf die Schulter. »Du könntest meine Stimmung niemals verderben, indem du über Martyna sprichst. Sie war deine Ehefrau und deine große Liebe. Auch wenn sie nicht mehr da ist, so ist sie immer noch ein Teil von dir und deinem Leben. Du darfst niemals ein schlechtes Gewissen bekommen, wenn du über sie sprichst. Versprochen?«

»Versprochen«, antwortet Robert. Er richtet seinen Blick auf die Leinwand, legt seine Hand auf meine und drückt kurz zu.

Bei seiner Berührung jagt ein Stromstoß durch meinen gesamten Körper. Schmetterlinge flattern wild in meinem Bauch umher und ein schmerzhaftes Verlangen macht sich in meinem Unterleib breit. Dieser Mann bringt mich vollkommen um den Verstand.

Hitze schießt in meine Wangen. Diese Reaktion meines Körpers kann ich mir absolut nicht erklären. Ich kneife meine Augen zusammen und spähe weiter über meine Schulter, doch alle Menschen sitzen in ihren Autos und blicken auf die Leinwand.

»Ein Schwarz-Weiß-Film«, sagt Robert neben mir.

Ich schließe meine Augen und atme tief durch. Schnell schüttle ich den Kopf und versuche, meine Gedanken auf die Leinwand vor mir zu konzentrieren. Der Schriftzug von *Casablanca* erscheint und die ersten Worte, die darin gesprochen werden, spreche ich sofort nach.

Robert sieht mich an. »Du scheinst den Film zu mögen?«

»Mögen? Oh, nein. Ich liebe diesen Film.«

»Das freut mich zu hören. Möchtest du etwas essen? Ich habe Burger und Pommes aus dem Diner dabei. Nachtisch habe ich auch mitgebracht, wobei ich zugeben muss, dass Piotr sich darum gekümmert hat. Desserts sind nicht unbedingt meine Stärke.«

»Du bist einfach perfekt«, seufze ich und lasse meinen Kopf

unbewusst gegen seine Schulter sinken.

»Ich gebe mir die größte Mühe«, antwortet Robert und stellt eine der Papiertüten vor uns ab.

KAPITEL 29

Robert

Anfangs war ich mir ziemlich sicher, dass ich *Casablanca* total langweilig finden werde. Mit alten Streifen habe ich es nicht besonders und auch von Schwarz-Weiß-Filmen bin ich kein großer Fan. Doch mit Kinga zusammen fühlt sich alles einfacher und schöner an. Jedes Essen schmeckt besser. Jede Unterhaltung ist intensiver. Wir haben uns gemeinsam die Burger mit den Pommes schmecken lassen und zum Nachtisch hat Piotr für uns zwei Schokoladenküchlein zubereitet. Garniert mit Puderzucker, Himbeeren und Heidelbeeren. Obwohl mir Piotr meistens ziemlich auf die Nerven geht, muss ich dennoch zugeben, dass der Kerl ein wahnsinnig gutes Dessert machen kann. Das darf ich unter keinen Umständen vor ihm zugeben, sonst wird das sein Ego völlig explodieren lassen.

Der Abspann des Films erscheint auf der provisorischen Leinwand und Kinga neben mir stößt ein glückseliges Seufzen aus. Nach dem Essen hat sie erneut ihren Kopf auf meiner Schulter abgelegt. Ein warmes Gefühl durchströmt augenblicklich meinen gesamten Körper und ihr blumiger Duft lässt mein Herz um einiges schneller schlagen. Während der letzten Stunde habe ich es nicht gewagt, mich auch nur einen einzigen Zentimeter zu bewegen. Zu groß war meine Angst, dass Kinga ihre Position verändern könnte. Ich wollte nicht, dass der Körperkontakt zwischen uns abbricht. Mittlerweile habe ich kein Gefühl mehr in meinem linken Bein. Es ist vollkommen taub, doch auch das interessiert mich momentan nicht. Alles, was zählt, ist das Gefühl von Kingas Kopf an meiner Schulter.

Zu meinem Bedauern hebt sie genau in diesem Moment ihren Kopf. Mit leuchtenden Augen schaut sie zu mir auf. Ihre Wangen sind gerötet, ihre Haare sind ein wenig zerzaust. Ihre Mascara ist leicht verschmiert und in diesem Augenblick bin ich mir absolut sicher, dass ihr nicht klar ist, wie wunderschön sie eigentlich ist.

»Das war unglaublich toll.« Auf ihren Lippen erscheint ein verträumtes Lächeln und ihre gesamte Aufmerksamkeit gilt mir.

Ich räuspere mich. Wenn ich ehrlich sein soll, dann habe ich einige Momente von diesem Film verpasst. Ich war viel zu sehr mit anderen Dingen beschäftigt. Zum Beispiel habe ich einiges an Zeit damit verbracht, auf Kingas Atemzüge zu achten und ihnen zu lauschen. Anschließend habe ich jedes einzelne Detail in mich aufgesogen. Ich habe mir ihren blumigen Duft eingeprägt und das Gefühl von ihren Wangenknochen auf meiner Schulter. Ich habe ihre schlanken Finger gemustert und alles von ihr in meinem Gedächtnis gespeichert.

»Stimmt. Wir hatten ziemliches Glück mit dem Film.«

Um uns herum macht sich eine gewisse Aufbruchsstimmung bemerkbar. Die Menschen bringen ihren Müll in die dafür vorgesehenen Behälter, sie kurbeln ihre Fenster wieder nach oben und starten die Motoren ihrer Fahrzeuge.

»Wollen wir uns auch wieder auf den Rückweg machen?«

Während mein Mund diese Frage stellt, ist mein Herz vollkommen damit beschäftigt, heftig gegen diesen Vorschlag zu protestieren. Es brüllt um sich. Am liebsten würde ich den gesamten Abend mit Kinga auf der Ladefläche meines Jeeps verbringen. Wir würden uns in die Flanelldecken kuscheln, Sterne beobachten, eine Flasche Wein öffnen und den Abend gemütlich ausklingen lassen. Anschließend würden wir einfach hier liegen bleiben und unter dem freien Sternenhimmel schlafen. Für gewöhnlich bin ich nicht der romantische Typ. Diese Gabe liegt mir beim besten Willen nicht. Rosenblätter, Kerzenlicht, klassische Musik. All diese Dinge mögen bei Frauen zwar besonders gut ankommen, doch ich habe keine Ahnung, wie ich das miteinander kombinieren soll. Im Endeffekt möchte ich, dass eine Frau sich in mich verliebt. In meinen wahren Charakter. Mit all meinen Ecken und Kanten. Und dazu gehört nun einmal auch mein fehlender Sinn für Romantik.

»Klar, lass uns zurückfahren«, antwortet Kinga.

»Musst du sofort wieder nach Hause?«, frage ich. Gleichzeitig möchte ich mir für meine aufdringliche Art auf die Zunge beißen.

»Natalia und Anna sind bei mir zu Hause. Die beiden veranstalten mit Jakub einen Filmabend. Ich denke, sie kommen noch etwas ohne mich aus.«

Sie setzt dieses warme Lächeln auf und mein Herz vollführt einen absolut lächerlichen Tanz. Trotzdem bin ich gegen das Grinsen, welches sich auf meinem Gesicht ausbreitet, machtlos.

»Das klingt gut. Hättest Du Lust auf einen Kaffee aus meinem Laden? Wir könnten uns einen besorgen und etwas spazieren gehen.«

»Für Kaffee bin ich immer zu haben«, antwortet Kinga sofort.

Ich ziehe gespielt einen Schmollmund. »Eigentlich war ich der Meinung, dass du meine Gesellschaft genießt.«

»Das stimmt. Aber die Gesellschaft von Kaffee genieße ich auch sehr.«

Seufzend fasse ich mir an die Brust. »Diesen Kampf werde ich einfach nicht gewinnen können. Komm, wir holen dir deinen magischen Zaubertrunk.«

Nur wenige Minuten später spazieren wir mit zwei Pappbechern durch die Straßen von Zakopane. Kinga trinkt einen Cappuccino, während ich mir einen Pfefferminztee gemacht habe.

»Darf ich dich etwas fragen?«

»Natürlich.«

»Warum noch mal kommt es, dass dein Kaffee der absolute beste in der Stadt ist?«

»Bitte?«

Kinga nickt heftig. »Es stimmt. Ich habe mich herumprobiert und deiner schmeckt mit Abstand am besten?«

»Du bist mir kaffeefremdgegangen? Das verletzt mich.«

»Probierst du dich selbst viel durch?«

»Nein.« Ich schüttle den Kopf. »Kaffee entspricht absolut nicht meinem Geschmack. Ich habe mich schon oft gefragt, wie die Menschen dieses bittere Zeug runter bekommen. Selbst Zucker und Milch konnten nicht viel Abhilfe leisten. Irgendwann habe ich es komplett aufgegeben und bin auf Tee umgestiegen.«

»Das erklärt meine Frage nicht, sondern verwirrt mich noch mehr«, gibt Kinga ehrlich zu.

»Martyna hat Kaffee geliebt. In Amerika habe ich als Barista gearbeitet und mir einiges über verschiedene Röstungen angeeignet. Mit Martyna gemeinsam habe ich an dem perfekten Schliff gefeilt. Ich habe ihn gekocht und sie musste probieren. Anfangs war das keine schöne Aufgabe, bis wir die perfekte Mischung gefunden hatten.«

Mein Redefluss stoppt abrupt und ich bin von mir selbst überrascht. Es ist Ewigkeiten her, dass ich mit einem anderen Menschen über sie gesprochen habe und vor allen Dingen, dass es mir leichtgefallen ist. Wenn ich ehrlich sein soll, dann hat es sich sogar gut angefühlt, so unbeschwert sprechen zu können.

»Sag mal …«

Kinga beißt sich auf die Unterlippe und beeilt sich, anschließend einen Schluck von ihrem Kaffee zu trinken. Das sieht süß aus, weil es den Anschein erweckt, als wolle sie sich Mut antrinken. Mit Kaffee.

»Ja?«, ermuntere ich sie.

»Wann warst du das letzte Mal mit einer Frau auf einem Date?«, möchte sie zaghaft wissen.

»Ehrliche Antwort?«

»Ich bitte darum.«

»Das war mit meiner Ehefrau Martyna.«

»Danach gar nicht mehr?«

Ich schüttle den Kopf. »Nein, danach gar nicht mehr.«

»Hat dir … hm …« Kinga scheint angestrengt über ihre Frage nachzudenken.

Ich möchte sie unter gar keinen Umständen drängen. Deshalb lasse ich sie auf ihrer Lippe herumknabbern.

»Hast du niemals das Bedürfnis verspürt, mit einer anderen Frau zusammen zu sein?«

Nun liegt es an mir, für einen Moment über ihre Frage nachzudenken. Natürlich habe ich nach dem Tod von Martyna darüber nachgedacht, wie es mit mir weitergehen soll. Ich habe daran gedacht, eine neue Frau kennenzulernen, mit ihr ein Haus zu bauen und vielleicht sogar eine Familie zu gründen. Doch so schnell, wie dieser Gedanke gekommen ist, hat zeitgleich das schlechte Gewissen an meine Tür geklopft. Es hat sich einfach nicht richtig angefühlt. Jeder Gedanke an eine fremde Frau hat sich für mich bisher wie Betrug an Martyna angefühlt. Ich wollte unbedingt ein Baby haben und eine Familie gründen, doch dieses Abenteuer wollte ich nur mit ihr erleben. Aber Martyna ist weg. Unwiederbringlich. Und gemeinsam mit ihr ist auch mein Traum von einer eigenen Familie gestorben.

Ich atme tief durch. »Ja, ich habe daran gedacht, mich wieder mit anderen Frauen zu verabreden. Aber letzten Endes habe ich mich einfach nicht dazu bereit gefühlt.«

»Verstehe.«

»Einen Versuch habe ich allerdings mal gewagt.«

»Ach ja?«

»Ja, aber das Date mussten wir in der Notaufnahme beenden.«

»Wie bitte?«, entfährt es Kinga. »Diese Geschichte muss ich unbedingt hören.«

»Um ehrlich zu sein, gibt es da nicht besonders viel zu erzählen. Ein einziges Mal habe ich mich mit einer Frau verabredet. Das war zwei Jahre nach dem Tod von Martyna. Ich bin zu ihr nach Hause gefahren und sie ist aus der Haustür getreten. Dann wollte ich einen auf Gentleman machen. Romantischerweise bin ich ausgestiegen und habe ihr die Tür zu meinem Jeep aufgehalten. Die Dame ist eingestiegen, doch in meiner Aufregung habe ich die Tür zu schnell zugeworfen.«

Kinga schlägt sich schnell die Hand vor den Mund. »Was ist dann passiert?«

»Leider habe ich nicht mitbekommen, dass diese Dame ihren rechten Fuß noch außerhalb des Autos hatte. Der Aufprall der Autotür hat ihren Fuß zusammengedrückt und wir mussten sofort in die Notaufnahme fahren, um alles abchecken zu lassen.«

»Um Gottes willen. Und damit war das Date dann vorbei?«

Ich nicke. »Indem ich ihren Fuß vielleicht nicht gebrochen, aber stark geprellt hatte, war das Date dann vorbei, ja.«

»Das ist ein furchtbares Date.«

Das zarte Grinsen auf ihrem Gesicht entgeht mir dennoch nicht. Es bringt mein Herz augenblicklich dazu, schneller zu klopfen.

»Ja, ich denke, ich führe die Top-Ten-Liste an. Was ist mit dir?«

»Mhm?«

»Wie lange ist deine letzte Verabredung her?«, frage ich sie.

Noch bevor ich die Frage zu Ende gestellt habe, bereue ich diesen furchtbaren Fehler. Kinga wird schlagartig blass und ihre Hände zittern. Mit einer solch heftigen körperlichen Reaktion habe ich unter keinen Umständen gerechnet. Ihr Blick fliegt unkontrolliert zwischen ihrem Kaffeebecher und mir hin und her.

Damn it.

Sie hat mir bereits ein wenig über sich und ihren Ex-Mann erzählt. Aber gab es nicht auch einmal angenehme Momente? Bevor es schlimm wurde?

»Hey!« Ich bleibe stehen. Behutsam lege ich ihr eine Hand auf die Schulter und zwinge sie dazu, ebenfalls stehen zu bleiben. »Wenn ich dir mit meiner Frage zu nahegetreten bin, dann tut mir das sehr leid. Ich möchte dich nicht bedrängen oder so.«

»Das ist es nicht.« Kinga schluckt schwer. »Ich war zuletzt auf einem Date mit meinem Ehemann, als ich ihn zu Schulzeiten kennengelernt habe.«

»Und die Sache zwischen euch ist nicht gut ausgegangen. Ich weiß.«

Eine kurze Pause zwischen uns entsteht. »Wie lange seid ihr bereits geschieden?«

Kinga zieht ihre Unterlippe zwischen ihre Zähne und schlägt die Augen nieder.

»Gar nicht.« Ein Windhauch hätte ihre Worte umhauen können.

Meine Augen weiten sich. Sie hat zwar ziemlich leise gesprochen, doch ich bin mir sicher, mich nicht verhört zu haben. Sie hat klar und deutlich gesagt, dass die Scheidung von ihrem Ehemann nicht durch ist. Ich rekapituliere unsere vergangenen Gespräche, aber da ist nichts. Sie hat niemals von einer Scheidung gesprochen, lediglich von einer Trennung.

Ihr Ehemann.

Kinga ist verheiratet. Kinga ist eine Ehefrau. Verheiratet. Sie hat einen Ehemann. Einen verdammt fürchterlichen Ehemann.

»Die Situation ist nicht ganz einfach. Ich werde irgendwann die Scheidungspapiere einreichen«, erklärt sie heiser.

Wenn man sich unsere Stadt Zakopane anschaut, dann könnte man wirklich meinen, es wäre ein Dorf. Jeder kennt einfach jeden und Klatsch und Tratsch verbreiten sich schneller, als einem lieb ist. Doch kaum gibt es wirklich wichtige Neuigkeiten wie die Tatsache, dass Kinga verheiratet ist, hört man in der gesamten Stadt keinen Ton davon.

»Wie du weißt, habe ich ihn verlassen. Mit Jakub. Irgendwann werde ich die Scheidung einreichen müssen. Er ist einfach … kein besonders netter Mensch. Weder als Ehemann noch als Vater ist er geeignet. In seiner alten Schule hatte Jakub Probleme mit seinen Mitschülern. Er wurde häufig geärgert und die anderen Kinder haben sich über ihn lustig gemacht«, erzählt Kinga.

Ich nicke und erinnere mich daran, dass der Kleine mal so etwas in die Richtung erwähnt hat.

»Jedenfalls hat mein Ex-Mann sich für seinen eigenen Sohn nicht stark gemacht, stattdessen hat er noch nachgetreten. Er hat ihn schwach und nutzlos genannt und wir haben uns sehr oft über dieses Thema gestritten.« Sie schluchzt auf.

Ich gehe dazu über, einfach meinen Mund zu halten. Sie hat einiges zu erklären und ich möchte ihrer Geschichte den nötigen Raum dazu geben. Sie soll nicht denken, dass ich ihre Gedanken und Gefühle steuern möchte. Ich möchte mir ihre Erlebnisse anhören – und zwar vollkommen neutral.

Stotternd holt Kinga tief Luft. »Adam und ich haben uns während unserer Schulzeit kennengelernt. Er war ein großartiger erster Freund. Meine erste große Liebe. Er war zärtlich und aufmerksam. Es lief so gut zwischen uns, dass wir nach der Schule weiter zusammengeblieben sind. Wir haben unsere Ausbildungen angefangen, sind zusammengezogen und haben das Leben in vollen Zügen genossen. Eines Tages hat Adam um meine Hand angehalten und niemals in meinem Leben war ich glücklicher als in diesem Moment.«

Sie zieht scharf die Luft ein.

»Mit dem Tag unserer Hochzeit hat sich das Verhalten von Adam schlagartig verändert. Er ist oft mit seinen Jungs in die Kneipe gegangen. Dort hat er ordentlich einen über den Durst getrunken. Gemeinsame Abende als Paar sind in der Regel komplett weggefallen. Du musst wissen, dass ich ein sehr harmoniebedürftiger Mensch bin. Ich streite mich nicht gern und gehe Konflikten eher aus dem Weg. Seine alkoholisierten Freunde und er waren einfach viel zu häufig gemeinsam unterwegs. Jedes Mal kam er mitten in der Nacht betrunken nach Hause. Er hat dann rumgeschrien und mit Sachen um sich geworfen. Nacht für Nacht habe ich allein auf der Couch verbracht, damit ich nicht mit ihm in einem Bett liegen muss. Am Morgen danach hat Adam sich immer für sein Verhalten entschuldigt und Besserung versprochen. Doch mit der Zeit bin ich unempfänglich für seine Worte geworden.«

Kinga schluckt schwer. In ihren Augen schimmern Tränen und ich spüre, dass ich sie in den Arm nehmen möchte. Ich möchte sie beschützen. Doch diese Aufgabe steht mir nicht zu. Noch nicht. Zuerst muss ich erfahren, welche Rolle ihr Ehemann noch in ihrem Leben spielt. Ich muss es wissen. Ich muss es hören. Mit meinen eigenen Ohren. Deshalb halte ich weiterhin meinen Mund und lausche gebannt ihren Erzählungen.

»Eines Nachts ist Adam wieder einmal sturzbetrunken nach Hause gekommen. Er ist ins Bett gewankt und hat angefangen, an mir rumzumachen. Ich habe ihm erklärt, dass ich nicht in der richtigen Stimmung bin. Sein Atem hat nach Alkohol gestunken. Von dem Geruch ist mir ganz schlecht geworden. Ich war zu müde in jener Nacht und hatte keine Lust. Doch Adam hat sich über mein *Nein* hinweggesetzt. Er hat nicht lockergelassen, obwohl ich mich gewehrt habe, und im Endeffekt hat er es … einfach durchgezogen.«

Ein trauriges Lächeln erscheint auf Kingas Lippen. Ich kann ihren Schmerz beinahe körperlich fühlen und innerlich zerreißt es mich. Wie sehr kann man einen Menschen hassen, dem man noch nie zuvor im Leben begegnet ist? Ich für meinen Teil hasse Adam abgrundtief.

»Das war einer der Gründe, warum ich gehen musste. Ich muss dir nicht sagen, dass ich Angst vor ihm habe, oder? Wie könnte ich auch nicht? Es ist schon seltsam, welche Wege das Schicksal manchmal einschlägt. Die schlimmste Nacht in meinem Leben hat mir das beste in meinem Leben beschert. In dieser Nacht bin ich mit Jakub schwanger geworden. Ich wünschte mir so sehr, dass er eine andere Geschichte bekommen hätte. Zu gern würde ich ihn den krönenden Abschluss einer großen Liebe nennen, doch leider ist dem nicht so. Nichts auf der Welt liebe ich mehr als meinen Jungen. Unser Leben ging auch nach der Geburt von Jakub weiter wie bisher. Bis es schließlich geschah. Es war ein Abend wie viele Abende zuvor. Ich habe Jakub ins Bett gebracht, während Adam mit seinen Kumpels unterwegs war. Ich wollte im Schlafzimmer für etwas Ordnung sorgen. Also habe ich unsere Kleidung aus der Kommode geräumt und wollte sie neu einsortieren. Dabei habe ich zwischen seinen Socken ein kleines Tütchen mit Kokain gefunden. Der Alkohol war schon schlimm genug, aber Koks? Nein, so etwas wollte ich auf gar keinen Fall unter meinem Dach dulden. Mein Körper hat sich selbstständig gemacht. Die Löwenmutter in mir ist aufgesprungen und hat dieses verdammte Zeug in der Toilette runtergespült.«

Kinga schluchzt erneut laut auf. Tränen laufen haltlos über ihre Wangen. Sie schnieft und ihr gesamter kleiner Körper zittert unter der Last ihrer Worte. Meine eigenen Gefühle sind mir in diesem Moment egal. Ich führe Kinga zu einer Bank, neben unserem wunderschönen Stadtbrunnen. Unsere Körper spiegeln sich auf der Wasseroberfläche und ich bedeute ihr langsam, sich zu setzen. Anschließend setze ich mich neben sie und nehme ihre kalte Hand in meine. Ihr gesamter Körper fühlt sich kühl an, obwohl wir angenehm milde Temperaturen haben.

»Mir ist nur eine Sekunde danach klar geworden, was ich da eigentlich getan habe. Nervös habe ich mich an unseren Küchentisch gesetzt und auf ihn gewartet. Meine Hände haben unkontrolliert gezittert, mein Mund war staubtrocken und mein Herz hat viel zu schnell geschlagen. Mitten in der Nacht ist Adam polternd durch die Tür getreten. Verstört hat er mich blinzelnd angestarrt. Er hat mich gefragt, warum ich noch nicht schlafe. Da ist die gesamte Wahrheit aus mir rausgesprudelt. Ich habe ihm gesagt, dass ich sein Verhalten satthabe. Ich habe ihm gesagt, dass er mich nicht mehr so belügen darf und er nicht mehr mit seinen Freunden trinken gehen soll. Ich bin von meinem Stuhl aufgesprungen und habe ihm das leere Tütchen Koks entgegengeworfen. Mit mutiger Stimme habe ich ihm gesagt, dass ich sein beschissenes Zeug die Toilette runtergespült habe. Bei dem üblichen Geschrei ist es dieses Mal nicht geblieben. Ich konnte ihm regelrecht ansehen, wie jegliche Liebe und Zuneigung aus seinem Blick gewichen sind. Er hat sich langsam zu mir gebeugt und mich darum gebeten, meine Worte zu wiederholen. Ich war jedoch nicht in der Lage, auch nur einen Ton von mir zu geben. Mit einem Satz ist Adam aufgesprungen. Eine Sekunde später habe ich seinen harten Griff in meinen Haaren gespürt. Er hat meinen Kopf gegen die Wand geschlagen. Immer und immer wieder. Ich bin ohnmächtig geworden und in der Notaufnahme wieder zu mir gekommen.«

Ihr gesamter Körper zittert und ich rutsche ein Stück näher an sie heran. Ich werfe das letzte bisschen Zweifel, dass ich in mir trage, sofort über Bord. Meine Arme umschließen ihren Körper und ich ziehe sie ganz nah an mich heran. Dankbar schmiegt Kinga sich fest in meine Umarmung. Ich drücke ihr einen schnellen, harten Kuss auf die Schläfe. Sie soll wissen, dass sie nicht allein ist. Dass ich immer da bin und an ihrer Seite sein werde.

»In diesem Krankenhaus ist mir klar geworden, dass ich ein Opfer häuslicher Gewalt geworden bin. Diese Erkenntnis war beschämend und erniedrigend zugleich. Ich bin zu einer Frau geworden, die es so weit hat kommen lassen. Der Witz daran war, dass Adam mich ins Krankhaus gebracht hat und meinte, ich sei gestürzt. Nach meiner Entlassung aus dem Krankenhaus habe ich drei weitere Tage mit Adam zusammengelebt. Diese Tage habe ich gebraucht, um meine Gedanken zu ordnen und meine Flucht zu planen. Ich habe mir Kleidung und Jakub geschnappt. Wir sind geflohen. Weg aus Warschau. Weg von Adam.«

Meine Hände habe ich mittlerweile zu zwei Fäusten geballt. Meine Zähne sind so fest aufeinandergepresst, dass sie drohen, aus meinem Mund heraus zu springen. Mein Kiefer ist angespannt und ich habe nicht wenig Lust, diesem Adam die Fresse zu polieren. Ungezügelter Hass steigt in mir hoch und ich möchte die Galle in meinem Hals ausspucken. Was Kinga widerfahren ist, sollte keine Frau auf der Welt erleben müssen. Kein Mensch auf der Welt hat es verdient, so grauenvoll behandelt zu werden.

Ich brauche nicht lange, bis mir klar wird, dass ich anders sein möchte. Dass ich anders bin. Ich möchte Kinga beschützen. Ich möchte für Kinga da sein. Und ich möchte auch für Jakub da sein. Dem Jungen soll es an nichts fehlen. Die beiden haben in ihrer Vergangenheit genug Mist durchstehen müssen. Kinga ist für mich keine *verheiratete* Frau. Denn ihr Ehemann ist ein getarnter Teufel und ich weiß mit ziemlicher Sicherheit, dass ich diesem Idioten etwas antun werde, sollte er sich jemals nach Zakopane verirren.

Behutsam lege ich meinen Daumen und meinen Zeigefinger unter Kingas Kinn. Mit ihren geröteten Augen schaut sie mich an, ihre Wangen sind feucht. Zaghaft platziere ich einen Kuss auf ihrer Wange. Ihr Körper erschaudert unter meiner Berührung. Für einen Moment bin ich stolz darauf, dass ich solche Gefühle bei ihr hervorrufen kann.

»Du bist eine starke Frau.«

»Findest du?«

Langsam wandere ich weiter nach unten. Mein nächster Kuss landet auf ihrem Mundwinkel. »Wir sind beide gebrochene Menschen. Doch ich hoffe darauf, dass wir uns gegenseitig wieder zusammensetzen können.«

Kinga schluckt hart. »Du möchtest … mich noch?«

»Ich möchte dich, Kinga. Mit jeder einzelnen Faser meines Seins. Jetzt nur noch mehr.«

Der Brunnen hinter uns plätschert in die Stille hinein und kleine Wassertropfen landen auf ihrem Gesicht. Ich streiche mit meinem Daumen über ihre Wange. Anschließend drücke ich ihr einen festen Kuss auf die Lippen. Dieser Kuss hat nichts Gefühlvolles oder Romantisches. Um ehrlich zu sein, hatte ich eine andere Vorstellung davon, wie unser erster Kuss ablaufen würde. Allerdings läuft bei Kinga und mir bisher nichts nach Plan. Und in dieser Situation ist diese Art von Kuss mehr als nur angebracht. Unser Kuss ist voller Versprechen, Träume und bedingungsloser Zuversicht.

Ich stecke mein Herzblut in diesen Kuss und hoffe, dass Kinga all das spüren kann.

KAPITEL 30

Adam

Bedrohlich ballen sich seine Hände zu zwei Fäusten. Wutentbrannt spuckt er aus und schlägt mit seiner Faust auf den Boden. Dieser Anblick ist mehr, als er überhaupt ertragen kann. Seine eigene Ehefrau wirft sich freiwillig einem amerikanischen Cowboy an den Hals und dann auch noch in aller Öffentlichkeit. Adam spürt, wie die Ader an seiner Stirn voller Hass pulsiert. Mit seiner linken Hand greift er an seine Hosentasche. Durch den Stoff seiner Hose kann er das kühle Metall erfühlen. Macht durchströmt seinen Körper in diesem Augenblick und es wäre ein Leichtes, den Moment zwischen Sylwia und dem Cowboy zu zerstören. Ein Kinderspiel. Adam würde seine Waffe ziehen, dem Idioten das Hirn wegpusten und Kinga an ihren Haaren zurück nach Warschau schleifen. Ein drängender Impuls in seinem Inneren versucht ihm einzureden, dass das eine gute Idee ist. Worauf sollte er schließlich noch warten? Bis seine Ehefrau komplett die Beine für einen anderen breit macht? Allein dieser Gedanke bringt sein Blut zum Kochen. Mit seiner rechten Hand stützt Adam sich auf dem Boden ab und er kommt wankend zum Stehen. Der Alkohol in seinem Körper beeinträchtigt seinen Gleichgewichtssinn, auch wenn er das selbst nicht zugeben möchte.

Scheiße.

Auf diese Art und Weise kann er ihnen nicht gegenübertreten. Schwerfällig setzt er sich zurück in das Gras und drückt seine Hand gegen seine pochende Schläfe. Sein Körper hat es noch nicht geschafft, den Alkohol in seinem Blut abzubauen, dennoch verlangt er bereits nach Nachschub. Darum wird Adam sich zuerst kümmern müssen. Es erscheint ihm mittlerweile sowieso keine gute Idee zu sein, aus einem Impuls heraus zu handeln.

Ein Plan.

Er hat einen Plan.

Und diesen muss er unbedingt weiterverfolgen. Er darf sich jetzt nicht von anderen Dingen ablenken lassen und einen Fehler begehen. Wenn er sich am helllichten Tag auf Kinga stürzt, dann wird sie Hilfe bekommen. In dieser Stadt leben genug Vollpfosten, die seiner Ehefrau zur Seite stehen würden.

Nein, so einfach wird er es ihr nicht machen. Er wird in einem Moment zuschlagen, in dem sie es am wenigsten erwartet. Wenn sie allein ist und hilflos, dann wird er sich um seine Ehefrau kümmern. Dieser Cowboy soll aber nicht denken, dass er ohne eine Strafe aus dieser Sache herauskommt. Wer sich an eine verheiratete Frau ranmacht, muss mit den Konsequenzen rechnen, die der Ehemann daraus zieht.

Hilflos muss Adam mit ansehen, wie sich dieser fremde Kerl immer mehr an seine Frau ranmacht. Sylwia hebt ihre Hand und legt sie diesem Blödmann in den Nacken. Adam keucht wütend auf, denn früher hat sie diese Geste bei ihm gemacht. Am Anfang ihrer Beziehung, als sie noch leidenschaftlich gewesen ist, hat sie ihn auf diese Art näher an sich herangezogen. Doch diese Eigenschaft ist ihr schon lange abhandengekommen. Nun ja, nicht ganz, wie es zu sein scheint. Knurrend presst Adam seine Hand fester an die Waffe. Das Gefühl, sie zu berühren, verleiht ihm Macht und Stärke. Er fühlt sich in diesem Moment unbesiegbar und weiß, dass alle anderen ihm erliegen werden. In diesem Spiel kann nur einer als Sieger hervorgehen und das wird mit Sicherheit nicht Sylwia sein.

KAPITEL 31

Kinga

Ein Räuspern dringt im Schlaf zu mir durch. Das Gewicht neben mir auf der Matratze verlagert sich ein wenig. Moment. Das Gewicht neben mir? Da dürfte überhaupt keins sein. Ich spiele die Erinnerungen von gestern Abend durch. Robert hat mich nach Hause gebracht. Ganz sicher. Aber Natalia. Sie war traurig, als ich gestern Nacht heimkam. Deswegen ist sie mit Anna hiergeblieben.

»Hey, Prinzessin, wenn du nicht schläfst, kannst du dich ruhig mit mir unterhalten.«

Ich stutze. Die Stimme ist ein wenig verschlafen, dennoch handelt es sich um eine Frauenstimme.

Es gibt nur eine Möglichkeit herauszufinden, wer da neben mir liegt. Ich muss mich einfach nur trauen, meine Augen zu öffnen und hinzuschauen. In Ordnung, los geht's.

Drei …

Zwei …

Eins …

Augen auf.

Es sind braune Augen mit vollen Wimpern, die mich ansehen, und ich muss unwillkürlich an ein kleines Rehkitz denken. Natalia liegt neben mir und mustert mich aufmerksam.

»Guten Morgen.«

»Ist alles in Ordnung bei dir? Ich weiß, dumme Frage.«

»Ja … nein … ach, ich weiß auch nicht«, frustriert fährt Natalia sich mit der linken Hand durch ihre Haare.

»Was ist los bei dir? Oder vielmehr … bei euch? Du warst gestern traurig, hast aber nichts darüber gesagt«, wage ich mich vorsichtig voran.

»Du solltest, ohne den Kopf bei mir zu haben, zu deinem Date. Deshalb wollte ich dich mit dem Thema meiner Ehe nicht belasten. Ich verstehe ihn ganz einfach nicht«, gesteht Natalia. Sie zieht ihre Unterlippe zwischen ihre Zähne.

»Was meinst du damit? Ihr beide seid ein Team. Ihr seid füreinander da.«

»Das habe ich auch gedacht. Doch in letzter Zeit scheinen wir uns einfach auseinandergelebt zu haben. Er verbringt so viel Zeit in seinem Büro und kommt gar nicht mehr nach Hause. Und wenn er dann zu Hause ist, versucht er mir permanent aus dem Weg zu gehen. Du glaubst gar nicht, wie oft ich ihm vorgeschlagen habe, dass wir gemeinsam in den Urlaub fahren. Ich möchte einfach nur von hier weg. Nur wir drei. Fernab der Arbeit und dem Stress. Weißt du, was er gesagt hat?«

Ich schlucke, denn ich weiß jetzt schon, dass mir seine Antwort auf ihre Frage eindeutig nicht gefallen wird. Anstatt etwas zu erwidern, schüttle ich lediglich den Kopf, denn eine Hellseherin bin ich bislang noch nicht geworden.

»Er hat gesagt, dass die Idee von einem Urlaub fantastisch ist«, stößt Natalia hervor. Sie spuckt die Worte beinahe aus und ich zucke aufgrund der Heftigkeit zusammen. »Kamil hat gesagt, dass er unbedingt eine Auszeit in Form von einem Urlaub braucht. Allerdings möchte er diese Reise gern allein antreten. Ohne Anna und mich.«

Nun kann meine Schwester sich nicht mehr zusammenhalten. Sie schluchzt heftig auf, presst sich allerdings sofort die Hand auf ihren Mund, um die schlafenden Kinder unten nicht aufzuwecken. Tränen rinnen über ihre Wangen und sie versucht sie mit ihrem Daumen aufzufangen, doch dieses Unterfangen stellt sich als unmöglich heraus.

Ich lehne mich nach vorn und überwinde damit die kurze Distanz zwischen uns. Meine Arme umschließen den bebenden Körper meiner Schwester. Ich möchte sie so gern trösten, doch wenn ich ehrlich sein soll, bin ich einfach sprachlos. Kamil soll ein Familienvater sein, der allein in den Urlaub fährt, weil er mehr Freiraum braucht?

Das klingt für mich vollkommen absurd.

Nach ein paar Minuten hat Natalia sich wieder etwas gefangen. Sie wischt sich die Nase an ihrem Handrücken ab und setzt sich wieder aufrechter im Bett hin.

»Oh, nein, sieh mich an. Du hattest gestern dein erstes Date mit Robert und ich bin gerade dabei, dir alles kaputtzumachen. Ich habe nicht mal nachgefragt, wie es war.«

Ich schüttle den Kopf. »Du machst überhaupt nichts kaputt. Du bist meine Schwester. Du stehst für mich mit an erster Stelle und das wird auch für immer so bleiben.«

Erneut füllen sich die Augen meiner Schwester mit Tränen. »Du bedeutest mir alles, Sylwia.«

Ich erstarre. Die Welt um mich herum dreht sich und mein Magen rebelliert gegen diesen Namen. Diesen Namen, den ich abgelegt habe, um meinen Sohn und mich selbst zu schützen.

Natalia bemerkt ihren Fehler sofort und schlägt sich die Hand vor den Mund. »O Gott! Es tut mir so leid. Das ist mir einfach rausgerutscht.«

»Schon in Ordnung«, presse ich zwischen zusammengebissenen Zähnen hindurch. Ich atme tief ein und versuche, meine Fassung wiederzuerlangen.

Es ist ein Name.

Es ist bloß ein Name.

Doch Angst schnürt mir meine Kehle zu und ich habe das Gefühl, unter Wasser gerissen zu werden. Taubheit ergreift meine Muskeln und ich fühle mich wie gelähmt.

»Kinga.« Natalia legt ihre Hand auf meine. »Hast du … weiß Robert über die ganze Sache Bescheid?«

Ich seufze schwer. Ein unangenehmer Schauer durchfährt

meinen gesamten Körper. »Ich habe ihm gestern mehr von Adam erzählt.«

»Was genau?«, fragt Natalia.

»Alles. Ich habe ihm von unserem Kennenlernen erzählt, von dem massiven Alkoholkonsum, von seinen regelmäßigen Wutausbrüchen und von meinem Entschluss, ihn zu verlassen.«

»Du hast nichts von deinem Namen gesagt? Oder dem von Jakub?«

»Nein.« Ich schüttle den Kopf. »Und ich bitte dich darum, nicht mit Robert darüber zu reden. Ich werde es ihm irgendwann selbst sagen.«

»Alles klar. Meine Lippen sind versiegelt.«

»Danke.«

»Kommst du mit frühstücken?«

»Natürlich.« Ein Summen zieht meine Aufmerksamkeit auf sich und ich wende mich neugierig meinem Handy zu. Der Name von Robert blinkt mir vom Display entgegen und zeigt eine neue Nachricht an.

Ein wissendes Grinsen erscheint auf Natalias Gesicht. »Ich gehe schon mal nach unten und mache Kaffee.«

Nachdem meine Schwester den Raum verlassen hat, entsperre ich mein Smartphone und tippe auf den kleinen Briefumschlag.

Robert: Danke für gestern Abend. Ich fand es sehr schön.

Mein Herz springt voller Freude und mir entkommt ein albernes Quietschen. Ich fühle mich wie ein verknallter Teenager, während ich auf seine Nachricht starre und mir selbst überlege, was ich zurückschreiben könnte.

Ich: Mir hat es gestern Abend auch sehr gut gefallen!

Robert: Wann kann ich dich wiedersehen?
Robert: Ist es noch zu früh dich zu vermissen?

Robert: Denn das tue ich.

Ich: Ich arbeite heute in der Buchhandlung, aber du könntest abends zum Essen vorbeikommen.

Robert: Essen klingt gut. Aber ich werde kochen, damit du nach der Arbeit entspannen kannst.

Ich: Dagegen werde ich sicherlich nicht protestieren.

Robert: Sehr schön. Wir sehen uns später!

Ich: Ich freue mich!

Nach einem ausgiebigen Frühstück mache ich mich gemeinsam mit Jakub auf den Weg in die Buchhandlung. Natalia und Anna sind wieder zurück nach Hause gefahren. Nächste Woche stehen für Jakub zwei Klassenarbeiten auf dem Programm, für die er sich in der Buchhandlung vorbereiten möchte. So können wir den Samstagvormittag zumindest zum Teil miteinander verbringen. Ich stoße die Tür zur Buchhandlung auf und das kleine Glöckchen kündigt uns an.

»Wir sind da!«, rufe ich in den Laden.

»Wir?«, echot Sophia aus dem oberen Teil des Ladens.

»Jakub und ich«, gebe ich zurück.

»Ooooh!«, ruft sie vergnügt aus.

Lächelnd steigt Sophia die Treppe herunter. Sie schließt meinen Sohn in eine herzliche Umarmung und drückt danach auch mich kurz an sich.

»Schön, dass du da bist. Bist du etwa schon bereit für dein erstes Praktikum?«

Jakub lacht, als hätte meine Chefin einen außerordentlich lustigen Scherz gemacht. »Nein. Ich bin doch erst acht Jahre alt, Sophia.«

Sie reißt gespielt ihre Augen auf und drückt ihre flache Hand an ihre Brust. Heute trägt sie ein wunderschönes pinkfarbenes Spitzenkleid, dazu weiße Sandalen. Ihre Haare hat sie zu einem lockeren Zopf geflochten. Sie schafft es, mit den unscheinbarsten Dingen einfach wundervoll auszusehen. Tag für Tag.

Sophia nimmt meinen Sohn mit nach oben in den ersten Stock. Dort möchte sie die Steuerunterlagen weiter vorbereiten und Jakub hat einen Schreibtisch, auf dem er sich komplett ausbreiten kann. Er ist vollkommen ungestört und kann sich in Ruhe seinem Lernstoff widmen.

Als Erstes sehe ich die Bestellungen von gestern durch. Man glaubt nicht, wie viele Menschen ihre Zeit nachts damit verschwenden, Dinge einzukaufen. Wenn man nicht schlafen kann, scheint es wohl logisch, nach Sachen im Internet zu suchen, die man eigentlich nicht braucht, aber dennoch haben möchte. Kein Mensch ist um zwei Uhr in der Nacht in der Lage, eine qualifizierte Entscheidung zu treffen.

Auf einem kleinen Zettel notiere ich mir die bestellten Artikel, damit ich in unserer Datenbank nachschauen kann, ob wir die Bücher vorrätig haben. Zielsicher suche ich in unserem Programm nach den gewünschten Titeln. Noch vor zwei Monaten war ich der Meinung, dass mein Leben auf dem absoluten Tiefpunkt angekommen ist. Mittlerweile kann ich gar nicht glauben, wie schnell sich dieses Blatt gewendet hat.

Jakub und ich haben den Sprung ins Ungewisse gewagt. Doch unser Mut hat sich ausgezahlt. Wir leben in einem schönen Haus. Im Beruf und in der Schule läuft es gut. Wir sind glücklich. Und wenn ich an den gestrigen Abend zurückdenke, dann werden meine Wangen augenblicklich warm.

Es vergeht eine Stunde, bis Sophia die Wendeltreppe herunterflitzt und sich aufdringlich neben mich stellt.

»Naaaaa?«, fragt sie gedehnt und grinst mich bis über beide Ohren an.

»Ähm … ja?«, erwidere ich verwirrt.

»Wie geht es dir?«

»Gut?« Wobei meine Stimme so unsicher ist, dass meine Antwort mehr nach einer Frage klingt.

»Ach, nur gut? Nicht super fantastisch?«

»Was ist denn los mit dir?«, frage ich.

Sophia zieht einen Schmollmund. »Du kannst doch nicht ernsthaft so krass auf der Leitung stehen. Du hattest gestern Abend ein Date mit meinem Bruder und ich möchte wissen, wie es gelaufen ist.«

Ah. Daher weht also der Wind. Meine Mundwinkel schieben sich automatisch nach oben. Bevor ich jedoch zu einer Antwort ansetzen kann, wirft Sophia sich mir quietschend in die Arme.

»O mein Gott! Es lief gut!«

Ich muss erneut lachen. »Der gestrige Abend war schön. Wir haben einfach Zeit zu zweit verbracht und es hat mir gefallen. Ich möchte gern mehr Zeit zu zweit.«

Verträumt stützt Sophia ihre Ellbogen auf dem Tresen ab und legt ihren Kopf in die Hände. »Das freut mich für dich. Wie geht es zwischen euch beiden weiter?«

»Ich weiß es nicht«, antworte ich wahrheitsgemäß.

»Habt ihr noch kein klärendes Gespräch miteinander geführt?«

»Was meinst du damit?«

»Nun, um die wichtigsten Fragen zu klären. Wo stehen wir? Sind wir zusammen? Treffen wir uns auch mit anderen. Wobei sich Letzteres bei meinem Bruder nicht stellt. Und bei dir doch auch nicht.«

»Hm.« Ich denke einen kurzen Moment über ihre Worte nach. »Ich mag die Situation, wie sie zwischen uns ist, ganz gern. Wer weiß, aber ich glaube, bald zu wissen, wo wir stehen.«

KAPITEL 32

Adam

Nach dem Abend gestern hat er die beiden bis an die Haustür von Kinga verfolgt. Er musste dabei zusehen, wie der Cowboy sich erneut an seine Ehefrau rangeschmissen hat. Als der Typ mit seiner Zunge die Lippen von Kinga berührt hat, hätte Adam beinahe in den nächsten Busch gekotzt. In der letzten Zeit werden die Berührungen zwischen ihnen häufiger und intimer. Dieser Umstand stößt ihm mehr als nur wütend auf. Was denkt dieser beschissene Cowboy eigentlich, wer er ist? Seine eigene Ehefrau lebt mittlerweile nicht mehr, so viel hat Adam durch seine Beobachtungen herausgefunden. Das gibt diesem Kerl noch lange nicht das Recht dazu, sich an andere Frauen ranzumachen.
Nach einer unnötigen langen Verabschiedung ist der Idiot schließlich verschwunden. Es wäre ein Leichtes gewesen, ihn einfach umzulegen und diese Sache an Ort und Stelle zu beenden.

Doch seinen Hass möchte Adam in eine andere Richtung lenken. Der Typ soll nicht durch einen Schuss in den Rücken erledigt werden, ohne zu wissen, wie ihm geschieht. Adam möchte ihm in die Augen sehen können, wenn das Licht darin erlischt. Der Cowboy soll bei seinem letzten Atemzug wissen, *wer* ihn getötet hat. Und natürlich muss Kinga dieser Hinrichtung ebenfalls beiwohnen. Sie muss ein für alle Mal sehen, was für eine Strafe es nach sich zieht, wenn man ihm fremdgeht. Diese Schlampe soll nicht auf den Gedanken kommen, dass sie jemals einen anderen Mann in ihr Bett lassen könnte. Adam würde auch ihn hinrichten. Er würde alle hinrichten, wenn er Kinga auf diese Art für sich behalten kann.

Zerknirscht wendet er sich ab, als Robert hinter einem Baum verschwindet. Das Licht im Erdgeschoss ist mittlerweile ausgegangen und Adam kann seine Ehefrau im Schlafzimmer stehen sehen. Sie hat eine kleine Lampe angeknipst, weil das Licht in dem Zimmer eher gedämpft ist. Sie zieht lasziv ihre Kleidung aus und lässt diese auf einen Stuhl fallen. Adam kann nichts dafür, dass sich bei diesem Anblick das Wasser in seinem Mund sammelt. Kinga steht in Unterwäsche am Fenster und sucht nach etwas. Vermutlich wird sie bald ihren Schlafanzug anziehen. Sämtliches Blut schießt in seinen Unterleib.

Es ist schon viel zu lange her.

Ohne zu überlegen, schiebt Adam seine Hand in seinen Schritt und beginnt damit sich selbst zu berühren. Er stößt ein Knurren aus, als seine Bewegungen heftiger und schneller werden. Bald wird das alles nicht mehr allein seine Aufgabe sein und dann besteht einiges an Nachholbedarf. Keuchend und stöhnend sieht er dabei zu, wie Kinga sich eine lockere Schlafhose überzieht. Ein Pulsieren ergreift von seinem Körper Besitz, ehe er in seiner eigenen Hand kommt. Mit Kingas Namen auf seinen Lippen.

KAPITEL 33

Kinga

Der Tag in der Buchhandlung vergeht wie im Flug. Unser neues Ambiente zieht immer mehr Kundschaft an. Vor allem Kinder. Die einen suchen nach Büchern und stöbern voller Vorfreude durch unsere Regale. Die anderen sind einfach neugierig und betrachten mit leuchtenden Augen die kindgerechten Neuheiten. Besonders die Exemplare an der Decke bekommen viel Aufmerksamkeit und werden durch Mundpropaganda in der Stadt verbreitet.

Zu Hause angekommen, bereite ich das Abendessen für Jakub und mich vor. Wir sind beide kurz vor dem Verhungern und ich beeile mich, Nudeln mit Tomatensoße zu kochen. Nicht unbedingt ein kulinarisches Highlight, doch es schmeckt uns gut und wir werden satt. Das ist schließlich die Hauptsache.

Wir spülen gemeinsam das Geschirr ab und räumen die Küche auf. Mit einer großen Schüssel Popcorn setzen wir uns auf die Couch und schalten einen Film ein. Beim Essen habe ich mit Jakub etwas über mein Date mit Robert gesprochen. Ich habe ihm gesagt, dass wir einen schönen Abend miteinander verbracht haben und dass ich mir vorstellen kann, Robert öfter zu treffen. Jakub hat die Idee gut gefallen und ich freue mich darüber, obwohl ich nicht sonderlich überrascht bin.

Robert: Hey! Alles gut bei dir?

Ich: Ja! Und bei dir?

Robert: Eigentlich schon. Ich habe dich heute im Diner vermisst. Kein Kaffee? :-(

Ich: Sorry! Wir waren aber nicht verabredet, oder?

Robert: Nein, aber die Hoffnung stirbt bekanntlich zuletzt.

Ich: In der Buchhandlung war heute viel los und ich hatte keine freie Minute.

Robert: Das klingt, als würde es richtig gut laufen bei euch.

Ich: Tut es! Sophia ist begeistert. Du hättest ihre strahlenden Augen sehen sollen. Sie ist mit so viel Leidenschaft bei der Arbeit.

Robert: Danke schön!

Ich: Wofür?

Robert: Ohne dich würde die Buchhandlung nicht so gut laufen.

Ich: Du übertreibst.

Robert: Nein, ich meine das vollkommen ernst. Deine großartige Arbeit bei der Umgestaltung und Jakubs tolle Idee mit der Dekoration sind der Grund dafür, weshalb so viele Besucher zu euch strömen.

Ich: Du machst mich ganz verlegen!

Robert: Du bist ein echter Glücksgriff für meine Schwester.

Ich: Nur für deine Schwester?

Robert: Nein! Ich bin überglücklich, dass du auch den Weg in mein Leben gefunden hast.

»Hey! Keine Handys beim Filmabend«, mahnt Jakub streng und hebt seinen Zeigefinger in die Luft.

Erstaunt hebe ich meinen Kopf und ein Kichern entschlüpft mir. »Verstanden, Chef. Nur noch eine, okay?«

Ich: Es tut mir leid! Ich muss hier unterbrechen. Keine Handys beim Filmabend meines Sohnes. Ich wurde soeben ermahnt.

Robert: Ermahnt? Muss ich dich retten kommen?

Ich: Eine sehr ritterliche Geste von dir, doch mit einem achtjährigen Kind werde ich fertig.

Robert: Wenn du mich brauchst, dann bin ich nur einen Anruf von dir entfernt.

Ich: Du bist süß.

Robert: Ich gebe mir die größte Mühe. Hast du am Samstag schon etwas vor?

Ich: Bisher noch nicht.

Robert: Super! Ich möchte Jakub und dich auf einen Ausflug mitnehmen.

Ich: Uns beide?

Robert: Ja, euch beide.

Ich: Das klingt spannend! Wohin soll es denn gehen?

Robert: Psst! Du wolltest doch dein Handy weglegen. Wir sehen uns am Samstag.

Ich: Warte! So viel Zeit habe ich noch.

Robert: Das denke ich nicht. Außerdem möchte ich keinen Ärger mit Jakub bekommen, weil du wegen mir dauernd am Smartphone rumhängst. Bis dann!

Für einen kurzen Moment überlege ich, ob es ratsam wäre, wenn ich ihn noch einmal fragen würde. Ein ungeduldiges Räuspern neben mir lässt mich jedoch zusammenfahren. Mit einer übertriebenen Geste lege ich mein Smartphone zur Seite und hebe meine Hände wie bei einer Polizeikontrolle. Zufrieden wendet Jakub sich erneut dem Fernseher zu, während ich damit beschäftigt bin, meine Knie anzuheben und mein Handy unter ein Kissen zu schieben. Mein Herz schlägt augenblicklich schneller, als Robert ununterbrochen in meinem Kopf umherwandert. Ein weiteres Mal lese ich unseren Chatverlauf und mein Herz pocht unaufhörlich, während ich an unseren Tagesausflug denke.

KAPITEL 34

Kinga

Am Samstagmorgen stehen Jakub und ich besonders früh auf. Während mein aufgeregter Sohn durch die Gegend springt wie ein Gummibärchen, kann ich mich bis acht Uhr früh überhaupt nicht an meinen eigenen Namen erinnern. Erst nach der zweiten Tasse Kaffee komme ich allmählich in die Gänge. Anschließend holt Robert uns mit seinem Jeep ab und bringt mir Kaffee Nummer drei mit. Ein guter Mann.

Zu dritt fahren wir zur *Palenica Białczańska*. Dort stellen wir den Wagen auf dem Parkplatz ab. Anschließend haben wir drei Tickets für den Tatra-Nationalpark gekauft. Robert hat eine Wandertour für uns ausgesucht und zum ersten Mal machen wir einen gemeinsamen Ausflug.

Dieser Tag fühlt sich herrlich normal an und ich merke, wie mein Herz schneller schlägt. Denn dieses Gefühl von Normalität scheint endlich zu meinem Alltag zu werden. Mein Leben fühlt sich momentan so an, als würde die Sonne mich umarmen und ich bin genau dort angekommen, wo ich schon immer sein wollte.

Nur weiß ich, dass es noch wenige, aber sehr wichtige Dinge gibt, die ich Robert noch sagen muss, wenn es mit uns etwas Standhaftes werden soll.

Robert und Jakub sind mir knapp drei Schritte voraus. Die zwei lachen vergnügt miteinander, während ich versuche, das Brennen in meinen Oberschenkeln zu ignorieren. Robert greift in seinen Rucksack und setzt sich seine Sonnenbrille auf. Jakub beobachtet ihn mit großen Augen und tut es ihm gleich.

Beide tragen eine Kappe auf dem Kopf. Während die von meinem Sohn richtig auf seinem Kopf sitzt, trägt Robert seine verkehrt herum. Ich bin mir ziemlich sicher, dass Jakub seine am Ende des Tages genauso tragen wird wie sein heimliches Vorbild. Unter seinem eng anliegenden, hellblauen T-Shirt zeichnet sich das Spiel seiner Muskeln auf seinem Rücken ab. Dazu trägt er eine beigefarbene Hose und Wanderschuhe.

Ein Schild rechts vom Weg erregt meine Aufmerksamkeit und ich bleibe kurz stehen, um es genauer zu betrachten. Ich fühle mich ziemlich verloren und versuche, mir damit wenigstens ein bisschen Orientierung zu verschaffen.

»Alles gut, Kinga?«, fragt Robert.

Suchend gleitet mein Blick nach vorn. Die Jungs haben bemerkt, dass ich nicht mehr an ihrer Seite bin, und warten auf mich. Schnell beeile ich mich, erneut zu ihnen aufzuschließen.

»Jepp. Ich wollte mir nur den Weg anschauen«, erkläre ich.

Robert deutet auf seinen Rucksack. »Mach dir keine Gedanken. Ich habe eine Karte dabei.«

»Eine Karte in Papierform?«, frage ich erstaunt.

Er hebt seine Mundwinkel zu einem amüsierten Grinsen. »Wieso nicht? Der Empfang kann hier oben in den Bergen leicht verloren gehen. Und dann sind die Menschen aufgeschmissen, die sich einzig auf ihr Smartphone verlassen. Deshalb habe ich gern etwas dabei, das keinen Akku besitzt.«

Ich nicke verständnisvoll. Mein Blick landet erneut auf seinem vollgepackten Rucksack, während meiner hingegen ziemlich lächerlich aussieht. Ich habe drei Wasserflaschen dabei, ein paar Sandwiches und einen langen Pullover für Jakub und mich, weil Robert gemeint hat, oben könnte es ziemlich kalt werden.

»Was schleppst du da eigentlich alles mit dir herum?«, frage ich neugierig und deute auf Roberts Gepäckstück.

»Lass mich überlegen. Ich habe einen Pullover dabei, lange Hosen und einen Regenmantel. Außerdem Socken zum Wechseln, Sonnencreme, eine Taschenlampe und ein Erste-Hilfe-Set.

Zusätzlich noch Schokolade, Trockenfrüchte, Bananen. An Getränken habe ich eine Flasche Wasser und eine Kanne mit Tee dabei.«

Meine Augen werden kugelrund und Robert grinst mich an, als er sieht, wie mein Gesichtsausdruck sich von entspannt zu fassungslos verwandelt. Mit jeder weiteren Aufzählung ist meine Kinnlade ein kleines bisschen weiter nach unten gerutscht.

»Ist das dein Ernst? Ich dachte, wir machen lediglich einen Tagesausflug.«

»Machen wir auch«, bekräftigt er. »Aber in den Bergen muss man stets auf alles vorbereitet sein.«

Mir bleibt der Mund vollends offenstehen. Bis vor Kurzem war ich noch der Meinung, dass er sich um manche Dinge nicht allzu viele Gedanken macht. Nun, damit lag ich dann wohl gründlich daneben. Er ist um einiges besser vorbereitet als ich.

»Wofür stehen die farblichen Markierungen an den Seiten?«, fragt Jakub.

»Die verschiedenen farblichen Markierungen stehen jeweils für einen Wanderweg. Man sollte die Farbe seines eigenen Pfades kennen. Auf diesen kann man sich in den Bergen nicht verirren oder aus Versehen einen anderen Pfad einschlagen. Beim Ticketverkauf unten ist ein Schild angebracht. Auf diesem steht, welcher Pfad welche Farbe hat, und man erkennt den jeweiligen Schwierigkeitsgrad der Strecke.«

»Ist das unsere Markierung?«, fragt Jakub und deutet auf ein kleines Schild. Es ist weiß, rot, weiß.

Robert nickt. »Genau. Dieser Weg führt uns direkt zum *Morskie Oko*. Das ist der Weg zum größten See der Tatra. Er wurde zu einem der schönsten weltweit erklärt.«

»Das klingt toll.«

»Du wirst begeistert sein.« Lächelnd nimmt er meine Hand in seine und drückt kurz zu.

»Mama?«, fragt Jakub.

Erschrocken zuckt mein Blick zu meinem Sohn, während

Robert blitzschnell meine Hand loslässt. Sofort vermisste ich das warme Gefühl seiner Finger und Kälte legte sich um meine eigene Hand. Ich fühle mich, als hätte ich etwas Verbotenes vor meinem Kind getan. Dabei ist doch nichts dabei, die Hand eines Mannes zu halten.

»Ja, mein Schatz?«

»Da spielen ein paar Jungs mit ihren *Pokémon*-Karten. Darf ich ein Stück nach vorn laufen und mir das anschauen?«

Er deutete mit seinem Zeigefinger auf eine kleine Gruppe von drei Kindern. Die Eltern befinden sich etwas abseits und scheinen auf einer Parkbank eine Pause eingelegt zu haben.

Perplex blinzle ich meinen Sohn für einige Sekunden an. Ist das wirklich mein Kind, das mir eine solche Frage gestellt hat? Dasselbe Kind, das am liebsten stundenlang allein in seinem Zimmer sitzt und Bücher liest? Mein Kopf ist vollkommen überfordert damit, die Information zu verdauen, dass Jakub Kontakt zu anderen Kindern sucht.

Robert stupst mich leicht in die Seite. »Er erwartet eine Antwort von dir.«

Ich fange mich und schüttle meine Gedanken rasch ab. »Ja, klar. Geh ruhig. Aber bleib bitte in Sichtweite.«

»Danke!«, ruft Jakub und läuft schnell nach vorn.

Etwa zehn Meter von uns entfernt schließt er sich der Gruppe an. Er wechselt ein paar Worte mit den Jungs und sie schauen ihn fragend an. Anschließend zieht Jakub seine eigenen *Pokémon*-Karten aus seiner Hosentasche. Die Augen der anderen Jungs leuchten und eine wilde Diskussion über die Karten entfacht zwischen ihnen. Kinder haben ein wunderschönes Talent dafür, Freundschaften zu schließen.

»Jakub scheint gut angekommen zu sein.«

Ich nicke. »Ja, er ist wirklich begeistert. Er mag seine neue Schule, sein Zuhause, die Nähe zu meiner Schwester und ihrer Familie. Er mag dich.«

»Vermisst er seinen Papa manchmal?«, fragt Robert.

Zögerlich beiße ich mir auf die Unterlippe. Ich möchte nicht, dass dieses Thema uns den Ausflug verdirbt. Allerdings werde ich ihn ganz sicher nicht anlügen. Zumindest nicht in dieser Angelegenheit.

»Ich sag es eigentlich ungern, aber ich glaube nicht. Jakub hat mitbekommen, dass er nicht gut zu mir war. Nicht gut zu ihm.«

»Das verstehe ich irgendwie. Aber warum sagst du das ungern? Willst du, dass Jakub seinen Vater vermisst?«

»Man verliebt sich in niemanden, von dem man weiß, dass man durch diesen Menschen häusliche Gewalt erleben wird. Am Anfang verliebt man sich. In einen Menschen, in einen Charakter. Dann geschehen verschiedene Dinge. Adam hatte oft Schwierigkeiten auf der Arbeit. Es ist ihm schon immer schwergefallen, einen Vorgesetzten zu haben, der über ihn bestimmen kann. Sich selbstständig machen konnte und wollte er allerdings auch nicht. Er war gefangen in seinem Hamsterrad. Manche von diesen Entscheidungen, die er fällen durfte, wurden von seinem Chef nicht akzeptiert und Adam wurde für seine hitzige Art gerügt. Er hat angefangen zu trinken. Anfangs war es lediglich ein Bier nach seinem Feierabend, jedoch wurde es mit der Zeit mehr. Es war aber nicht immer so, weißt du? Adam war mal … anders. Und ich hätte mir gewünscht, dass Jakub den anderen Adam einmal kennengelernt hätte.«

Ich schlucke und sammle all meine Kraft für die folgenden Worte. »Oft heißt es, dass eine Frau es sich nicht gefallen lassen soll, wenn sie geschlagen wird. Doch den Menschen muss klar werden, dass das nichts ist, das man sich selbst aussucht. Auch ich habe mich nicht bewusst für dieses Leben entschieden. Ich bin da einfach reingeschlittert. Am Anfang erhebt dein Partner zum ersten Mal die Hand gegen dich. Er entschuldigt sich. Zuerst einmal, dann aber in Summe tausendmal. Er versichert, dass so ein Verhalten nie wieder vorkommt. Er verspricht, sich zu bessern und sein Leben in den Griff zu bekommen. Ich habe meinem Ehemann geglaubt, weil ich ihm glauben wollte. Jedenfalls bis zu dem Zeitpunkt, an dem es erneut geschieht. Und wieder und wieder. Ehe man sich versieht, ist man gefangen in einem Leben, das schlimmer ist als jeder Albtraum.«

Robert greift nach meiner Hand. Es dauert nur wenige Sekunden, bis sich ein zärtliches Prickeln in meinen Fingern regt. Mit sanftem Druck führt er sie an seinen Mund und drückt einen liebevollen Kuss auf meinen Handrücken.

»Ich wünschte, ich könnte dafür sorgen, dass diese Erfahrung aus deinem Leben gestrichen wird.«

»Ich nicht.«

Verwirrt hebt Robert seine Augenbrauen.

»Unsere Erfahrungen prägen unseren Charakter. Wenn ich in den Spiegel schaue, dann mag ich die Person, die vor mir steht. Ich mag die mutige Frau, die mich anblickt. Das war nicht immer so, weißt du?«

Er lächelt sanft. »Es ist ein unfassbares Glück für mich, dass du deinen Weg nach Zakopane gefunden hast. Ich möchte diese mutige Frau nicht mehr missen.« Er beugt sich vor und drückt mir erneut einen Kuss auf den Handrücken, während mein Herz Purzelbäume schlägt.

»Langsamer. Bitte ein bisschen langsamer.«

Es klingt erbärmlich, doch das ist mir in diesem Moment vollkommen egal. Ich habe Seitenstechen und wünsche mir einfach, dass wir endlich am Ziel ankommen. Für einen Moment bleibe ich stehen und stemme die Hände in die Hüften.

Robert und Jakub haben einen Vorsprung von einigen Metern. Die beiden unterhalten sich locker miteinander und lachen viel, während ich hier hinten beinahe um mein Leben kämpfen muss, damit ich wenigstens etwas Schritt mit ihnen halten kann.

»Du hast es fast geschafft. Wir sind gleich da«, ermuntert mich Robert. Jedoch bleibt er bei seinen Worten nicht stehen, sondern läuft einfach rückwärts weiter. Verflucht seien er und seine wahnsinnig gute Kondition.

Erschöpft seufze ich auf. Doch es dauert nur wenige Meter, bis ich ein schwaches Rauschen höre. Das Geräusch ist nur ganz leise zu hören. Allerdings bin ich mir sehr sicher, dass wir uns in der Nähe von Wasser befinden. Ich beschleunige meine Schritte und schließe zu Robert und Jakub auf. Ein Schild an der Seite verkündet uns, dass wir an unserem Ziel angekommen sind.

Morskie Oko.

Es ist viel schöner, als ich es mir in meinen Träumen jemals hätte ausmalen können. Mein Mund klappt auf.

»O mein Gott …«, entfährt es mir unwillkürlich.

Zwischen saftigen, grünen, ineinander verschlungenen Bäumen erblicke ich einen atemberaubenden See. Sonnenstrahlen glitzern auf der Oberfläche und sanfte Wellen bringen das Wasser zum Tanzen. Es ist beeindruckend und ich bin mir sicher, dass ich noch nie in meinem Leben etwas Schöneres gesehen habe.

Aus meinem Rucksack hole ich mein Handy hervor und schieße einige Bilder von dem majestätischen See. Das Atmen ist in diesem Moment zu einer Nebensächlichkeit geworden. Es zählt einzig und allein der Anblick vor meinen Augen. Es kommt mir so vor, als würde die Schönheit der gesamten Welt vor mir liegen.

Lachend löst sich Jakub von uns und rennt an das Ufer des Sees. Die Bilder auf meinem Smartphone schaffen es nicht einmal ansatzweise, diesen Anblick festhalten zu können. Robert greift nach meiner Hand und gemeinsam nähern wir uns ebenfalls dem Ufer. Das Licht der Sonnenstrahlen ist hier so stark, dass ich mir die Hand über meine Augen halten muss, um alles in mich aufsaugen zu können.

Ich schließe meine Lider und atme tief ein. In meinem gesamten Leben habe ich noch nie so eine klare Luft eingeatmet. Alles an diesem Ort fühlt sich nahezu magisch an. Ich vernehme das Zwitschern der Vögel, das Rascheln der Bäume und spüre, dass hier die Welt in Ordnung ist. Alles wirkt still und friedlich.

Bereits vor ein paar Wochen habe ich gemerkt, dass Zakopane zu meinem Zuhause geworden ist. Ich kann mir nicht mehr vorstellen, nach Warschau zurückzukehren. Genauso wenig kann ich mir vorstellen, an irgendeinem anderen Ort der Welt zu leben. So lange Zeit habe ich mir Freiheit gewünscht. Und hier oben an diesem Ort bin ich mir vollkommen sicher, dass ich diese endgültig gefunden habe. Mittlerweile haben meine Muskeln aufgehört zu schmerzen. Neue Lebensenergie durchströmt meinen gesamten Körper und ich bin überwältigt von diesem wahnsinnigen Gefühl.

Ohne über meine nächsten Schritte nachzudenken, beuge ich mich nach vorn. Ich umschließe Roberts Gesicht mit beiden Händen und sehe noch seinen überraschten Blick, bevor ich meine Lippen auf seine lege. Einige Sekunden steht er steif vor mir, doch dann legt Robert seine linke Hand an meinen Hinterkopf, während seine rechte Hand auf meinem unteren Rücken landet. Er erwidert meinen Kuss. Dieser Kuss ist intensiver als unser erster. Es ist ein Kuss voller Versprechen und Zärtlichkeit. Ein Kuss für die Zukunft und für die Ewigkeit.

Wenn er es zulässt.

Langsam lösen wir uns voneinander. »Wofür war der denn?«, fragt er und ein verschmitztes Grinsen breitet sich auf seinen Lippen aus.

»Der war dafür, dass du mich hierhergebracht hast. Dieser Ausflug heute war für mich ein Symbol für mein bisheriges Leben. Es war nicht immer leicht. Um ehrlich zu sein, war es größtenteils schwer, doch der Weg lohnt sich. Es lohnt sich immer, weiterzugehen, auch wenn man am liebsten stehen bleiben und aufgeben möchte. Denn am Ende wird man mit etwas Großartigem belohnt.«

Meine Augen funkeln ihn an und ich lege all meine Liebe in meine Worte.

Seine Züge werden ganz weich. »Wenn du mir gleich sagst, dass du noch von dem See sprichst, dann werde ich aber mächtig enttäuscht sein.«

Ich werfe meinen Kopf in den Nacken und lache schallend los. »Du weißt ganz genau, dass ich nicht von dem See spreche.«

Robert küsst mich erneut leidenschaftlich. Weiterer Worte zwischen uns bedarf es nicht.

Den restlichen Nachmittag verbringen wir am See *Morskie Oko.* Wir gehen nach einer kleinen Stärkung einmal um den See. Die unschuldige und unberührte Natur sauge ich mit jeder Faser meines Körpers in mich auf. Wie ein Schwamm, der einfach nicht genug bekommen kann. Der Rückweg zum Parkplatz verläuft für uns deutlich entspannter. Auch wenn ich meine Beine mittlerweile kaum noch spüren kann. Auf der Rückfahrt nach Hause müssen mir die Augen vor Erschöpfung zugefallen sein, denn ich bin überrascht, als Robert mich weckt, weil wir vor unserem Haus stehen.

»Der Tag heute war wirklich schön«, sagt er lächelnd.

»Mir hat es auch gut gefallen. Danke für diese Möglichkeit.«

»Für euch immer.«

»Vielleicht können wir aus einem schönen Tag auch einen schönen Abend machen. Möchtest du noch reinkommen?«, frage ich.

»Hm … klar. Wenn das für euch in Ordnung ist?« Robert wirft einen Blick nach hinten und mir wird klar, dass er Jakub um seine Zustimmung bittet.

»Das wäre so cool! Wir können Pizza bestellen und einen Film schauen.«

»Ich würde mich freuen.«

Robert nickt entschlossen und wir gehen gemeinsam ins Haus. Während ich mir die Speisekarte vom Lieferservice schnappe, gehen die beiden Jungs ins Wohnzimmer und schalten den Fernseher an, um gemeinsam nach einem Film zu suchen. Ich rufe bei der Pizzeria an und setze mich anschließend zu ihnen auf die Couch.

»Für welchen Film habt ihr euch entschieden?«, möchte ich wissen.

»Wir schauen uns *Elliot, der Drache* an«, erwidert Jakub.

»Eine tolle Wahl!«

Robert zuckt mit den Schultern. »Den habe ich bisher noch nicht gesehen.«

»Du kennst nicht *Elliot, der Drache*?«, entfährt es mir ungläubig.

»Nope.« Er schüttelt den Kopf, während mein Sohn und ich uns entsetzt anstarren.

»Das können wir so nicht stehen lassen.«

»Auf gar keinen Fall«, sage ich und starte den Film.

Nach fünfundvierzig Minuten klingelt es an der Tür und unsere Pizza kommt. Robert und ich trinken ein Glas Rotwein zu unserem Essen, während Jakub sich mit einer Fanta zufriedengibt. Die Anstrengung des Tages steckt uns allen in den Knochen, deshalb schläft Jakub kurz vor dem Ende des Films auf der Couch ein. Der Abspann erscheint auf dem Bildschirm und ich schalte den Fernseher aus.

»Soll ich ihn nach oben in sein Zimmer tragen?«, fragt Robert.

»Das wäre wirklich eine Hilfe.«

Er schmunzelt und hebt Jakub mit Leichtigkeit hoch. Gemeinsam gehen wir hinauf in den ersten Stock und er legt Jakub in sein Bett. Währenddessen decke ich ihn zu und gebe ihm einen Kuss auf die Schläfe. Leise schleichen wir aus dem Kinderzimmer und ich schließe behutsam die Tür hinter uns.

Zwischen Robert und mir entsteht augenblicklich eine seltsame Stille. Unschlüssig treten wir von einem Bein auf das andere.

»So … ähm … ich sollte mich auf den Weg machen«, sagt Robert schließlich.

»Ja, klar. Natürlich«, entfährt es mir hastig.

Doch eigentlich möchte mein Herz etwas vollkommen anderes

sagen. Ich möchte nicht, dass er jetzt schon fährt. Ich möchte, dass er hierbleibt. Bei mir. Der Tag war einfach zu schön, um ihn nicht gemeinsam zu beenden.

Lächelnd wendet er sich ab und macht Anstalten, die Treppe wieder nach unten in das Erdgeschoss zu nehmen. Ohne über meinen nächsten Schritt nachzudenken, trete ich schnell vor und fasse ihn am Oberarm.

»Warte. Bitte bleib.« Meine Stimme klingt belegt und fremd in meinen Ohren.

»Was?«, entfährt es Robert überrascht.

Ich nicke entschlossen. »Bitte bleib heute Nacht hier.«

Mehr muss ich überhaupt nicht mehr sagen. Robert dreht sich zu mir und benötigt nicht mehr als zwei Schritte, um seine Hand in meinem Nacken zu vergraben. Er beugt sich über mich und sein Gesicht schwebt nur noch wenige Zentimeter vor meinem. Mehr als alles andere sehne ich mich danach, dass er endlich die Lücke zwischen uns beiden schließt.

»Bist du dir sicher, dass du das hier wirklich möchtest?«, fragt er nach. Sein Atem klingt abgehackt und er stolpert über seine eigenen Worte.

Meine Knie werden butterweich und ich kann kaum glauben, wie rücksichtsvoll dieser Mann ist. Ich fühle mich vollkommen sicher und weiß, dass Robert nichts ohne meine eindeutige Zustimmung tun wird. Ich zerfließe geradezu in seinen Armen und kann kaum glauben, welches Glück ich habe.

»Ja«, hauche ich zart. Fast habe ich Bedenken, dass er mich nicht gehört haben könnte.

Aber bevor ich einen weiteren Gedanken fassen kann, landen seine warmen Lippen schließlich auf meinen. Mein Herz bleibt stehen. Ich schmecke die Salamipizza, die er kurz zuvor gegessen hat. Ich schmecke den Rotwein, den er getrunken hat. Und ich schmecke Robert und weiß, dass das mein liebster Geschmack ist.

Einladend öffne ich meinen Mund und gewähre seiner Zunge Einlass. Ohne zu zögern, kommt Robert meiner Aufforderung nach. Unsere Zungen umkreisen einander und er beißt liebevoll in meine Unterlippe. Jegliche Selbstbeherrschung fällt von mir ab und ich laufe rückwärts in mein Schlafzimmer, während meine Arme sich in sein T-Shirt krallen und ihn mit mir ziehen. Mit einem Fuß kickt Robert die Tür hinter uns leicht zu, bevor wir uns auf mein Bett fallen lassen. Ich spüre den weichen Stoff meiner Tagesdecke unter meiner Haut.

Er lässt sich tiefer nach unten gleiten und als sein Körper sich an mich presst, keuche ich erschrocken auf. Hitze macht sich in meinem Inneren breit und ein wildes Verlangen lodert in mir auf. Es ist schon viel zu lange her, dass ein Mann mich auf diese Art in Besitz genommen hat. Gefühlvoll und aufrichtig.

Meine Finger wandern unter sein T-Shirt und mit einem schnellen Griff ziehe ich es ihm über den Kopf. Ich nehme mir die Zeit, um ihn ausgiebig zu betrachten. Die Muskeln auf seiner Brust und seinem Bauch spannen sich an, während in seinen Augen Funken voller Lust sprühen. Mein gesamter Körper schreit nach ihm und bettelt um Erlösung.

Robert senkt erneut den Kopf und küsst mich stürmisch. Meinen Mund. Meinen Hals. Mein Dekolleté. Ich schließe meine Augen und drücke mich seinen Lippen entgegen. Mein Herz schlägt für ihn und ich frage mich, ob er diesen einzigartigen Takt hören kann.

Plötzlich hebt er seinen Blick. Seine Augen sind voller Lust und gleichzeitig scheint Robert … vorsichtig zu sein.

»Möchtest du einen Schritt weiter gehen?«

Lächelnd drücke ich ihm einen schnellen Kuss auf den Mund und hoffe, dass ich seine Bedenken damit zerstreuen kann. »Noch nie in meinem Leben war ich mir einer Sache so sicher«, antworte ich.

Robert seufzt gegen meine Lippen und nimmt meinen Mund erneut für sich ein. Das scheint die Antwort gewesen zu sein, auf die er gewartet hat. Sein Körper presst sich erneut an meinen und ich kann spüren, wie er auf mich reagiert. Seine Hände greifen nach dem Saum meines Oberteils und schieben es über meinen Kopf. Seine Lippen senken sich augenblicklich auf meine nackte Haut. Sein Mund wandert meinen Hals hinab und ich habe das Gefühl, dass mein gesamter Körper unter Strom steht.

»Du bist perfekt, Kinga«, murmelt Robert an meinen Lippen.

Ich lächle. »Das musst du nicht sagen.«

»Aber es ist die Wahrheit.« Er senkt seine Lippen auf meinen Bauchnabel und ich keuche seinen Namen. Mein Atem geht stoßweise und ich stehe kurz davor, den Verstand zu verlieren.

Seine Finger und seine Lippen liebkosen jeden einzelnen Zentimeter meiner Haut. Er streift meine Hose ab, während ich dasselbe mit seiner tue. Aus seiner hinteren Hosentasche zieht Robert ein Kondom hervor. Um ehrlich zu sein, ist es mir vollkommen egal, woher er dieses Ding hat. Ich bin lediglich dankbar für die Tatsache, dass es da ist.

Robert bringt sich erneut in Position und küsst meine Stirn, bevor er zärtlich in mich gleitet. Ein keuchender Laut entkommt mir und ich lasse mich komplett fallen.

Ich spüre Robert. Mit seinem Körper. Mit seinen Berührungen. Mit seiner Liebe.

KAPITEL 35

Robert

Wie gebannt starre ich auf den Bildschirm. Meine Kehle ist staubtrocken und meine Zunge fühlt sich viel zu groß für meinen Mund an. Meine Hände schwitzen unkontrolliert und ich wische sie zum gefühlt hundertsten Mal an meiner khakifarbenen Hose ab. Es hilft einfach nichts. Die Aufregung und das mulmige Gefühl in meinem Bauch bleiben. Dabei ist das einfach lächerlich. Ich bin ein erwachsener Mann. Ich treffe meine eigenen Entscheidungen, seitdem ich einundzwanzig Jahre alt bin, und stehe auch dafür gerade. Meine Eltern standen bisher immer hinter mir und ich bin davon überzeugt, dass sie auch weiterhin hinter mir stehen werden. Meinem Kopf ist das vollkommen klar, doch mein Magen dreht weiterhin Purzelbäume. Ich fühle mich, als wäre ich zehn Runden am Stück in einer Achterbahn gefahren.

Der Bildschirm verändert sich. Der hellblaue Hintergrund verschwindet und ich sehe ein mir sehr bekanntes Wohnzimmer. Meine Eltern blicken mir freudig lächelnd entgegen. Meine Mom wippt aufgeregt auf ihrem Stuhl auf und ab. Es ist süß, zu sehen, wie sehr sie diese Technologie immer noch begeistern kann. Mein Dad hat die Arme vor der Brust verschränkt, dabei strahlt er eine gewisse Coolness aus. Seine Augen blicken mir liebevoll und voller Stolz entgegen.

Die Lippen meiner Mom bewegen sich hektisch, doch kein Ton dringt an meine Ohren. Ich beiße mir auf die Unterlippe und versuche, mir das Lachen zu verkneifen. Ein Videoanruf ohne Erklärungen ist praktisch unmöglich.

»Ich kann euch nicht hören, Mom«, sage ich und tippe mit meinem Zeigefinger gegen mein Ohr.

Verständnislos hebt meine Mom ihre Arme in die Luft und ich sehe, wie ihre Lippen die Worte *Warum-hörst-du-uns-nicht* formen.

Frustriert neige ich den Kopf ein kleines bisschen zur Seite. Ich versuche, ihr mit Gesten zu signalisieren, dass es keinen Sinn hat, mir irgendwelche Fragen zu stellen oder einfach weiter zu erzählen. Schließlich sehe ich, wie mein Dad sich nach vorn beugt und gebannt auf die Tastatur starrt. Dem Himmel sei Dank.

Ich bin mir sehr sicher, dass dieser Mann die Rettung für unser Problem ist. Tatsächlich tippt er auf eine Taste und ich höre Mom munter drauflos plappern.

»… und es sollte einfach nicht so schwer sein, mit seinem Kind in Verbindung zu treten«, poltert sie.

»Hey!« Ich wedle mit der Hand vor dem Bildschirm herum. »Es ist alles in Ordnung. Nun kann ich euch bestens hören.«

Mein Dad sieht mehr als erleichtert aus und meine Mom stößt ein Seufzen aus. »So ein Glück. Mit diesem technologischen Kram hat man oftmals seine Probleme.«

»Wieso benutzt ihr nicht die kabellosen Kopfhörer, die ich euch geschickt habe?«, frage ich.

Dad stößt ein belustigtes Schnauben aus, während Mom ihm gegen den Oberarm schubst. Ihre Miene verwandelt sich von herausfordernd zu schuldbewusst und ich kann mir dieses Wechselbad der Gefühle nicht erklären.

»Was ist? Was ist damit passiert?« Mein Blick pendelt zwischen meinen Eltern und ich starre die beiden mit zu schmalen Schlitzen verengten Augen an.

Resigniert hebt Dad seine Schultern und wirft Mom einen kurzen Seitenblick zu. »Es war deine Schuld. Du solltest ihm das erklären.«

Unweigerlich landen meine Augen auf meiner Mom. »Mir was erklären?«

Entnervt wirft sie die Arme in die Luft. »Ich habe beim Kochen Musik über die Kopfhörer gehört. Letzten Freitag gab es bei uns Fisch. Ich habe gerade das kochende Öl in der Pfanne gehabt, als der Kopfhörer mir mitten ins Öl gefallen ist. Ich habe mir sofort einen Löffel geschnappt, aber das Ding war leider nicht mehr zu retten.«

Meine Kinnlade klappt nach unten. »Ist das dein Ernst? Hast du eine Vorstellung davon, wie teuer diese Geräte waren? Und dann frittierst du sie einfach in einem Bad aus Öl?«

»Na, was sind die denn auch so klein?«, murmelt meine Mom genervt und schiebt den schwarzen Peter nun wieder mir zu. Das scheint eine ganz besondere Gabe von ihr zu sein.

»Wie läuft denn das Diner, mein Sohn?«, wechselt Dad freundlich das Thema.

Dankbar für diesen Ausweg nicke ich ihm lächelnd zu. »Es läuft gut. Piotr und ich haben alle Hände voll zu tun und überlegen, nach dem Sommer eine zusätzliche Hilfskraft einzustellen«, erkläre ich.

»Das klingt toll«, erwidert Mom strahlend. »Aber macht das nach dem Sommer denn überhaupt Sinn? Schließlich sind die ganzen Touristen dann wieder weg.«

»Nein, sind sie nicht«, erkläre ich ihr geduldig.

Allerdings erkläre ich ihr dieses Thema jährlich. Sie hat jedes Jahr Angst, dass ich im Winter auf der Straße lande und jämmerlich im Schnee erfrieren werde. Sie kann sich einfach nicht vorstellen, dass ein kleiner Ort in Polen das gesamte Jahr über ein Touristenmagnet sein kann.

»Im Winter verwandelt Zakopane sich in einen perfekten Skiort. Dann sind die ganzen Touristen froh, wenn sie etwas Warmes zu essen bekommen«, sage ich.

Mom nickt aufgeregt, als ob sie diese Information heute zum ersten Mal in ihrem Leben hören würde. Doch ich beschließe, dieses Thema nicht weiter zu vertiefen, denn der Grund für meinen Anruf hat nichts mit zerstörten Kopfhörern oder Touristenattraktionen zu tun. Ich atme tief durch die Nase ein und stoße die angehaltene Luft durch den Mund wieder aus.

»Mom? Dad? Ich muss euch etwas sagen.«

O Gott. Selbst in meinen Ohren klingt dieser Satz viel zu förmlich und speziell. Ich merke es an der Reaktion meiner Eltern. Beide schauen mich ein wenig ernster an und Dad setzt sich aufrechter in seinem Stuhl hin. Wahrscheinlich jage ich ihnen gerade einen großen Schrecken ein, dabei wollte ich so etwas um jeden Preis verhindern. Ich beeile mich schnell, weiterzusprechen, um die Situation auflösen zu können.

»Es gibt da … es gibt da eine Frau in meinem Leben«, platze ich mit der Tür ins Haus.

Meine Eltern starren mich an. Für eine Sekunde. Für zwei Sekunden. Allerdings reagiert keiner der beiden. Ich schaue auf die kleine Anzeige unten rechts am Bildschirm, um zu sehen, ob die Verbindung noch aufrechterhalten wird oder ob das Bild womöglich eingefroren ist. Doch das kleine Lämpchen blinkt fröhlich vor sich hin. Meine Eltern bewegen sich immer noch nicht. Skeptisch lege ich den Kopf ein wenig zur Seite.

»Hallo? Habt ihr mich verstanden?«

»Oooooh!«, entfährt es meiner Mom.

Ihr Ton ist dermaßen schrill, dass sie damit bissigen Hunden konkurrieren könnte. Sie bildet mit ihrer Hand eine Faust und stößt diese hoch in die Luft. Meine Augenbrauen ziehen sich angestrengt zusammen, denn diese Geste passt absolut nicht zu meiner Mom – und zu unserer Situation schon gar nicht. Hilfesuchend schaut sie zu meinem Dad hinüber. Er lächelt. Allerdings kann sein Lächeln seine Augen nicht erreichen. Es wirkt einfach nicht authentisch und beinahe schon … gekünstelt? Das sehe ich ihm deutlich an.

Meine Augen verengen sich zu schmalen Schlitzen. »Was ist los? Freut ihr euch denn gar nicht für mich? Findet ihr es vielleicht zu früh?«

»Nein!«, rufen meine Eltern gleichzeitig. Ein wenig zu laut und ein wenig zu schnell.

»Wir freuen uns sehr für dich«, beteuert Mom. Mit dem Ellbogen stößt sie Dad in die Seite.

»Genau. Kinga klingt nach einer wirklich tollen Frau. Wir wünschen euch von Herzen nur das Beste.«

Nun werde ich hellhörig. Auch meinem Dad entgeht sein kleiner Fehler nicht und Mom lässt stöhnend den Kopf in ihre Hand sinken.

»Moment mal. Woher kennt ihr beide Kingas Namen?«, frage ich.

Mom hält ihren Kopf eisern in ihrer Hand vergraben. Dad schaut zu ihr, doch ihm muss längst klar sein, dass sie ihm in dieser Situation nicht helfen wird.

»Das … ähm … das war nur geraten. Schließlich ist Kinga ein geläufiger Name. Diesen … ähm … Namen hört man doch gefühlt an jeder Straßenecke«, stottert Dad und rutscht unruhig auf seinem Stuhl herum.

Skeptisch hebe ich meine rechte Augenbraue nach oben. »Ach? Kinga ist ein geläufiger Name? In den USA? Wirklich? Das muss mir wohl entgangen sein.«

Meine Mom hebt blitzschnell den Kopf nach oben. »Das ist alles nur deine Schuld!«, ruft sie aus und deutet übertrieben mit dem Finger auf mich.

Aha. Bitte schön, da haben wir sie wieder. Die besondere Gabe. Dennoch steige ich auf ihren Vorwurf ein.

»Was genau meinst du denn damit?«

»Sophia hat uns schon vor ein paar Tagen von Kinga erzählt.«

»Sophia?«

»Ja, deine Schwester.«

»Danke, Mom. Ich weiß, wer Sophia ist.«

»Wieso fragst du dann so?«

Ich seufze. »Mir erschließt sich nur der Sinn nicht, weshalb Sophia euch über mein Liebesleben auf dem Laufenden hält.«

»Wenn du darüber reden würdest, dann wäre das auch überhaupt nicht notwendig. Deine Eltern solltest du als Erstes benachrichtigen, wenn du eine neue Frau an deiner Seite hast«, fährt sie ungerührt fort.

Man sollte meinen, dass meine Eltern beleidigt sind oder dergleichen. Stattdessen blitzt meine Mom mich amüsiert an, während Dad einfach nur froh darüber zu sein scheint, dass der Fokus nicht mehr nur auf ihm ruht.

»Ich habe etwas Zeit gebraucht, um mir darüber klar zu werden, wie wir zwei zueinander stehen. Kinga hat mit dem Vater ihres Kindes eine schwere Zeit hinter sich«, erkläre ich, ohne ins Detail zu gehen.

Das ist Kingas Geschichte und mit niemandem auf der Welt werde ich ihre Geschichte ungefragt teilen. Nicht mit meinen Eltern. Nicht mit Sophia. Mit niemandem.

»Außerdem war ich mir nicht sicher, ob ich schon bereit bin für eine neue Frau in meinem Leben. Ich habe Martyna geliebt. So sehr geliebt. Wegen ihr bin ich überhaupt erst nach Polen ausgewandert. Es hat sich anfangs einfach falsch angefühlt, dass ich mich zu Kinga hingezogen gefühlt habe. Ich möchte nicht, dass … Martyna bei dieser Geschichte schlecht wegkommt«, gebe ich bedrückt zu.

Der Gesichtsausdruck von meinem Dad wird ganz sanft. Mom schnieft auf und ich sehe, dass ihr dicke Tränen über die Wange rollen. Sofort fängt mein Dad diese mit seinem Daumen auf. Er ergreift die Hand meiner Mom und hält diese fest umschlossen.

In diesem Moment wird mir klar, dass ich das auch möchte. Ich möchte mich auch meiner Schwäche hingeben können und wissen, dass da jemand ist. Dass es jemanden gibt, der meine Hand hält und meine Tränen trocknet. Gleichzeitig möchte ich für eine Person dieser Jemand sein. Allerdings nicht für irgendeine Person. Ich möchte für Kinga dieser Jemand sein. Ich möchte ihre Hand halten und ihre Tränen trocknen. Ich möchte für sie da sein und den Rest meines Lebens mit ihr verbringen.

»Du bist ein guter Mensch«, flüstert Mom erstickt. »Ein so

guter Mensch.«

Dad nickt warm lächelnd. »Martyna hat dich mit jeder Faser ihres Seins geliebt. Sie war an deiner Seite und hat dir Licht geschenkt. Mit ihrem Tod ist auch das Licht in deinen Augen erloschen. Wenn die Menschen sterben, dann leiden die Hinterbliebenen oft am meisten. Martyna hat dich geliebt, aber sie hat es besonders geliebt, dich lachen zu sehen. Sie möchte, dass du glücklich bist. Wir haben in ihren letzten Tagen oft mit ihr telefoniert«, erinnert Dad mich.

»Ich weiß«, flüstere ich.

Mittlerweile laufen auch mir heiße Tränen über meine Wangen. Das Verhältnis zwischen Martyna und meinen Eltern war großartig. Die drei haben nur über Videoanrufe miteinander kommuniziert, doch das konnten sie stundenlang tun. Auch wenn ich nicht zu Hause war, hat Martyna meine Eltern angerufen, um sich nach ihnen zu erkundigen. Sie war für die zwei mehr als eine Schwiegertochter. Sie war eine Tochter. Der Verlust hat sie mindestens so schwer getroffen wie auch mich. Es rührt mich zutiefst, dass meine Eltern nach all der Zeit immer noch in der Gegenwartsform über Martyna sprechen. Sie wissen gar nicht, wie viel mir das bedeutet.

»Wir lieben dich, Robert«, flüstert Mom. »Wir lieben Martyna. Und wir lieben es, dass das Licht in deine Augen zurückgekehrt ist. Wir lieben es, dich leuchten zu sehen. Kinga ist für dieses Leuchten verantwortlich. Deswegen ist es für uns nur allzu logisch, dass wir auch Kinga lieben. Wir kennen sie bisher noch nicht, doch glaub mir, dass wir in unserem Herzen auch genügend Platz für sie haben.«

Ich presse meine Lippen fest aufeinander und bin zu nicht viel mehr imstande, als zu schmunzeln. Der Anruf mit meinen Eltern hat mir die Augen geöffnet. Ich tue nichts Falsches oder Verbotenes. Ich darf glücklich sein. Ich darf mich dem Glück in meinem Leben erneut zuwenden. Und ich habe keinen Grund, mich deswegen schuldig zu fühlen.

Die kühle goldene Flüssigkeit dringt meine Kehle hinab und erfrischt mich von innen heraus. Ich sitze auf den Verandastufen meines Hauses und genehmige mir ein Feierabendbier, während die letzten warmen Sonnenstrahlen mein Gesicht erwärmen. Die Sonne über Zakopane geht allmählich unter und taucht meinen Vorgarten in ein magisches rotgoldenes Meer. An diesem unglaublichen Farbenspiel der Natur werde ich mich wohl niemals sattsehen können. Das Gespräch mit meinen Eltern liegt nun schon einige Tage zurück und geht mir dennoch nicht aus dem Kopf. In dem Moment, als meine Eltern mir gesagt haben, dass sie eine neue Liebe an meiner Seite akzeptieren werden, ist mir bewusst geworden, wie sehr ich darauf gehofft habe, dass ihr Urteil positiv ausfällt. Normalerweise hätte ich noch eine Angelegenheit mit meiner Schwester zu klären gehabt, allerdings hat Sophia es nicht böse gemeint. Sie plappert unglaublich viel und wenn es über ihr Leben nichts mehr zu berichten gibt, dann erzählt sie eben von meinem.

Die Haustür hinter mir öffnet sich, erschrocken fahre ich herum. Wie ist so etwas nur möglich? Niemand kann aus meinem Haus kommen, wenn ich doch hier vorn sitze und niemanden reingelassen habe. Angespannt blicke ich zur Eingangstür. Grinsend kommt Piotr aus meiner Haustür getreten und hebt die Hand zum Gruß. Er tritt an mich heran, als wäre das gerade keine große Sache gewesen, während ich ihn entgeistert anstarre.

»Wo kommst du her?«, frage ich verwirrt.

»Aus deinem Haus«, antwortet Piotr perplex, als wäre ich derjenige, der nicht ganz normal ist.

»Das habe ich gesehen«, antworte ich zwischen zusammengebissenen Zähnen. »Aber wie bist du da reingekommen?«

»Ach so.« Piotr winkt gelangweilt ab. »Deine Hintertür stand offen.«

»Und dann bist du einfach in mein Haus spaziert?«

»Na ja … aber deine Hintertür stand doch offen.« Er zuckt mit den Schultern. Und ich bin felsenfest davon überzeugt, dass er meinen Einwand immer noch nicht versteht.

Piotr hebt seine rechte Hand in die Luft und präsentiert mir dabei eine Bierflasche. »Möchtest du auch noch eins haben?«

Ich blinzle mehrmals und versuche, zu verstehen, was er mich da gerade gefragt hat. »Ist das dein Ernst? Bietest du mir gerade mein Bier aus meinem Kühlschrank an?«

Er nickt, als wäre das kein Problem. »Natürlich. Schließlich möchte ich nicht unhöflich wirken und allein ein Bier trinken.«

»Natürlich.«

»Kann ich mich zu dir setzen?«

»Tu, was du nicht lassen kannst.«

Piotr nimmt neben mir auf der Verandastufe Platz. Er setzt die Flasche an seine Lippen und trinkt mehrmals einen Schluck daraus. Ein Seufzen entkommt seiner Kehle und er stellt das Bier neben sich ab.

»Es geht doch nichts darüber, den Feierabend mit seinem Kumpel ausklingen zu lassen. Wie läuft es sonst bei dir? Mit Kinga?«, fragt er und stößt seine Schulter gegen meine.

Nun liegt es an mir, die Augen zu verdrehen. »Ich habe gesagt, dass du deinen Feierabend hier verbringen kannst. Allerdings habe ich kein Wort darüber verloren, dass wir jetzt anfangen, über unsere Gefühle oder so einen Mist zu reden.«

»Geht klar«, antwortet Piotr und pult am Etikett seiner Flasche herum.

Für einige Sekunden legt sich ein Mantel der Stille über uns. Der Mantel hüllt uns ein und umschließt uns mit seiner Wärme. Jedenfalls so lange, bis ich das Gefühl habe, unter dem Mantel keine Luft mehr zu bekommen.

»Es gibt ein *Uns*«, sage ich schließlich.

Augenblicklich wendet Piotr mir neugierig seinen Blick zu. Er scheint dankbar darüber zu sein, dass ich die Pause zwischen uns gebrochen habe.

»Hm?«, fragt er.

»Kinga und ich. Wir beide sind ein *Uns*«, erkläre ich widerwillig.

Eine feste Hand landet auf meiner Schulter und klopft mehrmals darauf.

»Das ist super, Robert. Das ist wirklich super«, ruft er begeistert aus.

»Psst. Die ganze Nachbarschaft wird dich noch hören und morgen ist es das Stadtgespräch Nummer eins.«

»Soll es denn ein Geheimnis sein?«, fragt Piotr flüsternd und beugt sich verschwörerisch zu mir.

»Nein.« Ich schüttle den Kopf. »Jedenfalls nicht von meiner Seite aus. Doch ich möchte diese Sache zwischen uns genießen, bevor sich zu viele Menschen einmischen und ein Urteil darüber erlauben.«

»Wer sollte über dich urteilen?«, fragt Piotr.

»Alle Menschen, die Martyna geliebt haben«, antworte ich matt.

Der Ausdruck in Piotrs Augen verändert sich. Sein Blick ist mitfühlend und er klopft mir erneut auf die Schulter. Dieses Klopfen ist weniger roh als beim ersten Mal. Stattdessen steckt er all seine Hingabe in diese Geste. In meinem Kopf ploppt allerdings die Frage auf, weshalb er heute so viel Wert auf Körperkontakt legt. Das sollte er sich ganz schnell wieder abgewöhnen.

»Alle Menschen in dieser Stadt werden Kinga an deiner Seite lieben, sofern sie das nicht sowieso schon tun. Martyna war sehr beliebt in Zakopane. Es war ihre Heimatstadt. Ihre Eltern wurden hier geboren und sie ist hier aufgewachsen. Bei jedem Fest und bei jeder Veranstaltung hat sie mitgeholfen. Sie war bekannt und hilfsbereit. Selbst als ihre Eltern ausgewandert sind, ist Martyna in Zakopane geblieben, weil sie diese Stadt niemals verlassen wollte. Diese Loyalität an ihr war bemerkenswert. Und irgendwann bist du dann auf der Bildfläche erschienen.«

»Ich will gar nicht wissen, was als Nächstes kommt«, sage ich und trinke einen großen Schluck Bier.

Piotr fährt ungerührt fort, als hätte ich gar keinen Einwand vorgebracht: »Du hast dich in Martyna verliebt und sie glücklich gemacht. Und damit haben die Menschen dieser Stadt dich … na ja, zumindest mögen gelernt und als einen Teil unserer Gemeinschaft akzeptiert.«

»Mögen? Nicht lieben?«, frage ich spöttisch und muss wider Willen grinsen.

»Ja, mögen. Du bist manchmal echt grummelig und dich zu lieben, fällt den meisten nicht ganz einfach.«

»Verstehe«, erwidere ich grinsend.

»Im Grunde muss dich auch nicht die gesamte Stadt lieben. Es reicht, wenn Kinga und ich das tun.«

»Oh, Mann«

»Kommst du eigentlich gut mit ihrem Sohn klar?«

»Mit Jakub? Ja, er ist wirklich ein toller Junge. Er hat inzwischen seine Liebe zum Fußball entdeckt.«

»Ehrlich? Das ist toll!«

»Wieso?«

»Schaut ihr euch das Spiel am Wochenende gemeinsam an?«

»Dieses Wochenende?«

Piotr nickt. »Ein gemeinsamer Abend zu zweit könnte euch guttun und eure Bindung zueinander stärken. Außerdem findet es Kinga vielleicht auch toll, mal einen Abend für sich allein zu haben.«

»Das klingt wirklich nicht schlecht, vielleicht frage ich sie, ob er vorbeikommen möchte.«

»Schade, dass ich bei unserem Männerabend nicht dabei sein kann. Ich bin an dem Samstag leider schon verabredet.«

Aus meiner hinteren Hosentasche fische ich mein Handy und ziehe meine Augenbrauen skeptisch nach oben. »Unser Männerabend? Wer hat dich denn dazu eingeladen?«

»Hey! Das war schließlich meine Idee. Beim nächsten Männerabend bin ich auf jeden Fall dabei, Kumpel.«

Ich verdrehe die Augen, entsperre mein Display und beginne, eine Nachricht an Kinga zu tippen.

Ich: Jakub und du, habt ihr fürs Wochenende schon Pläne?

Kinga: Steht nichts an. Wieso fragst du?

Ich: Es läuft Fußball im Fernsehen.

Kinga: …

Ich: ?

Kinga: Oh, sorry. Bin versehentlich eingeschlafen bei der Erwähnung von Fußball.

Ich: Nicht witzig.

Kinga: Ein wenig schon.

Ich: Ich wollte wissen, ob Jakub sich mit mir das Spiel anschauen möchte.

Kinga: Er liest mit und hat mir gerade ins Ohr geschrien … Ich glaube, das war ein deutliches Ja.

Ich: Cool. Möchte er vielleicht über Nacht bleiben? Wir machen uns einen richtigen Männerabend. Und du könntest die Zeit genießen, um zu entspannen.

Kinga: Okay, das war's. Ich bin ganz offiziell auf dem einen Ohr taub. Jakub ist ausgerastet vor Freude.

Ich: Das hört sich gut an.

Kinga: Für dich vielleicht. Ich werde mit ziemlicher Sicherheit nie wieder etwas hören.

Ich: Armes Baby. Dafür holen wir dich Sonntag ganz früh von zu Hause ab und frühstücken zusammen im Diner. Was meinst du?

Kinga: Ich denke, das wäre eine angemessene Entschädigung. Schaffst du das denn?

Ich: Den Abend mit Jakub zu verbringen? Ich bitte dich.

Kinga: Ich möchte mich nur vergewissern, dass du das wirklich tun möchtest.

Ich: Ich habe es dir doch angeboten. Bring ihn Samstag am späten Nachmittag zu mir, dann schließe ich das Diner etwas eher und du machst dir einen schönen Abend.

Kinga: Das klingt verlockend.

Ich: Dann denk nicht darüber nach.

Kinga: In Ordnung. Ich bringe Jakub am Samstag zu dir.

Ich: Super!

Zufrieden sperre ich das Display von meinem Handy, setze mich zurück und trinke einen letzten Schluck aus meiner Bierflasche. Piotr beäugt mich aus zusammengekniffenen Augen.

Ich schüttle amüsiert den Kopf. »Schon gut. Wir werden demnächst wieder so einen Männerabend veranstalten und du bist herzlich dazu eingeladen.«

Begeistert klatscht er in die Hände. »Das wollte ich hören, Kumpel.« Er trinkt sein Bier ebenfalls aus und erhebt sich von den Verandastufen. »Ich hole mir noch eins. Soll ich dir eine Flasche mitbringen?«

»Du meinst mein Bier aus meinem … ach, lassen wir das. Klar, wieso nicht?« Lächelnd reiche ich Piotr meine leere Bierflasche und er verschwindet im Inneren meines Hauses.

KAPITEL 36

Kinga

Unser Samstagmorgen verläuft vollkommen stressfrei und unkompliziert. Jakub ist früh wach, weil die Aufregung über den bevorstehenden Abend ihn regelrecht aus dem Bett zu zwingen scheint. Ich kann einfach nicht aufhören zu lächeln. Meine Wangen schmerzen ein wenig davon, doch ich bin gegen dieses Glücksgefühl machtlos. Und wenn ich ehrlich sein soll, dann möchte ich meine Freude auch nicht verbergen. Ich bin verliebt und glücklich. Und mehr als bereit dazu, es jedem unter die Nase zu binden, der es gern hören möchte. Meine Haare lasse ich heute komplett offen, weil ich weiß, dass Robert diese Frisur an mir gut gefällt. Ich schlüpfe in weiße Hotpants und ziehe ein karamellfarbenes Oberteil an.

Nach dem Frühstück gehe ich zum Arbeiten in die Buchhandlung. Jakub setze ich unterwegs bei einem Freund ab. Am späten Nachmittag wird die Mutter seines Freundes ihn mir in die Buchhandlung bringen. Seine Übernachtungstasche trage ich in meiner rechten Hand. Direkt nach Feierabend bringe ich Jakub bei Robert vorbei. Wenn ich wieder zu Hause bin, werde ich mir ein heißes Bad einlassen, eine Flasche Rotwein öffnen und vielleicht sogar wieder mal ein Buch lesen. Ein Seufzer der Glückseligkeit entkommt meiner Kehle.

Ich öffne die Tür der Buchhandlung und höre das vertraute Geräusch der Klingel. Die Abläufe in dem Laden sind mir so vertraut, als hätte ich in meinem Leben noch niemals etwas anderes getan. Manchmal kann ich überhaupt nicht glauben, dass ich erst seit drei Monaten in Zakopane lebe. Mein Leben davor scheint überhaupt keinen richtigen Sinn ergeben zu haben, weil ich erst hier erfahren habe, was es wirklich heißt, zu leben.

»Kinga? Bist du das?«, höre ich Sophia aus dem Lagerraum.

»Jepp«, rufe ich zurück und stelle mich hinter den Tresen.

Ich bewege die Computermaus hin und her, damit der Bildschirm zum Leben erwacht. Anschließend rufe ich die Liste mit den Bestellungen der letzten Stunden auf. Mir fallen beinahe die Augen aus dem Kopf. Kann das wirklich stimmen?

»Ähm … Sophia? Hast du eine Sekunde für mich?«

Sie kommt an meine Seite getänzelt. Ihre blonden Haare hat sie heute zu zwei Zöpfen geflochten und ihr Körper steckt in einem weiten blauen Maxikleid.

»Was gibt's?«

Ich deute mit meinem Zeigefinger auf die Bestellungen. Es sind weit mehr als einhundert Stück. »Ist das ein Fehler im System?«

Sophia schnalzt missbilligend mit der Zunge. »Ich hoffe nicht. Der Techniker berechnet immer Unsummen für solche Reparaturen.« Sie nimmt mir die Computermaus ab und klickt auf einigen Feldern herum. Nach ein paar Minuten runzelt sie die Stirn. »Nein, es scheint alles in Ordnung zu sein. Das Buch feiert heute seinen Release. Deswegen die ganzen Bestellungen über Nacht.«

»Das ist der absolute Wahnsinn«, rufe ich begeistert aus.

Meine Freundin nickt mir lächelnd zu. »Allerdings. Ich hätte niemals gedacht, dass solche Zahlen in meiner kleinen Buchhandlung möglich wären. Entschuldige. Ich meine natürlich in *unserer* Buchhandlung.«

Schnell schüttle ich den Kopf. »Ich bin lediglich deine Angestellte.«

»Du weißt, dass das nicht stimmt. Du bist weit mehr als meine Angestellte. Du steckst mindestens genauso viel Liebe und Herzblut wie ich in diesen Laden. Ich wüsste überhaupt nicht, was ich ohne dich machen sollte.«

Ich beuge mich zu Sophia vor und schließe sie in eine feste

Umarmung.

»Das reicht«, sagt sie und schiebt mich entschlossen von sich weg. »Ich habe übrigens gehört, dass Jakub heute bei Robert übernachtet.«

Ich nicke verlegen. »Ja, genau. Dein Bruder hat es vorgeschlagen.«

»Was denkst du darüber?«

Mir ist klar, dass sie Roberts Schwester ist. Aber sie ist ebenso meine Freundin und ich weiß, dass ich absolut offen mit ihr sprechen kann. Sie ist nicht parteiisch und auch nicht strikt auf der Seite ihres Bruders. Sie liebt uns beide und ich schätze ihre Aufrichtigkeit.

»Ganz ehrlich? Ich liebe den Gedanken. Es war mir so wichtig, dass ein Mann nicht nur mich, sondern auch mein Kind akzeptieren kann.«

»Robert fällt das nicht schwer.«

»Nein, Robert fällt das ganz und gar nicht schwer.« Ich lache auf.

»Es ist schön, zu sehen, wie glücklich er in letzter Zeit wieder ist. Ich dachte, mit dem Tod von Martyna wäre ihm diese Freude für alle Zeiten verloren gegangen. Doch durch dich hat er diese Freude wiedergefunden. Ich bin glücklich darüber, dass ihr euch über den Weg gelaufen seid.«

Tränen brennen hinter meinen Augen. »Nun reicht es wirklich. Ich muss endlich damit anfangen, die Bestellungen zu verpacken und wegzuschicken, bevor ich diejenige bin, die nicht mehr aufhören kann, zu heulen.«

Sophia lacht und dieses wunderbare Geräusch begleitet mich bis nach hinten in unseren Lagerraum, wo ich damit beginne, die bestellten Bücher rauszusuchen.

Der gesamte Samstagnachmittag fliegt geradezu an mir vorbei. Ich bin die ganze Zeit über damit beschäftigt, eine Bestellung nach der nächsten abzuarbeiten. Ich habe die Aufträge von letzter Nacht vollständig verpackt und verschickt, doch im Laufe des

Tages sind weitere eingegangen. Sophia hat sich währenddessen um die laufende Kundschaft in der Buchhandlung gekümmert und diese Aufgabe zu bewältigen, war auch nicht gerade einfach. Wir erleben momentan einen regelrechten Ansturm und unsere Begeisterung lässt sich nur schwer verbergen.

Bevor ich mich versehe, spaziert Jakub in die Buchhandlung herein. Die Mutter des anderen Jungen steht vor der Ladentür und winkt mir lächelnd zu, ehe sie den Laden hinter meinem Sohn betritt.

Ich erwidere ihre Geste.

»Hey, mein Großer. Hattest du einen schönen Nachmittag?«, frage ich.

Jakub nickt begeistert. »Ja, es war wirklich toll. Wir waren zusammen auf dem Fußballplatz und haben an unseren Skills gearbeitet.«

»Das war es wirklich. Wir hatten alle viel Spaß. Wir haben vorgeschlagen, beim nächsten Mal ein Kinder-Eltern-Treff daraus zu machen. Wenn du also Lust hast, Kinga, würde ich mich sehr freuen, wenn du das nächste Mal mit Jakub kommst«, sagt die für mich fremde Mutter, deren Name Alena ist.

»Gern. Wirklich gern.« Es ist das erste Mal, dass ich eine Einladung von einer anderen Mutter erhalte. Diese Tatsache fühlt sich schön an. Nach kurzem Small Talk verschwindet sie aus der Buchhandlung.

»Können wir direkt los? Zu Robert?«, ruft Jakub aufgeregt und fasst nach meinem Arm.

»Na klar. Wir verabschieden uns nur noch von Sophia.«

Auf dem Weg zu Robert plappert Jakub in einer Tour. Seine Begeisterung wirkt ansteckend auf mich, obwohl ich überhaupt nicht diejenige bin, die den Abend gemeinsam mit den beiden verbringen wird. Wir klingeln bei Roberts kleinem Bungalow. Die

Haustür schwingt auf und er steht lächelnd im Türrahmen. Er trägt eine schwarze Jogginghose und dazu ein rotes Trikot einer Fußballmannschaft, die ich nicht kenne. Doch das muss ich überhaupt nicht. Mein Herz schlägt schneller und ich überrasche mich selbst damit, welche körperliche Reaktion dieser Mann in mir auslösen kann.

»Hey«, sagt er mit samtig weicher Stimme.

Robert beugt sich zu mir runter und drückt mir einen Kuss auf die Lippen. Hitze durchströmt meinen gesamten Körper und breitet sich in meinem Unterleib aus. Bevor ich den Kopf zur Seite neigen und den Kuss vertiefen kann, entzieht er sich mir wieder. Belustigt funkelt Robert mich an, als er vermutlich den Protest in meinen Augen sieht.

»Hi«, krächze ich heiser.

»Bist du bereit für unseren Männerabend, Kumpel?«, fragt er an Jakub gewandt. Und urplötzlich wird mir die Anwesenheit meines Sohnes bewusster.

»Die Frage stellt sich doch überhaupt nicht«, ruft Jakub und flitzt ins Innere.

»Komm doch gern rein«, sagt Robert und tritt einen Schritt zur Seite.

»Wo werden wir heute schlafen?«, fragt mein Sohn ungeduldig und lenkt die Aufmerksamkeit des Gespräches zielsicher auf sich selbst zurück.

»Dort hinten habe ich zwei Luftmatratzen aufgebaut«, antwortet Robert und deutet auf einen Punkt hinter der Couch.

Mit einem Satz ist Jakub bei mir und schlingt mir seine Arme um die Hüften.

»Bis morgen, Mama. Ich habe dich lieb.«

Lächelnd schüttle ich den Kopf und drücke meinem Sohn einen Kuss auf den Scheitel. »Da kann es jemand wohl kaum abwarten, mich endlich loszuwerden.«

»Scheint so«, gibt Robert amüsiert zurück. Während mein Kind sich von mir losmacht und eine der beiden Luftmatratzen ansteuert.

In Windeseile hat er sein gesamtes Hab und Gut ausgepackt und sitzt nun erwartungsvoll auf der Matratze.

»Wenn irgendetwas sein sollte –«

»Es wird schon nichts sein. Mach dir bitte nicht so viele Gedanken. Und wenn, melde ich mich. Versprochen!«, unterbricht Robert mich.

»Genieß deinen Wellnessabend.«

»Okay.«

Zum Abschied legt er seine Hand in meinen Nacken und küsst mich. Ich lege all meine Gefühle in diesen Kuss. Es ist viel mehr als ein bloßer Kuss. Es ist ein Versprechen für die Zukunft. Für unsere Zukunft. Ich freue mich auf jeden weiteren Tag, den wir miteinander verbringen dürfen.

Sobald ich zu Hause ankomme, fällt mein Blick auf die Kommode in unserem Flur und ein genervtes Stöhnen entfährt mir. Das darf doch nicht wahr sein. Auf der Kommode liegt die *Spiderman*-Figur von Jakub. Ohne diese Figur kann er abends nicht einschlafen. Besonders nicht, wenn er die Nacht nicht in seinem eigenen Bett verbringt. Wir müssen sie heute Morgen wohl hier vergessen haben. Allerdings war ich mir vollkommen sicher, dass ich sie in die Tasche gepackt habe. Schnell ziehe ich mein Handy hervor und entsperre das Display.

Ich: Bin in ein paar Minuten wieder bei euch.

Robert: Wieso das denn?

Ich: Na, vielen Dank auch.

Robert: So meinte ich das gar nicht :-D

Robert: Wieso möchtest du noch einmal herkommen?

Ich: Jakub hat seine Spiderman-Figur hier liegen gelassen. Ich werde sie vorbeibringen, weil er ohne diese Figur nicht einschlafen kann.

Robert: Das ist doch nicht notwendig. Lass dir wie geplant ein Bad ein und versuche, dich etwas zu entspannen. Du musst doch nicht wieder durch die halbe Stadt rennen. Wenn er die Figur später vermisst, dann holen wir sie gemeinsam ab.

Ich: Ich könnte durch die halbe Stadt mit meinem Auto fahren und muss gar nicht rennen.

Robert: Kinga!

Ich: Schon gut. Bist du dir sicher?

Robert: Na klar. Wir versuchen es ohne diese Figur und wenn es gar nicht klappt, dann kommen wir vorbei.

Ich: Geht klar. Bis dann und viel Spaß.

*Robert: Dir auch. :-**

Mit einem breiten Grinsen gehe ich wieder nach oben in das Badezimmer und lege mein Handy neben dem Waschbecken ab. Ich drehe den Wasserhahn auf und das tosende Geräusch lässt mich seufzend die Augen schließen. Ich suche in meinem Badezimmerschrank nach einer Badebombe und werde schnell fündig. Langsam lasse ich die rosafarbene Kugel in das heiße Wasser gleiten und sehe dabei zu, wie sie sich knisternd auflöst. Der himmlische Duft von Lavendel erfüllt den Raum und meine angespannten Muskeln sacken ein kleines Stück nach unten.

Behutsam streife ich meine Hose ab und schäle mich aus meinem Oberteil, bis ich komplett nackt vor der Badewanne stehe.

Ein lautes Poltern dringt an mein Ohr und durchbricht den Frieden. Von einem Haken schnappe ich mir meinen weißen Bademantel und binde den Gurt fest um meine Körpermitte. Joggend nehme ich die Treppe nach unten in den Eingangsbereich. Es wundert mich, dass Jakub und Robert bereits hier sind. Ich war der Meinung, dass die beiden die Figur später holen würden. Doch ich weiß, wie sehr mein Sohn an diesem Spielzeug hängt und es ist nicht wirklich verwunderlich, dass er sie sofort bei sich haben möchte, sobald er daran erinnert wird.

»Robert? Ihr seid früh wieder da. Ich habe später … Aua!«, entfährt es mir.

Ein stechender Schmerz bohrt sich in meinen linken Fuß. Erschrocken zucke ich zurück. Was zum Geier war das nur? Ich hebe einen kleinen Gegenstand vom Boden auf und inspiziere ihn gründlich. Ist das etwa … Glas? Wie kommt eine Glasscherbe in meinen Flur? Blut tropft von meinem Fuß und mit einem Mal erstarre ich.

»Hallo, Sylwia. Oder sollte ich lieber Kinga sagen?« Seelenruhig sitzt Adam auf meiner Couch und nimmt einen großzügigen Schluck aus einer Bierflasche.

»Adam.« Zu mehr bin ich nicht in der Lage.

Mein Herz rast und mein erster Impuls ist es, aus dem Haus zu rennen, gleichzeitig bin ich wie eingefroren.

»Deine Haare sind irgendwie anders. Es sieht komplett scheiße aus, aber das bekommen wir auch wieder hin. Darüber musst du dir vorerst keine Gedanken machen.« Adam klopft auf die Couch neben sich. »Hast du eine Minute für mich? Wir sollten uns unterhalten.« Er nimmt einen weiteren Schluck von seinem Bier.

Diese Geste ist mir mehr als vertraut und löst gleichzeitig so viel Ekel in mir aus. Ich erwache aus meiner Starre und versuche, meiner Stimme einen festen Klang zu geben.

»Was hast du hier zu suchen, Adam?«

»Na, was denkst du wohl? Ich möchte mich bei dir entschuldigen. Und ich möchte *meinen* Sohn sehen.«

Mein Ex-Mann breitet die Hände aus, als müsste ich überglücklich in seine Arme fallen. Dabei ist mir einfach nur schlecht und ich habe das Gefühl, dass ich direkt loskotzen muss. Ein Gedanke blitzt in meinem Kopf auf.

»Wie hast du mich hier gefunden?«

»Eine kluge Frage. Das ist in der Tat nicht ganz einfach gewesen. Ich wusste schon immer, dass hinter deinem hübschen Äußeren mehr steckt. Vielleicht kann ich deinem Gedächtnis ein bisschen auf die Sprünge helfen.« Adam dreht seine Bierflasche plötzlich auf den Kopf. Die Hälfte der Flüssigkeit strömt aus der Flasche heraus und ergießt sich über meinen Wohnzimmerboden.

Entgeistert starre ich ihn an. »Was soll das?«

Er schnalzt missbilligend mit der Zunge, als wäre er von mir enttäuscht. »Na, aber bitte, Sylwia. Oh, entschuldige. Ich meine Kinga. Das ist doch nun wirklich nicht so schwer. Ich habe Bilder im Internet gesehen. Von dem *Haus auf dem Kopf*. Deine dumme Schwester, die Ziege, hat mir damit einen entscheidenden Tipp gegeben. *#Schwestern #Zakopane #Polen #Family*.« Adam schüttelt den Kopf. »Das sind Hashtags, nach denen ich gesucht habe. Ich wusste, dass du Polen nicht verlassen würdest. Und schließlich hat mich euer gemeinsames Bild hierhergeführt. Manche Menschen verstehen einfach nicht, dass man nicht alles in dieses Internet reinstellen sollte.«

Adam beugt sich nach vorne und schleudert seine leere Bierflasche gegen die Wand. Erschrocken zucke ich zusammen, als diese in ihre Einzelteile zerspringt. Mir wird übel bei dem Gedanken, dass er schon die ganze Zeit über in meinem Haus ist. Es muss so sein. Anschließend öffnet er eine neue Flasche. Sofort setzt Adam diese an seine Lippen und trinkt einen gierigen Schluck. Meine Beine fühlen sich an, als wären sie zur Salzsäure erstarrt. Ich möchte schreien. Ich möchte wegrennen. Doch mein Körper scheint mir einfach nicht mehr zu gehorchen.

»Komm her, Kätzchen.« Er klopft erneut auf den Platz auf der Couch. Dieses Mal ist sein Klopfen energischer. Drängender. »Setz dich zu mir und wir reden miteinander. Ich möchte mich aufrichtig bei dir entschuldigen.« Seine Alkoholfahne findet den Weg bis zu mir und ich presse meine Lippen zu einem harten Strich zusammen.

Ich balle meine Hände zu Fäusten und fasse all meinen Mut zusammen. Wenn ich mich ihm nicht widersetze, dann fängt alles wieder von vorn an.

Die Schläge.

Die Demütigung.

Die Angst.

So weit darf ich es nicht kommen lassen. Ich bin nicht mehr dieselbe Person wie früher. Ich habe mich verändert. Ich bin reifer geworden und habe gelernt, für mich und meine Person einzustehen. Genau das werde ich jetzt tun. Ich möchte mich nicht länger klein fühlen und als sein Opfer herhalten müssen.

»Ich will nicht mit dir reden, Adam! Ich will nicht hören, was du zu sagen hast. Du hast in meinem neuen Leben keinen Platz mehr. Nie wieder werde ich mich von dir herumschubsen lassen. Und jetzt verschwinde von hier! Lass Jakub und mich in Ruhe!«

Meine Stimme wird immer lauter und die letzten Worte schreie ich beinahe. Ich bin atemlos. Erschöpft. So lange Zeit haben meine Gefühle in mir geschlummert. Endlich haben sie ihren Weg an die Oberfläche gefunden.

Ich bin erleichtert. Zumindest so lange, bis ich den Ausdruck auf Adams Gesicht sehe. Seine Züge haben sich in eine hässliche Fratze verwandelt. Mir gefriert das Blut in den Adern. Mein Ex-Mann springt von der Couch auf.

»Was hast du da gerade gesagt?«

Ich bleibe ihm eine Antwort schuldig. Blitzschnell drehe ich mich um und renne Richtung Haustür. Ich bin nicht in der Lage, einen klaren Gedanken zu fassen. Ich weiß nur, dass ich von hier wegmuss. Ich muss raus und mich vor diesem Psychopathen in Sicherheit bringen. Die Haustür erscheint in meinem Blickfeld und ich strecke meine rechte Hand so weit wie möglich von mir. Meine Fingerspitzen berühren das kühle Metall der Türklinke, bevor ich zu Boden geworfen werde.

Die Luft wird mir aus den Lungen gepresst, als Adam sich mit seinem gesamten Körpergewicht auf mich wirft. Ich keuche, doch er lässt mir keine Zeit, um zu verschnaufen. Mühsam rappelt Adam sich wieder auf. Er vergräbt seine Hand in meinen Haaren und zieht mich daran nach oben. Ich kreische auf, als der Schmerz sich in meine Kopfhaut frisst.

»Das hättest du nicht tun sollen.«

Er lässt seine Hand nach vorn schnellen und mein Kopf schlägt hart gegen die Wand. Vor meinen Augen wird alles schwarz.

KAPITEL 37

Kinga

Mein Kopf schmerzt und mein gesamter Körper fühlt sich an, als hätte mich ein Lastwagen überfahren. Ich glaube, ich muss mich übergeben und schaffe es kaum, meine Lider zu heben. Jeder einzelne Muskel in meinem Körper ist erfüllt von Schmerz. Was ist nur mit mir passiert? Habe ich schlecht geträumt? Meine Lider zucken unkontrolliert, als ich mühsam versuche, sie zu öffnen.

»Das ist alles nur deine Schuld.«

Adam.

Verflucht.

Adam!

Scheiße. Das war kein Traum. Leider. Denn das, was ich hier gerade erlebe, ist um einiges schlimmer. Mühsam nehme ich die Umgebung um mich herum wahr. Ich liege auf meinem Sofa, während Adam auf dem Couchtisch sitzt und mich frustriert mustert.

»Siehst du, was du mit mir anstellst, Sylwia? Ich bin ein ruhiger und ausgeglichener Mensch. Du zwingst mich dazu, all diese furchtbaren Dinge zu tun.«

Er setzt eine Bierflasche an seine Lippen und ich frage mich, wie viele Flaschen er davon heute bereits hatte.

»Warum bist du hier?«, frage ich erstickt.

Eine heiße Träne rollt über meine Wange. Ich habe mir vor langer Zeit geschworen, dass ich niemals wieder vor diesem Menschen weinen werde. Doch in diesem Moment fühle ich mich so hilflos und allein, dass die Tränen mein einziger Wegbegleiter sind.

»Wir beide sind miteinander verheiratet. Wir haben einander die Treue geschworen. In guten wie in schlechten Zeiten. Außerdem will ich *meinen* Sohn sehen. Es wird Zeit, dass er zu einem richtigen Mann wird.« Adam steht auf und ein ungutes Gefühl macht sich in meinem Magen breit.

»Lass Jakub in Ruhe.«

»Es mag sein, dass ich mich gern mit meinen Jungs treffe und wir zusammen etwas trinken gehen. Wohingegen du …« Er deutet mit seiner Bierflasche auf mich. »Du hast einfach die Beine breit gemacht für diesen amerikanischen Cowboy.«

Mir wird kalt und heiß zugleich. Er weiß von Robert. Wie kann er nur von ihm wissen? Hat er mich etwa beobachtet? Das kann nicht sein. Adam ist ein impulsiver Mensch. Er handelt immer sofort und denkt erst im Nachhinein darüber nach. Allerdings, wenn ich etwas zurückdenke …

»Du warst das. Auf dem Fußballplatz.«

Meine Stimme ist brüchig und passt überhaupt nicht mehr zu mir. Flehend schaue ich zu ihm auf und hoffe, dass er meine Frage verneint. Den Gefallen tut Adam mir nicht, denn er nickt. Ich schließe die Augen und weitere Tränen laufen über meine Wangen.

»Ich habe euch auf dem Fußballplatz gesehen, ich habe euch im Autokino gesehen und ich habe euch durch dein Schlafzimmerfenster gesehen. Du widerliche Schlampe hast Ehebruch mit diesem Cowboy begangen. Ich habe euch so oft in dieser verfluchten Stadt gesehen.«

Adam schreit mich aus voller Kehle an und seine Spucke spritzt mir ins Gesicht. Angewidert drehe ich meinen Kopf weg. Mit einem Satz ist er bei mir. Mit Daumen und Zeigefinger umfasst er mein Kinn. Zwingt mich, ihn anzusehen.

»Du hast heute aber Glück, Sylwia. Ich bin großzügig und dazu bereit, über deinen Ehebruch hinwegzusehen. Vorausgesetzt, du kommst widerstandslos gemeinsam mit mir nach Warschau zurück. Hol also Marcin aus dieser hässlichen Bude und wir gehen.«

»Auf gar keinen Fall«, zische ich impulsiv. Mein gesamter Geist sträubt sich gegen den Gedanken, zurück zu Adam zu gehen.

Er schüttelt den Kopf. Verzweifelt hebt mein Ex-Mann seine Hände in die Luft, als könnte er nicht fassen, was für eine dumme Antwort ich von mir gegeben habe.

»Das war die falsche Wahl, Sylwia.«

Ich weiß nicht, wie mir geschieht, als er den kompletten Inhalt einer noch vollen Bierflasche über mich kippt. Ich kreische erschrocken auf und springe mit einem Satz auf die Beine. Sie fühlen sich wie Pudding an und müssen sich erst wieder daran gewöhnen, das Gewicht meines Körpers zu tragen.

Adam trinkt den letzten Schluck aus seiner Flasche. Achtlos lässt er diese zu Boden fallen und wischt sich seinen Mund mit dem Handrücken ab.

»Wir haben ein Kind. Findest du nicht auch, dass zwei Menschen durch ein Kind auf ewig miteinander verbunden sind?«

Ich schweige. Zittere. Gebe mit Sicherheit ein jämmerliches Bild ab. Am Körper trage ich nichts weiter als diesen weißen Bademantel, während ich komplett mit Bier übergossen bin. Ich spüre den Kloß in meinem Hals und mir gefällt nicht, dass Adam auf Jakub zu sprechen kommt.

»Das ist übrigens ein weiterer Grund dafür, dass ich jetzt hier bin. Wegen Marcin. Für meinen Sohn möchte ich doch nur das Beste. Du kannst mir nicht einfach mein Kind entziehen. Das ist nicht in Ordnung. Ich kenne meine Rechte und ich weiß, was mein Sohn braucht. Ich befürchte leider, dass du in deinem jämmerlichen Zustand nicht die geeignete Bezugsperson für ihn sein kannst.«

Seine Worte rauben mir den Atem. Ich starre ihn hilflos an und versuche, die Bedeutung seiner Worte zu verstehen. Adam würde mir niemals meinen Sohn wegnehmen. Oder etwa doch? Kann er das überhaupt? So eine blöde Frage. Adam hat Freunde bei der Polizei und er hat seine gesamten Kumpel hinter sich stehen.

Wenn er aussagt, dass ich ihm seinen eigenen Sohn grundlos vorenthalte, dann kann ich mich vom Sorgerecht verabschieden.

»Für ein Kind ist es sehr wichtig, mit einem Vater und einer Mutter aufzuwachsen«, fährt Adam mit seinem Monolog weiter fort. »Es ist wichtig für Marcin, zu sehen, dass wir an einem gemeinsamen Strang ziehen. Ein Kind darf ruhig wissen, dass seine Eltern sich streiten und übereinander ärgern. Allerdings muss dieses Kind dann auch dabei sein, wenn die Eltern sich wieder vertragen und das Leben weitergeht. Keinesfalls darf unser Sohn aus seiner gewohnten Umgebung gerissen werden. Das siehst du doch sicherlich auch so, oder?«

Langsam bewegt sich Adam auf mich zu. Schritt für Schritt kommt er näher und ich habe Angst. Ich spüre die Angst in jedem einzelnen Knochen, weil ich nicht einschätzen kann, was als Nächstes passiert. Wenn Adam früher betrunken war, dann hat er einfach zugeschlagen. Anschließend war es vorbei. Ich habe diesen Mann gehasst. Doch der Mensch, der nun vor mir steht, ist anders. Er ist ruhiger. Er ist bedachter. Und diese Tatsache jagt mir eine Scheißangst ein. Ich wage es nicht, auch nur ein Wort zu sprechen oder mich zu bewegen. Mein Körper ist in den Abwehrmodus übergegangen und konzentriert sich lediglich auf ein Ziel.

Überleben.

Ich strecke meine Hand nach vorn aus. »Bleib sofort stehen! Komm nicht näher!«

Adam übergeht meinen Einwand und zuckt lediglich mit den Schultern. Ein beinahe gelangweilter Ausdruck erscheint auf seinem Gesicht.

»Siehst du, was ich meine? Du führst dich auf, als hättest du Angst vor mir. Du glaubst doch nicht ernsthaft, dass ich meiner eigenen Ehefrau wehtun möchte.«

Ich weiche einen Schritt zurück. Und dann noch einen. »Ich bin nicht mehr deine Ehefrau. Ich werde die Scheidung einreichen.«

In Adams Augen flackert ein dunkler Schatten auf. Doch so

schnell wie dieser Schatten gekommen ist, ist er auch wieder aus seinem Blick verschwunden.

»Das werde ich nicht akzeptieren und das weißt du auch.«

Mittlerweile hat er mich in eine Ecke gedrängt. Ich spüre die Wand an meinem Rücken und weiß, dass ich mich nicht weiter von ihm entfernen kann. Sein Alkoholatem kommt meinem Gesicht immer näher. Bis er die Hände links und rechts neben meinem Kopf an der Wand abstützt.

»Ich finde, wir sollten uns küssen. Schließlich sind wir miteinander verheiratet und haben uns monatelang nicht gesehen. Ich habe dich vermisst.«

Ich blinzle. Kann es sein, dass ich mich gerade verhört habe? Oder ist Adam einfach nicht in der Lage, meine Worte zu verstehen?

»Ich werde dich nicht küssen, Adam. Jetzt nicht und später nicht. Nie wieder!«

Ein Geräusch von draußen lässt mich zusammenzucken und auch Adam wirkt für den Bruchteil einer Sekunde abgelenkt. Es ist das Geräusch von Reifen auf einem Kiesweg. Ich schließe meine Augen und unterdrücke ein gequältes Stöhnen. Das ist der Jeep von Robert.

Nein. Nein. Nein.

Scheiße. Scheiße. Scheiße.

Mit Sicherheit ist er gekommen, um die *Spiderman*-Figur von Jakub abzuholen. Für diesen Augenblick gibt es wohl keinen ungünstigeren Moment. Mit jeder Faser meines Körpers hoffe ich, dass Robert meinen Sohn bei sich zu Hause gelassen hat. Doch meine Hoffnung erstirbt, als ich höre, wie zwei Autotüren zugeschlagen werden. Beinahe möchte ich über diese lächerliche Situation lachen. Er würde Jakub niemals allein bei sich zu Hause lassen. Dafür ist er viel zu verantwortungsbewusst. Doch wenn Robert gewusst hätte, was ihn hier erwartet, dann hätte er ihn doch lieber allein gelassen.

Adam dreht sich zu mir und presst mir seine dreckige Hand

auf den Mund. Ich versuche, mich zu wehren, doch seine andere Hand findet meine Kehle und drückt zu.

»Halt gefälligst deine Klappe, du Schlampe. Ich will keinen Mucks von dir hören.«

Er lässt meinen Hals los und schnappt nach meiner Hand. Gemächlich führt er sie zu seiner Hose und ich schließe voller Ekel meine Augen. Bis meine Fingerspitzen das kalte Metall ertasten.

Erschrocken reiße ich meine Augen auf und starre ihn ängstlich an. Adam hat seine Mundwinkel zu einem widerlichen Grinsen verzogen und nickt begeistert.

Eine Waffe. Seit wann hat er eine Waffe?

»Ganz genau. Du setzt dich jetzt auf den Boden und gibst keinen Ton von dir. Ansonsten puste ich deinem Cowboy das Hirn aus dem Schädel.«

Adams widerliche Pranke landet auf meiner Schulter und ich werde von ihm auf den Boden gedrückt. Mit einem Satz zieht er seinen Gürtel aus und bindet mir damit die Hände aneinander. Mittlerweile laufen mir wieder Tränen über meine Wangen und ich kann die tiefen Schluchzer nicht länger zurückhalten. Wie konnte das alles nur passieren? Wie konnte mein wunderbares neues Leben nur eine solch schreckliche Wendung nehmen? Ich war der Meinung, dass für uns nun bessere Zeiten angebrochen sind. Doch darin habe ich mich getäuscht. Habe ich wirklich geglaubt, dass Adam mich nicht finden wird? Wahrscheinlich nicht. Ich habe es gehofft. Aber daran geglaubt habe ich vermutlich nie.

Mein Körper fühlt sich leer und kalt an, als wäre ein tonnenschwerer Lastwagen über mich hinweggerast. Hilflos muss ich dabei zusehen, wie meine furchtbare Vergangenheit mich einholt und meine strahlende Zukunft zerstört. Das Leuchten in meinem Inneren verblasst und lässt meine Brust eng werden.

Adam legt einen Zeigefinger an seine Lippen und ich wimmere leise. Die Haustür öffnet sich und ich höre das fröhliche Geplapper von Robert und Jakub. Hoffentlich schnappen sich die beiden die Figur und gehen dann wieder. Wahrscheinlich denken sie, ich liege in der Badewanne und wollen mich nicht stören. Das wäre das Beste für alle. Sie sollen einfach wieder gehen und sich in Sicherheit bringen.

»Da ist mein *Spiderman*!«, ruft Jakub freudig aus.

»Dann lass ihn uns schnell einpacken, Kumpel«, sagt Robert fröhlich.

Der Klang seiner Stimme treibt mir erneut Tränen in die Augen. Wahrscheinlich sind diese Worte die letzten, die ich jemals von ihm gehört habe. Ich schließe meine Augen und unterdrücke den Impuls, meinen Kummer laut in die Welt hinauszuschreien.

Bitte geh. Bitte geh wieder weg.

»Was ist das, Robert?«, höre ich Jakub neugierig fragen.

Erschrocken schlage ich meine Augen weit auf. Oh, nein. Er muss die Glassplitter bemerkt haben.

Und das Blut.

Mein Blut.

»Sieht aus wie eine Scherbe. Und da ist auch …« Robert stockt. »Bleib doch kurz hier, Jakub. Ich schaue mal nach, ob bei deiner Mama alles in Ordnung ist.«

Nein. Nein. Nein.

Im nächsten Moment erscheint Robert im Türrahmen. Er trägt immer noch die schwarze Jogginghose und das rote Trikot.

»Wer sind Sie?«, höre ich ihn fragen, als sein Blick auf Adam fällt.

Diese gesamte Szene, die sich vor meinen Augen abspielt, ist einfach absurd. Es passt absolut nicht für mich zusammen, Adam und Robert nebeneinander in meinem Wohnzimmer stehen zu sehen. Das ist surreal. Ein weiteres Wimmern entkommt meiner Kehle, bevor ich es zurückhalten kann.

Robert wendet seinen Blick ab. Seine flaschengrünen Augen treffen auf meine Augen und der Schreck steht ihm ins Gesicht geschrieben. Sein Mund öffnet sich ein winziges Stück. Ich schaue an mir herunter und versuche, zu sehen, was Robert sieht. Ich sitze in einem Bademantel hier und meine Hände sind mit einem Gürtel verbunden.

Die Angst verschwindet aus Roberts Gesichtszügen und an ihre Stelle tritt etwas vollkommen anderes.

Wut.

Seine Hände ballen sich zu Fäusten und seine gesamte Mimik spannt sich an. Robert dreht sich zu Adam herum, doch im nächsten Moment fliegt sein Kopf zur Seite. Mein Ex-Mann hat ihm einen Fausthieb mitten ins Gesicht verpasst. Ich kreische erschrocken auf.

»Nein! Lass ihn in Ruhe!«, schreie ich.

Robert spuckt etwas Blut aus, kommt aber im nächsten Moment sofort wieder auf die Beine. »Wer zur Hölle bist du?«

»Wer soll ich schon sein, Cowboy? Ich bin Sylwias Ehemann«, höhnt Adam.

»Sylwia?« Robert vernachlässigt Adam für einen Moment und dreht seinen Kopf zu mir. Seine Augenbrauen haben sich fragend zusammengezogen und er mustert mich. In seinem Gesicht stehen viele Fragen, auch wenn jetzt nicht der richtige Zeitpunkt ist, um all diese zu beantworten.

Den kurzen Moment der Unaufmerksamkeit nutzt Adam für sich aus. Er weiß, dass Robert ihm körperlich überlegen ist, deshalb muss er auf schmutzige Tricks zurückgreifen. Adam nimmt meine Tischlampe und schlägt den Stab hart gegen Roberts Rücken. Keuchend fällt dieser in sich zusammen.

»Robert?«, fragt eine piepsige Jungenstimme im Türrahmen.

»Jakub!«

»Ah! Mein Sohn. Wie schön dich zu sehen, Marcin. Endlich ist unsere Familie wieder zusammen«, ruft Adam freudig und breitet seine Arme vor Jakub aus.

Allerdings hat er nicht damit gerechnet, dass sein Sohn ihn einfach ignorieren könnte. Jakub rennt schnell an ihm vorbei und kommt an meine Seite. Adam versucht, nach unserem Sohn zu greifen, doch der Alkohol macht sich allmählich bei ihm bemerkbar und lässt ihn gefährlich taumeln. Jakub hält erschrocken meinen Arm fest und kauert sich dicht neben mich. Wenn ihn der Gestank von dem Bier stört, dann sagt er jedenfalls gar nichts dazu.

»Sylwia? Marcin? Was soll das denn hier?«, fragt Robert ächzend und kommt wieder auf die Beine.

»Hat sie dir das etwa nicht erzählt? Sylwia und ich hatten einen kleinen Streit miteinander. Manchmal reagiert sie ein bisschen über. In einer Nacht- und Nebelaktion ist sie abgehauen und zu ihrer Schwester geflohen. Und dann diese Haare. Ich meine, Cowboy, schau sie dir an. Das zeigt doch, wie verrückt sie ist.«

Robert schenkt ihm keinerlei Beachtung. Stattdessen liegt sein ruhiger Blick auf mir

»Es wird jetzt alles gut sein. Also hau ab, Cowboy. Verschwinde aus dem Leben meiner Familie!«

»Das Problem an der ganzen Sache ist nur, dass deine Familie auf dich scheißen kann.«

Adam knurrt gefährlich und stürzt sich im nächsten Moment auf Robert. Dieser ist jedoch auf seinen Angriff vorbereitet und tritt zur Seite. Robert wirft sich mit seiner gesamten Kraft auf Adam. Krachend schlägt seine Faust in Adams Kiefer. Ein ohrenbetäubendes Knirschen ist zu hören und ich presse meine Augen schnell zusammen.

Jakub vergräbt sich indes immer weiter hinter mir und hat sich zu einer kleinen Kugel zusammengerollt. Ich möchte das nicht mehr. Ich möchte nicht mehr hier sitzen und Adam dabei zusehen, wie er mein Leben kaputtmacht. Schon wieder. Die beiden Männer rangeln miteinander und fliegen von der Couch runter. Auf dem Boden sitzend sehe ich nur vier Arme und vier Beine wild um sich schlagen und treten.

Ich drehe mich zu meinem Sohn um. »Jakub? Hey, sieh mich an.«

Doch er schüttelt schnell den Kopf und presst sich die Hände auf die Augenlider. Er hat Angst. Er muss wieder dabei zusehen, wie sein eigener Vater jemanden zusammenschlägt, den er gernhat, wenn nicht sogar liebt.

Ich hebe meine schmerzenden Arme an sein Gesicht. »Jakub, bitte hilf mir. Ich brauche dich. Wir müssen Robert beschützen.«

Nun wird mein Sohn hellhörig. Jakub mag seinen Papa. Allerdings mag er auch Robert. Widerwillig öffnet er seine Augen und schaut zu den beiden Männern rüber.

»Nein«, sage ich schnell. »Schau nicht zu ihnen rüber. Schau nur zu mir. Kannst du den Knoten lösen?« Ich deute auf meine zusammengebundenen Arme und halte sie ihm vor die Nase.

»Ich kann es versuchen.«

»Prima! Mehr verlange ich gar nicht.«

Robert und Adam rollen immer noch auf dem Boden herum, während Jakub sich an dem Gürtel, der um meine Handgelenke gebunden ist, zu schaffen macht. Fieberhaft versuche ich, ihm dabei zu helfen. Doch das ist in meiner jetzigen Situation einfach unmöglich. Aus dem Augenwinkel sehe ich, wie Adam in seine Hosentasche greift und die Waffe herauszieht. Robert hebt abwehrend seine Hände und weicht ein Stück zurück.

Grausam lacht mein Ex-Mann los. »Du bist erledigt, Cowboy. Verpiss dich, sonst blase ich dir den Schädel weg.«

Robert schaut zu mir rüber. Meine Augen weiten sich vor Schreck. In seinem Blick liegt … Liebe. Er schaut mich unglaublich liebevoll an. Da ist keine Angst, sondern eine gewisse Endgültigkeit. Ich weiß in diesem Moment, dass Robert alles dafür tun würde, um Jakub und mich zu beschützen. Seine Lippen formen ein tonloses *Sorry*. Vehement schüttle ich den Kopf, während meine Augen sich mit Tränen füllen.

Robert lächelt mich an und dann prescht er in der nächsten Sekunde nach vorne. Er schlägt Adam die Waffe mit einem Satz aus der Hand. Adam schwankt gefährlich und schaut der Pistole hinterher. Diese schlittert aus dem Wohnzimmer hinaus und bleibt im Flur liegen. Nur für den Bruchteil einer Sekunde ist es vollkommen still im Wohnzimmer. Niemand bewegt sich.

Dann rennen sie los. Adam als Erster, doch Robert folgt ihm sofort. Die beiden verschwinden aus meinem Blickfeld.

»Beeil dich!«, schreie ich.

Erschrocken fährt Jakub zusammen und nestelt sofort wieder an dem Gürtel herum. Ich kann die beiden Männer im Flur hören. Sie rangeln, sie fluchen, sie schlagen sich. Gleichzeitig bete ich, dass das alles nur ein Traum ist. Das kann doch alles nur ein schlechter Traum sein.

Endlich verspüre ich Erleichterung an meinen Handgelenken. Ich springe auf meine Füße.

»Du bleibst hier!«

Gleichzeitig setzen meine Beine sich in Bewegung und ich renne los. Ich renne, um den Mann, in den ich mich verliebt habe, aus den Fängen meines psychopathischen Ex-Mannes zu befreien. Bis ich es höre.

BUMM.

Ein Schuss ist gefallen. Ich bleibe stehen. Sämtliche Gliedmaßen in meinem Körper werden eiskalt. Ein Schuss. Und dann … Stille. Es ist nichts mehr zu hören.

Lautlos knicken meine Beine unter mir weg und ich breche vollkommen zusammen.

KAPITEL 38

Kinga

Ohrenbetäubend laut hallt der Schuss in meinem Kopf wider. Meine Gliedmaßen fühlen sich vollständig gelähmt an und ich kann die Ereignisse der letzten Minuten nicht komplett zusammensetzen. Mein Hirn befiehlt mir, endlich aufzustehen und nachzusehen, wie es Robert geht. Ob er überlebt hat. Ich schlucke schwer.

Und was, wenn nicht?

Gänsehaut überzieht meine Arme und ein Schluchzer entkommt meiner Kehle. Ich kann das nicht. Ich bin dafür nicht stark genug. Wimmernd presse ich mir eine Hand auf den Mund. Am liebsten würde ich mich zu einer kleinen Kugel zusammenrollen und auf dem Fußboden liegen bleiben. Ein Weinen neben mir reißt mich aus meinen Gedanken und ich wende meinen Kopf nach links. Jakub krallt seine Finger in den Stoff meines Bademantels und dicke Krokodilstränen laufen über seine Wangen. Die Erkenntnis trifft mich wie ein Blitzschlag.

Ich muss das können. Ich darf hier nicht sitzen bleiben und aufgeben. Es gibt zu viele Menschen in meinem Leben, die auf Hilfe angewiesen sind. Mein Sohn braucht jemanden, der das Kommando übernehmen kann und ihm sagt, wie er sich in dieser Situation verhalten soll. Es ist enorm wichtig, dass ich diese Person bin. Zitternd atme ich durch die Nase ein und durch den Mund wieder aus. Diese Übung wiederhole ich noch zwei weitere Male. Nach wie vor traue ich dem Klang meiner Stimme nicht, doch ich versuche, meinen gesamten Optimismus in meine Worte zu legen.

»Jakub? Jakub, sieh mich an.«

Langsam hebt mein Sohn seinen Kopf. »Mama?«

Der Anblick zerreißt mir das Herz und ich möchte weinen und schreien und gegen die Ungerechtigkeit dieser Welt ankämpfen.

»Geh bitte nach oben, mein Schatz.«

»Nein.« Er schüttelt wild den Kopf. »Auf gar keinen Fall. Was wird denn dann aus dir?«

»Es geht mir gut.«

»Das tut es nicht!«

»Doch, Jakub. Habe ich irgendwelche sichtbaren Wunden?« Ich bemühe mich verkrampft um ein tapferes Grinsen, doch das Ergebnis würde wohl niemanden überzeugen.

»Nein …«, antwortet mein Sohn zögerlich.

Ich nicke. »Genau. Mir fehlt nichts. Ich habe keine Schmerzen und wurde nicht verletzt.« Lüge. Meine inneren Wunden reißen mich in Stücke. »Doch ich weiß nicht, wie es Robert geht, und das muss ich jetzt herausfinden.«

»Ich kann –«

»Nein!«, unterbreche ich ihn entschieden.

Jakub zuckt leicht zusammen und schaut mich aus tellergroßen Augen an. Mein Kopf dröhnt und ich bereue meinen harten Tonfall augenblicklich. Aber ich bin auch nur ein Mensch und kann gerade einfach nicht anders reagieren. Wir beide leben und für diese Tatsache bin ich unendlich dankbar, doch nun muss ich herausfinden, ob dasselbe auch für meinen Freund gilt.

»Ich brauche deine Hilfe an einer anderen Stelle. Bitte geh nach oben ins Badezimmer und nimm mein Handy. Ruf Tante Natalia an und erklär ihr, dass dein Papa hier aufgetaucht ist.«

»Soll ich auch die Polizei anrufen?«

»Nein. Das wird deine Tante mit Sicherheit erledigen. Schaffst du das?«

»Ich denke schon.«

»Du bist großartig. Danke!« Ich drücke Jakub einen schnellen

Kuss auf den Scheitel.

Er rappelt sich vom Boden auf und rennt nach oben in den ersten Stock. Ich kann nur hoffen, dass er wirklich bei meiner Schwester anruft und nicht bei der Polizei. Sie werden ihm viele Fragen stellen, die ein achtjähriges Kind nicht beantworten sollte. Natalia eignet sich besser dafür, um mit ihnen zu sprechen. Dieser kurze Wortwechsel hat mir einiges abverlangt, denn ich spüre eine große Müdigkeit in meinem Körper. Allerdings bin ich noch nicht fertig, denn der schwierige Teil steht mir noch bevor.

Ich strecke meine Hand aus und ziehe mich an der Couch hoch. Im Flur ist weiterhin kein Laut zu hören und plötzlich kommt mir eine ganz bestimmte Frage in den Sinn.

Was tue ich, wenn Adam überlebt hat und nicht Robert?

Doch meine Beine gehorchen mir mittlerweile nicht mehr. Ich möchte umkehren und diese gesamte Szene hinter mir lassen, doch meine Füße sind nicht mehr zu stoppen. Automatisch setze ich einen Schritt vor den anderen und nähere mich dem Eingangsbereich des Hauses. Nervös beiße ich mir in die Unterlippe, während ich in den Flur trete und mein Blick zur Seite wandert.

Sofort erstarre ich in der Bewegung und meiner Kehle entkommt ein keuchender Laut.

Blut.

Viel Blut.

Ich sehe sehr viel Blut.

Wie viel Blut hat ein Mensch? Und welche Menge an Blut darf ein Mensch verlieren, bevor er stirbt?

Das sind Fragen, auf die ich keine Antwort weiß. Ich sehe lediglich, dass Adam auf dem Rücken liegt, seine Augen sind geschlossen und sein Kopf ist zur Seite gedreht. Und auf ihm drauf liegt Robert! Keiner der beiden Männer bewegt sich und von der Pistole sehe ich nichts.

Heiße Tränen brennen in meinen Augen und ich gebe mir mittlerweile keine Mühe mehr, sie zurückzuhalten. Ich habe versucht, stark zu sein, doch das ist einfach zu viel für mich. Dieser

Anblick ist viel mehr, als ich ertragen kann. Kraftlos sinke ich auf dem Boden zusammen und zittere unkontrolliert.

»Robert … Robert es tut mir so leid … Wenn ich nicht in dein Leben getreten wäre, dann … du würdest noch …«

Meine Worte gehen in meinem Schluchzen unter und die Schuldgefühle drohen mich zu ersticken. Ich habe Adam verlassen, um mein Leben und das meines Sohnes zu retten, doch dabei habe ich ein anderes Leben aufs Spiel gesetzt.

Hilflos sehe ich dabei zu, wie Bewegung in die beiden Körper kommt. Ich halte meinen Atem an. Ein Muskel an Roberts Arm zuckt und er rollt sich schwerfällig von Adam herunter.

»Robert!«, rufe ich aus. Meine Gliedmaßen erwachen zum Leben und ich krabble auf allen vieren zu ihm rüber. »Du lebst, Robert!«

Schniefend werfe ich meine Arme um seinen Hals. Ich vergrabe meinen Kopf in seinem T-Shirt und nehme seinen Geruch ganz tief in mich auf.

»Uaah! Langsam, Kinga.«

»Entschuldige.« Schnell rücke ich von ihm ab. »Ich wollte dich nicht verletzen.«

»Nein.« Robert streckt seinen Arm aus und zieht mich erneut zu sich. »Ich habe lediglich von langsam gesprochen.«

»Geht es dir gut? Bist du verletzt?«

»Das sollte ich wohl eher dich fragen.«

Ich schüttle den Kopf. »Bei mir ist alles soweit in Ordnung.«

»Und Jakub?«

»Es geht ihm gut.«

»Okay.«

»Das Blut …«

»Ist von Adam«, bestätigt er meinen Gedanken. »Wir haben uns beide auf die Pistole geworfen. Die Waffe war die gesamte Zeit über zwischen uns und ich bin mir sicher, dass unsere Chancen zu überleben etwa gleich waren. Als Adam unter mir lag, ist mein Finger an den Abzug gekommen und ich habe abgedrückt.«

Sein Blick wird glasig und richtet sich in die Ferne. Doch ich darf ihn jetzt nicht verlieren. Ich nehme sein Gesicht in meine Hände und zwinge ihn dazu, mich anzusehen.

»Du musstest das tun, Robert! Wenn du ihn nicht erschossen hättest, dann hätte er dich getötet. Und ich will mir gar nicht ausmalen, was danach mit Jakub und mir passiert wäre. Du hast uns allen das Leben gerettet.«

»Vielleicht.«

»Nein, ganz sicher.«

Schweigend drückt Robert mich näher an sich heran. Er legt seinen Kopf auf meinem ab und drückt mir einen schnellen Kuss auf den Scheitel. Ich kann nicht fassen, dass alles vorbei ist. Es ist endlich alles vorbei.

Wenige Minuten später wird das gesamte Haus von Blaulicht angestrahlt. Die Polizei stürmt zur Tür herein und zuerst treffen sie auf meinen Ex-Mann, welcher im Flur liegt. Robert, Jakub und ich sitzen zusammengekauert auf der Couch im Wohnzimmer. Erst als Dawid zur Tür hereinkommt, wird mir bewusst, dass ich immer noch meinen weißen Bademantel trage. Doch mein Outfit könnte mir in diesem Moment nicht unwichtiger sein. Kurz hinter Dawid stürmt Natalia ins Haus.

»Kinga! Kinga!«

»Hey! Du kannst hier nicht einfach reinplatzen. Das ist ein Tatort«, ruft Dawid ihr schwach hinterher.

Doch Natalia ist längst an unsere Seite gekommen und drückt meinen Sohn und mich fest an sich. »Es geht euch gut. Zum Glück seid ihr wohlauf.«

»Ich hatte eine solche Angst.«

»Ich weiß, meine Süße. Nach dem Anruf von Jakub habe ich sofort bei Dawid angerufen und mich gleich darauf selbst ins Auto gesetzt. Ich hätte deine Ängste viel ernster nehmen sollen.«

»Was?«

»Auf dem Fußballplatz damals hast du gesagt, dass du ihn gesehen hast, und ich habe dir das ausgeredet. Das war ein Fehler.«

Ich schüttle den Kopf. »Bitte, sag nicht so einen Blödsinn. Ich hätte niemals damit gerechnet, dass meine Vermutung tatsächlich stimmt.«

»Kinga?«, sagt Dawid und tritt an uns heran.

»Ja?«

»Ich müsste mich mit dir unterhalten.« Sein Blick fällt auf Jakub. »Wäre es möglich, dass wir allein miteinander sprechen?«

Ich nicke und wende mich an Natalia. »Könntest du?«

»Natürlich! Hey, Kumpel, lass uns mal in der Küche nachschauen, ob ihr Schokolade zu Hause habt.«

»Ich möchte aber gern bei meiner Mama bleiben.«

»Es geht ganz schnell, versprochen. Wir holen uns etwas Süßes und kommen gleich wieder.«

Jakub wiegt langsam den Kopf nach links und nach rechts und dann nickt er. »In Ordnung.«

»Klasse«, sagt Natalia und führt meinen Sohn aus dem Wohnzimmer.

Robert setzt sich aufrechter hin und legt einen Arm um mich. Dawid nimmt gegenüber von uns beiden Platz.

»Ich sollte mich mit Kinga lieber allein unterhalten.«

»Nein.« Er schüttelt den Kopf. »Ich lasse sie jetzt nicht allein.«

Dawid nickt, als hätte er mit dieser Antwort gerechnet. Dann wendet er sich mir zu und geht dazu über, Robert zu ignorieren. »Du musst bitte ehrlich zu mir sein und mir alles erzählen. Ich weiß mittlerweile, dass es Bereiche in deinem Leben gibt, die dir peinlich sind und die du lieber geheim halten möchtest. Aber Kinga, hier ist ein Mensch gestorben und meine Aufgabe ist es, herauszufinden, wie der Tathergang war. Deshalb lass bitte nichts aus.«

Die Wichtigkeit seiner Worte dringt tief in mein Bewusstsein

ein. Viel zu lange habe ich meine Vergangenheit hinter einer Maske versteckt. Ich habe gedacht, dass ich mir mit Leichtigkeit eine neue Persönlichkeit zulegen kann, doch ich habe mich geirrt. Meine Fehler aus der Vergangenheit sind in meine Gegenwart eingedrungen und drohten, meine Zukunft zu zerstören. Ich weiß, dass ich nur aus dieser Nummer herauskommen kann, wenn ich die Wahrheit sage. Deshalb nehme ich all meinen Mut zusammen und beginne meine Geschichte zu erzählen.

Ich berichte Dawid von meinem Leben mit Adam in Warschau. Ich rede über die Schläge, den Alkoholkonsum und seine verbalen Angriffe. Robert zuckt an einigen Stellen zusammen und ich spüre, wie er sich neben mir verkrampft. Aber ich rede einfach weiter und lasse alles wie einen Wasserfall aus mir herausfließen. Wir sprechen über meine Flucht mit Jakub und wie ich bei Natalia und ihrer Familie untergekommen bin.

Endlich bin ich auch soweit und kann über meinen richtigen Namen sprechen. Ich erzähle den beiden Männern von Sylwia und Marcin Nowak, zwei Menschen, die es so in dieser Form nicht mehr gibt und die dennoch immer ein Teil von uns bleiben werden. Schließlich erzähle ich, wie ich Jakub bei Robert vorbeigebracht habe und mir einen entspannten Abend zu Hause machen wollte. Ich rede über das Geräusch von klirrendem Glas und wie Adam plötzlich in meinem Wohnzimmer aufgetaucht ist. Ich beginne zu weinen, weil die Ereignisse sich vor Kurzem zugetragen haben und dennoch weit in der Ferne zu liegen scheinen. Der Alkoholpegel von meinem Ex-Mann spielt ebenfalls eine nicht unwichtige Rolle und dieser lässt sich leicht nachweisen. Zwischendurch bekommt Dawid einen Bericht von einem seiner Kollegen, welcher belegt, dass jemand sich gewaltsam Zutritt in mein Haus verschafft hat.

»Okay, danke für deine Ehrlichkeit.« Dawid wirft einen letzten prüfenden Blick auf seinen Notizblock. Während meiner Erzählungen hat er sich einige Dinge aufgeschrieben. »Ich denke, fürs Erste genügt uns das.«

»Was … was wird jetzt passieren?«, frage ich erstickt.

»Zuerst gar nichts. Ich werde den Bericht schreiben und ich glaube dir. Du hast Furchtbares durchlebt, Kinga. Sei dir jedoch sicher, dass wir Menschen in Zakopane aufeinander aufpassen.«

Meine Augen weiten sich vor Rührung, weil ich diesen Satz bereits von Robert gehört habe. Jahrelang habe ich mich verloren gefühlt und wusste nicht, wo mein Platz in diesem Leben ist. Ich scheine ihn endlich gefunden zu haben.

Dawid nickt uns ein letztes Mal zu, steht auf und verlässt mein Haus. Einige seiner Kollegen stehen noch im Flur. Sie machen viele Bilder und nehmen Proben von verschiedenen Spuren.

»Es tut mir leid«, beginne ich.

»Was meinst du?«

»Wenn ich von Anfang an ehrlich zu dir gewesen wäre, dann hätte das alles nicht passieren müssen.«

»Das stimmt nicht. Dein Ex-Mann hätte dich trotzdem gesucht und mit großer Wahrscheinlichkeit gefunden.«

»Ich wollte dir sagen, wie mein richtiger Name lautet, und mit dir über meine gesamte Vergangenheit sprechen, aber das … das habe ich einfach noch nicht geschafft. Ich war dafür zu schwach.«

»Hey!« Robert legt seinen Zeigefinger unter mein Kinn und zwingt mich, dadurch ihn anzusehen. »Niemand nennt mein Mädchen *schwach*. Du bist für mich der stärkste Mensch, den ich kenne.«

Ich drücke ihm einen Kuss auf die Wange, denn keine Worte dieser Welt können auch nur annähernd ausdrücken, wie viel dieser Mann mir mittlerweile bedeutet.

»Ich verstehe, warum du so gehandelt hast. Außerdem musstest du nicht nur dich, sondern auch deinen Sohn beschützen. Ich kann mir gar nicht vorstellen, was für ein immenser Druck auf deinen Schultern gelegen haben muss. Aber eine Sache kann ich nicht akzeptieren.«

»Und die wäre?«

»Sylwia«, sagt Robert und verzieht leicht das Gesicht.

»Bitte?«

»Der Name passt nicht zu dir. Wenn es in Ordnung ist, dann bleibst du für mich immer Kinga.«

»Das ist einfach perfekt«, sage ich und küsse Robert.

Eine graue Wolldecke umhüllt meinen Körper. Ich drücke meinen Sohn fest an mich, während Robert seinen Arm um meine Schulter gelegt hat. Gemeinsam schauen wir dabei zu, wie Adam in einem Leichensack abtransportiert wird. Die Szene kommt mir unwirklich vor und ein Beben erfasst meinen Körper. Jakub hat das Gesicht abgewandt und ich streichle ihm beruhigend über seine hellen Locken. Der Griff von Robert wird stärker und ich habe mich noch nie so unterstützt gefühlt wie in diesem Moment. Wir drei bilden eine unüberwindbare Einheit und ich bin mir absolut sicher, dass uns ab dem heutigen Tag nichts mehr voneinander trennen kann. Am liebsten möchte ich weinen vor Glück, doch ich scheine keinerlei Tränen mehr übrig zu haben.

Der letzte Polizist verlässt unser Haus und schließt die Tür hinter sich. Durch das Fenster sehe ich dabei zu, wie der Leichensack mit meinem Ex-Mann in ein Fahrzeug gelegt wird. Erschöpft lasse ich meinen Kopf gegen Roberts Schulter sinken.

Ich kann es nicht glauben.

Es ist vorbei.

Es ist endlich vorbei.

EPILOG

Kinga – zwei Jahre später

Sanfte Sonnenstrahlen brechen durch die orangefarbenen Herbstbäume und tauchen die gesamte Umgebung in ein angenehmes Licht. Ein leichtes Lächeln umspielt meine Lippen, als ich meinen Blick auf Jakub richte. Unsere Finger sind miteinander verschränkt und schenken uns Geborgenheit und Kraft.

Heute ist der erste kühle Tag seit Langem. Der Herbst hält endlich Einzug, die Blätter an den Bäumen haben sich bereits verfärbt und erstrahlen in den schönsten Farben. Jakub hat bereits seinen Wunschzettel geschrieben, obwohl es bis Weihnachten noch zwei Monate sind. Der Gedanke daran, dass Jakub sich so sehr auf dieses Fest freut, erleichtert mich.

In meinen Händen trage ich einen wunderschönen Strauß rosafarbener Tulpen. Liebevoll lege ich sie auf dem Grab von Martyna ab und senke leicht meinen Kopf.

»Hey! Ich habe dir frische Blumen mitgebracht.« Ich räuspere mich. »Robert ist heute bei seiner letzten Therapiestunde. Leider konnte er sie nicht verlegen, aber er kommt morgen vorbei. Doch der Strauß ist so wunderschön, da konnte ich ihn nicht länger zu Hause stehen lassen.«

Mein Blick richtet sich gen Himmel. Ich schaue den Vögeln hinterher, die sich allmählich auf den Weg nach Süden machen. »Er macht sich übrigens großartig«, sage ich mit erstickter Stimme. »Der Anfang war nicht leicht, doch die Therapie hat ihn aus seinem emotionalen Tief herausgeholt.«

Robert hatte in den vergangenen zwei Jahren schwer mit sich

zu kämpfen. Ihm war von Anfang an klar, dass er Adam erschießen musste. Wenn er das nicht getan hätte, dann wäre er von ihm getötet worden und Jakub und ich wahrscheinlich auch. Und obwohl er diesen Gedanken verstanden hat, hat diese Tat ihn völlig aus der Bahn geworfen. Ich habe meinen Freund nicht wiedererkannt und auch Piotr hat sich Sorgen um ihn gemacht. Seit über einem Jahr geht er zur Therapie und hat es mittlerweile geschafft, das Erlebte zu verarbeiten. Er weiß, dass es sich um Notwehr gehandelt hat und auch der Polizeibericht konnte dies bestätigen.

Für einen Moment genieße ich die Stille um mich herum, während Jakub ein wenig abseits nach Kastanien sucht. Als ich vor zweieinhalb Jahren nach Zakopane gekommen bin, hatte ich keinerlei Erwartungen an diesen Ort. Ich wollte lediglich bei meiner Schwester Unterschlupf finden und mich dann weiter auf den Weg machen. Niemals hätte ich damit gerechnet, dass ich in dieser Stadt ein Zuhause finden könnte. In den ersten Monaten an diesem Ort haben wir beide viel durchmachen müssen, doch mittlerweile habe ich meinen inneren Frieden gefunden und bin glücklich.

Dasselbe wünsche ich mir mittlerweile für Natalia. Sie und Kamil sind weiterhin zusammen, doch wirklich glücklich scheinen sie nicht miteinander zu sein. Jedoch hat mich die Ehe mit Adam eine Sache gelehrt: Niemand ist in der Lage, hinter die Fassade einer Ehe zu blicken.

Ein kalter Windzug weht und ich ziehe meinen Mantel fester um mich.

»Wir machen uns auf den Weg. Bis zum nächsten Mal, Martyna.«

Ich habe die verstorbene Ehefrau meines Freundes niemals als Konkurrenz in meinem Leben gesehen. Es ist so, wie Sophia gesagt hat: Ich bin keine zweite Martyna. Und das möchte ich auch nicht sein. Ich bin Kinga und die beste Version von mir selbst.

»Jakub! Komm, wir gehen nach Hause.«

»Okay, Mama.«

Wir nähern uns wieder unserem Haus und ein herrlicher Duft steigt in meine Nase. Noch bevor Jakub den Türknauf zu fassen bekommt, schwingt die Haustür auf. Robert steht lächelnd in der Tür und wirft sich ein Küchentuch über die Schulter.

Vor einem halben Jahr hat Robert seinen Bungalow verlassen und ist zu Jakub und mir gezogen. Seitdem leben wir als Patchwork Familie zusammen und ergänzen uns prima. Sein Haus steht leer, weil Robert sich noch nicht entschieden hat, was genau damit passieren soll. Aufgrund der Erinnerungen an Martyna fällt es ihm schwer, den Bungalow an Fremde zu vermieten. Ich kann seinen Zwiespalt verstehen, deshalb lasse ich ihm alle Zeit der Welt.

Mein Sohn springt hoch und Robert schlägt in sein High five ein.

»Oh, Mann. Das duftet so gut. Was gibt es heute zu futtern?«, möchte er ungeduldig wissen.

»Zuerst gehst du Hände waschen, Kumpel.« Robert lacht und bringt Jakubs Haare durcheinander.

»Robert!«, beklagt Jakub sich gespielt. »Dafür habe ich Ewigkeiten gebraucht.« Er stampft ins Haus und das Geräusch von Roberts Lachen begleitet ihn.

Grinsend steige ich die Stufen der Veranda hoch und bleibe vor meinem Freund stehen. »Es duftet wirklich sehr gut.«

Robert seufzt. »Keine falsche Hoffnung. Es gelten die gleichen Regeln für alle. Auch du gehst zuerst Hände waschen, Fräulein.«

Ich salutiere vor ihm. »In Ordnung, Kommandant Superrein.«

Mein Freund lacht auf, streckt die Arme aus und zieht mich fest an sich. Unsere Lippen treffen aufeinander und verschmelzen in absoluter Perfektion.

Robert und ich sind bei Weitem nicht perfekt. Er hat seine Schwächen, genauso wie ich meine habe. Doch wir lernen jeden Tag voneinander und wachsen – gemeinsam.

Wir beide haben in der Vergangenheit mit viel Schmerz umgehen müssen. Doch wir sind füreinander da. Wir kümmern uns umeinander.

Robert wird für immer an meiner Seite bleiben.

Und ich werde für immer an seiner Seite bleiben.

Denn wenn wir uns haben, dann haben wir alles.

ENDE

DANKSAGUNG

Im Oktober 2021 hatte ich die Idee zu *Take Your Wings And Learn To Fly*. Am Anfang war es für mich eine gemütliche Story mit vielen *cozy vibes*. Während des Schreibens wurde bei meiner Schwägerin Chrissy Krebs diagnostiziert. Von diesem Moment an wurde das Buch ein absolutes Herzensprojekt und ich habe meine gesamten Emotionen und meine Trauerbewältigung in dieses Manuskript gesteckt.

Jedes kleine Mädchen träumt davon, einer guten Fee zu begegnen, die ihre Träume wahr werden lässt. Ich habe das große Glück, solch eine gute Fee gefunden zu haben, und zwar in Vanessa aus dem VAJONA Verlag. Du hast an meine Geschichte und auch an mich geglaubt. Du hast Kinga und Robert ein Zuhause geschenkt und dafür kann ich dir gar nicht genug danken. Als Lektorin hast du gemeinsam mit Maddie alles aus Kinga und Robert herausgeholt und dieses Buch tausendmal besser gemacht.

Ein großes Danke an das gesamte Team aus dem VAJONA Verlag und an alle Autor*innen. Ihr habt mir das Gefühl gegeben, dass ich dazugehöre und der Austausch mit einigen von euch hat mir viel Kraft gegeben.

Danke an meinen Ehemann David. Du hast dir geduldig meine Sorgen angehört, wenn es nicht mehr weiter ging und gemeinsam haben wir immer eine Lösung gefunden. Unser Brainstorming hat mich aus einigen Schreibkrisen geholt und du hast mich immer dazu ermutigt, nicht aufzugeben. Du warst derjenige, der mich daran erinnert hat, zu essen und Pausen zu machen, wenn ich komplett im Schreiben versunken bin. Ohne dich würde es dieses Buch nicht geben. Ich liebe dich.

Danke an Amelia & Leonie. Ihr zwei seid die schönsten Kapitel im Buch meines Lebens. Ihr seid frech, wild und einfach wunderbar und versüßt mir jeden meiner Tage. Ich bin stolz darauf, eure Mama sein zu dürfen.

Danke an Mama & Papa. Ihr habt mir überhaupt erst die Welt der Bücher ermöglicht. Ohne eure Liebe und Unterstützung wäre ich nicht der Mensch, der ich heute bin. Ihr habt mir immer das Gefühl gegeben, dass ich alles schaffen kann. Meine Dankbarkeit werde ich niemals in Worte fassen können. Ich bin unglaublich dankbar dafür, dass ich eure Tochter sein darf.

Danke an Patrick & Svenja. Ihr seid meine beiden Fans der ersten Stunde und für euch stand immer fest, dass dieses Buch erscheinen wird. Danke für eure lieben Worte und eure unbändige Freude über jeden Fortschritt.

Ein großes Dankeschön geht an meine beiden Testleserinnen Nicole und Josephine. Mit Zuckerbrot und Peitsche habt ihr das Bestmögliche aus der Geschichte und auch aus mir herausgeholt.

Danke an Andreas Dutter für jede aufbauende Nachricht und jeden Schreibtipp. Du hast mir viel mehr geholfen, als dir selbst wahrscheinlich bewusst ist. Du bist ein herzensguter Mensch und kennst jedes Jahr die besten Weihnachtsfilme, wenn ich Ablenkung brauche.

Und ein riesiges Dankeschön geht natürlich auch an dich! Ein Buch ist nichts ohne seine Leserinnen und Leser. Ich hoffe, dass Kinga und Robert dir einige schöne Lesestunden bereiten konnten. Ich freue mich über jedes Foto, jede Rezension und jede Nachricht. All die Markierungen und Verlinkungen bedeuten mir die Welt.

Ich freue mich schon darauf, wenn wir uns in weiteren Büchern wiedersehen und wünsche euch bis dahin alles Liebe!

Eure Jessy

Veröffentlichung: 26. Juni 2024

Folge uns auf:

Instagram: www.instagram.com/vajona_verlag
Facebook: www.facebook.com/vajona.verlag
TikTok: www.tiktok.com/vajona_verlag
Website: www.vajona.de
Shop: www.vajona-shop.de